KB040012

테헤란로를

걷는

신라공주

테헤란로를 걷는 신라공주

초판 1쇄 발행 2021년 10월 8일
초판 3쇄 발행 2021년 10월 29일

지은이 이상훈
펴낸이 정해종
편　집 현종희
디자인 유혜현

펴낸곳 ㈜파람북
출판등록 2018년 4월 30일 제2018-000126호
주소 서울특별시 토정로 222 한국출판콘텐츠센터 303호
전자우편 info@parambook.co.kr **인스타그램** @param.book
페이스북 www.facebook.com/parambook/ **네이버 포스트** m.post.naver.com/parambook
대표전화 (편집) 02-2038-2633 (마케팅) 070-4353-0561

ISBN 979-11-90052-80-1 03810
책값은 뒤표지에 있습니다.

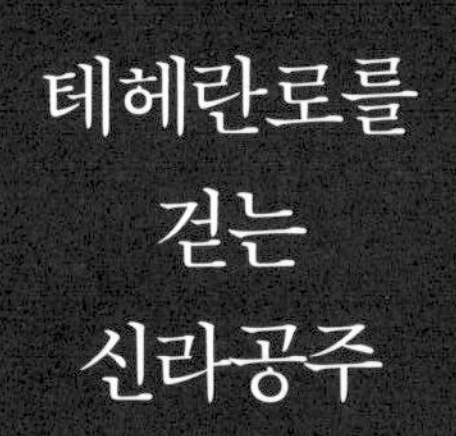

테헤란로를 걷는 신라공주

이상훈 장편소설

파람북

머리말

한 이야기가 계속 내 주위를 맴돌았다. 이십여 년 전 아버지를 따라 이란에서 살았던 내 친구의 이야기다.

"옛 이란 사람들이 세운 페르시아 제국이 아랍 세력에 의해 멸망한 후, 실크로드의 동쪽 끝 신라까지 도망간 페르시아의 왕자가 있었어. 왕자는 신라공주와 결혼했고, 신라인의 도움을 받아 페르시아를 다시 일으켰지."

그런 전설이 이란에 있다는 것이다. 우리 전래동화처럼, 이란 사람들 사이에서 입에서 입으로 전해지는 얘기랬다. 이런 이야깃거리를 어떻게 내 머릿속에서 떠나보낼까. 하지만 그것을 바탕으로 한 역사소설을 쓰겠다는 계획은 십여 년 동안 머릿속을 맴돌기만 한 채, 다른 과제에 밀려서 미뤄졌다.

역사소설은 역사적 팩트에 근거해서, 기록이 누락된 부분을 상상력으로 메꾸거나 새로운 해석을 시도하는 작업이다. 하지만 페르시아와 신라의 이야기는 관련 자료 자체가 너무 부족했다. 그래서 다른 소설에 집필 순서를 양보한 채, 조금씩 그 관련 자료를 십오 년에 걸쳐서 뒤지는 중이었다. 그런데 페르시아왕자와 신라공주의 사랑 이야기를 기록한 페르시아의 대서사시 쿠쉬나메가 영국국립박물관에서 발견된 것이 아닌가. 페르시아왕자와 신라공주의 사랑 이야기가 단순한 허구적 전설이 아니라 역사의 기록 속에 뒷받침되고 있음이 밝혀진 것이다.

쿠쉬나메는 엄밀한 의미에서 역사적 기록물은 아니다. 하지만 우리가 설화적 기록인 삼국유사를 우리 역사의 참고자료로 인정하듯, 쿠쉬나메 역시 역사 자료로 활용할 수 있다. 신라의 혜초 스님이 비슷한 시기 페르시아를 방문했다는 왕오천축국전의 기록이 쿠쉬나메와 일치한다. 고선지 장군이 탈라스에서 이슬람 군대와 전쟁을 벌인 사실 또한 중국의 힘을 빌려 아랍 이슬람과 전쟁을 했다는 쿠쉬나메의 내용과 일치했다. 그리고 페르시아의 영토였던 사마르칸트에 조우관의 모자와 환두대도의 칼을 찬 우리나라 사신의 그림이 벽화에 그려진 사실도 우연이 아니었다. 그때부터 소설의 기획은 쉽게 풀려나갔고, 나의 상상력은 역사의 잃어버린 고리를 연결하기에 바빴다.

나는 신라와 페르시아의 연관성을 찾아 역사적 기록을 뒤지기 시작했는데, 페르시아의 기록과 삼국사기에도 관련 자료들이 나오는 것을 알 수 있었다. 그리고 그 사실을 더 정확하게 뒷받침하는 역사의 흔적들이 쏟아져 나왔다. 신라의 금관총에서 발견된 페르시아 구슬과 부처님 사리함의 푸른색 유리야말로 신라와 페르시아가 끊임없이 교류했다는 역사적인 증거가 아닌가. 가슴이 뛰었다. 그 흔적들을 찾아내기 위해 발은 달렸고 손은 자판을 두드렸다. 페르시아와 신라의 사랑 이야기가 현실로 다가오고 있었다.

동서양의 자료를 뒤지면서 나는 자료를 최대한 참고하고, 자료와 기록이 없는 부분은 유물로, 합리적인 상상력으로 채워나갔다. 이란의 역사서에서 651년 페르시아 제국이 이슬람을 믿는 아랍인들에게 멸망한 후 많은 페르시아 사람들이 페르시아 외곽인 사마르칸트에서 페르시아 부활을 위해 싸운 기록이 남아있는 것을 확인하고 나자, 순간 자신감에 가속도가 붙었다. 이란의 기록에 의하면, 이슬람이 사마르칸트를 점령한 후 페르시아인들의 기나긴 피난길이 동으로, 동으로 이어졌다. 그리고 페르시아 부활 운동의 중심에는 페르시아왕자가 있었다. 페르시아왕자가 중국 당나라에 도움을 요청하자, 처음에는 당나라에서 페르시아왕자를 환대했다. 페르시아 제국이 실크로드의 중심지였던 이유로 당나라와 페르시아는 친선관계를 유지하고 있었기 때문이었다. 그러나 이슬람 아랍인들이 페르시아 제국의 뿌리를 뽑기 위해서 페르시아왕자를 넘기지 않으면 당나라와의 전쟁도 감수하겠다고 협박하자, 페르시아왕자는 당나라를 떠날 수밖에 없었다. 그가 선택한 피난처는 페르시아인들의 상상 속에만 존재하던 실크로드의 동쪽 끝나라, 신라였다. 신라와 페르시아는 이렇게 연결되기 시작했다. 이러한 이란의 기록을 바탕으로 나는 삼국사기와 삼국유사를 뒤지기 시작했다. 혹시라도 페르시아 관련 기록이 엿보일까 하고 모든 사료를 샅샅이 찾았다. 기록에 없는 부분은 유물과 유적을 통해서 실로 구슬을 꿰듯이 하나하나 엮어나갔다. 그러자 한국인들이 잊고 있던 역사의 단편들이 기적처럼 오늘에 되살아났다.

우리가 국사 시간에 내용도 모르고 달달 외웠던 혜초의 왕오천축국전이 새롭게 떠올랐다. 우연의 일치인지 모르겠지만, 페르시아왕자와 신라공주에게서 태어난 페리둔이 머물던 사마르칸트에 같은 시기에 혜초가 방문한 기록이 나온다. 신라의 승려 혜초는 왜 페르시아의 사마르칸트까지 갔을까. 가족을 그리워하던 신라공주가 혜초에게 사마르칸트를 방문하도록 부탁하지는 않았을까. 신라에서 기다리던 공주는 무슨 수를 써서라도 남편과 자식의 행방을 찾고자 했을 테니까.

사마르칸트 옆에 있는 탈라스에서 당나라와 이슬람의 충돌이 일어났던 사실에도 주목할 수밖에 없었다. 751년의 탈라스 전투는 동서양의 문명이 최초로 충돌한 역사적 사건으로, 페르시아 제국의 마지막 부활 전쟁이기도 했다. 페르시아 유민들이 당나라의 장군 고선지와 손을 잡고, 페르시아 제국을 멸망시킨 아랍인들과 맞붙은 것이다. 페르시아 유민을 이끄는 페리둔이 고구려 유민의 자손인 고선지를 만났을 가능성은 충분히 있었다. 페르시아왕자와 신라공주의 사랑 이야기는 이렇게 역사적인 사건과 일치하면서 신화를 넘어서 진실로 다가오기 시작했다. 실제 역사의 인물인 페르시아왕자와 신라공주와의 만남을 통해서 나는 잊혀진 역사의 한 부분을 다시 그리고 싶었다.

우리는 학교에서 그리스 로마의 역사는 배우지만 페르시아의 역사는 거의 배우지 못했다. 페르시아인들이 세계 최초의 제국을 건설했고, 로마제국보다 훨씬 이전에 로마보다도 큰 영토를 다스렸으며 유럽 문명에 지대한 영향을 주었음에도. 백인 우월의 역사관에 우리도 모르는 사이에 세뇌되어 왔던 것이다. 이것은 마치 한국이 늘 외세 의존적인 작은 나라였다는 역사관이 해방 후에도 한국인들을 지배했던 것과 같다. 아시아에서 가장 먼저 산업화에 성공한 일본이 우리의 역사를 식민주의 사관으로 덧칠한 것이 그 이유 아니었는가. 날로 세력이 커지는 중국이 동북공정이라는 명목으로 고구려의 역사를 자신의 역사로 편입하려고 시도하는 걸 보면, 역사를 승자의 기록이라고 하는 것이 실감이 난다.

유럽의 역사도 마찬가지이다. 근대화와 산업혁명을 처음 성공한 유럽 백인들은 아예 전 세계의 역사를 자신들 위주로 바꾸어버렸다. 이른바 세계 4대 문명 가운데 오늘날의 서양은 한 곳도 없다. 사실, 메소포타미아와 이집트에서 문명이 일어난 지 한참 지나서도 유럽은 여전히 야만적인 상태였다. 유럽 문명의 시발점인 그리스에서도 메소포타미아, 이집트, 그리고 페르시아의 영향을 받으며 처음으로 문명을 형성하게 된 것이다. 그 이후로도 세계사를 이끌어간 중심은 그리스, 로마, 중국이 아니라 외곽의 실크로드에 있던 북방의 기마민족이었다. 단군조선과 흉노제국, 몽골제국이 그렇고 투르크와 페르시아가 그러했다. 우리나라가 단군이 나라를 세운 후 오천 년의 역사를 가지고 있듯이 페르시아도 메소포타미아의 문화를 이어간 북방유목민족의 후예였다. 청동기와 철기 문화를 처음 도입한 것도 북방유목민족이었다. 하지만 백인 우월주의와 유럽 위주의 역사에 밀려 페르시아의 역사는 왜곡되고 비틀려졌고, 역사의 주인공이 아닌 변두리로 취급받고 있다. 하지만 눈 쌓인 동토에도 새순이 돋아나듯, 진실이 거짓을 이기는 날이 온다.

최근 발견되는 유물과 유적만 해도, 신라 유적에서 발견되는 페르시아의 여러 흔적만 눈여겨보아도, 기록보다 정확한 역사적 진실, 페르시아와 한국의 깊은 역사적 인연이 드러난다. 페르시아는 멀리 떨어져 있지만, 우리와 너무나 가까운 나라였다. 신라공주가 사랑한 페르시아, 그리고 페르시아의 후손들이 우리나라에 많이 살고 있다는 사실까지 알게 된다면, 페르시아가 우리에게 더욱 가깝게 다가올 것이다.

현대 한국과 이란의 친교와 인연의 상징인 테헤란로(이란의 수도 테헤란의 이름을 따서 지음. 테헤란에는 서울로가 있다)를 거닐고 있는 수많은 젊은이들을 보면서, 한국과 이란의 역사적 여정에 숨어있는 천사백 년 전의 사랑 이야기를 전하고 싶었다. 페르시아왕자와 신라공주가 테헤란로를 웃으며 걸어 다니는 모습이 아른거린다. 두 나라의 역사가 우연이 아니라 인연으로 이어져, 거대한 문화 유전자를 이어주고 있음을 실감하게 된다면…. 우리에게 페르시아가, 이란이 남처럼 느껴지지 않고 친근한 이웃으로 다가오기를 바라면서, 옛 기억의 파편을 모아서 기록을 남긴다.

서울 테헤란로에 페르시아의 석류나무 한 그루를 심는 마음으로.

차례

2부

3부

4부

1부

페르시아왕자와 신라공주의 이야기

동해의 태양은 부드럽게 떠올랐다가 곧 온 세상을 태울 듯 이글거렸다. 희석은 오늘도 문제를 다 풀지 못한 학생처럼 끙끙거리며 동해의 바닷바람과 일출을 온몸에 맞으며 고향길을 거닐고 있었다. 그는 어려운 일이 있을 때마다 고향을 찾았다. 희석에게 아버님 혼자 사시는 고향은 힘든 삶의 피난처 같았다. 일출을 보러 나온 여행객들이 선글라스 낀 희석의 모습을 보고 속닥거렸다. 깊고 커다란 눈, 높은 콧날에 키까지 큰 이국적인 외모의 희석은 대학 다닐 때에도 여자들에게 인기가 많았다. 그의 고향은 바닷가가 가까운 경주의 시골 마을이었다. 그 마을에는 키 크고 잘생긴 남자 여자들이 많기로 경주에서 소문이 나 있었다. 이국적인 외모들 때문인지, 그들의 조상이 페르시아에서 왔다는 이야기가 신라 때부터 대를 이어가면서 구전으로 전해지고 있었다. 페르시아 사람의 집성촌인 셈일까, 마을 사람들은 늘 마을 안에서 결혼하며 그들의 전통을 이어오고 있었다. 희석은 생생하게 기억하고 있었다. 그들의 뿌리에 담긴 비밀을 찾아야 한다며, 희석의 할아버지가 어릴 때부터 희석에게 늘 이야기하던 모습을.

"우리의 조상은 페르시아 제국에서 건너온 왕자의 후손들이야. 페르시아왕자가 나라를 되찾기 위해서 떠나갈 때, 여자와 어린애들은 여기에 남아서 그들이 돌아오기를 기다렸다, 이거다."

다른 아이들처럼 할아버지의 이야기를 한 귀로 듣고 그냥 흘렸지만, 그것이 인연이 되었는지 희석은 이란에서 소년 시절을 보내게 되었다. 아버지가 이란의 건설 책임자로 가면서 희석도 따라가게 된 것이었다. 할아버지는 이란으로 떠나는 희석의 손을 잡고 말씀하셨다.

"이란이 우리 조상이라고 하는 페르시아 제국의 땅이다. 네가 그곳에 가면 신라에 왔다는 그 나라 왕자의 기록을 꼭 한번 찾아보거라."

희석은 할아버지의 페르시아왕자 이야기를 건성으로 듣고 지나갔다. 하지만 이란이라는 나라는 첫인상부터 마음에 드는 곳이었다. 아버지를 따라서 수도 테헤란에 도착했을 때 느꼈던 감정을 희석은 잊을 수가 없다. 고층 빌딩에 고급 자동차가 거리를 메운 이란은 영화에서 보던 선진국의 모습과 다를 바가 없었다.

희석이 더욱 감동했던 것은 이란 사람들의 뜨거운 환대였다. 한국에서 왔다고 하면, 이란 사람들은 형제의 나라라고 하면서 가족처럼 다정하게 품어주곤 했다. 학교 친구들도 아직 말이 통하지 않던 희석을 형제처럼 배려해주었다. 아버지는 공사의 감독관으로 현장에 가계시고 희석은 어머니와 단둘이 테헤란에 머무른다는 이야기를 들으면, 친구들과 이웃들은 희석을 앞다투어 자기 집으로 초대하곤 했다. 자신에 대한 이란 사람들의 애정이 희석의 기억에는 추억처럼 박혀

있었다.

처음에는 그들이 왜 한국을 형제의 나라라고 하는지 희석은 이유를 알지 못했다. 하루는 학교의 선생님에게 희석이 물었다.

"선생님, 왜 이란에서는 한국을 형제의 나라라고 하나요?"

시를 사랑하는 이란 선생님은 미소로 희석에게 답했다.

"옛날에 우리 페르시아왕자님이 나라를 잃은 상황에서 피난을 가셨어. 다른 나라들은 모두 외면했는데 신라의 대왕은 우리 왕자님을 형제처럼 따뜻하게 맞아주셨단다. 그리고 그 페르시아왕자님은 신라의 공주님과 아름다운 사랑을 이루시고 아들을 낳았는데, 그 아들이 우리 페르시아의 영웅이 된 거야. 지금 이야기는 역사책에 기록되지는 않았지만, 구전으로 입에서 입으로 천 년 이상을 이어져 오고 있지. 그 아름다운 이야기가 전래동화가 되어서 이란 사람들은 신라의 나라, 한국을 형제의 나라라고 여기는 거야."

그 배경에는 신라가 있었다. 페르시아왕자와 신라공주의 사랑 이야기라니, 희석의 머릿속에서 어릴 때부터 할아버지가 하신 말씀이 겹쳐졌다. 가족과 마을의 기원에 숨겨진 미스터리를 알아봐야겠다는 생각이 들었다. 희석이 한국에 있는 할아버지에게 국제전화로 선생님이 하신 이야기를 전했더니, 할아버지는 한동안 말씀이 없으셨다. 한참 후에 할아버지는 이란에 있는 희석에게 편지를 보냈다.

"나는 지금 몸이 아파서 오래 살지는 못할 것 같다. 네가 우리의 뿌리를 찾아주기 바란다. 네가 페르시아의 땅 이란에 간 것도 그냥 우연이 아닌 것 같다. 네가 한국에 오면 그동안 모은 자료를 너에게 줄 테니까 진실을 찾아주기 바란다. 주위 사람들한테는 내가 자료를 보여주지 않았다. 나를 이상한 사람 취급하니까."

할아버지는 그 이듬해 돌아가셨다. 비행기 표가 없어서 임종과 장례식은 아버지 혼자만 참석하셨다. 회사 일이 바쁜 아버지는 할아버지의 장례를 마치고 곧장 이란으로 돌아와 공사현장으로 달려가셨다. 할아버지와 아버지는 대화가 많이 없으셨다.

희석은 아버지에게 물었다.

"할아버지가 저에게 남기신 것 없으셨나요?"

아버지는 정신이 없으셔서 못 챙기신 것 같았다. 할아버지가 남기신 자료는 그렇게 사라졌다. 그러나 희석은 할아버지가 말씀하신 뿌리를 꼭 찾고 싶었다. 대학에서 역사를 전공으로 하면서 틈틈이 페르시아 제국과 신라의 자료를 파헤치고 있었다. 지도교수님에게 역사는 상상이 아니라는 핀잔을 들으면서도 희석은 꿈을 포기하지 않았다. 졸업 후 그는 방송국 다큐멘터리 피디에 지원해서 합격했다. 다큐멘터리를 제작하면서 그 미스터리를, 자신의 뿌리를 파헤치고 싶었다.

방송국 다큐멘터리 사무실은 분주하게 돌아간다. 옆 사람이 무엇을 하는지도 서로 모를 정도로. 마치 각자 개인 사무실을 운영하는 것 같다고 희석은 늘 생각했다.

"이거 빨리 특집으로 준비해야겠는데. 아 참, 다른 일도 많은데 이

거 어떡하지?”

옆자리의 시사교양 팀에서 별안간 비명을 지르는 소리에, 놀란 희석이 물었다.

“무슨 사건이라도 터졌어?”

“오늘 아침에 이란에 한국선박이 억류되었다는 뉴스가 떴어![1]”

이란이라는 말에 희석이 눈이 번쩍 띄었다. 옆자리 동료는 중동이며 이란에 대해서는 잘 알지도 못한다며 하기 싫은 눈치가 빤했지만, 희석에게는 그 이상 흥미로운 주제가 없었다. 희석의 관심을 눈치챈 팀장이 희석에게 말했다.

“어이, 안 피디. 이란 좀 아나? 이거 자네가 맡아서 해보지 그래?”

희석은 다른 프로그램도 준비하고 있었지만, 자신이 꼭 만들고 싶었던 페르시아와 신라의 다큐멘터리를 만들기 위해서라도 오늘날의 이란과 한국의 관계를 한번 정리해 볼 필요성을 느끼고 있었다. 이번 이란과 한국과의 사건과 관련지어 의문을 풀어보고 싶었다.

“제가 해보겠습니다.”

아무도 시사 특집을 맡고 싶어 하지 않는데 희석이 자원해서 하겠다고 하니, 다른 동료들은 회색 안경을 끼고 희석을 쳐다봤다. 남들이야 어떻게 생각하든, 이란에 대해 품고 있던 의문이 희석의 가슴 깊

---

1 한국 국적의 유조선 ‘한국케미’가 2021년 1월 4일(현지시간) 걸프 해역에서 이란 혁명수비대 소속 함정들에 의해 나포되었다. 이란 국영 TV는 혁명수비대가 호르무즈해협에서 환경오염 유발을 이유로 ‘한국케미’를 나포했다고 보도했다. (테헤란 AP=연합뉴스)

은 곳에서 솟아올랐다. 어릴 때 아버지와 같이 있던 이란은 친구의 나라였고 아름다운 나라였다. 그런데 그 이란이 왜 지금은 반미의 중심이 되고 북한과 함께 악의 축이 되어 국민들이 고통 속에 살고 있는지 궁금했던 것이다.

형제의 나라라고 한국인을 다정하게 대해줬던 이란이 왜 한국의 선박을 억류하는 적대적인 자세로 바뀌었는지, 그 이유부터 희석은 먼저 추적해 나가고 싶었다. 희석은 조연출에게 먼저 한국선박 나포 자료부터 준비하라고 했다. 조연출은 이제 대학을 갓 졸업하고 방송국에 입사한 2년 차 피디였다. 조연출이 자료 편집을 하면서 말했다.

"선배님. 이란 놈들은 정말 나쁜 놈들입니다. 멀쩡한 남의 나라 배를 나포하고 핵으로 세계를 위협하는 나쁜 나라입니다. 우리나라 선박을 나포하면서 기름 유출이라는 억지 이유를 대면서 나중에는 돈을 요구하고요. 테러리스트와 다름없어요."

희석은 젊은이들의 머리에 박힌 이란은 미국과 대립하는 악의 축으로밖에 보이지 않는 것 같아서 한편으로는 안타까웠다. 희석이 조연출에게 말했다.

"그들이 요구하는 돈은 자기 나라의 돈을 달라는 거야. 깡패처럼 돈을 뺏는 것이 아니야."

"선배님은 이란 편이시네요?"

"누구 편이라는 것이 아니라 진실을 밝혀야 한다는 거야. 편협한 사고방식은 시사교양의 가장 큰 적이야. 모든 가능성을 열어놓고 진실을 추적하는 것이 우리 다큐멘터리 피디의 사명이야."

후배는 겸연쩍은 듯이 뒷머리를 긁으며 말했다.

"그래도 남의 나라 선박을 나포하는 것은 해적들이나 하는 짓이잖아요."

"그래 맞아. 선박 나포한 것을 옹호하는 것은 아니야. 그러나 우리는 그 이유와 원인을 객관적으로 밝혀내야 할 의무가 있어."

희석은 편집실을 나오면서 찜찜한 기분을 떨쳐낼 수가 없었다. 그가 어릴 때 경험했던 이란과는 너무나도 변해버린 지금 이란의 모습이 낯설기만 했다. 그는 그런 의문점을 해결하기 위해서 고대 페르시아 전공으로 박사학위를 따고 시간강사로 있는 박현철 선배를 찾아갔다. 박선배는 대학 2년 선배로, 대학 다닐 때 두 사람은 밤새 술을 마시면서 페르시아의 역사에 관해서 서로 지지 않으려고 토론한 적이 많았다. 박 선배는 페르시아와 중동의 역사 전공으로 그 지역을 발로 뛰어다니며 박사 논문을 써서 실력을 인정받았지만, 대학교수 임용의 높은 문턱을 넘지 못하고 시간강사와 유튜브 강사로 지내고 있었다. 희석은 박현철 선배를 만나서 이란의 한국선박 억류를 특집으로 준비한다고 이야기하고 인터뷰를 부탁했다.

"인터뷰는 정식 대학교수님들에게 해야지 나 같은 시간강사가 먹히기라도 하겠어?"

박 선배는 약간 냉소적인 태도의 소유자로, 세상에 대해 비판적이었다.

"저는 선배님이 발로 뛰면서 중앙아시아의 역사를 바로잡은 것을 알고 있습니다. 비록 역사학계 이단아로 취급받고 있지만 저는 선배님의 발로 뛴 역사가 중요하다고 생각합니다."

현철은 담배를 물고는 말했다.

"야 나는 출연료는 필요 없고 좋은 술이나 많이 사주면 된다."

"술값이 출연료보다 훨씬 비싸요. 선배."

둘은 웃었다. 희석은 급하게 주제에 관해 질문했다.

"선배, 이란이 왜 저렇게 변해버렸나요? 이란이 한국에 대해서 형제의 나라에서 한국선박을 나포하는 적으로 바뀐 이유가 저는 궁금합니다."

현철은 담배를 길게 내뿜고는 차분하게 말했다.

"그것을 이해하려면 이란의 근세사를 알아야 한다. 원래 이란은 나라 이름이 페르시아였어. 1935년 팔레비 왕정이 페르시아에서 이란으로 국호를 개명했지. 페르시아라고 하면 화려하고 웅장한 건축물에, 신비적인 시와 아름다운 문화가 떠오르지만, 이란이라고 하면 부정적인 느낌이 드는 경우가 많아. 왜냐하면, 우리에게 이란은 호메이니와 이슬람 혁명, 근본주의 이슬람, 핵무기 등의 이미지가 강하기 때문이야. 그러나 페르시아와 이란은 같은 사람들이고 같은 나라야. 이란이라는 이름은 아리안족의 후예라는 의미를 지니고 있으며, 새로운 시대로 나아가려는 팔레비왕의 의지가 담겨 있지."

"팔레비왕은 저에게도 친숙한 이름입니다. 팔레비왕은 한국을 좋아했고 형제의 나라라고 했습니다. 그 이란이 왜 이렇게 변해버린 것입니까?"

현철은 희석의 전화를 받고 자료를 준비하고 있었다. 그는 잠깐 생각하더니 말했다.

"먼저 팔레비 왕조의 붕괴에 대해서 설명하고 넘어가야 할 것 같다. 팔레비 왕조의 시조는 레자 샤야. 레자 샤의 본명은 레자 칸(Reza Khan)으로, 이 사람이 이전의 왕조를 끝내고 새로운 왕조를 열었다. 1925년에 카자르 왕조의 마지막 통치자인 아흐마드 샤 카자르를 폐위시키고, 국민의회에 의하여 국왕에 추대되어 '샤'라는 칭호를 받았어."

희석은 팔레비왕에 대한 친근한 선입견으로 현철에게 물었다.

"그래도 팔레비왕 때문에 이란이 근대화에 성공한 것은 사실이잖아요."

"맞아. 팔레비 왕조 초기에는 서구의 자본주의를 받아들이고, 자신의 아들을 포함한 수백 명의 젊은이들을 유럽으로 보내어 근대적 교육을 받도록 지원하면서 국민의 지지를 받았어. 하지만 근대화에는 반드시 대가가 따르게 되어있지. 복고적인 이슬람 성직자들은 이란을 전통적인 이슬람 국가로 이끌기를 원했으니, 이들과 왕정 사이에는 갈등이 지속되었어. 팔레비는 대규모 비밀경찰을 조직하여 반대파에 대한 사찰과 감시를 강화하고 있었지. 이슬람 세력들의 중심에는 호메이니가 있었다. 그는 이슬람 극단주의 신봉자였으며 정치와 종교를 하나로 묶는 이슬람의 정치화를 도모했어. 팔레비왕은 호메이니를 결국 해외로 추방했지."

"해외로 쫓겨난 호메이니가 어떻게 정권을 잡게 되었나요?"

"1963년, 팔레비 왕조는 이슬람 세력이 반대하는 여성 참정권을 강행했고, 이슬람 극단세력의 반대는 극에 달하게 되었어. 팔레비 왕조는 일반 국민의 지지는 받았지만, 시아파 이슬람 종교지도자에게는 환영을 받지 못했지."

"일반 국민의 지지를 받는 것이 더 중요한 것이 아닙니까?"

"그런데 일반 국민이 팔레비왕에게 등을 돌리는 사건이 발생하게 되었어. 석유에만 의존하던 팔레비 왕조의 경제가 오일쇼크에 이은 유가 폭락으로 휘청거리기 시작한 거야. 청년 실업이 하늘을 찔렀고, 일반 국민이 먹고살기 힘들게 되었지. 국민이 힘들어하는 와중에 팔레비 왕실의 사치는 극에 달해서 이란 사람들은 분노했다. 이 기회를 틈타서 이슬람주의자들과 시민운동가들이 힘을 합하여 팔레비 왕조의 퇴진운동이 불같이 번져나갔지. 저항이 걷잡을 수 없을 정도로 온 나라를 휩쓸었고 결국 팔레비 왕조는 1979년 호메이니가 이끄는 이슬람 혁명에 의해 무너졌어."

희석은 자신이 1977년에 이란을 떠나왔기 때문에 그 이후의 상황은 잘 몰랐다. 자신과 친하게 지냈던 이란의 귀족 친구들 생각도 났다.

"호메이니가 정권을 잡은 후에 어떻게 되었나요?"

"피비린내 나는 숙청이 계속되었지. 팔레비 왕가는 미국으로 망명을 하고 그에 추종하는 사람은 모두 다른 나라로 도망갔는데 남아있었던 사람은 모두 처형되었어."

희석은 이란 친구들의 얼굴이 떠올랐다.

"호메이니가 정권을 잡은 후에 그를 돕던 시민운동가와 함께 민주화를 이루었나요?"

"호메이니는 정권을 잡은 후에 자기와 손잡았던 시민운동가들을 모두 숙청하고 정치와 종교를 일원화하는 신권정치를 시작했어. 그때부터 극단적 이슬람주의가 이란을 뒤덮고 미국과의 적대적인 관계가 계속되고 있는 거야."

현철과 헤어진 후에도 희석의 머리에는 그가 어릴 때 뛰놀던 이란의 학교와 길거리가 떠올랐다. 그리고 이란과 자신이 어떤 보이지 않는 끈에 의해 연결되어 있다는 느낌을 지울 수가 없었다. 어릴 때 아버지를 따라서 이란에서 지내던 5년 동안, 이란 사람들은 희석에게 친절했고 한국에서 왔다는 이야기를 하면 더욱 친근감을 나타냈다. 희석은 어릴 때 이란의 유적지를 아버지와 함께 찾아다닌 적이 있었다. 건설회사의 간부로 이란에 거주하던 아버지도 역사에 관심이 많았다. 한번은 어린 희석이 아버지에게 물었다.

"천오백 년 전에 어떻게 페르시아왕자와 신라공주의 사랑 이야기가 가능했을까요?"

아버지는 바쁜 가운데도 귀찮아하지 않고 어린 희석의 질문에 진지하게 대답했다.

"구전으로 전해지는데 확실하지는 않지만, 가능성은 있는 것 같다. 페르시아가 아랍의 이슬람에게 정복당하기 전에 페르시아왕자는 중국 당나라로 피신했다는 기록이 있어. 그리고 그를 뒤쫓기 위해 추격자가 따라붙었다는 것은 역사적 사실인 것 같다."

그 후 희석은 이란의 전래동화를 따라서 읊으며 자신이 페르시아의 왕자가 되는 꿈을 꾸었으니, 그 상상 속의 자신을 그리면서 자신도 모르게 이란이 좋아졌다.

어린 시절 희석의 눈에 비친 이란은 우리나라보다 훨씬 잘 사는 나라였고 모든 것이 풍부한 나라였다. 어린 희석은 이란 친구들이 부럽기까지 했다. 1970년대 돈을 벌기 위해 이란으로 일하러 온 한국인 노동자는 무려 2만 명에 달했다. 희석의 아버지야 건설회사의 높은 자리에 있었기 때문에 가족을 데리고 올 수 있었지만, 일반 노동자들은 엄두도 내지 못할 이야기였다. 혹독한 사막의 기후에서 그들이 그렇게 땀 흘려 일해서 받은 돈이, 그렇게 모아 한국으로 송금한 돈이 우리나라 경제개발의 초석이 되었던 것이다.

그렇게 잘살던 이란이 지금은 한국보다 훨씬 못사는 나라가 되어서 한국의 선박을 나포해서 돈을 요구하는 상황에 이르게 되다니, 희석은 가슴이 아팠다. 한국선박의 나포에 대해 그냥 표피적으로 접근할 것이 아니라, 그 원인부터 파헤쳐야 해결책이 나올 것 같았다. 그래서 이란에 대한 우리나라 국민의 부정적인 인식을 조금이라도 바꾸고 싶었다.

이란의 한국 선박 억류 사건은 원만하게 해결되었다. 선원들이 모두 한국으로 돌아와서 희석의 특집 프로그램은 잘 마무리되었다. 특집 프로그램 최종 편집을 끝내고 파일을 편성부에 넘기고 나오는데 박현철 선배에게서 전화가 왔다.

"네가 입버릇처럼 이야기하던 페르시아왕자와 신라공주의 이야기가 담긴 책이 실제로 영국국립박물관에서 발견되었어. 구전으로만 전하던 것이 실제 기록이 존재한다니 믿기지 않는다."

"선배 빨리 만나시죠? 지금 어디에 계세요?"

희석의 목소리도 떨리고 있었다. 어릴 때 구전으로 전하던 페르시아왕자와 신라공주의 이야기가 영국국립박물관에 보관되어 있다는 소식을 접하는 순간 희석은 몸에 전율이 일어났다. 페르시아왕자와 신라공주의 사랑 이야기를 다큐멘터리로 만들고 싶었으나 역사적 근거가 없었기 때문에 번번이 좌절되었다. 그랬던 그에게 날개를 달아줄 존재가 나타난 것이다. 그 책은《쿠쉬나메》[2], 쿠쉬의 기록이라는 의미였다. 희석은 평생을 따라다니는 환영을 본 것 같았다. 그것은 돌

2 《쿠쉬나메(Kush Nama)》는 페르시아의 서사시로, 이란의 하킴 이란샨 아불 카이에 의해 기록된 신화 역사의 일부이다. 필사본이 대영박물관에서 발견되어, 자랄 마티니 교수에 의해 출간되었다.

아가신 할아버지의 목소리 같았다. 현철은 희석을 보자마자 이렇게 말했다.

"이 중요한 정보를 공짜로는 줄 수 없지. 네가 무슨 술을 사느냐에 따라서 정보의 양과 질이 달라질 수 있어."

현철은 마음이 급한 희석을 놀리듯 웃으면서 말했다.

"선배, 우리 집에 아버님이 감춰놓은 발렌타인 30년산이 있습니다."

"너 정말 발렌타인 30년을 깔 수 있어?"

"발렌타인 100년산이 있으면 그것도 깔 수 있습니다."

그 말에 서로의 긴장이 풀렸고, 둘은 웃음을 터뜨렸다. 현철은 정색을 하고 희석에게 물었다.

"너 다큐멘터리는 어떻게 접근하려고 하니?"

희석은 평소에 생각하고 있던 것을 현철에게 말했다.

"선배님, 우리나라 사람들은 이슬람 문화에 대한 편견을 많이 가지고 있습니다. 저는 그 편견을 깨트리고 싶었습니다. 세계문명사에 찬란히 빛나는 페르시아 문화가 세계를 어떻게 변화시켰고 우리나라와 어떤 연관이 있는지 밝히고 싶었습니다."

희석의 말에 현철은 빙그레 웃으며 말이 없었다. 마음 급한 희석이 계속 말을 했다.

"선배님, 도와주십시오. 제가 어릴 때부터 품고 있던 꿈을 현실로 만들고 싶습니다. 저도 어릴 때 아버지를 따라서 이란에서 살았던 적이 있습니다. 그 기억이 평생 저를 따라다니고 있습니다."

현철은 희석의 말에 얼굴 표정이 바뀌면서 희석의 손을 잡았다.

"어려운 일이 많겠지만 너의 표정에서 해낼 수 있다는 것을 나는 보았다. 너와 내가 대학 다닐 때 술을 마시며 밤새 토론한 것이 오늘의 인연을 만든 것 같다. 네 말대로 페르시아에 대한 편견을 깨트려야 해. 우리가 어릴 때부터 학교에서 배우는 세계사가 모두 유럽 위주로 되어있어서, 그 바깥의 세계사에 대한 편견이 우리의 무의식 중에 자리 잡고 있어. 하지만 세계 문명의 시작도 메소포타미아의 페르시아였고, 세계 최초의 글자도 여기에서 탄생했어. 그리고 세계 최초의 제국도 페르시아 제국이었고, 알렉산더 대왕이나 로마제국은 페르시아 제국에서 배웠던 거야."

"선배님의 의견에 전적으로 공감합니다. 우리는 지금 페르시아를 이어받은 이란을 테러를 일삼는 이슬람 극단세력으로 부정적으로만 보고 있습니다. 그러나 제가 어릴 적에 보았던 이란인들은 문학과 시를 사랑했으며 그들의 찬란한 도시적 문화에 저는 압도감마저 느꼈습니다. 지금 제가 페르시아 관련 다큐 제작을 한다니까 이렇게 말하는 사람도 있었습니다."

"그렇게 미개한 나라의 다큐멘터리를 왜 만들려고 하는 거야? 테러범 이슬람을 옹호하겠다는 거냐?"

현철은 희석의 말을 듣고 곰곰이 생각한 후에 말했다.

"우리가 이슬람에 대해서도 잘못 알고 있어. 페르시아 하면 그냥 아랍 이슬람과 동일시하거든. 그런데 아랍의 이슬람과 페르시아의 이슬람은 완전히 달라. 페르시아는 이슬람을 받아들이기 전에 최고의 불교국가였는데. 224년 사산조 페르시아가 들어서면서 페르시아는 조로아스터교를 국교로 지정했고, 불교는 쇠퇴하기 시작했어, 그리고 페르시아의 불교는 둔황을 거쳐 중국으로 들어가게 된 것이야. 그런데 페르시아 제국이 651년 이슬람으로 무장한 아랍 세력에게 정복당하면서 찬란한 페르시아의 문화는 이슬람에 흡수되게 되었지."

"선배님, 큰 줄기는 차차 이야기하기로 하고, 먼저 페르시아왕자와 신라공주의 이야기는 역사적 사실입니까?"

현철은 서재로 들어가서 귀중한 보물을 다루듯 책을 한 권 들고 왔다. 영국 국립 박물관에서 발견된 쿠쉬나메의 복사본이었다. 페르시아어로 적혀있는 쿠쉬나메를 본 순간 희석의 손이 떨렸다. 쿠쉬나메 책에 손을 얹는 순간 1400년 전의 향기가 전해지는 것 같았다. 쿠쉬나메는 이렇게 시작되고 있었다.

페르시아 제국의 멸망

651년, 페르시아 제국의 운명은 바람 앞의 등불이었다. 마지막 황제 야즈데게르드 3세[3]는 이슬람 혁명으로 무장한 아랍 반란 세력과 끝까지 싸웠으나 제국은 무너지고 있었다. 천년을 이끌어온 제국이 자신의 손에서 끝난다고 생각하니, 그는 조상들을 뵐 면목이 없었다. 그는 죽음을 앞두고 아들 아비틴을 불렀다. 야즈데게르드 3세는 아들 아비틴의 손을 잡고 떨리는 목소리로 말했다.

"나는 조상께서 물려주신 땅에 남을 것이다만, 너만은 빠져나가서 후일을 도모하거라. 우리의 제후국이었던 소그드[4] 왕국으로 들어가라. 소그드 왕국은 대대로 우리 페르시아 제국에 충성을 다해왔고,

---

3 야즈데게르드 3세는 사산 왕조 페르시아 제국의 샤이다. 호스로 2세의 손자이며, 사산 왕조의 마지막 왕이다. 아버지는 샤흐리아르이며, 어머니는 비잔티움 황제 마우리키우스의 딸이다. 세력을 키운 이슬람의 아랍은 알카디시야 전투에서 크테시폰을 점령하였다. 야즈데게르드는 동쪽의 메디아로 도망쳤으며, 651년에 살해당했다. 그의 아들인 페로즈 3세는 중국으로 도망쳤다.

4 소그드(Sogd)인은 페르시아의 아리안계 유목민들이며, 이들은 인류 최초의 유목민으로서 넓은 유라시아를 횡단하며 흉노(튀르크) 등 많은 민족들에게 기마 유목 문화를 전파하고 영향을 주었다. 소그드 왕국은 정치적으로 완전히 통합되지는 못했지만, 어느 정도 통합된 상태에서 사마르칸트를 중심으로 형성되었다.

황제들은 늘 그에 걸맞은 은혜를 베풀었다. 그러니 소그드의 왕, 와르후만은 너를 잘 보살펴 줄 것이다. 그곳에서 힘을 모아 저 극악무도한 아랍의 이슬람을 물리치고 우리 페르시아 제국을 되찾아야 한다."

아비틴은 눈물을 머금고 정예군사 오천 명을 거느리고 사마르칸트로 향했다. 페르시아 제국 실크로드의 중심인 사마르칸트는 늘 외국의 상인들과 사신들이 넘쳐나는 도시였다. 사신들은 페르시아를 휩쓰는 전쟁의 소식을 듣고 신경을 곤두세웠다. 소그드왕은 그들을 안심시키며 말했다.

"내가 여러분의 안전을 보장하겠소. 아무리 이슬람 세력이 극악무도하다 하지만 외국의 사신들까지 해치진 않을 것이오. 그리고 사마르칸트는 상인들의 도시이기 때문에 여기에 전쟁은 일어나지 않을 것이오."

하지만 아랍군에 파괴되는 페르시아 도시들의 소식을 전해 들은 사신들은 속속 자기 나라로 돌아갈 준비를 하고 있었다. 그들 가운데 두 사람의 젊은이가 있었다. 그들은 6개월 걸려서 사마르칸트에 막 도착한 신라의 사신들이었다. 그들의 존재에 생각이 미치자, 소그드왕은 밤에 몰래 신라의 사신 두 명을 초대하여 아비틴을 소개할 계획을 짰다.

그는 아랍 군대의 위세에 소그드가 버티지 못할 것임을 알았지만, 아비틴만은 끝까지 보호하고 싶었다. 아비틴은 일단 당나라로 간다고 하였으나, 당나라와 신라는 형제처럼 지내니 신라의 사신을 인사시키는 것도 좋을 것이라 생각했다. 만약을 대비해서 신라와 아비틴의 끈을 연결하고 싶었다. 아랍이 도망간 페르시아왕자를 쫓기 위해 안간힘을 쓰고 있는 상황에서 중국이 아비틴을 버린다면, 마지막으로 갈 수 있는 곳은 아랍 이슬람의 손이 닿지 않는 실크로드의 동쪽 끝, 신라였기 때문이었다. 먼저 소그드왕은 아비틴과 비밀리에 만나서 자신의 의견을 전달하기로 마음먹었다. 소그드왕의 전갈에 왕궁으로 찾아온 아비틴은 먼저 고맙다는 인사를 건넸다.

"이렇게 따뜻하게 맞아주시고 저의 안전을 신경 써 주셔서 감사합니다. 이 은혜는 절대 잊지 않을 것입니다."

"아니옵니다. 왕자님, 제가 페르시아 황제님께 입은 은혜에 비하면 백분의 일도 갚지 못하였습니다. 왕자님은 안전한 곳으로 피신하셔서 훗날을 도모하셔야 합니다. 페르시아 제국을 부활시키는 것이 아버님의 소원을 풀어주시는 것이고 저에게도 소원이옵니다."

아비틴은 아버지와 가장 친했던 소그드왕을 보면서 아버지 모습이 떠올랐다. 아버지는 온화한 성품으로 제후국들을 덕으로 다스렸다. 소그드왕이 아버지와 술을 마시며 춤을 추고 형제처럼 지내던 모습에 아비틴은 눈물이 글썽거렸다. 아비틴의 그 모습을 보고 소그드왕은 말했다.

"왕자님, 강해지셔야 하옵니다. 제일 안전한 곳은 가장 멀리 떨어진 바실라라고 생각하옵니다. 아랍 이슬람 군이 거기까지는 오지 못할 것이옵니다. 마침 이곳에 멀리 동방의 바실라에서 온 젊은 사신이

두 명 있습니다."

"나는 평소에 바실라가 상상 속의 나라인 줄로만 알고 있었습니다."

"신라는 실크로드의 동쪽 끝에 실존하는 나라입니다. 전설처럼 부유하지는 않으나 높은 기술과 문화를 지녔으며, 전설처럼 사람들이 오래 살지는 못하나 젊은이들이 대담하고 신의를 지키며 나라를 위해 용맹정진한다는 명성이 자자한 곳입니다."

"그 말씀을 들으니 꼭 만나보고 싶습니다."

"바실라로 피신을 가시는 것은 어떠할까요. 제 생각에는 가장 안전한 곳입니다."

"그 말씀도 일리가 있사옵니다. 그러나 저는 당나라로 가야 합니다. 당나라 황제와 아버님은 서로 존경하며 의리로 맺어졌습니다. 그리고 당나라에 흩어져 있는 페르시아 세력을 모아야 합니다. 적들이 당나라에는 세력을 미치지 못하고 있으니 제가 당나라의 힘을 빌리고 당나라에 있는 많은 페르시아 사람들을 끌어모아서 우리의 나라를 되찾을 것입니다. 그러기 위해서는 당나라의 힘이 필요합니다."

"왕자님의 뜻을 잘 알겠습니다. 제가 당나라 황제에게 드릴 선물을 준비하겠습니다. 그리고 왕자님이 필요하신 모든 것은 제가 마련해 놓겠습니다. 전쟁을 하려면 돈이 있어야 합니다. 제가 준비한 모든 것을 왕자님께 드리겠습니다."

아비틴은 감격스러웠다. 아버지의 혼이 이곳에서 살아 움직이는 것 같았다. 아비틴은 감사하다는 말을 수없이 입에서 되뇌었다.

"내일 바실라 사신들과 비밀리에 자리를 만들겠습니다. 저는 사람들의 보는 눈이 있기 때문에 참석하지 않는 것이 좋을 듯합니다. 만약을 대비해서 바실라와도 좋은 인연을 맺어두십시오."

아비틴은 사마르칸트 소그드 왕국에서 신라에서 온 사신을 통해서 신라에 대해 알게 되었다. 다음날 비밀 장소에서 아비틴은 자신이 페르시아의 왕자라는 사실은 일단 드러내지 않은 채, 중국어와 페르시아어를 동시에 하는 통역관을 통해서 신라 사신과 이야기를 나누었다. 사마르칸트에 온 신라의 사신은 젊은 화랑이었다. 십칠팔 세 정도의 어린 나이인 신라 사신은 새의 깃털을 양옆으로 꽂은 모자를 쓰고 칼을 차고 있었다. 칼은 신기하게도 손잡이 끝이 둥글게 되어있었다. 복장이 고급스러우면서도 단정했고 예의가 바르고 총명하게 보였다. 아비틴은 신라의 첫인상이 마음에 들었다. 그는 차를 한잔 마시며 물었다.

"바실라는 어떤 나라입니까?"

바실라는 페르시아에서 신라를 부르는 말이었다. 두 사람의 신라 사신 중 한 명이 대답하였다.

"우리 신라는 실크로드의 동쪽 끝으로 동경이라고 불리고 있습니다. 그리고 실크로드의 상인들이 금의 나라로 말할 정도로 금이 풍부하며 산과 물이 아름다워서 모두가 동경하는 나라입니다."

아비틴은 신라의 사신들이 차고 있는 칼이 신기해서 물었다.

"지금 차고 계신 칼의 손잡이가 둥근 것이 신기합니다. 혹시 무사이십니까?"

"저희들은 신라에서 화랑이라고 불리는 신라 왕족의 후손입니다. 그리고 손잡이가 둥근 이 칼은 환두대도입니다. 우리나라의 무사들이 사용하는 칼이옵니다."

"처음 보는 칼입니다. 제가 한번 볼 수 있겠습니까?"

아비틴은 아버지가 물려주신 페르시아 황제의 칼을 지니고 있었다. 칼에 대해 관심이 많은 아비틴이 묻자, 신라 화랑은 허리에서 칼을 빼내어 아비틴에게 보여주었다. 아비틴은 신라의 환두대도(環頭大刀)를 보고는 깜짝 놀랐다. 칼에 새겨진 무늬가 페르시아의 것보다 뛰어났다. 칼에서 소리가 들리는 듯한 신라의 환두대도에 넋을 잃었다. 아비틴은 환두대도를 보면서 신라의 높은 문화와 기술을 짐작할 수 있었다. 아비틴도 페르시아에서 들은 바실라의 이야기는 너무 꿈 같아서 누가 지어낸 것이라고 생각했다. 그런데 이렇게 직접 바실라 사람을 만나고 환두대도를 보니, 그 존재가 사실로 다가오기 시작했다. 아비틴은 바실라가 낯설게 느껴지지 않았다. 아비틴은 정중하게 말했다.

"저도 언젠가는 바실라에 한번 가보고 싶습니다."

신라 사신은 말했다.

"우리 폐하께서도 좋아하실 것입니다. 우리 신라는 개방적이고 진취적인 나라라서 외국에서 오신 분을 환대하고 있습니다. 이미 페르시아에서 신라를 다녀가신 분이 있습니다. 우리 신라와 파사국은 이미 오래전부터 좋은 관계를 유지하고 있습니다. 언젠가 신라를 찾아주시면 저를 꼭 찾아주십시오. 저는 죽지랑[5]이라고 하옵니다."

아비틴은 자신의 신분을 속이면 안 된다고 생각하고 죽지랑에게 말했다.

"나는 쫓기는 몸입니다. 나는 페르시아 황제의 아들 아비틴입니다. 언젠가는 힘을 모아 반드시 페르시아 제국을 되찾을 것입니다."

아비틴의 신분을 밝히자, 젊은 화랑, 죽지랑은 아비틴 앞에서 큰절로 예를 표시하였다. 아비틴은 그들에게 술을 한잔 권했다. 죽지랑은 술을 두 손으로 정중하게 받은 후에 마셨다. 아비틴은 이 사신의 태도를 보고 신라는 예절이 바른 나라라고 생각했다.

"우리 페르시아에서도 바실라의 신비함은 잘 알려져 있습니다. 지상낙원이고 무병장수하고 금이 많은 나라라고 이야기하길래 나는 상상 속의 나라인 줄 알았습니다. 내가 비록 나라를 잃고 방랑하고 있지만, 나라를 되찾은 후에 반드시 신라를 방문하고 싶습니다."

죽지랑은 말했다.

"반드시 페르시아 제국을 되찾으실 것입니다. 페르시아 제국을 되찾으신 후에도 신라를 꼭 기억해 주십시오. 제가 귀국하면 신라의 대왕

---

5 죽지랑(竹旨郎)은 화랑 출신 장군으로 나당연합군의 고구려 정벌에도 참전하였으며, 문무왕 11년(671) 당나라와의 전쟁에서 당나라 군사와 석성에서 싸워 대승을 거두어 나당전쟁 승리의 일등 공신이 되었다. 화랑 득오가 그를 흠모하여 지은 향가 〈모죽지랑가〉가 전해진다.

님께 왕자님의 이야기를 꼭 전하겠습니다. 만약 왕자님이 신라에 오시면 꼭 저를 찾아주십시오. 소장이 페르시아 황제님을 잘 모시겠습니다."

아비틴은 페르시아 황제라는 소리를 들으니 희망이 샘솟는 것 같았다. 아비틴은 신라의 사신들에게 페르시아의 선물을 주면서 말했다.

"바실라의 황제께 꼭 내 이야기를 전해주기 바라오."

아비틴은 바실라와 자신이 어떤 인연의 끈으로 연결되어있는 느낌을 받았다. 죽지랑이 소그드를 떠나고 얼마 지나지 않아 왕자를 쫓는 아랍 이슬람 군대가 사마르칸트까지 몰려왔다. 아비틴은 적군의 추격을 피하여 험준한 파미르고원을 넘었다.

사마르칸트에 남아있는 화랑의 흔적들

희석은 우즈베키스탄을 다녀왔던 적이 있다. 2년 전의 일로, 사전에 우즈베키스탄 대사관을 통해서 취재 허락도 받았다. 사마르칸트 박물관의 사신 벽화를 카메라에 담기 위해서였다. 타슈켄트 공항에서 사마르칸트까지 자동차로 4시간이 걸렸다. 도로에 양 떼가 나타나면 자동차는 양 떼가 다 지나갈 때까지 기다렸다. 취재에 함께 참여한 페르시아 역사 전공인 최우식 박사가 말했다.

"저 양 떼를 보면 아직도 북방초원을 누비던 우리 조상들이 생각이 납니다."

최우식 박사는 우리 민족의 DNA가 북방초원에서 왔다는 확신을 가지고 연구와 논문을 계속 발표하고 있었다. 감개무량한 모습으로 양 떼를 지켜보고 있는 최 박사에게 희석은 물었다.

"박사님, 정말로 실크로드가 아름답습니다. 우리 조상들이 걸었던 북방의 초원길을 보니 저도 가슴이 먹먹해집니다."

최우식 박사는 희석에게 대답해야 한다는 것도 잊은 채, 넋이 나간 듯 차창밖에 펼쳐진 초원의 지평선을 쳐다보고 있었다. 드디어 사마르칸트에 도착한 희석은 우리 시골의 모습을 떠올렸다. 길거리에서 둥글고 큰 빵을 파는 아줌마가 차의 창문 안으로 빵을 들이밀며 사달라고 소리치는 광경이 왠지 정겨웠다. 사마르칸트의 아프라시압 박물관 특별실에서 박물관 담당자의 안내로 벽화 앞에 마주 섰을 때, 희석은 가슴이 벅차서 잠시 촬영을 잊고 멍하게 벽화를 쳐다보았다.

오래된 벽화는 색깔이 벗겨지고 훼손된 상태였고, 추가적인 손상을 막기 위해 조명을 어둡게 하여 처음에는 윤곽조차 눈에 잘 들어오지 않았다. 하지만 차츰 어둠에 익숙해지자, 세계 각국에서 모여든 사신들 사이로 2명의 모습이 어렴풋하게 드러났다. 조우관을 쓰고 환두대도를 찬. 역사책에서 보던 우리의 선조의 모습이었다. 벽화 옆에는 원본을 복원한 그림이 함께 전시되어 있었다. 사마르칸트는 동서양에서 서로의 문물을 전파하고 이해하는 실크로드의 중심지였다. 그 당시 세계의 중심이었던 페르시아 제국이 자신들의 문화 제국으로서의 면모를 자랑하기 위해 외국에서 온 사신들의 모습을 기록으로 남겨둔 것이다. 박물관 담당자는 우리에게 1965년 첫 발굴 당시의 영상을 보여주었다. 발굴 당시의 영상에서는 칼의 손잡이 끝이 둥근 환두대도와 사신의 황색 상의 등이 희미하게 남아서, 당시 복식 등은 자세히 알아볼 수 없는 상태였다. 희석은 다시 벽화 원본을 쳐다보았다. 아프라시압 궁전벽화[6]의 영문 안내판에는 두 사신을 한국인으로 표기하고 있었

---

6 아프라시압 궁전벽화(Afrasiab Painting)는 1965년에 우즈베키스탄의 옛 사마르칸트 지역에서

다. 희석은 벽화 속의 우리나라 사신들을 똑바로 쳐다보는 순간 가슴이 떨렸다. 천사백 년 전에 한반도에서 여기까지 우리의 선조들이 다녀갔다는 그 이유 하나만으로 그곳은 고향처럼 따뜻하게 느껴졌다.

먼저 희석은 최 박사에게 이 벽화의 발굴 배경에 관해 물었다.

"박사님, 이 벽화가 발굴된 배경에 대해서 설명해 주시겠습니까?"

최우식 박사는 카메라 앞에서 다소 긴장된 목소리로 설명을 시작했다.

"1965년, 사마르칸트의 아프라시압 언덕에서 세계의 고고학계를 놀라게 하는 사건이 일어났습니다. 천사백 년 동안 잊혀졌던 비밀의 역사가 모습을 드러냈기 때문입니다. 러시아 발굴단은 아프라시압 언덕에서 성벽으로 둘러싸인 도시 구조와 궁전의 윤곽을 발견했습니다. 서기 660년경 만들어졌던 궁전 내부와 사방 벽면에 그려진 많은 벽화가 그 모습을 드러낸 것입니다. 우리의 관심을 끄는 것은 이들 벽화 속에 놀랍게도 한반도에서 간 사신 두 사람이 포함되어 있기 때문이었습니다. 그 두 명의 사신은 조우관(鳥羽冠), 즉 새의 깃털을 꽂은 모자를 쓰고 두 손을 소매에 넣은 자세를 취하고 있었습니다. 그리고 두 사신 모두 허리에는 환두대도(環頭大刀)를 차고 있지요. 한반도에서 온 사람이라고 분명히 확인할 수 있는 증거들입니다. 발견 당시 국

발굴된 스키타이-소그드의 대표적인 예술 유적이다. 7세기 중반에 완성되었다고 추정되고 있다. 서쪽 벽화의 중앙 부분에서 조우관과 환두대도를 찬 한반도에서 온 사신들이 발견되어 화제가 되었다.

내외의 역사학계에서 난리가 났지요."

희석은 잠시 최 박사가 쉴 틈을 주면서 질문을 이어갔다.

"박사님, 그러면 이 벽화 속의 사신이 한반도에서 건너갔다고 하는데 그 당시 고구려 백제 신라는 모두 조우관을 쓰고 환두대도를 차고 있지 않았습니까? 그런데 교수님은 왜 이 사신이 신라에서 왔다고 주장하시는 것입니까?"

"일부 학자들 가운데는 고구려 사신이라고 주장하는 사람들도 있습니다. 그러나 제게는 이 벽화 속의 사신이 신라사람이라고 주장하는 두 가지 이유가 있습니다. 첫째, 벽화에 남아있는 소그드어 명문을 통해 주인공인 와르후만 왕의 재임 시절 결혼식 장면이라는 것이 밝혀짐에 따라, 사신 일행이 대략 660년 전후에 이곳을 다녀간 것으로 학자들은 추측하고 있습니다. 그때는 백제는 멸망하고 고구려는 연개소문 아들과의 전쟁으로 멸망 직전의 시기입니다. 그래서 이 시기에 고구려와 백제는 서역의 먼 나라와 외교를 하거나 혹은 선물을 바칠 상황이 아니었다고 저는 생각합니다. 둘째, 신라는 400년대부터 아프라시압 지역과 깊은 관계가 있었습니다. 경주 황남대총에서 출토된 유리잔, 감은사탑에서 출토된 사리함, 사천왕상의 서역인 모습, 원성왕 무덤에 있는 서역인 모습의 무인상과 경주 미추왕릉 지구에서 발굴된 보물 635호 황금보검 등, 신라가 페르시아와 깊이 교류한 흔적들이 여러 곳에서 발견되고 있습니다. 조우관은 고구려인의 모자만은 아니고 백제, 신라도 모두 깃대를 모자에 꽂고 다니는 형태가 퍼져 있었고, 환두대도의 유물은 신라에서 가장 많이 발굴되었습니다. 결론적으로 말씀드리면, 저는 이 모든 것으로 볼 때 이들이 신라의 사신이라고 확신합니다."

최우식 박사의 목소리에는 힘이 들어가 있었다. 희석은 취재하면서도 가슴에서 뜨거운 열기가 솟아올랐다. 수만 리 타국의 사마르칸트 벽화에서 1400년 전의 신라인, 우리의 선조를 만나다니 한편으로는 믿기지 않았다. 최 박사는 희석의 표정을 보고는 다시 차분한 목소리로 카메라를 향해서 말했다.

"지금으로부터 천사백 년 전에, 페르시아의 사마르칸트에 수만 리 떨어진 한반도에서 손님이 찾아왔습니다. 새 깃털 꽂은 모자에 손잡이가 둥근 칼을 차고 나타난 두 명의 사절. 그들은 소그드 왕이 사는 궁전벽화의 한구석에 그려진 채 천 년을 숨어있다가 20세기 들어 그 모습을 드러냈습니다. 그들은 우리에게 무엇을 말하고 싶은 것일까요? 이제 우리 후손들이 그 선조들의 질문에 대답해야 할 차례입니다."

최 박사는 클로징 멘트까지 확실하게 마무리했다. 촬영이 끝나고 희석은 이제 자신이 그 대답을 찾아야 한다고 결심했다. 이 이역만리 사마르칸트에 사신으로 온 조상들을 보며 그런 다짐을 하게 된 것이었다. 사마르칸트를 떠나면서 희석은 그곳이 이제 먼 곳으로 느껴지지 않았다. 사마르칸트는 동쪽 끝의 신라에서부터, 서쪽의 그리스 로마까지 이어지는 실크로드의 중심지였다. 우리 조상들이 그 실크로드를 누비고 다녔기에 이 길이 희석에게 익숙한 길인지도 몰랐다.

아비틴의 중국 생활

페르시아가 멸망한 후에 당나라로 피난 온 페르시아 사람들의 숫자가 십만 명을 넘어섰다. 나라 잃은 설움을 달래던 페르시아 난민들은 왕자가 살아있다는 이야기를 듣고 아비틴에게 몰려들었다. 아비틴은 당나라에 머물면서[7] 세력을 키워 페르시아 제국의 부활을 위해 온 힘을 쏟았다. 처음에는 당나라도 아비틴을 페르시아의 왕자로 환대했다. 당나라는 그에게 내몽골 근처 오로도스 지역에 영지를 내리고 소그드인들과 함께 6호국에 살게 했다. 당나라 고종 황제는 페르시아 제국과의 인연으로 아비틴이 필요로 하는 모든 전쟁 물자를 제공했다. 아비틴은 고마운 마음에 당나라의 수도인 장안에 황제를 자주 알현하러 갔다. 그러는 사이에 당나라 말도 익숙하게 잘하게 되었다. 그는 중국의 문화와 페르시아 문화를 융합해서 선조들이 꿈꾸던 문화의 대제국을 만들어야겠다는 꿈을 품었다. 그러나 역사가 그를 가만히 두지

---

7 "페르시아의 왕자 '페로즈'가 당나라로 망명을 하다." (《쿠쉬나메》, 이희수 · 다르유시 아크바르자데 지음, 청아출판사)

않았다.

페르시아 제국을 점령한 아랍군은 페르시아 제국의 왕자가 살아 있는 한 그를 따르는 무리가 늘어갈 것이기에 불안을 느끼고 있었다. 사마르칸트에서 쫓겨난 아비틴 왕자가 중국의 보호를 받고 있다는 소식에 아랍인들은 중국에 협박 서신을 보냈다. 중국은 실크로드를 통해서 비단을 서방에 팔아 막대한 수익을 올렸고, 그 자금으로 군비를 확장하고 있었다. 그래서 아랍인들은 아비틴을 죽여서 목을 갖다 바치지 않으면 실크로드의 보급로를 끊어서 중국의 경제에 타격을 가하겠다고 위협했다. 그러나 고종은 아비틴에게 신의를 지켰다. 페르시아 제국이 서쪽을 안정적으로 지켜주었기 때문에 당나라가 동쪽의 숙적 고구려를 정벌할 수 있었던 까닭이다.

그러나 페르시아 제국이 멸망한 후에 서역에는 대혼란이 찾아왔다. 실크로드를 통해서 문화교류를 하던 페르시아 제국과는 달리 아랍인들은 이슬람이라는 종교를 무기로 과격하게 세력을 확장하고 있었다. 그리고 당나라가 고구려와 전쟁하는 사이 북쪽의 돌궐과 서쪽의 토번이 세력을 키워 당나라의 위협으로 떠올랐다. 또한 동쪽에서는 고구려를 멸망시킨 보람도 없이, 고구려 유민의 끈질긴 저항운동에 시달리고 있었다.

그 와중에 아비틴의 버팀목이 되어주었던 고종이 병석에 누우면서, 피도 눈물도 없는 측천무후가 황제를 대신하여 실권을 잡게 되었다. 측천무후는 국가 사이의 인정과 옛 의리에는 관심이 없는 사람이었다. 그런 가운데 아랍과 당나라 사이에는 전쟁 기운이 돌고 있었다. 아비틴을 따르는 무리가 늘어나고 언제 아비틴이 복수를 하러 쳐들어올지 모르는 상황에서, 당나라가 아비틴을 보호하고 있다는 사실을 아랍인들이 견디지 못했던 것이다.

아비틴과 의상대사의 만남

아비틴은 당나라에 머무는 동안, 어느 신라 스님의 이야기를 들었다. 후일 당나라 화엄종의 대가가 되는 의상대사[8]였다. 의상은 661년에 당나라 사신의 배편을 빌려 타고 건너가 중난산(終南山) 지상사(至相寺)에서 중국 화엄종의 제2대 조사인 지엄(至嚴)의 문하에서 화엄의 깊은 이치를 배우고 있었다. 아비틴은 불교에도 관심이 많았다. 자신의 선조들이 조로아스터교를 믿기 전에 불교를 믿었기 때문이었다. 아비틴은 의상을 찾아갔다. 아비틴은 큰스님을 대하듯 의상에게 인사했다.

"저는 페르시아의 왕자입니다. 아랍의 이슬람에게 나라를 빼앗기고 이렇게 당나라에 숨어서 지내고 있습니다. 제가 스님을 찾아온 이유는 스님이 신라에서 오셨다는 소식을 들었기 때문입니다. 제가 페

---

8 의상(義湘, 625년~702년)은 통일신라시대 중기의 왕족 출신, 고승이다. 661년(문무왕 1년)에 당나라 로 건너가 중국화엄종 제2대 조사인 지엄(至嚴)으로부터 화엄종(華嚴宗)을 수학하고 법통을 이어받았다. 670년(문무왕 10)에 당 고종(高宗)이 신라에 대거 출병코자 한 기미를 김흠순 등에게 들은 의상은 급히 귀국하여 왕께 고했다. 화엄종(해동 화엄종)의 시조가 되었다.

르시아에 있을 때, 신라에서 사신으로 오신 무사 한 분을 잘 알고 있는데 그분의 소식이 궁금해서 스님을 찾았습니다."

"그분이 누구이신가요?"

페르시아왕자가 신라 화랑을 알고 있다는 말에 의상은 얼굴빛이 밝아졌다. 아비틴은 의상의 표정에서 드러나는 친근감을 읽을 수 있었다.

"죽지랑이라고 했습니다. 사마르칸트에 신라의 사신으로 오셨던 두 분 중의 한 명입니다."

의상은 아비틴이 죽지랑을 알고 있는 것에 깜짝 놀라며 말했다.

"죽지랑께서는 지금 화랑의 우두머리로 삼국통일 전쟁에서 신라의 영웅이 되어있습니다. 죽지랑께서 사마르칸트에 다녀오신 후에 페르시아의 이야기를 많이 하셨습니다."

아비틴은 의상대사의 손을 잡고 말했다.

"죽지랑을 만난 후, 어쩐지 바실라가 저에게 가깝게 느껴졌습니다. 그리고 오늘 스님을 뵙고 나니 바실라와 제가 인연의 끈으로 연결된 것 같습니다. 마치 오랜 친구를 만난 것 같습니다."

의상은 아비틴의 말에 웃으며 말했다.

"모든 중생은 인연의 끈으로 연결되어 있습니다. 그 먼 파사국에서 오신 왕자님께서 우리 신라를 기억해 주시니, 소승도 왕자님이 먼 나라의 사람처럼 느껴지지 않습니다. 파사국은 우리 불교의 뿌리였습니다. 천축국에서 석가모니께서 태어나셨지만, 석가모니의 뜻을 잘 실천한 나라가 파사국이었습니다. 저는 파사국의 높은 문화에 관심이 많았습니다."

의상이 먼저 페르시아에 대해서 좋게 이야기를 하니 아비틴은 부끄러웠다.

"저의 선조들이 불교를 아끼고 숭상했지만, 그 후로는 조로아스터교에 밀렸고 지금은 이슬람 세력에 짓밟히는 바람에 파사국의 훌륭한 승려들이 중국으로 들어왔습니다. 제가 있을 때까지만 해도 페르시아에 불교사원이 남아있었습니다."

의상은 아비틴을 편하게 하려고 말했다.

"제가 존경하는 스님 가운데 한 분이 파사국 출신의 승려이십니다. 그분은 선종 불교의 창시자로 알려진 달마대사님이십니다. 그분의 철학에 감화되어 저도 한때는 선종에 심취하기도 했습니다."

"저는 달마대사를 모르는데 그분이 우리 페르시아 사람이신가요? 제가 한번 만나 뵐 수 있을까요?"

의상은 웃으며 말했다.

"달마대사님은 백여 년 전에 돌아가신 분입니다. 그분의 철학이 후대에 전해지고 있을 뿐입니다."

"안타깝습니다. 그분이 살아계셨다면 제가 용서를 구하고 가르침을 받고 싶었습니다."

"용서를 구하신다고 하심은 무엇을 말씀하시는 것입니까?"

"우리 선조가 조로아스터교를 국교로 지정하면서 불교를 배척했기 때문입니다. 속죄하는 의미로 바실라의 스님께 많은 가르침을 부탁드립니다."

의상은 아비틴의 고귀한 인품에 빠져들었다. 의상이 당나라 장안에 머무는 동안 아비틴은 장안에 들릴 때마다 의상을 찾았다.

그러나 세월은 아비틴을 그냥 두지 않았다. 아랍 이슬람과 당나라의 긴장이 팽팽히 감도는 사이에, 아랍의 사신이 당나라 장안으로 왔다. 아랍 이슬람의 최후통첩이 당나라에 도착했다. 일종의 선전포고였다.

"아비틴의 목을 내어놓지 않으면 아랍 제국은 장안으로 쳐들어갈 것이오."

당나라 고종은 아비틴을 죽일 수가 없었다. 그러나 그의 황후인 측천무후[9]는 아비틴을 죽여야 한다고 강력하게 남편에게 항의하였다. 황제의 병이 깊어갈수록, 그를 대신해서 정무를 보는 측천무후의 세력은 날로 커져가고 있었다. 측천무후는 고종에게 이렇게 말했다.

"폐하, 지금 아랍 제국의 세력은 막강하옵니다. 동쪽에서는 아직도 고구려 잔존 세력과 싸움이 끝나지 않았고, 북쪽의 오랑캐는 호시탐탐 노리고 있는 가운데 서쪽에서 아랍 제국이 쳐들어 오면 당나라는 포위당하는 형국으로 힘이 분산되어 고전을 면치 못할 것이옵니

---

9 당나라 고종의 황후로 690년 황제의 자리에 올라 15년간 대륙을 통치했다. 후에 나라 이름을 주(周)로 고치고 스스로를 성신 황제라 일컬었다. 측천무후는 중국에서 최초이자 최후로 여황제에 오른 인물이다.

다. 하루빨리 아비틴의 목을 쳐서 아랍국에 건네주고, 저들과는 평화 조약을 맺어야 합니다."

당나라 고종황제는 아비틴의 아버지를 생각하면 그렇게 할 수는 없었다. 그는 고민 끝에 아비틴을 불렀다. 그리고 아비틴에게 아랍 사신의 전갈을 보여주며 말했다.

"어떻게 하면 좋겠소?"

아비틴은 병석에 누운 황제에게 말했다.

"폐하, 지금이 기회이옵니다. 저에게 기회를 주십시오. 당나라가 힘을 모아 주신다면 제가 선봉에 서서 아랍을 무너뜨리고 페르시아 제국을 되찾을 것입니다."

하지만 당나라 고종은 전쟁이 내키지 않았다. 그는 숙적인 고구려를 정복하는 전쟁으로 몸과 마음이 모두 지쳤고, 결국 병을 얻고야 말았다.

"당나라는 지금 사방팔방에서 전쟁을 치르고 있소. 병사들이 지쳐 있다오. 또다시 대규모 전쟁을 시작하면 백성들의 피로가 겹쳐서 민란이 일어날까 두렵소."

"폐하 그러시면 제가 어떻게 하는 것이 좋겠사옵니까?"

"내가 아랍 황제를 잘 설득해보겠소. 왕자는 깊은 산속이나 남쪽의 열대지방으로 가서 거기서 힘을 기르는 것은 어떻겠소? 지금 왕자의 군사로는 절대 저들을 감당할 수가 없소. 내가 은밀히 장소를 알아보고 무기를 제공할 테니 그 후로는 왕자가 알아서 하시오. 이것이 내가 그대의 선친에게 할 수 있는 최대의 보답이오."

"폐하, 한 달의 준비 기간을 주시옵소서."

"걱정 마시오. 내가 한 달은 막아볼 테니까 그동안에 몰래 떠나주시기 바라오."

당나라가 동쪽 고구려와의 전쟁에 온 힘을 쏟아서 백성들이 전쟁에 지쳐있는 가운데 서쪽의 아랍 제국이 쳐들어온다는 소문이 흉흉하게 나고 있었다. 당나라 사람들은 아랍 제국의 침략 원인이 당나라에 있는 페르시아 사람들의 부흥운동에 있다고 생각했고, 페르시아인들을 억압하기 시작했다. 아비틴은 결국, 중국을 버리고 새로운 곳을 찾을 수밖에 없었다. 아비틴은 장안의 화려한 궁궐을 물러나면서 눈물이 쏟아졌다. 갈 곳이 없었다.

그때 그의 머리에 떠오른 것은 죽지랑과 의상의 나라, 신라였다. 당나라 황제 고종의 병세가 깊어지자 황후 측천무후가 대리청정을 하게 되었다. 그녀는 당나라의 어수선한 분위기를 바꾸기 위해서라면 친구들도 배신할 작정이었다. 아랍과는 화친하고, 가장 만만한 신라부터 칠 계획이었던 것이다. 의상은 김흠순에게 이 소식을 듣고 급박하게 움직이고 있었다.[10] 이런 긴박한 시기에 아비틴은 의상을 찾아갔

---

10 "旣而本國承相金欽純一作仁問 良啚等 往囚於唐 高宗將大擧東征 欽純等密遣湘誘而先之 以咸亨元年庚午還國 聞事於朝 命神印大德明朗 假設密壇法禳之 國乃免. 이때 이미 본국의 승상 김흠순과 양도 등이 당나라에 갔다가 갇혀있었는데 당 고종이 군사를 크게 일으켜 신라를 정벌

다. 의상대사는 당나라가 신라의 영토를 뺏기 위해 전쟁을 준비한다는 소식을 전하러 급히 신라로 떠나려던 참이었다. 의상은 아비틴에게 말했다.

"당나라 고종황제는 신의와 의리를 중시하지만, 측천무후는 의리를 헌신짝처럼 버리고 자신들의 권력만 유지하려고 합니다. 측천무후 때문에 왕자님도 위험하고 우리 신라도 위험하옵니다."

아비틴이 의상에게 물었다.

"대사님, 저는 어떻게 하는 것이 좋겠습니까?"

"왕자님도 여기 계시면 위험합니다. 빨리 이곳을 탈출하셔야 합니다. 제가 신라 대왕께 왕자님의 피난처를 부탁하겠습니다."

아비틴은 의상대사의 손을 잡으며 말했다.

"대사님 감사합니다."

"우리가 같이 출발하면 의심을 받을 것이니 제가 먼저 신라로 출발해서 왕자님을 기다리겠습니다. 신라 대왕께 제가 왕자님의 이야기를 하겠습니다. 반드시 우리 대왕께서는 왕자님을 껴안으실 것입니다."

아비틴의 눈에는 눈물이 글썽거렸다. 의상은 생각을 가다듬고 아비틴에게 말했다.

"왕자님이 신라에 도착하면 꼭 소개해 드릴 분이 있습니다. 저의

하려 하자 흠순 등이 남몰래 의상에게 권유하여 먼저 돌아가게 했다. 함형12) 원년 경오(670)에 귀국하여 이 일을 조정에 알리자 신인종의 고승 명랑을 시켜 임시로 밀교의식을 행할 단을 세우고 비법으로 기도하니, 국란을 벗어날 수 있었다." 《삼국유사》, 제4권 義解편 義湘傳教)

사형이신 원효대사이십니다. 두 분은 잘 어울릴 것입니다."

"원효대사님은 어떤 분이신가요?"

의상은 잠시 생각을 하다가 아비틴에게 말했다.

"평범한 것들 속에서 우주 만물의 이치를 발견하려는 사람이지요."

아비틴은 의상의 말을 듣고 원효가 어떤 사람인지 궁금해졌다.

"그분을 꼭 만나보고 싶습니다."

그렇게 의상대사와 아비틴은 서로의 마음을 터놓고 오랜만에 가슴이 품었던 이야기를 나누었다. 그날 밤, 의상은 혈혈단신으로 황해를 건넜다.

원효와 의상

화엄종의 제2대 조사인 지엄(至嚴)으로부터 물려받을 3대 조사 자리도 물리치고, 의상은 위기에 빠진 조국을 구하기 위해 신라로 돌아왔다. 그는 당에서 돌아오자마자 문무왕을 배알하고 당나라의 정세를 상세히 보고하였다.

"폐하, 당나라의 상황이 심상치 않습니다. 저들은 우리 삼한을 집어삼킬 궁리를 하고 있습니다. 백제의 웅진도독부(熊津都督府)와 고구려의 안동도호부(安東都護府)를 통해서 직접 통치하고 거기에 반대하는 신라마저 없애려 하고 있습니다. 당나라를 믿지 마시고 철저한 대비를 하셔야 하옵니다."

문무왕은 의상의 마음이 고마웠다.

"속세를 떠난 대사께서 이렇게 나라 걱정을 해주시니 우리 신라는 지켜질 것이오. 대사의 애국심에 짐은 크게 감동했소."

"폐하, 저는 한 사람의 승려이기 이전에 신라의 백성이옵니다. 나라가 있어야 믿음도 있는 것입니다."

"대사께서 걱정해주시니 짐도 마음이 놓입니다. 역시 그들은 국내

사정 때문에 미루고 있었을 뿐이지, 언젠가는 속내를 드러내고 마수를 뻗칠 것이었구료. 대사의 말대로 철저히 준비하겠소. 대사의 애국심이 우리 신라를 지켜낼 것이오."

의상은 문무왕의 확고한 결심을 듣고 페르시아왕자 아비틴의 이야기를 꺼낼 시점이라고 판단하고 문무왕에게 말했다.

"폐하, 소승이 한 가지 청이 있사옵니다."

"말씀하시오. 대사의 청이라면 짐이 못 들어 줄 것이 무엇이 있겠소?"

의상대사는 아비틴의 모든 사정을 처음부터 끝까지 이야기하였다. 아비틴이 왜 신라에 오려고 하는지와 당나라와의 전쟁에 아비틴이 필요하다는 점도 놓치지 않았다. 의상의 이야기를 다 듣고 문무왕은 말했다.

"짐도 파사국 왕자의 이야기를 속특(소그드)에 사신으로 갔던 죽지랑에게 들은 적이 있소. 어려운 사람을 돕는 것이 동방예의지국의 예절 아니겠소. 걱정하지 마시오. 짐이 최대한 파사국 왕자가 도착하면 도울 것이오. 어려운 처지의 사람을 생각하는 대사의 마음에도 짐은 깊이 감명받았소."

의상은 웃으며 말했다.

"소승이 오지랖이 넓어서 폐하께 폐를 끼쳤습니다. 송구하옵니다."

"아니오. 대사. 파사국 왕자도 분명 우리에게 도움이 될 것 같소.

저 먼 서역의 이야기도 짐은 듣고 싶소."

의상은 물러나면서 한번 더 문무왕에게 다짐하듯 말했다.

"폐하, 당나라와의 전쟁에 한 치의 빈틈도 용납되어서는 아니 될 것이옵니다."

"우리 신라도 그렇게 만만하지 않다는 것을 이번 기회에 당나라에게 보여주고 싶소. 이때까지 당나라에게 당한 수모를 갚아 줄 때가 온 것 같소. 저들이 언제 쳐들어올지 모르니 우리는 백배 천배 더 경계를 강화해서 지켜낼 것이오. 의상대사께서 호국불교로 신라를 지켜주시오."

호국불교 이야기를 들으니 의상은 원효가 생각났다. 의상은 왕에게 말했다.

"폐하, 소승은 화엄경 교리를 연구하는 선승이옵니다. 호국불교를 주창하신 분은 원효대사이옵니다. 원효대사는 불교를 대중에게 처음으로 접근시킨 대승불교의 창시자이십니다. 호국불교는 원효대사와 상의하시는 것이 좋을 듯하옵니다."

"의상대사께서 원효대사를 한번 만나주시는 것은 어떻겠습니까?"

원효의 이야기는 문무왕에게 사랑하는 동생 요석공주를 떠올리게 했다. 요석은 원효를 끝내 잊지 못해 결국 파계로 이끈 공주였다. 원효와 요석공주의 이야기는 서라벌의 모든 사람에게 술안주거리였다.

어릴 때부터 똑똑해서 아버지 태종무열왕의 사랑을 독차지한 요석공주는 결혼 후 석 달 만에 남편을 전쟁에서 잃었다. 아버지가 좋은 자리에 재혼을 시키려고 했지만, 공주는 한사코 거부하고 혼자 살았다. 문무왕은 반월성 밖의 남산 기슭에 동생이 거처할 집을 마련해주었는데, 사람들은 그 집을 요석궁이라 불렀다. 여동생을 생각할 때마다 문무왕은 혼자된 동생이 안타깝고 애처로웠다. 아버지 태종무열왕의 얼굴이 겹쳐지며, 아버지가 살아계셨으면 동생이 저렇게 외롭지 않았을 것이라는 자책감이 들곤 했다.

불심이 깊었던 요석공주에게 처음에는 남녀 간의 사랑이 아니었다. 원각사에서 원효대사를 뵙고 그만 빠져들고 말았지만, 원효의 덕과 인품에 반한 것이었다. 그러나 그녀도 사람인지라, 나중에는 그 흠모가 사랑으로 바뀌었음을 인정하고 말았다. 문무왕은 요석공주가 아들을 낳은 이후에야 일의 앞뒤를 알아차리고 당황했지만, 동생이 원하는 것을 어떻게든 해주고 싶었다. 그러나 원효는 바람처럼 사라졌다. 그런 원효가 어떻게 요석공주와 몸을 섞었을까. 문무왕에게는 여전히 그 사실이 의아했다.

왕은 요석공주와 아들 설총에게 할 수 있는 모든 것을 제공하였다. 그러나 원효는 자신은 파계승이라고, 걸레승이라고 하면서 전국을 유랑하고 다녔다. 문무왕은 원효를 만나고 싶었지만, 원효는 아무도 만나려고 하지 않았다. 문득 문무왕은 원효의 행방이 궁금했다.

"원효대사가 지금 어디에 계시는지 알고 계십니까?"

"당나라에서 귀국하자마자 원효의 행방을 수소문했습니다. 신라의 온갖 큰 절을 뒤져도 나오지 않겠지만, 무애암이라는 작은 암자를 찾으면 된다더군요. 제가 뵙겠다고 전갈을 보냈습니다."

문무왕은 기뻐하며 말했다.

"원효대사를 만나시거든 짐의 뜻을 꼭 전해주시오."

"반드시 폐하의 뜻을 전달하겠사옵니다."

문무왕은 잠시 뜸을 들인 다음 조심스럽게 말했다.

"그리고 부탁이 하나 더 있소."

"말씀하십시오. 소승이 받잡겠나이다."

"원효대사에게 요석공주가 있는 요석궁에 가끔 들리시라고 전해주시오. 아무리 높은 철학과 이상이 있더라도 그중에 가장 으뜸이 인륜의 도리라고 생각하오. 요석공주와 설총을 생각해서라도 가끔 요석궁에 들러달라고 말씀해주시오."

문무왕은 대왕의 권위도 무시하고 오빠로서 부탁하고 있는 것이었다. 의상은 문무왕의 마음을 알고 있었다. 문무왕은 무안했는지 의상에게 술을 한잔 따랐다. 의상은 문무왕이 따르는 술을 거부하지 못하고 입에만 대고 내려놓았다.

다음 날 의상은 원효를 찾아서 무애암(無碍庵)으로 갔다. 다른 누구도 만나지 않던 원효도, 친동생 같은 의상이 당나라에서 귀국했다는 말에 거절할 수가 없었다. 십 년 만의 만남이었다. 함께 당나라로 가려고 했지만, 의상 혼자만 보냈던 깨달음의 사건이 마치 어제의 일

같았다. 의상이 먼저 원효에게 큰절하였다.

"큰스님이 이런 파계승에게 큰절하다니 당치 않습니다. 화엄종의 조사 자리도 맡아 놓고 오신 분이."

의상은 어릴 때부터 원효를 형처럼 따랐고 존경했다. 둘만의 자리에서 그들은 여전히 형제처럼 서로를 불렀다.

"형님, 무슨 말씀이십니까? 제가 중이 된 것도 형님의 영향입니다. 저에게 큰스님은 형님 한 분밖에 없습니다."

원효는 의상을 지그시 바라보았다. 자신을 따라다니던 어린 의상의 모습이 원효의 눈에 어른거렸다. 총명하고 지혜로웠지만 부끄러움이 많아서 남 앞에 나서기를 싫어하는 의상의 모습이 그려졌다. 원효는 의상의 손을 잡고 말했다.

"그래, 당나라의 이야기를 한번 들어보고 싶네."

의상은 원효에게 자신의 본심을 이야기했다.

"깨우침을 얻으러 당나라에 갈 필요는 없을 것 같습니다. 그것은 형님의 말씀이 옳았습니다. 그러나 더 넓은 세상을 경험하기 위해서는 당나라가 도움이 되었습니다. 당나라 장안에는 피부색이 하얀 사람도 있고 검은 사람도 있습니다. 저는 그곳에서 더 많은 나라의 사람을 만날 수 있었고 더 큰 세상을 보았습니다. 신라와 당나라와 왜와의 삼각 틀 속에 갇혀있는 우리의 세계가 너무나 좁았다는 것을 느꼈습니다."

원효는 웃으며 말했다.

"그 말을 들으니 나도 더 큰 세상을 구경하고 싶네."

그 말을 듣고, 의상은 이제야 아비틴의 이야기를 꺼낼 수 있겠다고 생각하고 원효에게 말했다.

"제가 형님께 소개시켜 드릴 분이 있습니다. 파사국의 왕자님이신 아비틴이라는 사람입니다. 그분에게서 넓은 세상의 이야기를 들으실 수 있을 것입니다. 형님과는 잘 어울릴 것이라고 저는 생각합니다. 그 분은 높은 문화적 식견을 가지신 분이십니다. 형님의 철학을 이해하실 것이 분명합니다."

"동생의 칭찬이 심한 걸 보니 보통 사람은 아닌 것 같구먼."

원효는 속으로는 파사국 왕자가 어떤 사람인지 궁금해하면서도 짐짓 아무렇지도 않게 말했다. 의상이 원효에게 말했다.

"아비틴은 파사국 황제의 아들로 식견과 철학이 뛰어났습니다. 그 분과 이야기가 되는 분은 우리나라에서 형님밖에 안 계신다고 저는 생각했습니다."

원효는 웃으며 말했다.

"이런 땡중에게 무슨 철학이 있고 식견이 있겠는가? 이미 화엄경의 불법을 통달한 자네가 더 어울리지 않겠는가?"

"저는 아직 형님의 그릇에 비하면 간장 종지도 되지 못합니다. 형님께서 추구하시는 세상의 이치를 파사국의 배화교[11]에서도 찾으실

---

11 조로아스터교를 중국에서는 배화교라고 불렀다.

수가 있을 것입니다. 아비틴 왕자는 배화교에도 상당한 지식을 가지고 있습니다. 신라에서 불교를 국교로 하듯이 배화교가 파사국의 국교라고 합니다. 저는 화엄경 설법을 위해서 전국을 돌아다녀야 하니 형님께서 파사국 왕자가 신라에 오면, 잘 사귀시어 심오한 뜻을 통달하시기 바랍니다."

원효는 웃으며 말했다.

"의상, 자네가 나한테 짐을 맡기는 것 같구만. 나는 내 혼자도 주체하기 힘든 몸이야."

둘은 허물이 없는 사이였다. 의상은 성질이 꼿꼿하고 융통성이 없는 성실한 성격이었으나, 원효는 조금 엉뚱하고 자유스러운 영혼의 소유자였다. 의상은 그 원효를 좋아하고 항상 따랐다.

"형님이 만나보시면 분명히 좋아하실 것입니다. 형님과 비슷한 분이십니다."

"나하고 비슷하면 그 사람도 좀 이상한 사람이 아니냐?"

원효는 농담 비슷하게 했지만, 의상이 추천하는 파사국의 아비틴을 만나보고 싶었다. 의상은 분위기가 무르익자 조심스럽게 원효에게 말했다.

"형님, 몇 달 전에 제가 대왕 폐하를 만났습니다. 폐하의 걱정이 많으십니다."

원효는 의상이 무엇을 이야기하려는지 알고는 대화를 끊고 말했다.

"요석공주 이야기는 하지 마시게."

원효는 요석공주와 몸을 섞은 후, 스스로 파계승이라고 자처하며 거지처럼 전국을 떠돌다가 무애암에 자리 잡은 것이다. 의상은 지지 않고 원효에게 말했다.

"형님이 아직도 요석공주를 잊지 못하고 있다는 증거입니다. 형님, 이 암자의 이름이 무애암이라고 들었습니다. 무애암이란 아무것에도 거리낄 것이 없는, 다시 말하면 아무것에도 장애가 되지 않은 마음이 고요한 암자가 아닙니까? 그런데 형님은 아직도 요석공주님 때문에 흔들리고 계십니다. 아직도 요석공주님을 뛰어넘지 못하셨다는 것입니다. 그 장애를 뛰어넘어 요석공주를 만나셔서 무애의 경지에 오르십시오."

의상의 말에 원효는 부끄러웠다. 자기 스스로 무애(無碍)의 경지에 오르겠다고 무애암(無碍庵)을 짓고 고행의 길에 오른 지 벌써 삼 년이 지났다. 그러나 그럴수록 더욱 뚜렷하게 떠오르는 얼굴이 요석공주였다. 의상은 원효의 그 속을 정확히 집어낸 것이다. 원효는 의상에게 속마음을 터놓았다.

"해탈의 경지에 이르기 위해 목숨까지 바칠 각오로 정진했지만 역시 나도 평범한 인간인가 보네. 남들은 나를 해탈한 고승의 반열에 올려서 우러러보지만 나는 진작 그 칭송에 함몰되어 나 스스로가 부처가 된 양 행동하고 다녔어. 그런데 깨닫고 보니 그 깨달음이 아무것도 아닌 것을 나는 알았어. 부처님도 그 깨달음 속에서 더욱 인간적인 고뇌가 깊어지셨던 것 같아. 인간은 죽으면서 그 진리를 깨닫는 것 같아."

의상은 원효의 속마음을 듣고는 숙연해졌다.

"형님의 말씀이 맞습니다. 진리를 찾아서 저도 당나라까지 갔지만, 그곳에도 진리는 없었습니다. 진리는 우리의 마음속에 있었습니다. 그런데 그 마음이 항상 바람처럼 움직이고 있었습니다. 진리는 바람과 같다고 해야 할까요? 바람은 실체가 없지만 모든 것을 움직입니다. 우리는 움직임을 보고 바람을 알 수 있지요. 인생도 바람인 것 같습니다. 형님은 그 바람에 따라 사시는 것이 무애라고 생각합니다. 형님의 마음이 움직이는 것이 바로 바람입니다. 그 바람에 맞서지 마십시오. 지금 형님에게 부는 바람은 요석공주이십니다."

"알았네. 내가 한번 생각해보겠네."

의상은 더 이상 원효에게 이야기하지 않았다. 원효의 눈빛에서 알 수 있었다. 원효가 의상에게 물었다.

"의상은 서라벌에서 나와 함께 밑바닥 백성들의 불교를 같이 만들지 않겠는가?"

"형님과 저의 길은 다르다고 생각합니다. 형님은 민초들과 함께하시는 발로 뛰는 부처이시지만 저는 수줍음이 많은 공부하는 학생입니다. 형님이 백성과 함께하시는 동안 저는 그 이론적 뒷받침으로 부처님의 말씀을 정리하도록 하겠습니다. 제가 서라벌에 있으면 귀족들이 저를 좋아하지 않습니다. 그들은 부처님의 말씀 중에 저들이 좋아하는 것만 선택해서 이용하는 것입니다. 그들이 말하는 선택적 정의는 부처님의 만민 평등과 일치하지 않습니다."

"나도 그 위선적인 귀족들 때문에 싸우고 있는 것이야. 자네가 함께하면 나에게는 큰 힘이 될 것 같아."

"저는 강원도 낙산사에 가서 머물고자 합니다. 그곳에서 화엄경 이론을 완성시키고 싶습니다."

원효는 의상의 고집을 꺾을 수 없다는 것을 알고 의상의 손을 잡고 말했다.

"의상, 자네는 나보다 열 살이나 어리지만, 나는 항상 의상이 형처럼 느껴졌어. 모든 것에 신중하고 사려 깊은 모습이 나에게 스승과도 같았어."

"천하의 원효 스님이 아직 햇중에게 무슨 말씀이십니까? 몸 둘 바를 모르겠습니다."

"내가 한번 낙산사에 찾아보리다."

하지만 이것이 우리나라 불교의 두 거목이 한 자리에 함께한 마지막 순간이었다. 원효와 헤어지면서 아비틴을 부탁하고 떠난 의상은 강원도 낙산사에 머물다, 낙산사가 소문이 나서 사람이 밀려오자 절을 버리고 영주의 부석사를 창건했다. 의상대사가 창건한 낙산사와 부석사는 의상의 향기를 머금고 후세에 전해지고 있었다.

페르시아는 불교국가였다

희석은 쿠쉬나메에 나오는 아비틴과 의상대사가 같은 시기에 중국에 있었고 아비틴이 신라에 온 이후에 나당전쟁이 벌어졌다는 역사적 사실만으로 흥분되었다. 그리고 이슬람으로만 알고 있던 페르시아가 불교를 이끈 나라였다는 사실에 또 한 번 역사의 무지함에 부끄러움을 느꼈다. 인도에서 시작한 석가모니의 불교는 인도에서는 힌두교에 밀려서 번창하지 못하고 인도 서쪽에 있는 페르시아의 파르티아 제국에서 불교의 꽃을 피웠다. 중국의 불교도 서쪽의 페르시아 불교가 중국으로 전해진 것이었다. 현재 우리나라의 절에 있는 부처님상도 간다라 미술[12], 곧 페르시아와 그리스의 영향을 받은 것이었다. 희석은 아비틴과 관련한 불교와 그리고 그가 만난 의상대사와의 관계가 궁금해졌다. 그는 의문이 생길 때마다 박현철 선배를 찾아

---

12 간다라 미술은 그리스, 로마 양식이 그 기원으로, 기원전 2세기 후부터 수 세기에 걸쳐 간다라(지금의 파키스탄) 지방을 중심으로 헬레니즘 문화의 영향을 받아 새로 발생한 인도 불교미술을 말한다. 주로 불상에서 그 특징을 찾아볼 수 있는데, 불상의 얼굴이나 머리카락 등이 사실적으로 표현되어 있다.

갔다. 희석은 현철에게 다짜고짜 물었다.

"선배, 쿠쉬나메에 나오는 페르시아왕자와 의상대사가 만났다는 기록은 있나요?"

현철은 무대뽀로 물어보는 희석을 보며 기가 차다는 듯이 말했다.

"야, 너는 미리 연락이라도 하고 와야지, 갑자기 쳐들어와서 물어보면 내가 무슨 컴퓨터라도 되냐? 입력하면 바로 나오는 슈퍼컴퓨터냐?"

"컴퓨터는 내가 원하는 것을 가르쳐주지 못해요. 선배는 역사에 감정을 불어넣어 주잖아요. 그래서 선배를 찾는 거예요. 저도 단편적인 지식의 역사는 좋아하지 않아요. 애정과 감정이 깃든 역사를 찾고 싶은 것이에요."

"너는 말은 잘한다. 나를 치켜세우고 뽑아먹으려고 하는 거지?"

현철은 희석에게 매일 당하면서도 즐거웠다. 후배의 집념이 보기가 좋았고 끝까지 파헤치려는 그 끈기를 높이 사고 있었다. 그는 희석의 질문에 진지하게 말했다.

"페르시아왕자와 의상대사가 만났다는 기록은 없어. 그러나 두 사람이 같은 시기에 당나라에 머물렀던 것은 사실이야. 그리고 아비틴이 신라에 관심이 많았다는 기록이 있는 것으로 봐서 만났을 가능성은 있는 거지."

희석은 단편적으로 알고 있는 의상대사와 원효대사의 이야기가 페르시아왕자와 연결되어 있다는 것이 의아스러워서 현철에게 물었다.

"의상대사와 원효대사의 이야기는 당나라 유학길에 올랐다가 해골 물을 마시고 유학길을 포기했다는 이야기는 알고 있는데 우리는 해골물 마셨다는 것에 신기하다고 생각했지, 그 깨달음에 관해서는 깊이 생각하지 않았어요."

"원효대사는 해골물을 마신 후, 이렇게 말했어.

'한 생각이 일어나니 갖가지 마음이 일어나고,

한 생각이 사라지니 갖가지 마음이 사라진다.

여래께서 이르시되, 삼계가 허위이니 오직 마음만이 짓는 것이다.

모든 것은 마음이 만드는 것임을 이제야 깨달았다네.[13]'

모든 것이 마음먹기에 달렸다는 일체유심조(一切唯心造)가 여기에서 나온 것이야."

현철은 자신이 원효에 심취해서 원효가 된 것처럼 들떠있었다. 희석은 좀 더 냉정한 자세로 페르시아왕자와 연결된 의상대사에 대해서 알고 싶었다. 삼국유사에는 의상대사가 당나라가 신라를 침략할 것이라는 정보를 듣고 신라에 그것을 알린 것으로 전하고 있었다. 희석은 당나라에 유학 간 불교 승려가 국가기밀을 알고 신라에 알렸다는 것이 궁금해져서 현철에게 물었다.

---

13 "心生卽種種心生, 心滅卽種種心滅, 如來大師云 三界虛僞 唯心所作, 一切唯心造"

"그렇게 고귀한 인품의 의상대사가 당나라가 신라를 침략할 것이라는 비밀을 신라에 알렸다는 것은 사실인가요?"

"그것은 삼국유사에 나오는 내용이야. 의상은 670년에 신라로 돌아왔어. 삼국유사 의상전교(義湘傳教)의 기록에 따르면 의상의 귀국 동기는 당나라 고종(高宗)의 신라 침략 소식을 문무왕에게 알리는 데 있었다고 한다. 당나라는 신라가 삼국통일 후에 고구려와 백제의 땅을 당나라의 허락도 없이 차지한 것에 노하여 신라 승상 김흠순(金欽純)을 잡아 가두었다. 그리고 당 고종이 신라에 대거 출병코자 한 기미를 김흠순 등에게 들은 의상은 급히 귀국하여 문무왕께 고하고 미리 전쟁을 준비해서 화를 면했다고 한다."[14]

"의상은 화엄종의 대가이시면서 애국자셨네요."

"그 당시는 호국불교 사상이 강해서 스님들의 애국정신은 매우 강했어."

"신라에 귀국한 이후에 의상대사의 활동은 어떠했나요?"

"의상과 원효는 같은 큰스님이지만, 그들의 행로는 완전히 달랐어. 원효는 대중 속에서 대중과 함께하는 부처의 삶을 살았다면, 의상은 속세를 떠나 화엄경의 이론을 정립하는 일에 몰두했지."

"의상이 전파한 화엄경이라는 것은 어떤 것인가요?"

---

14 "既而本國承相金欽純一作仁問 良啚等 往囚於唐 高宗將大擧東征 欽純等密遣湘誘而先之 以咸享元年庚午還國 聞事於朝 命神印大德明朗 假設密壇法禳之 國乃免." (《삼국유사》, 제4권 義解편 義湘傳教)

"화엄종의 깊은 논리는 자세히 모르지만, 그 기본 사상은 화합과 통합이야. 화엄종 교리 속에는 일즉다 다즉일(一卽多 多卽一) 사상이 들어있어. '하나인 것이 많은 것이요, 많은 것이 하나인 것이다'로 해석되는 이 화엄종의 사상은 삼국통일 이후 새롭게 신라사람이 된 고구려와 백제 유민도 신라 백성이라는 통합 명분을 제공해 주었지. 원효가 무지렁이 농민도 믿을 수 있는 불교사상을 신라 땅 곳곳에 전파하여 신라 불교의 대중화에 기여했다면, 의상은 신라 땅에 화엄종의 사상을 널리 퍼트리며 삼국통일 이후 혼란과 분열을 통합과 화합으로 이끌었어. 그러나 무어라 해도 가장 커다란 차이는 의상이 승려로서의 본분에 충실하고자 한 반면, 원효는 승려와 속인의 경계조차 뛰어넘고자 하였다는 점이다. 그럼에도 불구하고 두 사람은 끝까지 서로를 존중했다고 볼 수 있어."

희석이 상상 속으로 원효와 의상을 그리고 있을 때, 현철은 희석에게 차분하게 정리하면서 말했다.

"651년 페르시아 제국이 아랍의 무슬림에게 멸망당한 이후 페르시아의 유민들이 당나라에 물밀 듯이 밀려왔다. 아비틴도 이때 당나라로 들어왔을 것이다. 페르시아 제국은 아랍에 의해 멸망했지만, 그 문화는 중앙아시아를 거쳐 당나라에 계승되어 동서양의 가교역할을 한 것이다. 당나라의 유명한 시인 이태백도 페르시아 출신이라는 학계의 주장이 설득력을 얻고 있다. 문헌에 의하면 이태백은 페르시아의 서사시를 당나라의 문화에 접목한 천재였어. 그는 기존의 중국 당나라의 시인들과는 다른 모습을 보여주고 있었지. 페르시아 시의 대표성은 사랑이었다. 그 당시 당나라에는 과감한 사랑의 시는 없었어. 이태백이 페르시아 서사시의 사랑을 당나라 시에 최초로 적용한 것이라고 생각한다. 페르시아는 당나라에 포도주와 함께 사랑의 시도 전달한 셈이야. 이태백은 술과 사랑을 노래한 대표적인 시인이었지."

희석은 당나라의 시를 대표하는 이태백이 페르시아 사람이라는 것이 믿기지가 않았다. 희석은 현철에게 물었다.

"이태백이 페르시아 사람이라는 것이 선배의 생각입니까? 공인된 역사적 사실입니까?"

"너는 아직도 기록이 있어야 믿느냐? 기록이 없어도 진짜로 믿을 수 있는 것이 역사학도라고 본다. 나뿐만 아니라 여러 역사학자들이 주장하지만, 중화사상에 물든 중국은 중국의 대표 시인 이태백을 페르시아에게 뺏기고 싶지 않은 거지. 그것이 역사의 딜레마야."

희석은 혼란스러웠다.

"페르시아에서도 불교가 있었습니까?"

현철은 자료를 뒤적이면서 말했다.

"인도에서 시작한 불교는 먼저 서쪽인 페르시아 제국으로 퍼져나갔어. 페르시아 제국에서 융성했던 불교가 당시 최고의 불교였어. 페르시아의 영토였던 현재 아프가니스탄의 바미안 석굴도 페르시아 시대에 만들어진 것으로 페르시아의 불교문화가 얼마나 뛰어났는지를 보여주고 있어."

페르시아 하면 이슬람만 떠올랐지, 희석에게는 페르시아와 불교가 연결되지 않았다. 희석은 혼란스러운 표정으로 현철에게 물었다.

"그러면 페르시아의 불교는 아직도 남아있습니까?"

"사산조 페르시아가 들어서고 조로아스터교를 국교로 하면서, 페르시아 불교는 동쪽 중국과 우리나라로 이동하게 된 것이야. 현재 이란의 조로아스터교는 소수의 사람이 명맥을 유지하고 있지만, 이슬람 세력에 눌려서 숨어서 지내는 실정이야. 불교는 거의 흔적이 사라졌다고 봐야지. 이슬람 극단주의자들이 바미안 석굴을 파괴하는 것을 보더라도 불교가 살아남기는 어려웠을 거야. 그러나 페르시아의 불교 역사는 달마대사가 페르시아 사람이었다는 기록에서도 찾아볼 수가 있어."

달마대사의 이야기가 나오자 희석은 깜짝 놀랐다.

"우리가 알고 있는 달마대사님이 페르시아 출신이었다구요?"

"북위의 양현지가 쓴 낙양가람기(洛陽伽藍記)[15]에 기록되어 있어. 낙양가람기에는 중국 불교 선종의 대표인 달마대사를 파사국 호인이라고 쓰여 있다. 달마가 페르시아 사람이라는 것이야."

희석은 그동안의 자신의 무지가 부끄러웠다. 이만큼 우리가 몰랐던 페르시아가 우리 가까이에 있었던 것이다. 페르시아는 조로아스

---

15 달마의 이름이 최초로 등장하는 문헌인, 5세기 동위(東魏)의 양현지가 쓴 낙양가람기(洛陽伽藍記)를 보면 남북조시대 때 서역에서 온 보리 달마라는 이름의 승려를 다룬 기록이 있다. "西域에서 온 보리 달마라는 사문(沙門)이 있다. 파사국 태생의 호인(胡人)이다."

터교를 국교로 받아들이기 전에는 최고의 불교국가였다. 현재 아프가니스탄의 바미안 석불도 페르시아 제국의 불교에 의해 만들어졌다는 말을 듣고 희석은 바미안 석불을 떠올렸다. 그 귀중한 유물이 이슬람 극단세력에 의해 파괴된 것이 가슴 아팠다.

꿈의 나라 바실라

의상대사가 신라로 떠난 지 며칠 후 아비틴도 모든 것을 정리하고 신라로 떠날 준비를 하고 있었다. 아비틴의 심정은 착잡했다. 그렇게 믿었던 당나라 황제에게 버림받고 떠도는 자신의 신세가 처량했다. 신라의 왕도 자신을 반겨줄지 걱정 반 기대 반으로 아비틴 일행은 신라로 피난하기로 결심하고 페르시아의 유물과 황실의 귀중품을 배에 싣고 정예군사 백여 명과 함께 출발했다. 황해의 출렁이는 바다를 바라보며 아비틴은 생각했다.

'내가 사마르칸트에서 죽지랑을 만나고 당나라 장안에서 의상대사를 만난 것이 우연이 아니고 필연인 것 같다. 상상의 나라, 바실라에서 마지막으로 나의 꿈을 펼쳐보자.'

신라에 도착하자, 상상 속의 나라가 눈앞에 펼쳐졌다. 안개가 낀 바닷가에서 구름에 덮인 신라의 산을 바라보니 페르시아에서 듣던 대로 신선이 사는 나라 같았다. 오랜 항해 끝에 바닷가에 첫발을 내디디니 아비틴은 약간의 현기증이 났다. 경계를 서던 신라의 병사들이 항구에 도착한 배에 몰려들었다. 그러나 그들의 표정에는 적개심이 하나도 보이지 않았고 오히려 편안한 느낌을 주었다. 간단한 심문을 끝내고 아비틴 일행은 외국 사신이 머무는 객사에 안내되었다. 거기에서 하루 동안 여장을 푼 후에 다음날 아비틴은 의상대사를 모시는 상좌 스님의 안내로 반월성으로 갔다. 아비틴은 상좌에게 물었다.

"의상대사는 어디에 계십니까?"

"대사님은 지금 서라벌에 계시지 않습니다. 저에게 파사국의 왕자님이 오시면 대왕님께 안내하라는 명을 내리셨습니다. 대사님께서는 왕자님이 오실 것을 아시고 신라의 대왕께 미리 말씀하시고 약속을 잡으신 것입니다."

아비틴은 의상대사가 당나라에서 신라로 먼저 가서 자신을 위해 모든 것을 준비해준 것에 고마운 마음뿐이었다. 아비틴이 반월성에 도착하자, 그는 신라 궁궐의 아름다움에 반하였다. 신라 대왕은 금으로 된 왕관을 쓰고 높은 자리에 앉아있고 신하들이 양옆으로 무릎을 꿇고 있었다. 아비틴은 분위기에 압도되어 신라 대왕의 얼굴을 볼 수가 없었다. 대왕이 근엄한 목소리로 말했다.

"고개를 들라."

대왕이 쓰고 있는 금관은 나무와 새의 형상으로 양옆으로 길게 늘어선 황금과 옥으로 만들어져 있었는데 그 금관은 아비틴에게 낯이 익었다. 페르시아의 황제관도 신라 대왕의 금관과 비슷하였다. 아비틴은 그 모습을 보는 순간 아버지가 생각나서 가슴이 울컥했다.

"폐하의 왕관이 저의 아버님이 쓰시던 페르시아 황제의 금관과 너무 비슷해서 저는 깜짝 놀랐습니다."

"이 왕관은 우리 조상 선조께서 쓰시던 것을 지금도 그대로 사용하고 있소. 우리 선조들과 당신의 나라와 무슨 인연이 있는 듯하구료. 당신의 나라에 대해서 먼저 설명을 해주시오."

아비틴은 먼저 자기 나라의 높은 문화를 자랑하고 싶었다.

"저의 조상은 티그리스와 유프라테스강 주변에서 문명의 꽃을 피웠습니다. 페르시아 이전에 바빌로니아 제국 시대에는 서쪽으로는 이스라엘을 점령해서 그 사람들을 노예로 끌고 왔고, 동쪽으로는 인도에 이르는 대제국을 건설했습니다. 바빌로니아는 세계에서 가장 높았던 바벨탑을 만들기도 했습니다. 그리고 페르시아 제국이 들어섰습니다. 페르시아는 세계평화를 위해 전쟁을 없애고자 우리나라에 포로로 끌려와 있던 이스라엘 사람들을 자신들의 땅으로 돌려보냈으며. 주위 여러 나라에 페르시아의 높은 문화를 전파하러 다녔습니다. 그리고 실크로드의 길을 개방해서 동쪽 끝으로는 바실라와 서쪽 끝은 그리스에 이르기까지 동양과 서양을 잇는 평화의 다리 역할을 해오고 있었습니다."

신라의 대왕은 고개를 끄덕이며 아비틴에게 이렇게 말했다.

"우리의 조상도 당신의 나라와 비슷한 광활한 대륙을 지배하던 대제국이었소. 훈 제국이었소. 중국은 훈 제국이 무서워서 흉노라고 불렀소. 그 제국이 망하면서 이곳으로 왔소. 당신의 조상과 우리의 조상은 인연이 깊은 것 같소."

아비틴도 자신이 이곳에 온 것이 우연이 아니라 인연의 끈으로 연결된 것 같은 느낌을 받았다. 문무왕은 고개를 끄덕이며 물었다.

"그대의 조상 왕들의 이야기도 듣고 싶소."

아비틴은 조상의 이야기가 나오자 목소리를 가다듬고 자랑스럽게 말했다.

"저의 조상 가운데 다리우스 황제와 크세르크세스 황제님은 페르시아의 최전성기를 이끄시며 세계의 찬란한 문화를 이끌었습니다. 페르시아 제국의 영토는 다리우스 1세에 이르러 인도에서 그리스에 이르렀습니다. 그 당시 페르시아 제국은 중국을 제외하고 거의 대부분의 문명 세계를 통일하였습니다."

"짐도 파사국에 대해서는 들은 바가 있소. 상당히 발전된 문화를 가지고 있다고 들었소."

"네 맞습니다. 폐하."

"짐도 그 파사국 황제를 존경했소. 우리 신라의 사신들도 파사국을 다녀오면 그들의 문화와 예절에 대해 모두 이야기하였소. 그 파사국이 중심이 되어 우리 신라의 도자기와 상품들이 서양으로 소개가 되었소."

아비틴은 문무왕이 자신의 나라에 대해 호감을 가지고 있는 것에 고마움과 자신감이 생겼다.

"의상대사에게 모든 것을 들었소. 의상대사가 특별히 왕자님을 짐에게 부탁했소."

아비틴은 의상대사의 이야기를 듣자, 의상대사가 보고 싶어졌다.

"폐하, 지금 의상대사님은 어디에 계십니까? 제가 만나 뵙고 감사 인사를 전하고 싶습니다."

"그분은 내가 잡을 수 있는 분이 아니오. 하늘을 날고 싶은 새를 새장에 가둘 수는 없지 않소? 짐도 의상대사를 옆에 두고 싶지만, 의상은 천년을 내려오는 우리 신라의 골품제를 없애라고 하니 귀족들의 미움을 받을 수밖에 없지 않겠소. 그는 만민의 평등을 주장하는 이상주의자요. 그는 이미 파사국 왕자인 그대를 나에게 부탁하고 서라벌을 떠났소. 그대도 찾을 수가 없을 것이오."

문무왕의 이야기를 듣고 아비틴은 의상대사에 대한 존경심이 목까지 치밀어 올랐다. 아비틴의 섭섭한 표정을 보고 문무왕은 말했다.

"그대를 만나고 싶어 하는 사람이 있소. 파사국의 사신으로 갔던 죽지랑이 그대가 신라에 도착했다는 소식을 듣고 지금 이리로 달려오고 있소."

아비틴은 죽지랑의 이야기를 듣자, 다시 눈에서 광채가 솟아났다.

"사마르칸트에서 만난 죽지랑의 모습이 아직도 제 머릿속에 선명하게 남아있습니다. 저도 죽지랑을 만나고 싶사옵니다. 페르시아에서는 비단길의 동쪽 끝 바실라에 대해서 모두가 가고 싶어 하는 나라이옵니다. 제가 바실라의 대왕님과 마주하고 있다는 것이 꿈같은 일이옵니다. 저의 조상님들이 저를 이곳으로 이끌어주신 것 같습니다."

"잘 왔소. 파사국에 사신으로 갔던 죽지랑이 하도 파사국의 자랑을 해서 짐도 파사국이 어떤 나라인지 궁금했소."

"폐하. 신라의 사신이 온 곳은 페르시아의 수도가 아니라 페르시아의 변방인 사마르칸트라고 하옵니다. 사마르칸트는 실크로드의 무역상인들이 모여 있는 도시로 세계의 모든 사신이 모이는 장소이옵니다. 사마르칸트는 페르시아에 속해있는 작은 나라이옵니다. 그들은 대를 이어 페르시아에 충성을 다하는 사람들이옵니다. 저도 그곳으로 피난해 있다가 신라의 사신으로 온 죽지랑을 만난 것이옵니다. 죽지랑은 저에게 친절하게 신라에 관해서 설명해 주었고 그 때문에 제가 신라로 오게 될 결심을 하게 된 것입니다."

문무왕과 아비틴의 이야기는 밤이 깊은데도 그칠 줄을 몰랐다. 그만큼 문무왕은 아비틴의 페르시아 제국에 대해서 관심이 많았다. 옆을 지키던 내관이 말했다.

"폐하, 밤이 깊었나이다. 침소에 드실 시간이 한참 지났나이다."

문무왕은 아비틴을 보고 말했다.

"피곤할 텐데 짐이 왕자를 너무 오래 잡았구료. 오늘 이야기는 이 정도로 하고 내일 다시 이야기하는 것은 어떻겠소. 내일은 죽지랑도 오라고 했소."

아비틴은 죽지랑의 이야기를 들으며 죽지랑을 떠올렸다. 조우관을 쓰고 환두대도를 찬 당당한 모습의 죽지랑이 스쳐 지나갔다.

"폐하, 죽지랑을 다시 만난다고 하니 가슴이 설레입니다."

"내일은 둘만 만나게 하고 나는 자리를 피해줄까요?"

문무왕은 웃으면서 농담으로 말하였다. 신라의 대왕이 농담을 할 수 있다는 것은 그만큼의 친절함의 표시였다.

"아니옵니다. 폐하."

아비틴은 문무왕 앞에서 고개를 숙였지만, 신라 대왕의 배려심과 친절함이 고마웠고 또한 페르시아에 관심이 많은 것에 황송스러웠다.

"폐하, 소인은 밤새 이야기할 수 있사오나 여기 통역관이 피곤해서 하품하고 있사옵니다. 내일 제가 반월성에 들러서 폐하께 나머지 이야기를 들려 드리겠습니다."

반월성의 밤은 깊어만 갔다. 아비틴은 반월성을 나와서 숙소로 돌아가면서 하늘을 쳐다보았다. 하늘의 무수한 별들이 쏟아졌다. 페르시아에서 보던 별들이 아비틴에게 고향의 이야기를 들려주는 것 같았다.

구약성경과 페르시아 제국

희석은 의무감처럼 일요일은 와이프와 함께 성당에 간다. 희석은 모태신앙이라서 일요일이면 성당을 가지 않으면 뭔가 이상하고 찝찝해서 그냥 자연스럽게 성당으로 향한다. 신앙심이 다소 식었지만 그래도 성당은 자신을 지켜주는 뿌리로 생각하고 주일을 거른 적이 없었다.

그날도 성당 뒷자리에 앉아서 머리는 다른 생각을 하면서 희석은 미사를 드리고 있었다. 미사 가운데 제1독서가 낭독되고 있었다. 제1독서 중에 희석의 머리를 번개처럼 때리는 구절이 있었다. 희석은 성경책을 다시 펴들었다. 구약성서의 말씀이었다. 느부네갓살 이야기가 나오고 바빌론에서 해방된 이야기도 나왔다. 그 순간 희석은 아비틴의 페르시아 이야기가 떠올랐다. 그냥 아무 생각 없이 읽었던 성경 말씀이 페르시아 역사하고도 연결되고 있었다. 희석은 두꺼운 성경책을 다시 읽어 나갔다. 거기에는 페르시아의 이야기로 가득 차 있었다. 페르시아는 성경 속에서 매일 접하는 우리의 이야기였다. 희석은 몸에 전기가 이는 것 같았다. 그가 그렇게 찾고 싶은 페르시아의 이야기가 매일 접하는 성경 속에 있었다. 다시 할아버지의 이야기가 떠올랐다.

"우리의 조상은 페르시아왕자님이다."

그 왕자님의 이야기가 성경 속에 있었다. 이것은 하느님이 희석에게 내리는 축복처럼 느껴졌다. 그 축복을 희석은 모르고 있었을 뿐이었다. 항상 미사 중에 딴생각하는 희석을 와이프는 눈을 흘기며 쳐다봤다. 희석의 얼굴에 미묘한 웃음이 흘렀다. 미사가 끝나자마자 희석은 박 선배에게 전화를 걸었다. 마침, 현철은 종로 근처의 서점에 있었다. 종로 거리는 코로나로 일요일인데도 거리가 한산했다. 현철은 카페에서 기다리고 있었다. 그는 상기된 희석의 얼굴을 보더니 물었다.

"무슨 좋은 일이라도 있는 거야?"

"선배, 오늘 저는 성경에서 페르시아를 발견했어요. 매일 보는 성경이지만 전혀 느끼지 못했는데 오늘 성당에서 무슨 계시를 받은 것처럼 성경 말씀 속에서 제가 찾던 페르시아를 찾았어요."

현철은 무덤덤하게 웃으며 말했다.

"네가 찾은 것이 아니라 원래 구약성서는 이집트와 페르시아의 역사적 사실을 바탕으로 기록된 것이야."

"선배, 저는 몰랐어요. 그냥 성경 말씀이니까 하느님의 말씀을 기록한 것이라 생각하고, 기적이나 신의 이야기처럼 생각했거든요. 그런데 성경 말씀이 역사적 기록의 바탕 위에 쓰여졌다는 사실은 전혀 생각하지 못했어요. 선배, 성경 속에 나타나는 페르시아의 이야기를 해주세요."

희석은 두꺼운 성경책을 가지고 나왔다. 그리고 현철 앞에서 성경책을 펼쳤다. 현철은 성경책을 한참 보더니 입을 열었다.

"구약은 출애굽기부터 역사적 사실에 기초해서 기술되고 있다. 물론 일부 성서학자들은 창세기에도 역사적 진실이 있다고 말하지만, 기록된 역사적 사실과 일치하는 것은 출애굽기 편부터라고 생각해."

희석은 매일 접하는 성경이 아비틴의 페르시아와 이렇게 밀접하게 연결되고 있는 사실에 흥분을 감추지 못했다. 그는 어린이처럼 호기심을 보이며 현철에게 물었다.

"이스라엘의 역사가 페르시아와 뗄 수 없는 관계인가요?"

"이스라엘은 그 당시의 초강대국 서쪽의 나일강의 문명 이집트와 동쪽의 메소포타미아의 문명 사이에서 살아남기 위해서 몸부림쳤고 그들은 그들의 하느님이 있었기 때문에 오늘까지 살아남은 것이야. 서쪽의 이집트가 강했을 때 이스라엘 민족은 이집트의 노예로 끌려가서 고생했으며 모세가 나타나서 하느님의 인도로 '젖과 꿀이 흐르는 땅'으로 인도되어 그들의 나라를 만들고 한동안은 강력한 세력을 구축했지. 그중 가장 강력한 왕은 솔로몬 왕이었어."

"솔로몬 왕 이후에는 어떻게 되었나요?"

"솔로몬 왕이 죽고 난 후에 이스라엘은 분열되어 북쪽의 이스라엘과 남쪽의 유다로 나뉘어졌어. 두 세력은 팔레스타인을 사이에 두고 싸웠다. 북쪽의 이스라엘은 아시리아에 대항해서 싸우다가 망하고. 남쪽의 유대는 아시리아와 화해하면서 조공을 바치는 조건으로 살아남았지."

"성경에 나오는 앗수르제국이 아시리아를 말하는 것입니까?"

"응 맞아. 그래서 구약성경이 역사기록이라는 거야. 그런데 BC 605년 아시리아의 속국이었던 바빌론이 아시리아 제국을 멸망시킨 후에 남 유다를 멸망시켰어. 바빌론 제국은 유다왕국을 멸망시키고 유다 사람을 바빌론으로 노예로 끌고 갔지.[16] 이때부터 유대인이라는 명칭이 생겨나게 된 것이야. 바빌론 제국은 70년간 존속했는데 이스라엘 민족은 이 기간 동안 노예로 이곳에 끌려와서 생활했어. 이 기록이 성경에 그대로 적혀있는 것이야. 네부카드네자르 2세를 성경에는 느부갓네살이라고 표현되어 있어."

"성경에서 느부갓네살이 네부카드네자르 2세를 말하는군요."

신화의 기록인 줄 알았던 성경이 역사로서 희석에게 다가오고 있었다. 기원전 587년 바빌로니아 왕국의 네부카드네자르 2세(느부갓네살)가 유다의 예루살렘 성전을 무너뜨린 뒤 두 차례에 걸쳐 유대인들을 강제로 바빌론으로 끌고 간다. 이 유명한 사건이 '바빌론 유수'다. 바빌론 제국이 멸망한 후에, 키루스 2세는 페르시아 제국을 건설하는데 그것이 페르시아 제국의 시작이었다.

---

16 "예루살렘이 함락되다. 그래서 바빌론 임금 네부카드네자르는 치드키야 통치 제구 년 열째 달 초열흘 날에, 전군을 이끌고 예루살렘에 와서 그곳을 향하여 진을 치고 사방으로 공격 축대를 쌓았다."(《구약성경》, 〈열왕기 하〉, 제25장 1절)

"페르시아 제국의 시작은 키루스 2세의 바빌로니아 정복에서 시작된 것이네요?"

"그렇지. 로마가 세계를 지배하기 훨씬 전에 페르시아 제국은 로마보다 더 광활한 대륙을 지배했지. 페르시아 제국은 무력에만 의존하지 않고 문화와 관용의 힘으로 세계를 지배했어. 키루스 2세는 바빌로니아를 정복한 후에 키루스 원통이라는 인류 최초의 인권선언문을 발표했는데 이는 1879년에 발견되었어. 여기에 보면 모든 시민은 종교의 자유를 가질 수 있으며 노예제를 금지하며 궁궐을 짓는 모든 일꾼은 급여를 지급한다고 되어있어. 유대인들도 페르시아 왕 키루스 2세의 도움으로 바빌론의 노예에서 해방되어 자유를 누리게 되었지."

"키루스 2세의 이름은 구약성경에 나오지 않는데요?"

"구약성서에서는 유대인들의 신앙을 존중한 고레스 대왕으로 불리고 있어. 키루스 2세는 '고레스 칙령'을 내려 유대인들이 팔레스타인으로 돌아가 예루살렘 성전을 다시 지을 수 있게 했어.[17] 키루스 2세는 유대인의 신앙, 민족 정체성을 유지할 수 있게 해야 유대인들이 페르시아의 통치에 협조할 것이라고 생각한 것 같아."

"구약성경의 기록을 구체적으로 언급해 주실 수 있나요?"

현철은 성경을 펼치더니 느헤미야 2장 9절~3장 32절을 가리켰

---

17 "페르시아 임금 키루스 제일 년이었다. 주님께서는 예레미야의 입을 통하여, 하신 말씀을 이루시려고, 페르시아 임금 키루스의 마음을 움직이셨다. 그리하여 키루스는 온 나라에 어명을 내리고 칙서도 반포하였다." (《구약성경》, 〈역대기 하〉, 36장 22절, 페르시아 임금 키루스의 칙령)

다. 거기에는 이렇게 쓰여 있었다.

"그렇게 해서 유다로 돌아온 유대인들은 기원전 515년 예루살렘 성전을 다시 세웠다."

바빌론으로 끌려간 유대인 포로를 격려하기 위해 쓴 구약성서 다니엘서는 아예 키루스 2세가 바빌론을 점령할 때를 배경으로 삼고 있다. 이사야서에는 하느님이 키루스 2세를 칭찬하고 있었고 느헤미아 44장 28절과 45장 1절에도 다음과 같은 표현이 잇달아 나왔다.

"내 목자라 그가 나의 모든 기쁨을 성취하리라(44장 28절)"
"여호와께서 그의 기름 부음을 받은 고레스에게(45장 1절)"

현철은 성경책을 넘기면서 계속 이야기했다.

"페르시아 왕 키루스 2세는 유대인이 아닌데도 이처럼 구약성서 곳곳에서 모습을 드러낸다. 키루스 2세가 유대인의 하느님을 섬기지 않았지만, 유대인의 신앙을 보장했기 때문이었다. 구약성경은 이집트에서의 노예 생활과 바빌론에서의 노예 생활 속에서도 유대인들이 그들의 하느님을 찾은 기록이야. 그들은 선택된 민족이라는 하느님의 계시를 기록한 것이야. 따라서 구약성경은 역사적인 사실에 바탕을 두고 기록한 것이라고 할 수 있어, 에스라 6장 2절에는 악메다[18]의 기록이 있어."

유대인에 대한 키루스 2세의 관용을 보여 준 '고레스 칙령'이 발견된 곳은 다름 아닌 악메다였다. 희석은 성경 속의 인물들이 상상 속의 인물이 아니라 역사 속의 인물로 다가오고 있었다. 희석은 현철에게 물었다.

"구약성경에 나오는 에스더(에스테르)[19]도 실제 역사적 인물입니까?"

현철은 자신만만하게 말했다.

"에스더는 유대인 여성으로서 페르시아 황제와 결혼한 인물이야. 유대인 여성인 에스더는 기원전 5세기 크세르크세스 왕의 신하인 하만이 유대인을 몰살하려는 계획을 세우자 이에 맞서 유대인들이 에스더를 페르시아 왕의 왕비로 만든 것이야. 에스더는 크세르크세스 왕의 왕비가 된 뒤 양부(養父)인 모르도카이와 함께 하만의 음모로부터 유대인을 구출해 낸 영웅으로 기록되고 있어. 에스더의 남편이 바로 다리우스 1세의 아들인 크세르크세스 1세였다. 그는 이집트, 바빌로니아의 반란을 진압하고 그리스와 전쟁을 벌인 주인공이었어."

---

18 포로로 잡혀온 이스라엘에게 해방령을 내린 키루스 2세(고레스) 왕의 칙령이 발견된 악메다는 메디아왕국(메대 제국)의 수도로 헬라어 명칭은 '엑바타나'(에크바타나)이다. 후에 페르시아 제국의 수도이기도 했다. 현재 이란의 테헤란 남서쪽 약 337㎞ 지점인 하마단(Hamadan) 외곽의 평야에 위치해 있다.

19 카톨릭 구약성경에는 에스테르로 불린다.

희석은 매주 일요일 기도 속에서 맹목적으로 읽던 성경이 그에게 역사로 다가오고 있었다. 희석의 표정을 읽고 현철은 말했다.

"나는 몇 년 전에 그들의 흔적을 찾아서 이란의 하마단으로 간 적이 있어. 하마단에서 서쪽으로 5km 떨어진 아바스아바드 계곡에 다리우스 1세와 크세르크세스 1세의 돌 비문이 있지. 크세르크세스 1세의 비문에는 '많은 왕 가운데 뛰어난 왕, 많은 통치자 가운데 뛰어난 통치자, 나는 위대한 왕 크세르크세스다. 왕 중의 왕이며 수많은 거민(居民)이 있는 땅의 왕, 끝없는 경계의 거대한 왕국의 왕 아케메네스의 군주 다리우스의 아들이다'라고 적혀있었어."

"그곳에서 에스더의 흔적을 찾았나요?"

"에스더의 무덤은 하마단에 있었어. 그녀는 실존 인물이야."

희석은 갑자기 하마단으로 달려가고 싶었다. 현재까지 옛 궁전의 발굴 작업이 계속되면서 페르시아의 찬란한 문명을 상징하는 유물들이 출토되고 있다. 페르시아 왕조의 비문들도 잇달아 발견됐다. 하마단은 구약성서 에스더서의 주인공인 에스더와 모르도카이의 무덤도 있어 성서 고고학적으로도 중요한 곳이다. 페르시아의 왕은 성서 속의 목자로 기록되어 있었다. 우리는 성경 속에서 매일 페르시아를 만나고 있었다.

페르시아는 처음부터 우리와 가까이 있었던 것이다.

아비틴과 죽지랑의 우정

신라에 도착한지 3일째 되는 날, 아비틴은 아침에 떠오르는 태양을 쳐다보았다. 붉게 떠오르는 태양을 보며 아비틴은 다짐했다.

'페르시아 제국도 저 태양과 같이 다시 떠오르게 하리라.'

신라 문무왕은 아비틴 일행에게 임시 거처를 마련해주고 모든 것에 불편함이 없게 배려해주었다. 점심이 지나도록 대왕의 부름이 없어서 아비틴은 숙소 앞의 냇가를 걸었다. 페르시아의 유프라테스강이나 티그리스강처럼 웅장하지는 않지만, 신라의 강은 굽이굽이 그림처럼 아름다웠다. 꽃단장하고 다니는 신라의 처녀들도 아름다웠고, 사마르칸트에서 본 적 있는 화랑 모습의 젊은이들도 용맹스럽고 기품이 있었다. 오후가 한참 지나서 반월성에서 연락이 왔다. 입궐하라는 대왕의 명령이었다. 처음 만났을 때는 약간의 어색함이 있었으나 오늘 만남에서는 서로가 편안한 친구처럼 맞이하였다. 먼저 대왕이 물었다.

"어제 잠자리나 식사가 불편한 것은 없었소?"

"폐하의 배려 덕분에 아주 편안하게 자고 맛있는 음식을 먹었습니다."

"입맛이 맞지 않으면 조리실에 부탁해서 파사국 음식도 시키시구료."

"폐하의 세심한 배려에 몸 둘 바를 모르겠습니다."

"우리나라는 항상 손님을 가족처럼 대해왔소. 그것이 신라의 문화이니 부담 갖지 말고 편안히 지내도록 하시오."

"감사하옵니다, 폐하."

아비틴은 신라왕의 환대에 엎드려서 몇 번이나 절을 하였다. 신라왕은 주안상을 차려놓고 아비틴에게 말했다.

"오늘은 편안하게 이야기합시다. 술이라도 한잔하면서. 우리가 어디까지 이야기하였죠?"

"페르시아 제국의 영광과 사마르칸트에 온 신라의 사신까지 이야기하였나이다."

"그런데 그런 파사국이 어쩌다가 망할 지경에 이르게 되었소?"

"페르시아에 복속하고 있던 그리스의 도시 국가들이 페르시아에 반기를 들었습니다. 페르시아 황제는 그들을 정벌하기로 마음먹고 친히 군대를 이끌고 그리스로 떠났습니다. 페르시아가 아테네에 쳐들어갔을 때 아테네 시내는 텅 비어있었습니다. 그래서 페르시아인들이 그들을 너무 만만하게 여긴 것입니다. 그리스군은 바다에 약한 우리 페르시아의 약점을 이용하여 해전을 준비하고 있었습니다. 살라미스 해전[20]에서 우리 페르시아 제국은 대패하게 되었습니다. 처음으로 패배를 맛본 페르시아 황제는 침울했고 그 후로 페르시아는 쇠퇴의 길을 걸었습니다. 이어 그리스의 알렉산드로스 대왕의 침공으로 나라를 잃기까지 했습니다."

"망국 후에 페르시아의 중흥을 이룬 것은 당신의 선조들이오?"

아비틴은 아픈 기억을 떠올리며 마지막 순간을 이야기했다.

"그리스 정복자들을 물리치고 페르시아는 다시 일어섰습니다. 저희 사산 가문이 400년을 넘게 페르시아를 다스리면서 선조의 제도와 문화를 부활시켜 오늘에 이르렀습니다. 그러나 저의 아버님 대에서 아랍 이슬람에게 나라를 잃게 되었습니다."

아비틴의 이야기를 듣고 문무왕은 그가 측은하게 여겨졌다. 왕실 사람들은 언제나 반란이 일어나거나 침략을 받아서 죽을 수 있는 위기 속에서 살아야 하는 운명이었다. 문무왕은 아비틴에게 말했다.

"우리 신라도 위기를 겪고 있소. 파사국만큼 힘이 센 당나라와 전쟁을 해야 할지 복종을 해야 할지, 그 기로에 서 있다오. 왕자가 많이 도와주시오."

"폐하, 나라 잃은 왕자가 힘은 없사오나, 제가 무엇을 할 수 있을

---

20 살라미스 해전은 기원전 480년 9월에 페르시아 제국과 그리스 도시 국가 연합군 사이에 벌어진 해전이다. BC 480년까지 페르시아군은 그리스의 대부분 지역을 유린했다. 그러나 페르시아 제국은 살라미스 해전의 패배로 그리스 지역의 지배권을 상실하게 되었다. 역사가들은 페르시아에 대한 승리가 고대 그리스를 발전케 하였으며, 그 자체로 '서구 문명'을 확대하여 살리미스 해전을 인류사에서 대단히 중요한 전투로 주장하게 되었다.

지 찾아보겠나이다."

문무왕은 신하를 불러 지시를 내렸다.

"짐이 파사국 황제의 아들과 그의 부하들에게 살 집을 마련하고 왕자로서 대접할 것이로다. 아비틴 왕자, 그대는 이 신라에서 그대 꿈을 이룩하도록 하시오."

아비틴은 눈물이 쏟아졌다. 나라를 잃은 떠돌이에게 이렇게 가족처럼 대해주는 나라가 있다니, 이 먼 곳 상상 속의 나라에서 자신이 지금 꿈을 꾸는 것 같았다. 아비틴은 엎드려 감사의 말을 전했다.

"폐하, 이 은혜는 제가 잊지 않고 반드시 보답하겠습니다."

문무왕은 웃으며 말했다

"우리는 예부터 손님들에게 잘하라는 습속이 몸에 배어있소. 그것을 인심이라고 하오. 그대 파사의 왕자는 우리 신라를 찾아온 손님이니 우리는 정성을 다해서 손님을 편안하게 모시는 것뿐이오. 그것이 우리의 관습이고 우리의 문화요."

아비틴은 페르시아의 높은 문화를 자랑한 자신이 부끄러웠다. 문무왕은 아비틴을 바라보며 말했다.

"그대의 친구가 기다리고 있소. 죽지랑은 파사국에 다녀온 후에 신라 삼국통일의 영웅이 되었소. 죽지랑이 그대가 왔다는 소식을 듣고 저 멀리 전장에서 달려왔소. 죽지랑은 어서 들라."

죽지랑이 갑옷을 입고 늠름한 모습으로 들어와서 먼저 대왕께 큰절을 올리고 아비틴을 쳐다보았다. 거의 십 년 만에 보는 것이지만 둘의 기억 속에는 서로의 모습이 강하게 박혀있었다. 먼저 아비틴이 일어나서 죽지랑에게 다가갔다. 아비틴은 반가운 나머지 죽지랑의 손을 잡았다. 죽지랑은 대왕의 앞이라 조심스럽게 아비틴에게 인사를 하며 말했다.

"먼저 자리를 하시지요. 폐하의 앞이시옵니다."

아비틴은 자신의 행동이 예절에 어긋났다는 것을 알아차리고는 자리에 앉으면서 사과했다.

"죄송합니다. 제가 너무 반가운 마음에 결례한 것 같습니다."

문무왕이 웃으면서 말했다.

"죽지랑 장군은 파사국 왕자에게 너무 예의를 차리지 않아도 괜찮도다. 파사국 왕자가 장군을 보니 너무 반가운 마음에 한 행동이니까 너무 괘념치 마라."

"황공하옵니다. 폐하."

문무왕은 둘의 모습을 흐뭇하게 바라보며 말했다.

"모든 것이 낯선 땅에 와서 오래전에 알던 사람을 만나니 얼마나 반갑겠는가? 죽지랑은 파사국 왕자와 오랜 친구처럼 우정을 나누도록 하라."

죽지랑은 긴장을 풀고 아비틴을 쳐다보았다. 그 옛날 화려한 페르시아왕자의 옷은 입고 있지 않았지만, 눈빛만큼은 옛날 그대로 살아있었다.

"왕자마마, 이렇게 다시 만나 뵙게 될 줄은 몰랐습니다."

아비틴이 죽지랑에게 다가가며 말했다.

"장군 때문에 제가 바실라로 오게 되었습니다."

문무왕은 흐뭇하게 지켜보면서 말했다.

"둘이 오랜만에 만났으니까 회포를 풀어야지 않겠소? 죽지랑 장군은 오늘 하루 파사국 왕자를 형제처럼 외롭지 않게 잘 대접하시오."

죽지랑은 아비틴을 자신의 집으로 초대했다. 죽지랑의 집은 반월성 건너 남산의 중턱에 자리 잡은 아담한 기와집이었다. 죽지랑의 아버지는 전장에서 백제군과 싸우다 전사하고 어머님을 모시고 살고 있었다. 죽지랑도 전쟁터에서 오래 있다 보니까 어머니 뵌 지도 오래 되었고 어머니가 해주시는 음식의 손맛이 그리웠다. 죽지랑의 어머니는 전쟁터에서 돌아온 아들이 가여운지 연신 죽지랑의 얼굴을 쓰다듬으며 말을 잇지 못하였다. 그 모습을 옆에서 지켜보는 아비틴의 마음도 저려왔다. 세계의 모든 어머니의 마음은 다 똑같다는 생각이 들었다. 아들을 장군으로 키운 어머니는 강하지만 아들 앞에서는 약해지는 모습이었다. 아들을 위해 정성스럽게 마련한 음식을 먹으면서 아비틴은 어머니의 손맛을 느꼈다. 음식을 가져온 어머니는 아비틴과 죽지랑을 남겨두고 방을 떠났다. 아비틴이 죽지랑의 어머니에게 같이 식사를 하자고 몇 번이나 졸랐지만, 어머니는 강경하셨다.

"남자들끼리의 이야기에 아녀자가 끼어서는 안 된다. 죽지는 이 어미 때문에 마음이 약해져서는 안 된다."

죽지랑의 어머니는 이 말씀을 남기고 방문을 나섰다. 죽지랑이 어머니가 나가신 후에 아비틴에게 말했다.

"왕자님, 음식이 식기 전에 드시죠."

아비틴은 숟가락을 들었다. 코끝을 찌르는 냄새가 어머니의 정성을 담고 있었다.

"장군은 지금 몇 년째 전장을 누비고 계십니까?"

"제가 사마르칸트에 다녀온 이후에 백제가 멸망했고 백제 부흥군과의 전쟁을 시작으로 고구려와의 전쟁에 이어 당나라와의 전쟁에 대비하여 십 년간을 전쟁터를 누비고 있습니다."

"그러시면 어머니를 오랜만에 뵙겠습니다."

"아버님 장례식을 치르는 동안 어머니와 짧게 같이 있었습니다. 그러나 저는 아버지의 복수를 위해 더 이상 머무를 수가 없었습니다. 이번에 왕자님 덕분에 이렇게 또 뵙게 되었습니다."

아비틴은 신라 대왕의 배려에 감사한 마음을 느꼈다.

"폐하께서 저 때문에 일부러 전쟁터에 있는 장군을 부르셨군요."

"네, 폐하께서 갑자기 저를 서라벌로 부르셔서 저는 처음에는 의아했습니다. 그런데 왕자님이 오신 것을 알고는 안심하게 되었습니다. 제가 사마르칸트에 사신으로 다녀온 후에 폐하께 왕자님과 파사국에 대해서 자세히 말씀드렸습니다. 폐하께서도 관심이 많으셨습니다."

아비틴은 지금 전쟁터의 상황이 궁금했다.

"제가 듣기로는 당나라와의 전쟁이 임박했다는 소식을 들었습니다. 아직까지 당나라의 움직임은 없습니까?"

"아직까지 움직임은 없으나 제 생각에도 저들이 대군을 이끌고 곧 쳐들어올 것 같습니다. 우리 신라는 아무리 적이 강해도 지켜낼 자신이 있습니다. 일부 비겁한 귀족이 어떻게 대국인 당나라와의 전쟁에서 이길 수 있냐고 전쟁을 반대하고 있지만, 적들은 우리가 약해지는 순간 처절하게 짓밟을 것입니다."

아비틴은 죽지랑의 말을 듣고 자신의 선조가 생각이 났다.

"장군의 말씀이 맞습니다. 우리 페르시아도 세계 최강의 바빌로니아 제국을 무너뜨리고 제국을 세웠습니다. 당시 페르시아는 바빌로니아 제국의 속국으로 지금의 신라보다도 작은 나라였습니다. 그러나 더 이상 바빌론의 억압에 참지 못하고 일어나서 바빌론을 멸망시켰습니다. 죽기를 각오하고 싸우면 저들도 감히 덤비지 못할 것입니다."

"왕자님의 말씀을 들으니 저도 힘이 납니다. 앞으로 많은 지도편달을 부탁드립니다."

아비틴은 죽지랑의 모습을 보니 든든하였다. 아비틴이 죽지랑의 손을 잡고 말했다.

"언제든지 저의 도움이 필요하면 말씀해주십시오. 제가 장군을 돕겠습니다. 비록 지금 페르시아의 군사가 적지만 용맹한 자들입니다. 제가 장군에게 힘이 된다면 적극 돕겠습니다."

아비틴은 죽지랑에게 차분하게 말했다.

"대군의 당나라 군사를 적은 군사로 싸우려면 새로운 전략이 필요할 것 같습니다. 우리 페르시아가 숫자만 믿고 그리스를 쳐들어갔다가 패한 뼈아픈 경험이 있습니다. 그리스군은 아테네를 비우고 바다에서 우리 페르시아를 상대했습니다. 우리 선조들은 적은 수의 그리스군을 얕잡아 보고 그냥 밀고 들어갔다가 참패한 경험이 있습니다. 만약에 당나라의 대군이 쳐들어온다면 우리도 지리적 이점을 활용하는 전략을 사용해야 할 것입니다."

죽지랑은 아비틴에게 절을 하며 말했다.

"왕자님의 말씀에 천군만마를 얻은 것처럼 힘이 납니다. 저도 전쟁이 끝나면 왕자님의 꿈을 이루시는데 조그만 힘이라도 보태고 싶습니다."

아비틴은 죽지랑의 말에 가슴이 울렁거렸다.

"왕자님의 도움이 필요합니다. 꼭 당나라를 물리치게 도와주십시오."

"장군, 고맙습니다. 이 전쟁이 끝나면 저도 반드시 페르시아를 되찾을 것입니다."

두 사람은 맹세의 뜻으로 술잔을 높이 들고 건배하였다. 신라의 달밤은 깊어가고 있었다. 죽지랑의 어머니는 그 달에게 기도하고 있었다. 아비틴이 말했다.

"며칠 어머니와 계시다가 전쟁터로 떠나세요."

"아닙니다. 저는 내일 날이 새면 바로 떠나야 합니다."

"그러시면 오늘 밤이라도 어머니와 함께 주무실 수 있도록 제가 먼지 일어나겠습니다."

아비틴은 집을 나서면서 죽지랑의 어머니에게서 자신의 어머니 모습이 어른거렸다. 아비틴은 헤어지면서 죽지랑의 어머니에게 말했다.

"이제부터 죽지랑 장군의 어머니는 저의 어머니이십니다. 죽지랑 장군이 없는 동안 제가 아들의 몫을 하겠습니다."

죽지랑의 어머니는 이방인 아비틴을 아무런 거리낌이 없이 아들처럼 꼭 껴안아 주었다. 아비틴은 죽지랑 어머니의 품에서 처음으로 평안을 느꼈다.

역사는 승자의 기록이다

희석은 우리가 얼마나 페르시아의 역사에 대해 무지한지를 깨달았다. 우리의 세계사 공부가 너무 백인 위주의 유럽 역사, 로마와 그리스 중심의 역사관에 함몰된 게 아니었나 하고 반성했다. 페르시아를 바로 이해해야만 세계사를 올바르게 이해할 수 있는 것이었다. 희석은 도서관에 들러서 페르시아의 역사를 다시 찾았다. 세계 4대 문명 중 가장 앞선 곳이 티그리스강과 유프라테스강이 흐르는 메소포타미아 문명이었다. 그 메소포타미아에서 세계 최초의 성문법인 함무라비 법전이 나왔고, 최초의 제국 바빌로니아가 탄생했다. 그리고 그 지역에 메디아족과 페르시아가 공존하고 있었다. 메디아인과 페르시아인이 지금의 이란 대부분을 차지하고 있다. 페르시아는 메디아 왕국[21]의 속국이었다. 그러나 키루스 2세가 메디아를 점령하고

---

21 메디아는 현재의 이란 북서부에 있었던 고대 이란인의 국가이다. 메디아 왕국은 기원전 11세기 전반 무렵 메디아족(族)이 세웠다. 그들은 바빌론과 제휴하고 아시리아를 재침공하여 BC 609년에 멸망시켰다. 메디아는 페르시아의 키루스 대왕에 의해 페르시아 제국과 병합되기 전까지 이란의 첫 번째 국가를 형성하였다. BC 550년 페르시아의 키루스 2세가 메디아의 아스티아게스 황제를 굴복시키자 메디아인들은 페르시아 제국에 복속되었다.

메디아를 멸망시키지 않고 메디아 왕과 귀족들을 우대했다. 이란의 패자를 가리는 승부에서 결국 페르시아가 최종의 승리자가 된 것이다. 그러나 메디아 민족은 아직도 그 명맥을 유지하고 있다. 바로 현재의 쿠르드족이다. 4천만 명에 가까운 쿠르드 민족은 현재 뿔뿔이 흩어져, 이란, 터키, 이라크, 시리아 4개국에 나뉘어 살아가고 있다. 역시 뿔뿔이 흩어졌던 이스라엘 민족은 2차 대전 이후에 나라를 찾았는데, 메디아 왕국의 후손인 쿠르드족은 아직도 나라 잃은 설움을 겪는다. 쿠르드족은 독립을 위한 전쟁을 하고 있지만, 수많은 쿠르드족 학살로 이어지며 그 비극은 계속되고 있다.

메디아를 점령한 페르시아의 키루스 2세는 메소포타미아의 강자인 바빌로니아를 정복하면서 세계 최초 최강의 대제국을 건설하게 되었다. 현재 이란 북부의 유목민족이 농경민족인 메소포타미아의 바빌로니아를 정복한 것이다. 키루스의 아들 캄비세스 2세는 나일강의 문명을 이룬 이집트를 정복했다. 페르시아의 황제, 다리우스 1세는 인도까지 진출함으로써 중국을 제외한 모든 문명을 통일한 최초의 대제국을 만들었다. 그의 영토는 동쪽으로는 인도. 서쪽으로는 이집트와 지금 유럽의 다뉴브강까지 다스리는 대제국이었다. 유럽 아프리카 아시아를 잇는 왕의 도로를 만들어서 기마병이 일주일 안에 전국을 주파할 수 있게 하였고, 각 지역의 감찰관이 대왕의 임무를 대신하는 제도를 두었다. 이것이 나중의 로마제국의 도로망과 총독제가 되었으며 몽골의 칭기즈 칸도 이 제도를 그대로 따라하면서 제국을 통치한 것이다. 그런데 우리는 로마제국과 칭기즈 칸의 몽골제국은 알지만, 그보다 훨씬 앞선 세계 최초의 대제국인 페르시아 제국에 대해서는 모르고 있는 것이 안타까웠다. 현재 무슬림 국가라고 해서 그 조상의 역사를 애써 무시하고 있는 것은 아닌지 희석은 의심스럽기도 하고 한편으로는 안타깝기만 하였다.

희석은 답답한 마음을 안고 현철을 찾았다. 페르시아 역사의 진실을 찾아서 한평생 바보 소리를 들으면서 외고집으로 페르시아를 짝사랑한 선배였다. 아무도 관심을 갖지 않는 페르시아 역사에 몰두하는 현철을 모두 비웃었지만, 희석은 왜 선배가 그렇게 몰두하였는지 이해가 가기 시작했다. 희석은 먼저 현철에게 영화 이야기로 시작했다.

"선배, 우리가 열광했던 할리우드 영화《300》[22] 기억하시죠?"

"왜 갑자기 영화 이야기로 시작하냐? 빙빙 돌리지 말고 본론으로 들어가자."

현철은 희석의 표정을 보고 웃으며 말했다. 희석은 현철의 말에 단도직입적으로 물었다.

"영화《300》에서도 스파르타 300명의 영웅만 기억할 뿐 그들이

---

22 《300, 제국의 부활(300, Rise of an Empire)》, 2014. 노암 머로 감독

싸운 상대는 우리는 기억하지 못합니다. 그냥 무식하고 나쁜 미개인으로만 알고 있었어요. 과거를 이렇게 선과 악의 이분법으로 묘사해도 괜찮은 겁니까? 너무 편파적이지 않습니까?"

"그 영화를 보고 환호하는 우리는 뭐야?"

"역사와는 너무 다른 이야기라서 당황스럽습니다."

현철은 안경을 한번 닦고는 자세를 고쳐 앉으며 말했다.

"우리는 어릴 때부터 KBS 명화극장을 보면서 할리우드의 미국영화에 빠져들었다. 어느새 마음속에 금발의 미녀 배우들이 소년들의 이상형으로 자리 잡기 시작했잖냐. 영화에서 백인 주인공은 항상 정의로웠고 옳았어. 백인들과 대적하는 인디언들이나 몽골인과 페르시아인들은 모두 나쁜 사람이었어. 그리스나 로마를 침략하면 모두가 야만이고 미개한 나라라는 인식도 은연중에 그 영화들을 통해 우리 몸에 스며들고 있었던 것이야. 영화 300은 그리스를 지키기 위해 끝까지 싸운 300명의 스파르타 영웅들 이야기야. 거기에 나오는 페르시아 제국은 야만인 침략자의 모습으로 그려지고 있어. 우리는 부지불식간에 거기에 세뇌당하고 있는 거야. 올림픽 종목인 마라톤도 마찬가지야. 페르시아와 그리스의 전쟁에서 마라톤 평원에서 그리스가 승리한 것을 기념하기 위해 마라톤이 올림픽 종목이 되었어. 그리스가 페르시아를 이긴 마라톤 전쟁[23] 승리의 월계관을 지금도 올림픽

---

23 마라톤 전투는 기원전 490년 제2차 그리스-페르시아 전쟁 당시 아테네의 칼리마코스와 밀티

에 씌우는 것이야. 마라톤 종목의 거리가 42.195킬로가 된 것도 평원에서 아테네까지 달려온 거리를 반영한 거야. 그러나 그 당시 최고의 문명과 문화는 그리스가 아니라 페르시아에 있었어. 그만큼 우리는 역사에 대해서 유럽인들에게 우리도 모르게 세뇌당하고 있었던 것이야. 그러나 성경 속에는 모든 진실을 담고 있지. 구약성경에 그리스 이야기는 별로 나오지 않지만, 페르시아의 역사가 없으면 성경의 기본 축이 무너지는 것이야."

현철은 신들린 사람처럼 한을 뿜어내듯 쏟아부었다. 그리고는 기가 빠져나간 것처럼 멍하게 물 한잔을 마셨다. 희석은 혼란스러웠다. 페르시아가 이렇게 가까이 있었다는 사실에 다시 한번 놀랐다. 희석은 진지한 표정으로 다시 물었다.

"알렉산더 대왕이 페르시아를 점령한 이후 페르시아는 아주 사라졌나요?"

"알렉산더는 내분에 휩싸인 거대제국 페르시아를 정복하고 페르시아 제국의 영토를 그대로 이어받았어. 알렉산더 대왕이 쉽게 대제국을 복속할 수 있었던 것은 페르시아의 통치체제를 존중하고 그대로 계승했기 때문이었어. 페르시아의 높은 문화에 감동해서이기도 할 거야. 알렉산더 대왕은 자신을 페르시아의 계승자로 불렀을 정도

아데스가 지휘하는 아테네군이 마라톤 평원에서 페르시아군을 무찌른 전투로, 이 전투에서 올림픽 경기의 마라톤 경주가 유래되었다.

니까. 알렉산더는 다리우스 3세에게 장엄한 장례식을 치러 준 다음, 다리우스 3세의 딸 스타테이라[24]와 결혼하기까지 했어. 그만큼 깊숙이 페르시아에 물들어갔던 거지. 그러나 후계자를 정하지 않고 젊은 나이에 알렉산더가 갑자기 죽자, 그의 제국은 군부에 의해 쪼개지게 되면서 분열의 길을 걷게 되었지. 그러나 그 분열을 딛고 페르시아는 다시 부활했어. 224년 사산 가문의 아르다시르 1세가 페르시아인들을 중심으로 옛 페르시아의 영광을 재현하기 위해 다시 페르시아 제국을 건설한 것이야. 후세의 역사가들은 이를 사산조 페르시아로 부르면서 알렉산더에게 멸망하기 전의 페르시아와 구별해서 불렀어. 아르다시르 1세는 조상들이 섬기던 조로아스터교를 국교로 하면서 종교와 정치를 일원화했어. 조로아스터교의 최고 사제는 후대에 왕위계승자의 선정과 국사(國事)에도 중요한 역할을 수행했어. 이때의 조각과 건축에서 고도로 발달된 페르시아문화의 전성기를 볼 수 있단다. 사산 왕조 페르시아 제국의 영토는 오늘날의 이란을 중심으로 하여, 이라크, 아르메니아, 코카서스, 아프가니스탄, 파키스탄, 인도 북부, 터키 동부에 이르렀어. 하지만 장기간에 걸친 정복과 종교 전쟁으로 사산 페르시아의 국력은 쇠퇴했고, 비잔티움 제국에게 크게 패

---

24 스타테이라 2세는 페르시아 제국의 공주로, 알렉산더 대왕의 왕비 가운데 하나이다. 페르시아 제국의 다리우스 3세의 딸로 부친이 이소스 전투의 패전에서 패한 이후 알렉산더 대왕의 포로가 되었다. 포로였지만 좋은 대우를 받았으며, 기원전 324년 수사에서의 합동결혼식 때 알렉산더 대왕의 두 번째 아내가 되었다.

한 직후 지배층들 사이에 내분이 일어난 틈을 타 새롭게 일어난 이슬람 세력이 쳐들어왔지. 그리고 페르시아 제국에는 운명의 날이 다가왔다. 아랍 이슬람 군대가 자멸해 가던 제국에 물밀듯 쳐들어오자, 황제 근위병들은 최선을 다해 아랍군과 대적하여 수차례 전투를 벌이지만 중과부적이었다. 결국, 사산조 페르시아의 황제 야즈데게르드 3세가 651년 메르브에서 살해당하면서 사산조 페르시아는 완전히 멸망한 거지."

"페르시아가 아랍 이슬람에게 멸망하면서 어떻게 되었나요?"

"서기 651년 페르시아 황제가 이슬람 세력에 의해 죽임을 당하고 수많은 지식인과 귀족들이 동으로 도망가서 색목인 마을이 중국에 많이 생겨났어. 신장 등에 페르시아 유민들이 자리 잡았는데, 중국의 신장 위구르 인이 바로 중국으로 피난한 페르시아 귀족의 후손들이야. 위구르족은 페르시아 소그드인과 투르크의 혼혈이라고 보고 있어."

"그러면 쿠쉬나메에 기록된 아비틴 왕자가 중국으로 피난한 것은 사실인가요?"

"651년 사산조 페르시아의 마지막 황제 야즈데게르드 3세는 아들을 중국으로 피신시켜 제국의 탈환을 계획하였다는 기록이 있다. 중국에서 10년 정도 머물고 난 후에 신라로 피신했다는 기록으로 봐서 페르시아왕자 아비틴이 신라에 들어온 시기는 아마 661년에서 670년 사이라고 볼 수가 있어."

"선배님은 쿠쉬나메의 기록을 역사적 사실로 인정하십니까?"

"쿠쉬나메는 페르시아의 대서사시로 구전으로 천 년 이상을 이어져 오고 있었어. 2009년에 그 기록이 발견되었지만, 서사시와 역사는 분명히 다른 점이 있어. 역사는 팩트를 중시하지만, 서사시는 영웅을 미화하고 과장하는 부분이 있어. 하지만 완전히 날조된 것은 아니라고 본다. 쿠쉬나메는 역사적 기반 위에 상상력이 더한 요즘의 역사소설과 비슷하다고 보면 맞을 것 같아."

희석은 점점 더 페르시아와 쿠쉬나메에 빨려들어 가는 것 같았다. 현철은 갑자기 희석에게 물었다.

"너, 천일야화는 알고 있지? 우리가 천일야화를 아라비안나이트라고 부르는데 천일야화가 어느 나라의 이야기인 줄 알고 있어?"

희석은 당연한 듯이 대답했다.

"아라비안나이트이니까 당연히 아라비아의 이야기이겠죠."

현철은 안타까운 듯 희석의 뒤통수를 한 대 때리며 말했다.

"너마저도 그렇게 생각하니 일반 사람들은 어떻겠어? 우리 역사 공부가 근본부터 잘못되어있는 거야."

"선배, 그러면 아라비안나이트가 아라비아의 이야기가 아니면 어느 나라의 이야기입니까?"

"윤동주 시인이 일제 강점기에 시를 썼다고 그것이 일본 시이냐? 아라비안나이트는 페르시아가 아랍 이슬람에게 점령당한 이후 식민지 시대에 페르시아 사람이 쓴 페르시아의 이야기야. 우리가 알고 있는 천일야화 즉 아라비안나이트는 페르시아의 대서사시 모음이야. 제목이 아라비안나이트이니까 사람들이 아라비아의 이야기인 줄 아는데 그것은 페르시아의 문학이야. 아랍 이슬람이 페르시아를 정복한 후에, 페르시아의 수준 높은 문학과 문화를 사랑하여 그것을 아라비아어로 옮겨서 번역한 것이 아라비안나이트야. 그 당시에는 페르시아라는 나라가 없었기 때문에 해외에 아라비안나이트로 소개된 거야."

희석은 그 이야기를 듣고 깜짝 놀랐다. 알고 있는 것이 진실이 아니었기 때문이었다. 현철이 희석의 표정을 보고 의기양양하게 말했다.

"아라비안나이트의 첫머리는 이렇게 시작하고 있지."

"옛날 페르시아에 사산이라는 왕조가 있었다. 제국의 영토는 인도와 그에 딸린 크고 작은 섬들 그리고 갠지스강 너머 중국에 이르는 왕조였다."

아라비안나이트의 첫머리가 페르시아 제국의 항수였다. 천일야화 즉 아라비안나이트는 페르시아에서 만들어진 '천의 이야기'가 원전이다. 이 '천의 이야기'를 아랍 이슬람에서 아라비아어로 번역하고 각색한 것이 바로 아라비안나이트였다. 일반 사람들이 페르시아와 아라비아를 혼동한 것이 아라비안나이트 때문일 것이라고 희석은 생각했다. 제목은 아라비안나이트인데 내용은 페르시아 이야기이니까 혼동할 수밖에. 아랍의 이슬람은 무력으로 페르시아를 점령했지만, 페르시아문화를 존경했으며 그 문화를 따르려고 많은 노력을 했다. 그것이 아라비안나이트로 표현된 것이다. 엄밀히 말하면 아라비안나이트는 페르시안 나이트인 것이다. 우리가 알고 있는 '알라딘과 요술램프', '알리바바와 40인의 도둑', 그리고 '신밧드의 이야기'는 모두 원래는 아라비아의 이야기가 아니고 페르시아인들의 이야기인 것이다. 신밧드의 모험에서도 페르시아왕자가 페르시아 양탄자를 타고 하늘을 나는 이야기를 아무 의심 없이 아라비아로 받아들인 희석은 부끄러웠다. 현철은 페르시아의 이야기를 이어갔다.

"페르시아의 높은 문화에 감동받은 사람은 역사의 아버지라고 일컬어지는 헤로도토스였어. 그는 페르시아 황제의 배려로 페르시아에 머물면서 페르시아의 역사와 문화를 기록으로 남겼거든. 헤로도토스가 아니었으면 페르시아는 역사에서 사라지고 유물만 남았을 거야."

"그러면 유럽의 역사학자들도 페르시아의 문화가 그 당시 최고였다는 것을 인정하는 건가요?"

"일부 양심적인 학자들은 헤로도토스가 기록한 내용을 인정하지만, 중세 유럽을 기독교 문화가 지배하면서 이슬람 문화에 대한 배격으로 이슬람화가 된 페르시아를 일부러 깎아내렸어. 지금도 유럽의 학자들이 페르시아의 높은 문화를 알고 있지만, 기독교적인 시각에서 현재의 이슬람이 된 페르시아를 애써 무시하는 거야."

희석은 혼자 중얼거리듯이 말했다.

"역시 역사는 승자의 기록이네요."

희석은 갑자기 궁금한 것이 생각이 나서 현철에게 물었다.

"페르시아의 후손인 이란은 계속해서 사용해오던 페르시아를 버리고 1935년 국호를 페르시아에서 이란으로 왜 바꾸었습니까?"

"이란은 아리안족이라는 의미야. 현재 이란에는 페르시아인과 쿠르드인이 같이 살고 있는데, 그들은 모두 아리안족이야. 그래서 민족의 통합이라는 의미에서 국호를 이란으로 바꾼 거야."

희석은 세계의 역사를 바꾼 페르시아가 사라진 데 대해서 아쉬운 마음이 남아있었다. 희석의 마음을 알았는지 현철은 희석에게 말했다.

"이란은 정치적인 이유로 나라 이름을 페르시아에서 이란으로 바꾸었지만, 아직도 이란의 국민은 페르시아인이라고 자신 있게 말하고 있다. 그들 자신은 누가 뭐라고 해도 페르시아인이라는 것을 잘 알고 있는 거지."

희석은 현철의 페르시아 사랑이 그에게 전염된 것 같은 착각이 들었다. 희석은 우리가 무시했던 페르시아의 역사를 우리 속에서 다시 살려내고 싶었다. 희석은 현철의 손을 꽉 잡았다.

"선배님 고맙습니다. 앞으로 더욱 지도편달을 부탁드립니다."

"얘가 왜 이래? 너 오늘 뭘 잘못 먹었냐?"

"오늘 선배와 뭐든지 잘못 먹고 싶습니다. 선배 오늘 제가 소주 한 잔 잘 못 올려도 되겠습니까?"

현철은 웃으며 희석의 손을 탁 치면서 말했다.

"소주로는 안 되겠는데. 너 방송국 월급 많이 받잖아? 위스키에 스테이크는 어때?"

"선배 요즘 방송국도 적자예요. OTT 넷플릭스다 유튜브에 밀려서 방송도 힘들다구요."

"야 엄살 그만 피우고 빨리 술이나 한잔하자."

종로 근처에도 어둠이 밀려오고 있었다. 어둠 속의 좁은 골목으로 두 사람의 그림자가 불빛에 어른거렸다.

파사마을

문무왕은 바닷가 근처에 아비틴 왕자 일행이 살 수 있는 마을을 만들어주고 논과 밭도 제공했다. 동네 사람들은 아비틴 일행이 사는 그 마을 이름을 파사마을이라고 불렀다. 파사란 페르시아를 의미했다. 아비틴은 페르시아 황실의 나무인 석류나무 한그루를 배에 싣고 왔다. 석류는 페르시아에서는 신성한 나무였다. 페르시아를 가로지르는 석류 산맥에서 세상에서 처음으로 석류나무가 생겨났으며 페르시아 황실은 이 석류 열매를 황실 여자의 전유물로 활용하였다. 아비틴은 서라벌에 석류나무를 심고 고향이 생각날 때마다 그 나무를 쳐다보고 외로움을 달랬다. 페르시아 사람들은 석류를 어릴 때부터 좋아하였다. 보물처럼 숨겨서 가져온 석류나무는 아비틴의 뿌리와도 같았다. 아비틴은 석류나무가 자라는 것을 보면서 페르시아의 부활을 꿈꾸었다.

파사마을에는 아비틴과 함께 온 페르시아 사람 백여 명이 함께 살았다. 그들은 페르시아의 서사시를 낭독하면서 자신의 문화와 말의 뿌리를 잊지 않으려고 노력했다. 아비틴은 부하들을 불러 놓고 말했다.

"우리는 여기 바실라에서 대왕의 도움으로 편하게 지내고 있소. 우리도 바실라를 위해서 무엇을 할 수 있을지 고민해보도록 합시다."

아비틴을 따라온 정예병 백여 명과 행정가들은 각자 무엇을 해야 할지 고민했다. 아비틴의 부하 중에 유리기술자가 한 명 있었는데, 그는 페르시아 유리를 만들 수 있는 재료를 찾고 있었다. 그가 아비틴을 찾아와서 말했다.

"왕자님, 저희들이 바실라에 도움이 될 만한 일을 찾았습니다. 우리 페르시아의 유리 제조기술을 이곳 바실라 백성에게 가르쳐서 그것을 당나라에 팔면 바실라에 많은 도움이 될 것 같습니다."

아비틴은 부하의 생각이 기특하게 여겨졌다.

"너의 마음이 아름답구나."

부하는 수줍은 듯이 말했다.

"우리가 이렇게 바실라에 신세를 지고 있는데 조금이라도 그 은혜를 갚는 것이 도리라고 생각했습니다."

"그래, 고맙다. 자네는 페르시아 유리를 만들 수 있는 재료가 이 바실라에 있는지 한번 찾아 보거라. 그리고 앞으로는 바실라를 신라로 부르도록 하자. 우리 페르시아에서 바실라로 불렀으나 이곳에서는 신라라고 하고 있으니 신라라고 부르는 것이 맞는 것 같다."

"네, 왕자님 말씀대로 모든 사람에게 전하겠습니다."

아비틴은 옆에 있는 부하들에게도 말했다.

"자네들은 여기 신라의 말을 열심히 배우고 있는가? 나도 열심히 배우고 있네. 당나라 말과 신라의 말이 다르니까 앞으로 여기서는 신라 말을 열심히 배워서 사용하도록 하게."

아비틴의 부하들은 당나라에서 십년 가까이 살면서 당나라 말은 모두 잘하게 되었지만, 신라 말을 새롭게 배우려니까 힘들었다. 그러나 그들은 신라사람들의 인심에 반해서 신라를 좋아하게 되었고 자연스럽게 신라 말을 열심히 배우려고 노력하게 되었다. 아비틴은 군사 훈련도 게을리하지 않았다. 그는 매일 군사를 모아놓고 페르시아식 말타기와 무기 개발에도 온 힘을 쏟았다. 신라 무기의 우수한 부분을 받아들이고 거기에 페르시아의 무기기술을 도입하였다. 파사마을의 소문은 서라벌에 흘렀으며 이상하게 생긴 사람들을 구경하러 사람들이 먹을 것을 들고 찾아왔다. 신라사람들은 낯선 사람들에 대한 배려가 몸에 밴 것 같았다. 모두가 한결같이 부끄러워하면서 호기심이 많았다. 그렇게 찾아오는 사람들과 아비틴 일행은 하나둘씩 친구가 되었으며 서서히 그들은 신라사람이 되어가고 있었다. 그러던 어느 날 파사마을에 반가운 손님이 찾아왔다.

아비틴과 원효의 만남

의상대사의 부탁을 받고 원효대사가 파사마을을 찾았다. 원효도 의상의 이야기를 듣고 아비틴이 어떤 사람인지 궁금했다. 파사국이 어떤 나라인지도 궁금했고 그 먼 곳에 높은 문화가 있다는 소식에 더욱 궁금해졌다. 파사마을 아비틴의 집에 도착한 원효는 아비틴의 생김새를 보고 또 한 번 놀랐다. 용모가 부처님과 비슷한 면이 있었기 때문이었다. 아비틴은 원효를 보자, 처음 만났지만 오랜 친구처럼 반갑게 맞이하였다. 원효는 먼저 목례를 하고 말했다.

"의상이 왕자님의 이야기를 많이 하였습니다. 의상의 말대로 왕자님의 기품이 느껴집니다."

아비틴은 원효를 보자마자 그가 보통 사람이 아님을 느낄 수가 있었다. 원효는 염주를 굴리며 말했다.

"의상대사와는 중국에서 만났다고 들었습니다."

"의상대사는 지금 어디에 계십니까?"

아비틴은 원효를 보자 먼저 의상대사의 소식부터 물었다. 원효는 웃으며 대답했다.

"의상은 저 같은 땡중과는 다른 사람입니다. 저에게는 동생 같은 사람이지만 학문으로는 의상이 저의 형입니다."

"의상대사를 만나고 싶습니다."

"의상은 저에게 왕자님을 부탁하고는 서라벌을 떠났습니다. 그 사람은 서라벌의 귀족들과는 어울리지 않는 사람입니다. 만물의 평등을 주장하는 의상을 신라의 귀족들이 좋아할 리가 없지 않습니까? 의상은 조용한 시골로 내려가서 불사를 창건하고 학문에 열중하고 있습니다. 아무에게도 자신의 거처를 알려주지 않고 홀연히 떠났습니다. 손님을 이렇게 계속 세워두고 의상 이야기만 하실 겁니까? 술이라도 한잔 주시죠."

아비틴은 부하들에게 일러서 페르시아의 과일주와 안주를 가져오게 했다. 원효는 페르시아의 술을 한숨에 마시더니 수염을 닦으며 말했다.

"술맛이 좋습니다. 무슨 술입니까?"

"페르시아에서는 포도주를 마시는데 여기 신라에는 포도가 없어서 그와 비슷한 머루로 포도주처럼 술을 만들었습니다."

"우리나라의 머루주도 있는데 맛이 다릅니다."

"발효하는 방법이 달라서 그럴 것입니다. 페르시아의 포도주 발효 방법을 따라서 만들었습니다."

"저에게도 그 비법을 가르쳐 주십시오. 우리 절에서도 만들어보겠습니다."

아비틴은 웃으며 말했다.

"스님께서 좋아하신다니 다행입니다. 만드는 비법을 바로 알려드리겠습니다. 그리고 저희 페르시아에서는 포도주를 마실 때 재미있는 관습이 있습니다. 진지한 이야기를 나누고 싶으면 포도주보다 물을 많이 타고, 진지한 이야기와 재미있는 이야기를 반반씩 하고 싶으면 포도주와 물을 반반씩 타고 재미있는 이야기를 하면 물을 한 방울만 탑니다. 스님은 어떻게 해드릴까요?"

원효는 웃으며 말했다.

"물을 한 방울도 안 타고 재미있는 이야기만 하고 싶지만, 오늘은 의상의 부탁도 있고 하니 물을 많이 타 주십시오. 다음번 만날 때는 아예 물을 넣지 말고 재미있는 이야기만 하십시다."

아비틴은 원효의 말에 웃으며 대답했다.

"과연 큰스님 같은 말씀이십니다. 오늘은 어떤 진지한 이야기를 하고 싶으십니까?"

원효는 자세를 바로잡고 말했다.

"저 멀리 파사국에서 오셨다고 들었습니다. 파사국에는 종교가 있습니까?"

"신라는 불교가 국교이지만, 페르시아는 조로아스터교가 국교입니다."

원효는 조로아스터교에 대해서 궁금해졌다.

"왕자님께서 믿는 조로아스터교에 관해서 설명 좀 해주시겠습니까?"

"조로아스터교는 중국에서 잘못 이해해서 불을 숭상하는 종교라고 생각해서 배화교라고 하는데 이것은 잘못된 번역입니다. 조로아스터교는 불을 숭상하지 않습니다. 단지 불은 신을 상징하는 모습의 하나인데, 본질을 보지 못한 것입니다."

원효는 빙그레 웃으며 말했다

"석가모니도 보이는 것이 다가 아니라 그 속의 내면이 중요하다고 말씀하셨습니다. 같은 이치라고 생각합니다."

원효는 조로아스터교가 부처님의 가르침과 닮았다고 생각했다.

"조로아스터라는 분은 부처님과 같이 깨달음을 얻으신 분입니까?"

"조로아스터는 석가모니보다도 먼저 태어나신 분으로서 최초로 유일신을 주장하신 분이십니다. 그분은 세상은 선과 악으로 나누어져 있으며 죽음 후에도 선한 사람이 가는 천당이 있고 악한 사람이 가는 지옥이 있다고 하였습니다."

"그 말씀은 불교에서 극락과 지옥과 같은 개념인 것 같습니다."

"그러나 조로아스터는 세상을 창조한 아후라마즈다를 믿어야 한다고 말씀하셨습니다. 여러 신을 모시는 기존의 종교와 달리 그분은 유일한 신은 아후라마즈다 한 분이라고 주장하셨습니다."

원효는 세상을 창조했다는 아후라마즈다 신에 대해서 관심이 많았다. 그리고 최초로 그 깨달음을 얻은 조로아스터는 스스로 신이 되지 않고 그 자신도 아후라마즈다 앞에 똑같은 인간으로 나타난 것이다. 원효는 아비틴에게 물었다.

"조로아스터교에서 선과 악은 어떻게 나뉘나요?"

"선을 다스리는 신이 있고 악을 다스리는 신이 있습니다. 그 둘 중에 어느 것을 선택할지는 인간에게 달려있습니다. 본인의 의지로 선을 선택할 수도 있고, 악을 선택할 수도 있습니다. 악마의 유혹은 끈질깁니다. 그 악의 유혹에 빠지지 않게 기도하고 착하게 사는 것이 조로아스터교의 기본 교리입니다."

"무엇이 선이고 무엇이 악입니까?"

"선은 착한 마음이며 악은 나쁜 마음입니다."

원효는 또다시 질문했다.

"선과 악은 본래 하나인데 어떻게 구분을 하십니까? 배가 고픈 호랑이가 사람을 잡아먹으면 그것은 선입니까? 악입니까?"

"동물에게는 선과 악이 없습니다."

"저는 모든 생명은 아무리 작고 미물일지라도 모두 존귀하다고 생각합니다. 살아있는 모든 것은 그 존재 자체로서 가치가 있는 것입니다. 저는 동물과 사람은 같은 생명이라고 봅니다."

아비틴이 원효에게 물었다.

"스님께서는 선과 악을 어떻게 보십니까?"

아비틴의 질문을 받고 원효는 다시 아비틴에게 되물었다.

"왕자님께 하나만 더 물어보겠습니다. 먹을 것이 없어서 굶어 죽게 생긴 어머니가 어린 딸을 살리기 위해 부잣집에 딸을 파는 것은 선한 행동입니까 악한 행동입니까?"

아비틴은 원효의 질문에 머뭇거렸다. 원효는 스스로 대답했다.

"세상에는 절대 선과 절대 악은 존재하지 않습니다. 모든 것은 마음먹기에 달려있습니다. 자신이 바른 마음을 가지면 선이고 악한 마음을 가지면 악이라고 봅니다. 선과 악은 본인만이 판단할 수 있는 것이지, 남이 판단할 수 없는 것이라고 소승은 생각합니다."

아비틴은 원효의 생각에 고개를 숙였다. 원효는 다시 조용한 목소리로 말했다.

"선과 악은 결국 하나지요. 모든 것이 마음에서 나오니까, 마음먹기에 달려 있지 않겠습니까? 염정불이 진속일여(染淨不二 眞俗一如) 즉 더럽고 깨끗함이 둘이 아니고 진리의 길과 세속의 길이 본래 같다는 의미입니다, 이것이 바로 선과 악이 하나라는 말씀이 아니겠습니까?"

조로아스터교의 이론을 한마디로 정의하는 원효의 모습에 아비틴은 점점 더 끌리게 되었다. 아비틴은 원효의 말에 고개를 끄덕이며 말했다.

"조로아스터님도 그렇게 말씀하셨습니다. 선과 악은 마음먹기에 달려있다고, 스님께서는 불교뿐만 아니라 조로아스터교의 교리도 실천하고 계십니다."

"부처님의 가르침이나 조로아스터의 가르침이나 저는 같다고 생각합니다."

아비틴은 원효에게 웃으며 말했다.

"부처님의 가르침을 저도 알고 있습니다. 우리 페르시아에도 부처님을 믿는 사람들이 있습니다. 우리 페르시아의 불교가 초원의 길을 지나 바미안[25]과 티베트를 거쳐서 중국으로 들어갔습니다."

"불교가 석가모니의 고향인 천축국에서 환영받지 못하고 파사국에서 꽃을 피웠다는 사실은 저도 알고 있습니다. 파사국의 높은 문화 수준을 저도 전해들은 바가 있습니다. 그래서 소승이 왕자님께 가르침을 받고자 질문을 올리는 것입니다."

"저도 지식이 짧습니다. 스님께 조로아스터교 경전을 구해드리겠습니다."

원효는 한참 생각한 후에 말했다.

"종교는 중요하지 않다는 것을 깨달았습니다. 사람의 마음은 항상 뜬구름처럼 변하는 것입니다. 그 뜬구름이 비가 되어 세상에 내리면 생각은 깨끗해집니다. 마음을 비워야 마음이 깨끗해집니다."

아비틴이 원효에게 물었다.

"스님, 산다는 것은 무엇인가요?"

원효는 아비틴에게 말했다.

---

25 바미안 석불은 아프가니스탄 바미안주의 힌두쿠시 산맥의 절벽 한 면을 파서 세워져 있었던 석불들이다. 이 석불들은 6세기경에 페르시아 제국의 박트리아 왕국 시대에 세워졌는데, 바미안 석굴은 절벽에 조각된 53×35m의 거대한 불상과 4각형 · 8각형 · 원형 불당의 석굴, 벽화가 전해진다. 그러나 이 바미안 석굴은 아프가니스탄을 장악했던 탈레반에 의해 2001년 3월 폭파되어 원형을 거의 상실했다.

"산다는 것은 내가 나를 찾아가는 과정입니다. 마음속의 번뇌와 고통은 모두 나를 찾는 과정에서 만나는 것들입니다. 내 속의 나를 만난다는 것은 이렇게 힘든 것입니다. 나를 찾는 순간은 각자의 인생에서 만나는 가장 극적인 순간이요, 가장 큰 기쁨과 평안입니다. 아무리 화려한 옷이라도 몸에 맞지 않는 옷을 입으면 불편하고, 아무리 멋진 풍경이라도 마음이 다른 곳에 있으면 눈에 들어오지 않듯이 내가 아닌 남의 삶을 살고 있으면 늘 불안합니다."

아비틴은 원효의 이야기를 들으면서 불타는 복수심을 진정시킬 수 있었다. 그러자 마음의 평화가 찾아왔다. 원효는 아비틴의 종교관을 듣고 동양이나 서양이나 사람 사는 것은 똑같다는 생각이 들었다. 부처님의 해탈은 죽음을 초월한다는 의미이기 때문이다. 모든 사람은 죽음을 두려워한다. 그러나 두렵다고 죽음을 피한 사람은 이 세상에 한 사람도 없다. 죽음 이후를 본 사람도 없다. 원효는 한참을 생각하다가 아비틴에게 말했다.

"죽음 이후의 세계를 어떻게 다루느냐에 따라서 종교의 관점이 달라지지요. 모든 것은 어떻게 생각하느냐에 달려있습니다. 한마디로 말하면 일체유심조라고 합니다."

아비틴은 원효의 말에 고개를 끄덕였다. 원효의 말이 가슴에 와 닿았다. 모든 것은 어떻게 마음먹느냐에 따라서 각자 개인이 결정하는 것이다. 누구를 통해서 얻는 게 아니다. 아비틴은 원효에게 술을 따르며 말했다.

"앞으로 계속 좋은 가르침을 부탁드립니다."

"제가 왕자님께 가르쳐드릴 것은 없습니다. 이렇게 좋은 대화 상대를 만난 것만도 큰 영광입니다."

"스님의 깨달음에 저절로 고개가 숙여집니다."

"저는 아직 깨달음에 이르기는 한참 멀었습니다. 아직도 진리와 세속에 하나가 되지 못하고 속세에 미련을 버리지 못하는 천한 중이올시다. 여자를 보면 본능에 고개를 숙입니다."

"요석공주님에 대한 말씀이군요. 사랑은 종교보다 숭고한 것 같습니다."

"그것은 핑계일 뿐입니다. 사랑의 핑계를 대고 육체적인 본능을 이기지 못하면 그것은 깨달음이 아니라고 봅니다. 깨달음은 모든 것을 초월해야 합니다. 저는 초월을 빙자한 껍데기일 뿐입니다."

아비틴은 요석공주의 이야기가 나오자, 사랑을 위해 모든 것을 버릴 수 있는 그 여인이 궁금했다. 아비틴은 조심스럽게 원효에게 말했다.

"요석공주님을 한번 만나 뵙고 싶습니다."

원효는 의상의 부탁으로 요석궁을 방문할 계획이 있었다. 원효는 아비틴을 요석공주에게 소개시켜 주고 싶었다.

"그러지 않아도 의상대사가 부탁한 것도 있고 해서 요석궁을 한번 방문할 예정입니다. 그때 공주님과 같이 한번 뵈시죠. 요석궁에 가기 전에 이곳 파사마을을 먼저 들렀습니다. 이제 왕자님을 뵈었으니 편안한 마음으로 요석궁을 찾을까 합니다."

아비틴은 원효의 그 말 속에 아직도 원효가 요석공주를 잊지 못하고 있다는 것을 느꼈다. 원효는 가볍게 자리를 털고 일어났다. 언제 어떻게 초대한다는 말도 없이 사라졌다. 아비틴은 원효의 철학이 조로아스터 철학과도 일맥상통한다는 생각에 깜짝 놀랐다. 그는 원효가 존경스러웠고 자주 만나고 싶어졌다.

짜라투스트라는 이렇게 말했다

희석은 대학 다닐 때 니체에 빠진 적이 있었다. 니체의 《짜라투스트라는 이렇게 말했다》라는 책을 몇 번이나 읽으면서 짜라투스트라에 열광한 적이 있었다. 첫사랑에 빠진 것처럼 니체의 철학에서 헤어나오지 못하고 허우적거린 기억, 그 짜라투스트라가 20년이 지난 후에 다시 그를 찾아왔다. 짜라투스트라[26]는 바로 조로아스터였다. 희석은 책장 구석에 처박혀 있던 오래된 책을 꺼냈다. 햇빛에 바래진 오래된 책을 펴는 순간 그는 대학생 시절의 혼란과 방황 속으로 들어간 것 같았다. 누렇게 바랜 책에는 그 당시 밑줄까지 그어진 글자들이 눈물이 증발된 것 같은 자국을 남기며 눈앞에 나타났다. 먼지를 털고 책장을 넘겼다. 책은 이렇게 시작되었다.

"짜라투스트라는 30살이 되었을 때 그의 고향을 떠나 산속으로

---

26 짜라투스트라(Zarathushtra)는 이란 북부지방에서 태어난 예언자로서 그의 이름을 딴 조로아스터교를 세운 것으로 알려져 있다. 짜라투스트라는 원래 페르시아어인데 조로아스터는 그리스어 발음이다. 그리스 역사학자들이 페르시아어 짜라투스트라를 조로아스터로 발음하면서 조로아스터교가 되었다. 니체는 원래 페르시아의 이름인 짜라투스트라로 불렀다.

들어갔다. 산속에서 10년을 지낸 후, 어느 날 아침 동틀 무렵에 태양을 향해 다가가며 그는 이렇게 외쳤다.

너 위대한 천재여, 만일 너에게 너의 햇살을 비춰줄 상대가 없었다면 너의 행복은 무엇이었겠는가? 십 년 동안 너는 이곳 나의 동굴을 비춰주었다. 그러나 나와 나의 독수리와 나의 뱀이 없었더라면, 너는 너의 빛과 너의 여행에 권태를 느꼈을 것이다. (중략) 보라, 나는 다시 비워지기를 원하며, 나 짜라투스트라는 다시 인간으로 되돌아가기를 원한다.[27]"

희석은 다시 박현철 선배를 찾아갔다. 대학 시절 니체의 《짜라투스트라는 이렇게 말했다》 책을 추천해준 사람도 그였다.

"선배, 이십 년 만에 다시 《짜라투스트라는 이렇게 말했다》를 읽으니 대학생 시절에 읽었던 것과는 완전히 다른 느낌입니다. 페르시아왕자와 신라공주의 이야기를 엮다 보니까, 짜라투스트라를 다시 만나게 되었습니다. 이것도 참 끈질긴 인연이네요."

"너하고 나의 인연이 더 끈질기다."

현철이 웃으며 말했다. 희석은 그런 선배가 마냥 좋았다. 현철만 만나면 대학 시절의 추억으로 돌아간 느낌이었다.

"선배, 니체는 왜 조로아스터를 짜라투스트라라고 불렀을까요?"

"조로아스터는 그리스식 발음이야, 원래 페르시아어로는 짜라투

---

27 《짜라투스트라는 이렇게 말했다》, 니이체, 박병덕 옮김, 육문사

스트라라고 불렀어. 니체가 조로아스터 대신에 짜라투스트라라고 부른 것은 은근히 그리스 위주의 역사를 비꼰 것으로 원래 페르시아어인 짜라투스트라라고 부른 것이야."

"그런 뜻이 있었네요."

현철은 다시 진지한 표정을 지으며 말했다.

"니체는 《짜라투스트라는 이렇게 말했다》에서 짜라투스트라를 자신의 이상적 분신으로 간주하고, 그를 대지의 주인이며 인류의 미래를 이끌어갈 지도자로 추앙했어."

"저도 선배님 만나기 전에 그 책을 읽고 왔어요. 선배 조로아스터에 대해서 좀 더 자세히 이야기해 주세요."

"조로아스터가 언제 태어났는지는 정확하게는 기록이 없어서 모르지만 대략 BC 600년 이전이라는 것은 확실해. 어떤 사람은 BC 1500년이라고 말하는 사람도 있어. 조로아스터의 본명은 스피타마 짜라투스트라(Spitama Zarathustra)이며, '조로아스터'는 말했듯 짜라투스트라의 그리스식 발음이야. 그는 열두 살에 집을 떠났고, 서른 살에 강력한 신비를 체험하고 영감을 얻어 그 이후로 자신의 새롭고 독창적인 메시지를 가르치기 시작했다고 전해지고 있어. 그는 서른 살이 되던 해에 아후라 마즈다 신으로부터 유일신에 대한 계시를 받고, 그 계시받은 진리를 대중들에게 전하기 시작했지만, 모두 그를 광인(狂人)이라 생각하고 그의 말을 듣지 않았지. 그나마 그의 사촌 중 하나가 그를 믿고 제자가 되었지만, 조로아스터 생존 시기에는 그의 종교가 주목받지 못하다가, BC 500년경에 오늘날의 이란 동북부 지역을 중심으로 해서, 동쪽으로는 아프가니스탄까지, 서쪽으로는 페르시아 전역으로 전파되었다고 해. 그 후 페르시아의 사산 왕조가 출현하며 조로아스터교를 국교로 삼아 발전시킨 거지. 사산 페르시아는 조로아스터교 이외의 종교는 박해했으며, 이 시기에 경전 아베스타(Avesta)가 집대성되었으니, 사산 페르시아의 마지막 왕자인 아비틴이 조로아스터교를 믿는 것은 당연한 일이었지. 조로아스터교의 유일신 사상, 내세관, 선과 악으로 대비되는 세계관 등은 유대교, 그리스도교, 불교, 이슬람교 등에 큰 영향을 미쳤어."

"조로아스터교의 아후라마즈다는 유일신인가요?"

"조로아스터교의 경전 '아베스타'에 의하면, 태초에 아후라마즈다에서 두 영이 나왔는데 하나는 선을 선택한 영으로, 우리가 일반적으로 말하는 천사이고, 다른 하나는 악을 택한 사탄이야. 사탄의 주위에는 악마의 무리가 있어서 명령에 따라 사람을 시험하거나 괴롭히는 일을 수행하는데, 이러한 교리를 통해서 조로아스터교는 세계에서 최초로 악마에 대한 계보를 체계화했다는 평가를 받기도 했어."

현철은 조로아스터교의 신자라도 되는 것처럼 신이 들린 듯이 말했다.

"조로아스터교에 따르면, 세상은 선과 악이 싸우는 투쟁의 현장이며, 인간은 타고난 이성과 자유 의지를 활용하여 이 둘 중 한쪽을 선택해야 했어. 최초의 계시종교인 조로아스터교는 영혼과 육체를 분리했어. 영혼은 영원하지만, 육체는 일단 죽으면 흉물로 변해 신성한 흙이나 물, 불과 접촉할 수 없다는 거지. 그래서 매장하거나 화장(火葬)은 못 하게 되어있어. 그래서 조로아스터 교 신자의 시신은 땅과 분리된 높은 곳에 얹어놓고 새가 뜯어먹게 하는 조장(鳥葬)을 치르는데, 이런 조장 풍습은 아직도 중앙아시아 지역에 남아있어. 조로아스터교의 영향은 멀리 중국에까지 미쳤는데, 페르시아가 아랍 이슬람에게 멸망하면서 페르시아 유민들이 당나라에 몰려들면서 조로아스터교가 본격적으로 성행했어. 당시 당나라에서는 조로아스터교를 '배화교(拜火教)'라고 불렀는데 조로아스터 교인들이 불 앞에서 절하는 모습을 보고 붙인 이름이야."

희석은 조로아스터교의 이론에 빠져들고 있었다. 그 역시 조로아스터교를 단지 불을 숭상하는 원시종교처럼 알았지만, 이러한 심오한 철학과 세계관에 깜짝 놀라고 있었다. 희석은 현철에게 물었다.

"지금 현재 조로아스터교를 믿는 사람들이 있습니까?"

"지금도 조로아스터교를 믿는 사람들이 많이 있어. 조로아스터교는 발상지 페르시아에서 기원전 6세기부터 기원후 7세기 중엽까지 천여 년 동안 성세를 누리다가 아랍 이슬람에게 정복당하면서 세력이 약해졌어. 아랍 이슬람은 조로아스터교 신자가 이슬람으로 개종하면 세금을 면제해주는 조건으로 적극적으로 이슬람으로 유도했어. 그러다 보니 페르시아의 조로아스터교 신자의 일부는 이슬람교로 개종하고 일부는 중앙아시아와 중국 외곽 지역으로 나오게 된 거지. 오늘날에도 인도 뭄바이, 이란 야즈드, 아제르바이잔 등지에서 수십만 명의 신자들이 교세를 잇고 있는데, 그중 3만 명의 신자가 발원지 야즈드 부근에 남아있고, 인도 뭄바이 지역에 약 10만 명이 모여 살고 있어."

석가, 공자, 소크라테스 등 동서양에서 종교와 철학의 최고봉을 이룬 성자들보다 훨씬 이전에 페르시아에서 태어나 활동한 조로아스터는 단연 선구자였다. 사람들이 말하길 인간은 죽음이 무서워 종교를 만들었다. 종교는 죽음을 해석하는 철학이다. 그러나 원효는 죽음도 지나가는 바람이라고 생각했다. 그 지나가는 바람을 잡지 말라고 했다. 희석은 항상 죽음이 무엇인가 생각하고 살고 있었다. 가톨릭 신자인 희석은 빠지지 않고 미사에 참석하지만 죽음은 끝인가 하고 의심이 들기도 했다. 원효도 똑같은 고민을 했을 것이다. 원효뿐만 아니라 모든 사람이 그 의문을 안고 죽음을 맞이했을 것이다. 황제의 무덤 속에도 이름 없는 사람들의 무덤 속에도 앙상하게 남아있는 뼈들…. 그들이 얼마나 죽음 후의 세상을 무서워하고 희망을 신에게 걸었는지 그 앙상한 뼈들이 보여주고 있다. 인간은 모두 죽는다는 사실을 알면서도 영원히 살 것처럼 착각하고 사는 것이 인생이다. 그리고 그 죽음을 신성시하기 위해 무덤을 화려하게 하고 제사를 지내고 스스로를 위안했다. 그러나 결국은 죽음을 완전히 이해한 사람은 없었다. 죽음에는 각자가 스스로 해답을 내어놓아야 한다. 인간이 화성에서 살

수 있는 날이 곧 다가올 것이라고 테슬라의 창업주 일론 머스크는 장담하고 있다. 우주의 비밀을 밝히려는 인간의 노력이 계속될수록 종교의 힘은 약해지고 있다. 인간의 교만이 종교를 퇴색시키고 있다. 우주의 비밀을 밝힌다고 창조주가 없다고 누가 장담할 수 있겠는가? 아인슈타인은 우주에 깊이 들어갈수록 신의 존재를 강하게 믿었다고 말했다. 조로아스터 이후의 유일신이 어떤 형태의 종교로 나타나건 종교는 오늘날도 우리 사회의 큰 버팀목이 되고 있다. 진화론자들은 인간의 탄생이 원숭이의 돌연변이에 의해 우연히 탄생했다고 한다. 그러면 과학도 우연이고 우주의 탄생도 우연인가? 우리 인간이 우연히 탄생했다면 그야말로 우스운 일이 아닌가? 모든 것이 우연으로 시작해서 인연으로 연결되고 필연으로 끝난다는 것인가? 희석은 3천 년 전의 조로아스터교를 접하면서 여러 가지 생각이 들었다. 아비틴이 믿었던 조로아스터를 통해서 인간은 그 옛날부터 삶과 죽음을 고민해왔다는 사실을 깨달았다. 과학의 발전에 따른 인간의 교만이 세상을 위협하고 있고, 그 교만이 세상을 멸망에 빠트릴 것이라고 이미 성경에 기록되어 있었다.

그리고 희석은 나름대로 결론을 내어본다.

'죽음은 아무것도 아니고 바람 같은 것이다. 죽음을 내려놓아야 죽음을 이해할 수 있다.'

2부

아비틴과 프라랑 공주의 첫 만남

원효는 5년 만에 요석궁을 찾았다. 요석공주[28]와의 합방 후에 원효가 죄책감으로 파계승을 자처하고 전국을 떠돌아다니던 사이, 아들이 태어났다. 의상의 방문을 받고 원효는 많은 생각을 했다. 그리고 요석공주를 만나지 않으면 의상이 무애암(無碍庵)에서 이야기한 무애의 경지에 다다를 수 없다는 것을 깨달았다. 장애물에서 도망치는 것이 아니라 부딪쳐서 그것을 풀어야 무애의 경지에 이를 수 있었다. 원효는 스스로를 속이고 무애암에서 세월을 허송한 것이다. 의상이 다녀간 후에 원효는 부처님 앞에서 기도했다.

'인간은 깨달음을 얻는다며 남을 속이고 결국 자신을 속임을 이제야 알았습니다. 산속에 숨는다고 무애의 경지에 이를 수 없음을 알고서도 무애암을 지어놓고 모두를 속였습니다. 요석공주에게 용서를 구하고 진정으로 참회한 다음에 깨달음을 구하겠습니다.'

---

28 요석공주(瑤石公主)는 태종무열왕(太宗武烈王)과 보희부인(寶姬夫人)의 딸로 김흠운(金歆運)과 원효(元曉)의 아내이자 설총(薛聰)의 어머니이다.

원효는 그날 무애암을 떠나서 먼저 파사마을의 아비틴을 만난 후에 요석궁으로 향했다. 반월성 가까이에 자리한 요석궁은 반월성처럼 화려하지는 않지만 우아한 아름다움을 간직한 집이었다. 엄밀히 말하면 궁궐이 아니지만, 공주가 산다는 이유로 신라사람들은 이 집을 요석궁이라고 부르곤 했다. 요석은 혼자서 설총을 낳고 원효가 돌아오기를 매일 기도하였다. 그러면서 그녀가 원효를 파계에 빠트렸다는 자책감으로 부처님께 용서를 구하였다. 그날도 기도를 마치고 설총과 마루에서 하늘을 무심히 쳐다보고 있는데 구름 속에서 원효의 얼굴이 어른거렸다. 요석공주는 설총 몰래 흐르는 눈물을 감추고 젖은 눈으로 대문을 쳐다보는데 그렇게 꿈에 그리던 원효가 문 앞에 와있는 것이었다. 요석은 그것이 꿈인지 환상인지, 진짜인지 분간을 하지 못하면서 버선발을 한 채 대문으로 뛰어나갔다. 문 앞에는 진짜 원효가 서 있었다. 요석은 그의 품에 뛰어들고 싶었지만, 몸은 원효의 앞에 선 채 고개만 숙였다. 원효도 말없이 문 앞에서 요석을 한참 동안 쳐다보았다. 그리고 마음속으로 말했다.

"인연의 골이 이렇게도 깊었던 것인가? 사람의 힘으로 끊을 수 없는 인연이라면 그것에 저항할수록 장애가 되어 나를 괴롭힐 것이다. 인연에서 자유로워지려면, 인연에 따라야 한다."

요석은 고개를 들지 못하고 마른 땅에 눈물만 비 오듯이 떨어뜨렸다. 마루에 있던 다섯 살 설총이 문 앞으로 나왔다. 원효가 침묵을 깨고 말했다.

"네가 설총이냐?"

설총은 수염이 가득하고 옷이 허름한 원효를 보고 무서워서 엄마의 치마 뒤에 숨었다. 요석은 설총의 손을 잡고 말했다.

"아버님이시다. 큰절로 예를 드려라."

설총은 마당에서 원효에게 큰절을 하였다. 핏줄의 힘은 불가의 힘보다도 역시 강했다. 원효는 설총을 번쩍 안았다. 자신을 닮은 어린 설총을 보자 원효는 한순간 모든 것이 무너졌다. 깨달음도, 무애도 해탈도 핏줄 앞에서는 거품과 같았다. 마당의 나무들도 바람에 춤추며 꽃들도 향기를 뿜으며 원효를 환영하는 것 같았다.

요석이 정성껏 저녁상을 마련해 왔다. 원효와 단둘이 앉은 요석은 숨을 쉴 수가 없었다. 요석은 요석대로 원효를 파계에 내몬 자책감으로 가득했고, 원효는 원효대로 요석공주에 대한 미안함으로 숟가락 들기가 바위를 드는 것처럼 무거웠다. 원효가 먼저 입을 열었다.

"공주마마, 저를 용서해 주십시오. 제가 수양이 부족하여 공주님을 고통 속에 몰아넣었습니다."

요석은 원효의 말에 고개를 들고 원효를 처음 바라보며 말했다.

"고통이라고 말씀하셨습니까? 대사님께서 저에게 어떤 고통을 주셨습니까? 대사님은 저에게 희망과 행복만을 안겨다 주셨습니다. 저는 우리 신라의 큰스님이신 대사님을 파계시킨 나쁜 계집입니다."

"공주께서 나를 파계로 이끈 것이 아니라 파계는 나 스스로가 저

질렀습니다. 나는 공주님만 생각하면 지옥의 불구덩이에 빠져도 시원찮은 놈입니다. 공주님의 용서를 받기 전에는 아무런 깨달음도 소용없다는 것을 느꼈습니다."

"제가 대사님께 용서를 구하고 싶사옵니다. 저 혼자만의 욕심을 위해 대사님을 악의 구렁텅이에 빠트렸습니다."

"모든 것은 나의 잘못입니다. 공주님의 착하고 순수하신 마음을 이 못된 땡중이 이용하였습니다. 미천한 놈이 대왕의 따님을 품에 안는다는 것이 허영이고 교만이었습니다."

"대사님은 저를 사랑하지 않으셨나요?"

"사랑이라는 것이 무언지는 모르오만 숨으면 숨을수록 계속 나를 따라다니는 것이 공주님이었습니다. 보고 싶은 것이 사랑이라면 소승은 공주님을 천만번이라도 사랑하고 있는 것 같습니다."

원효의 그 말에 요석은 참았던 눈물이 한꺼번에 쏟아졌다.

"사랑한다는 그 말 한마디에 소녀의 가슴은 다시 뜨거워졌습니다. 저는 저의 감정을 속인 적이 없습니다. 처음에는 대사님을 존경하였지만, 그것이 사랑으로 바뀐 것을 저도 몰랐습니다. 하루라도 대사님을 뵙지 못하면 잠을 이룰 수가 없었습니다. 저 혼자만의 욕심으로 대사님을 유혹했습니다."

"유혹받는다고 그 유혹에 넘어가면 그 사람은 깨달음이 부족한 사람입니다. 저는 공주님을 제가 유혹했다고 생각합니다. 그 죄책감으로 전국을 거지처럼 떠돌아다니며 참회를 했습니다. 그리고 깊은 산속에 무애암을 짓고 혼자서 모든 것에서 벗어나려고 노력했습니다. 부처님의 가르침을 깨달았다고 하는 순간에 공주님의 얼굴이 떠올랐습니다. 그래서 공주님을 찾아왔습니다."

요석은 눈물을 흘리며 말했다.

"이제 저는 대사님께 아무것도 바라지 않겠습니다. 저의 그리움을 깨달음으로 승화시켜주십시오. 제가 대사님을 요석궁에 잡는다면 호랑이를 우리 속에 가두는 것이나 다름없다는 것을 저도 알고 있사옵니다. 깨달음을 얻으시면 언제든지 떠나십시오. 저는 대사님을 잡지 않을 것이옵니다."

원효는 요석의 손을 잡았다. 요석의 손은 떨리고 있었다. 부처님도 사랑의 인연을 자를 수가 없듯이 억지로 멀리한다고 인연의 끈이 놓아질 리가 없었다. 원효는 요석의 눈에서 부처의 눈망울을 발견하였다. 부처님은 멀리 있는 것이 아니었다. 사랑과 자비가 곧 부처였다. 요석궁의 밤은 깊어갔다.

다음 날 원효는 아비틴을 요석궁에 초대하였다. 아비틴이 도착하자, 원효는 반갑게 그를 맞이했다. 원효는 옆에서 조용히 앉아있는 요석공주를 아비틴에게 소개시켰다.

"태종무열왕의 따님이신 요석공주님이십니다."

아비틴은 정중하게 요석공주에게 인사했다. 그러면서 그는 자신을 눈여겨보는 시선 하나를 의식하고 있었다. 청초하게 아름다운 젊은 여성이 요석의 옆에서 호기심 어린 표정으로 아비틴을 보고 있었다. 자신의 이국적인 외모 때문일까 싶었던 아비틴은 그녀의 시선이 왠지 민망했다. 페르시아에서도 보기 힘든 미인이라는 생각에 미치자 부끄러움은 더해졌다. 아비틴이 얼굴을 돌리자, 그녀는 얼굴을 더 똑바로 들고 아비틴을 신기한 듯이 쳐다보았다. 아비틴의 볼이 빨개진 것을 눈치챈 요석이 그 젊은 여성에게 말했다.

"얘야, 손님을 그렇게 빤히 바라보면 실례잖니."

그러자 여성은 고개를 숙였다.

"스님, 제 어리석은 조카 소개도 해주시지요."

원효는 요석공주에게 알겠다고 답하고, 아비틴에게 말했다.

"소개가 늦어 죄송합니다. 옆에 계신 분은 신라 대왕의 따님이신 프라랑 공주님이십니다."

프라랑은 문무왕의 딸로, 열여섯의 나이였다. 프라랑은 원효와 아비틴의 대화 중간중간에도 곁눈질로 신기한 듯이 아비틴을 계속 바라보고 있었다.

프라랑의 고모가 되는 요석공주는 조카를 딸처럼 아꼈다. 요석공주는 프라랑을 요석궁에 자주 불렀고, 프라랑도 반월성에 있기 갑갑할 때는 고모를 찾곤 했다. 문무왕도 딸이 요석궁에 살다시피 하는 것에 참견하지 않았다. 머나먼 나라의 왕자님이 방문한다는 소식을 듣자, 궁금증이 일었던 공주는 서둘러 고모의 집에 찾아온 것이다.

원효가 잠깐 자리를 비운 사이에, 호기심 많은 프라랑 공주는 아비틴에게 이것저것을 묻기 시작했다.

“여기서 페르시아로 가려면 얼마나 걸리나요?”

“바닷길과 육지를 쉬지 않고 달려도 1년 이상이 걸리는 먼 거리입니다.”

공주는 신기한 듯이 다시 물었다.

“그렇게 먼 곳에도 사람이 살고 있나요?”

“여기 신라보다 큰 나라에서 많은 민족들이 서로 어우러져 살았습니다. 페르시아 황제는 그들을 관용으로 다스렸습니다. 그리고 페르시아에서 서쪽으로 더 가면 로마인들의 나라가 있습니다. 두 나라 다 한때는 당나라보다 더 큰 제국이었습니다.”

“저도 그 먼 곳에 있는 왕자님의 나라에 가고 싶어요.”

프라랑 공주는 아비틴과 함께 그의 나라 페르시아에 가보고 싶었다. 아비틴은 슬픔을 띈 목소리로 답했다.

“페르시아는 사라졌습니다, 공주님. 사막에서 나타난 아랍인들이 페르시아를 정복했습니다. 저는 그 페르시아 제국을 다시 찾아야 합니다.”

프라랑 공주는 슬픈 눈으로 아비틴을 쳐다보며 말했다.

“저도 왕자님이 페르시아를 되찾을 수 있도록 부처님께 기도드리겠습니다. 고모도 같이 기도드려주세요.”

프라랑 공주의 순수한 마음에 요석공주도 미소지었다. 아비틴은 그러한 순수한 모습의 어린 공주가 마음에 들었다. 왕자는 공주에게 고향 페르시아와 그곳을 떠나오게 된 과정을 친절하게 들려주었다. 프라랑 공주는 그 말을 들으며 아비틴이 환상의 나라에서 온 왕자처럼 느껴졌다.

요석궁에서 물러나 돌아오는 길에, 아비틴은 원효에게 물었다.

"요석공주와의 인연은 어떻게 시작된 것입니까?"

"인연이란 것이 시작이 있고 끝이 있겠습니까? 소생은 마음이 움직이는 대로 따랐을 뿐입니다. 소승이 선대 대왕의 부르심을 받고 반월성에 들렀다가 어두워져서 문천교 다리를 지나다가 물에 빠져 옷이 다 젖게 되었습니다. 그때 지나가던 요석공주가 저의 젖은 옷을 말려준 것이 인연이 되었습니다."

원효는 요석과의 사랑을 남의 이야기하듯이 담담하게 펼쳐나갔다. 그 순간 요석궁에서는 프라랑이 요석공주에게 질문을 던지고 있었다.

"고모님은 어떻게 원효대사님과 사랑에 빠졌나요?"

프라랑의 갑작스런 질문에 요석은 얼굴이 붉어졌다. 하지만 솔직하게 말하고 싶었다. 원효와 둘이 있으면 속마음을 말할 용기가 없었지만, 조카가 있는 자리에서 요석은 그녀의 속마음을 처음으로 말하고 싶었다. 요석은 부끄러운 듯 살포시 입술을 뗐다.

"그분은 나에게 바람처럼 다가오셨어. 나는 평소에 그분을 흠모하고 있었는데, 그분은 항상 말씀하셨지. '누가 내게 자루 없는 도끼를

주겠는가? 내 하늘을 받칠 기둥을 깎으리라.'"[29]

프라랑이 손뼉을 치며 말했다.

"너무 멋있어요."

프라랑 공주는 요석공주의 이야기를 들으면서 왠지 아비틴을 떠올렸다. 원효의 모습과 아비틴의 모습이 겹쳐졌다. 요석은 차분하게 말했다.

"내가 원효대사를 유혹했다고 할 수 있어. 처음에는 저분이 나의 유혹에 넘어올까 하는 호기심도 있었어. 그러나 나의 호기심이 사랑으로 바뀌는 순간 나도 자제력을 잃고 말았어."

프라랑 공주는 질문을 계속했다.

"원효대사님이 고모님의 유혹에 넘어왔나요?"

요석이 대답했다.

"불혹의 고개에 올라선 원효 스님은 흔들리지 않았어. 그러나 과부의 심정을 이해하는 측은지심이 발동되었다고 할 수 있지. 나는 스님의 그 측은지심을 이용했던 것이야. 사랑은 모든 것을 가능하게 했어. 내가 요부처럼 움직일 수 있다는 사실에 나도 놀랐어."

요석공주는 5년 전 원효가 처음 요석궁에 온 날을 떠올리며 회상에 젖었다.

---

29 "誰許沒柯斧 我斫支天柱(수허몰가부 아작지천주)"

원효와 요석의 사랑

원효가 젖은 옷을 말리기 위해 요석궁에 들자 요석은 부끄러운 듯이 물었다.

"스님은 어찌하여 스님의 신분으로 여인의 방을 찾으셨습니까? 제가 비록 지아비를 잃고 홀로된 몸이오나 불법의 대강을 알고 있습니다. 스님께서는 저를 가볍게 보지 마옵소서."

요석은 신라공주의 품위를 잃지 않으려고 자신을 채찍질하며 말했다. 원효는 그런 요석공주의 마음을 읽고는 말했다.

"소승은 공주님의 도움을 청하고자 이곳에 들렀습니다. 물에 빠져 젖은 옷을 말리기 위해서 공주님의 처소에 들어왔을 뿐 다른 의도는 없사옵니다.

요석공주는 살며시 고개를 들어 젖은 옷에 몸이 달라붙은 원효의 모습을 보고는 가슴이 달아올랐다. 그녀는 부끄러운 듯이 고개를 숙이고 말했다.

"여자 혼자 사는 집에 남자 옷이 어디에 있겠습니까? 그냥 기다리셨다가 옷이 마르는 대로 나가주소서."

원효는 아무렇지도 않은 듯 말했다.

"배려에 감사드리옵니다. 소승은 신경 쓰지 마시고 편안히 계시기 바랍니다. 소승은 옷이 마르는 대로 떠나겠습니다."

원효가 옷이 마르기를 기다리면서 옆방에 머무르는 동안에 요석 공주는 무슨 생각인지 모르게 옷을 벗고 탕 속으로 들어갔다. 원효는 옆방에서 들려오는 공주의 목욕 소리에 마음이 흐트러지기 시작했다. 원효는 아직도 자신에게 수컷의 동물적인 본능이 꿈틀대고 있는 것에 화가 치밀어 올랐다. 원효와 요석은 서로를 원하였지만, 그 원하는 자신들을 미워하고 있었다. 원효는 요석공주의 벗은 몸이 머리에 그려질수록 호흡은 가빠졌다. 그것을 질타하는 내면의 목소리는 줄어들고 있었다. 목욕을 마치고 난 요석은 얇은 속곳 차림으로 마루에 나왔다. 그리고 아직도 방에 있는 원효에게 말했다.

"스님! 아직 안 가셨군요. 아직 옷이 다 마르지 않았습니까?"

원효는 옷이 다 말랐지만, 자리를 뜰 수가 없었다. 그는 깨달음을 얻었다고 생각했는데 아직도 육욕에 흔들리는 자신을 보고는 똥보다도 못한 쓰레기라고 자책을 하고 있었다. 요석이 원효에게 말했다.

"주무시고 가시겠습니까?"

원효가 호흡을 가다듬고 말했다.

"사람이 어찌 잠자는 것으로 한 생을 다 보낼 수야 있겠습니까. 공주님! 괜찮으시다면 이야기라도 나누고 싶습니다."

"이야기라면 좋습니다. 스님께서 이 미욱한 중생을 위해 가르침을 주셨으면 합니다."

요석공주는 자신이 이렇게 과감하게 나올 줄은 자신도 몰랐다. 그러나 이미 사랑의 감정이 요석과 원효에게 깊은 장막을 치고 있었다. 요석공주의 방에는 금침량이 펼쳐져 있었고 얇은 촛불이 흔들리고 있었다. 작은 술상이 마련되어 있었고 원효는 말없이 술만 들이켰다. 맨정신으로는 그 자리에 있을 수가 없었다. 요석공주는 떨고 있었다. 원효는 떨고 있는 요석공주를 끌어안았다. 요석공주는 못 이기는 척하며 원효의 품속으로 얼굴을 파묻었다. 남산에 비친 달빛이 그들을 감싸 안았다. 요석공주는 마음에 묻어두었던 이야기를 무당이 신이 들린 듯 쏟아내었다. 요석공주의 이야기는 눈물과 한의 소용돌이가 되어 원효의 가슴을 파고들었다. 달님이 그들의 이야기를 들었고, 아침 햇님도 그들의 이야기를 들어주었다. 요석공주는 진골 귀족의 남편이 전쟁에서 죽은 후, 어린 나이에 홀로 산 인생의 여정을 원효에게 고해성사하듯 토해내었다. 가슴 속 응어리가 풀린 것 같았다. 원효는 요석의 눈물을 어루만져 주었다. 그 눈물 속에서 누가 먼저랄 것도 없이 둘은 하나가 되었다. 요석은 원효와 몸을 섞은 후에 눈물이 샘처럼 쏟아졌다. 그 눈물은 상처를 씻는 눈물이고 미련을 치료하는 눈물이었다. 요석공주는 정성스럽게 원효에게 아침상을 마련하였다. 그리고 고개를 숙이며 말했다.

"스님 저를 용서하여 주시옵소서. 제가 위대하신 스님을 유혹에 빠트려 진흙탕에 넣었습니다."

"오히려 공주님을 유혹한 것은 소승이었소. 소승을 용서하시구료.

그러나 소승은 후회하지 않습니다. 진흙 속에서 연꽃이 피어나듯 우리의 사랑이 연꽃처럼 아름답게 피기를 소망합니다."

"소녀는 스님으로 인해 비로소 한 여인이 되었습니다. 그러나 저 때문에 스님의 큰길에 방해가 되고 싶지 않습니다."

"소승도 오늘 새로운 깨달음을 얻었습니다."

요석은 원효의 품에 파고들면서 말했다.

"훌륭하신 스님을 제가 어찌 혼자서 독차지하겠습니까? 스님께서는 신라 백성 만만의 스님이십니다. 그런 줄 알면서도 스님이 안 계시면 죽을 것 같습니다. 저는 어떡하면 좋겠습니까?"

원효는 요석의 눈물을 닦으며 말했다.

"모든 것이 바람처럼 왔다가 바람처럼 사라집니다. 그 바람을 잡지 마십시오. 바람은 잡으면 남는 것이 하나도 없습니다."

요석은 원효의 말을 머리로는 이해가 되었지만, 몸은 그를 잡고 싶었다. 요석은 원효에게 말했다.

"스님께서 하시고자 하는 큰 뜻을 이루시기 바랍니다. 저는 조용히 스님의 길을 돕겠사옵니다. 스님께서 여기 계실 동안은 다른 생각 마시고 제가 해드리는 대로 받아주시기 바랍니다. 부처님께 드리는 정성으로 스님을 모시고 싶습니다."

요석은 매일 정갈스러운 밥상과 좋은 옷으로 원효를 모셨다. 원효는 사흘째 되는 날 아침에 세수하려고 물에 손을 담그는 순간 물에 비친 자신의 모습을 보고 깜짝 놀랐다. 성욕에 뒤틀린 수컷의 모습이 물속에 어른거렸기 때문이었다. 부처를 따라 산다고 했지만, 발정난 수컷은 그 오욕을 채우려고 자신을 속이고 요석을 속이고 있었다. 아무리 요석이 자신을 사랑한다고 했어도 그것은 부처님의 제자인 자신의 인품을 사랑한 것이지 자신의 몸뚱이를 사랑한 것은 아니었다는 것을 원효는 깨달았다. 세숫대야를 박차고 원효는 그날 아침 자신이 입고 온 누더기 옷을 찾았다. 공주는 원효가 언젠가 떠날 것을 알았기에 그 누더기 옷을 깨끗이 빨아서 한쪽에 개켜두고 있었다. 원효는 공주와 불같이 지낸 사흘이 헛된 꿈처럼 느껴졌다. 그는 요석에게 작별인사를 하면서 큰 표주박에 글을 써서 요석공주에게 주었다. 표주박에는 이렇게 쓰여져 있었다.

“一切無碍人, 一道出生死”

“일체에 걸림이 없는 사람은 단번에 생사를 벗어난다”라는 화엄경의 이치를 담은 글이었다. 그리고 무애가(無碍歌)를 불렀다.

“모든 것에 거리낌이 없는 사람이라야 생사의 편안함을 얻느니라.”

요석공주와 헤어진 후에 원효는 세상을 등지고 아무런 거리낌과 걸림이 없는 깨달음을 찾아 산속 깊은 곳에 무애암을 짓고 홀로 생활하였다. 그러나 그의 무애 사상은 요석공주의 그리움으로 깨어지고 그 깨달음의 장애가 요석공주인 것을 알고는 요석궁에 5년 만에 찾아온 것이다.

프라랑 공주는 원효와 고모의 사랑 이야기를 듣고 눈물을 흘렸다. 아비틴과 프라랑은 원효와 요석공주의 사랑 이야기를 듣고 서로의 가슴에 공명을 일으키며 파도치는 감정을 느꼈다. 그리고 두 사람의 사랑이 남들과 다른 비밀이 감춰진 것처럼 아스라하게 다가왔다. 프라랑은 어린아이처럼 말했다.

"저도 고모처럼 뜨거운 사랑을 해보고 싶어요."

요석공주는 조카, 프라랑을 보며 말했다.

"사랑에는 용기가 필요하단다. 모든 어려움과 역경을 이겨낼 용기가 없으면 그 사랑은 거품처럼 사라질 것이야."

"고모, 저도 제 마음의 열기를 다스리지 못하겠어요. 그 열기가 나를 집어삼킬 것만 같아요. 저도 고모처럼 불같은 사랑을 하고 싶어요. 그러나 저는 저의 감정을 드러낼 수가 없어요, 고모도 아시잖아요. 아바마마가 얼마나 저를 아끼시는지. 아바마마는 저를 신라의 귀족에게 시집보내려고 하실 거예요."

"그러니까 사랑에는 용기가 필요하다고 하는 것이야. 그 모든 어려움을 이겨낼 용기가 있어야 사랑할 수 있는 것이지. 혹시 사랑하는 사람이 있는 것 아니냐?"

요석은 프라랑을 놀리듯이 웃으며 말했다. 프라랑은 얼굴이 붉어지며 손사래 치며 말했다.

"아녜요, 고모. 저는 지금 사랑하는 사람은 없지만, 저도 고모처럼 뜨거운 사랑을 하고싶다는 말이에요."

"너 얼굴이 붉어지는 걸 보니까 마음에 둔 사람이 있구나."

요석은 짓궂게 프라랑을 놀렸다. 어느새 돌아온 원효가 달빛을 바라보며 허공을 향해 대화에 간섭하지 않으려는 듯 고개를 돌리고 있었다. 요석궁의 작약꽃 향기가 세 사람을 감싸 안고 부드럽게 흘렀다.

아비틴과 프라랑의 사랑

아비틴은 원효가 있는 요석궁을 자주 방문했고 그때마다 프라랑 공주는 요석공주의 옆에 있었다. 프라랑 공주는 아비틴이 온 페르시아에 관심이 많았다. 원효와 요석공주는 프라랑 공주의 호기심 가득한 질문에 아비틴이 빠짐없이 대답하는 모습을 재미난 듯 지켜보았다. 프라랑 공주가 고모에게 말했다.

"고모님. 내일도 아비틴 왕자님을 초대해서 페르시아 이야기를 들어요."

요석공주는 웃으며 말했다

"네가 듣고 싶으니까 괜히 나를 끼우는구나."

어린 공주의 얼굴이 빨개졌다. 아비틴은 수줍어하는 공주를 보고 말했다.

"공주님이 좋아하시면 매일 와서 페르시아의 이야기를 전해드리겠습니다. 저도 공주님에게 저의 나라 이야기를 하는 것이 좋습니다. 저의 나라 이야기를 하면서 저의 나라를 생각하게 되니까요."

아비틴의 얼굴에는 잃어버린 나라의 설움이 묻어났다. 프라랑 공주는 그런 아비틴 왕자의 모습에 동정심과 연민을 느꼈다. 그렇게 아비틴과 프라랑은 요석궁에서 원효와 요석공주와 자주 만나면서 서로에게 끌리게 되었다. 아비틴 왕자가 돌아간 다음에도 프라랑 공주는 자꾸만 왕자의 모습이 머리에서 떠나지 않았다. 그러는 사이에 원효와 요석공주의 사랑 이야기가 자신들의 이야기처럼 전해지는 것 같았다. 집으로 돌아온 아비틴도 귀여운 프라랑 공주의 모습이 자꾸만 어른거렸다. 그는 억지로 그 모습을 지우면서 자신은 사랑 타령을 할 만큼 한가한 사람이 아니라고 스스로 다짐했다. 자신의 목표는 오직 하나. 부모님의 원수를 갚고 나라를 되찾는 일이다. 그러나 그 다음날 그의 발걸음은 요석공주의 집으로 향하고 있었다. 그의 마음에 사랑이 싹트고 있었다. 그날도 네 사람은 저녁을 함께하면서 이야기꽃을 피웠다. 그리고, 다음날 약속을 잡고 헤어졌다. 그렇게 며칠간 아비틴과 프라랑 공주의 만남이 이어지면서 두 사람은 더욱 친밀함을 느꼈다. 원효와 요석공주는 아비틴이 오면 이제는 으레 두 사람을 위해서 자리를 비켜주었다. 그러던 어느 날 아비틴은 프라랑이 보고 싶어 일부러 요석궁을 찾았다. 아비틴은 자신이 그런 감정을 느낄 것이라고는 생각도 못 한 상황이었다. 그러나 사랑의 여신은 그 둘 사이를 점점 더 좁혀오고 있었다. 호기심이 많은 프라랑 공주는 세상 반대편의 페르시아에 대해서 질문을 퍼부었다.

"페르시아 여자들은 예쁜가요? 페르시아의 여자들은 어떤 옷을 입나요? 어떤 음식을 먹나요?"

공주는 궁금한 것이 많아서 아비틴에게 질문을 쏟아붓자, 아비틴은 웃으며 말했다.

"공주님 하나씩 질문하세요."

공주는 부끄러운 듯 살며시 고개를 숙였다. 아비틴은 그 모습이 예뻐서 답했다.

"페르시아 여자들은 공주님만큼 예쁘지 않습니다. 그리고 페르시아 여자들은 개방적이라서 옷을 과감하게 입습니다. 페르시아에서는 밥을 먹지 않고 빵을 주식으로 하고 있습니다."

공주는 페르시아왕자의 예쁘다는 칭찬에 마음이 뛰었다. 그리고 그녀는 머릿속으로 페르시아를 그려보았다. 아비틴은 공주에게 페르시아의 모든 것을 다 이야기해 주었다.

"페르시아에서는 석류라는 나무가 있는데 페르시아 여성들이 잘 먹는 과일입니다. 석류는 페르시아를 상징하는 나무입니다. 제가 이곳으로 올 때 묘목 한그루를 배에 싣고 왔습니다. 제가 잘 기른 후에 공주님께 석류 씨앗을 드리겠습니다."

"석류가 어떤 나무인지 보고 싶습니다. 제가 소중하게 기르겠습니다."

공주와 아비틴 단둘이 만나기에는 주위의 눈이 있기 때문에 항상 그 자리에는 요석공주와 원효가 자리를 같이 해주었다. 프라랑 공주는 아비틴을 아름다운 월지(月池) 호수와 월정교(月精橋)에 데려가서 신라의 아름다움을 자랑하고 싶었다. 한 달이 지나면서 두 사람은 친구처럼 마음을 터놓는 사이가 되었다. 공주는 주위에서 수군거리는 것에 신경을 쓰지 않았다. 호기심 많은 공주의 눈빛은 아비틴의 외로움을 달래어 주었고 그에게 삶의 희망을 가져다주었다. 공주는 아비틴을 위해서 페르시아 음식을 만드는 방법을 아비틴의 부하에게 몰래 배웠다. 재료는 없었지만, 쌀가루로 빵을 만들고, 올리브기름은 없지만 참기름으로 버무린 샐러드 야채를 준비했다. 아비틴은 공주가 준비한 페르시아 음식을 보고 깜짝 놀랐다.

"아니 이 페르시아 음식을 공주님이 만드신 것입니까?"

공주는 수줍어하면서 말했다.

"고향 음식이 생각나실 것 같아서 서투르지만 제가 배웠습니다. 페르시아의 음식 재료가 없어서 제 나름대로 그와 비슷한 신라의 음식 재료로 만들었습니다. 입에 맞으실지 모르겠습니다."

아비틴은 공주의 정성에 감동하였다. 공주가 만든 쌀가루로 만든 빵을 입에 대자 아비틴은 자신도 모르게 눈물이 흘러내렸다. 공주는 아비틴의 눈물에 자신도 돌아서서 눈물을 훔쳤다.

아비틴은 눈물과 함께 음식을 삼키고 말했다.

"공주님 감사합니다. 공주님의 자상한 배려 때문에 저의 어머니가 생각나서 저도 모르게 감정이 복받쳤습니다. 이곳 이역만리에서 고향의 음식을 맛보게 되니 저도 모르게 눈물이 쏟아졌습니다."

"왕자님의 마음을 이해할 것 같습니다. 여기에서 힘을 기르셔서 반드시 왕자님의 나라를 되찾으시기를 바랍니다. 이 소녀 조그만 힘이지만 왕자님께 보탬이 되겠습니다."

공주는 그 말을 하고는 부끄러워서 밖으로 나갔다. 아비틴은 공주의 뒷모습을 바라보면서 그의 가슴이 뛰는 것을 느꼈다. 어느덧 두 사람은 친구처럼 마음을 터놓는 사이가 되었다. 공주는 주위에서 수군거리는 것에 신경을 쓰지 않았다.

어느 날 프라랑 공주는 고모인 요석공주에게 말했다.

"제가 그 사람을 좋아하는 것 같습니다. 고모, 어떻게 하면 좋을까요?"

요석공주는 이미 프라랑 공주가 아비틴을 좋아하고 있다는 것을 알고 있었다. 그러나 그녀의 입에서 막상 좋아한다는 말을 듣자, 요석공주도 당황스러웠다. 아무리 어린 공주이지만 자신의 감정을 어쩌면 저렇게 솔직하게 표현할 수 있을까 하고 한편으로는 부러운 생각도 들었다. 요석공주는 프라랑의 이야기를 듣고 자신의 감정을 속이고 살아온 것이 후회스러웠다.

"프랑아, 너는 이 고모처럼 살지 말아라. 네가 좋아하는 감정이 있으면 너 자신을 속이지 말고 네 감정에 솔직해져야 한다. 어차피 한평생 사는 짧은 인생인데 평생 후회하면서 살지 말아라."

요석은 프라랑에게 프랑이라고 불렀다. 프라랑은 요석공주의 이야기를 듣고 더욱 용기가 생겼다.

"고모, 고맙습니다. 저는 고모가 반대하실 줄 알았어요."

요석은 프라랑의 머리를 쓰다듬으며 말했다.

"프랑아, 신라 대왕의 가장 사랑하는 딸이 외국인을 사랑하는 것은 쉬운 일이 아닐 것이다. 너의 아버지 대왕께서 반대가 심하실 것이고 너를 좋아하는 신라의 진골 청년들도 반대하고 왕실의 처녀들도 시기와 질투가 있을 것이다. 그러나 네가 진심으로 아비틴 왕자를 사랑한다면 모든 것을 이겨낼 용기가 필요하다. 용기 없는 사랑은 추억으로 남고 그 추억은 평생 너를 괴롭힐 것이다. 너는 모든 것을 이겨낼 자신이 있느냐?"

프라랑 공주는 고모를 쳐다보았다. 요석공주의 얼굴에는 걱정과 희망이 교차 되고 있었다.

"고모, 저는 이런 감정은 처음 느꼈어요. 이제는 자꾸만 아비틴 왕자의 얼굴이 떠올라서 잠을 이룰 수가 없을 정도에요. 이것이 사랑인가 봐요. 저는 고모처럼 용감하게 사랑을 따를 용기가 있어요. 고모가 도와주세요."

요석공주는 프라랑이 한편으로는 부럽지만, 한편으로는 걱정이 되었다. 요석공주의 표정을 읽고 프라랑은 말했다.

"저도 고모처럼 후회 없는 사랑을 하고 싶어요."

요석공주는 사랑의 아픔을 뼈저리게 경험한 사람이었다. 그녀는 자신의 가슴 아픈 사랑을 조카에게 물려주고 싶지 않았다. 그러나 원효대사와의 사랑을 이룬 지금 그녀는 목숨을 줘도 아깝지 않은 행복감에 젖어있었다. 이런 행복을 조카에게 전해주고 싶었다.

페르시아 서사시와 향가 그리고 설총

아비틴이 페르시아에 있을 때 친구들과 시를 지으며 놀았다. 페르시아에는 시인이 많았으며 페르시아의 대서사시는 운율에 맞게 자연을 노래했고 사랑을 노래했다. 서정시가 처음 만들어진 곳도 페르시아였다. 그것이 발전해서 대서사시로 이어지고 있었다. 아비틴은 달을 보며 고향을 생각했고 시를 지으며 향수를 달랬다. 페르시아의 서사시는 자연을 존경하였고, 남녀 간의 사랑을 노래하였고, 영웅을 찬양하였다. 페르시아는 달과 시의 나라였다. 아비틴은 페르시아의 서사시를 지으며 고향을 그리워하고 있었다. 아비틴은 마음이 울적할 때 월지 호숫가를 거닐었다. 호수에 비친 달이 아름다워서 그는 즉석에 시를 한 수 지었다.

겨울 달빛이 외로움을 불러낸다
그리운 얼굴이 달빛에 비친다

한겨울 칼바람에 떨고 있는 석류나무에게

달빛이 살포시 안긴다

석류나무도 부끄러운 듯
달빛을 머금고 있다

달빛이 석류꽃에 반사되어
고향의 소식을 전해온다

긴긴 밤, 잠 못 이루고
석류꽃에 비치는 달빛에 넋을 잃고 있다

달빛과 석류꽃이 어울려 마당에서 춤을 춘다
고향의 산과 강이 달빛에 어른거린다

그 달빛 속에서 어머니의 얼굴이 떠오른다
갑자기 어머니가 보고 싶어진다.

아비틴은 페르시아어로 시를 지어서 붓으로 글을 남겼다. 하루는 원효가 궁금해서 아비틴에게 물었다.

"지금 부르신 서사시의 내용이 무엇이옵니까?"

"고향을 그리워하고 어머니를 그리워하는 내용입니다. 페르시아에서는 서사시를 사뇌라고 합니다. 사뇌는 달을 찬양하고 사랑을 찬양하고 위대한 영웅과 신을 찬양하고 자연을 찬양하는 내용입니다. 이 시를 읊으면 마음이 편안해집니다."

아비틴이 이야기해 준 페르시아의 서사시는 원효에게도 깊은 감명을 일으켰다.

원효는 요석궁에서 석 달을 머문 후에 자신이 떠날 때가 된 것을 알았다. 원효는 바람과 같은 사람이었다. 원효는 의상대사와의 약속을 이행했다고 생각한 후에 바람처럼 사라지고 싶었다. 그는 진정한 자유인이었다. 요석공주도 원효대사를 혼자서 독차지하지 못한다는 것을 알았다. 요석궁에서 머무는 석 달 동안 원효는 깨달음의 장애가 되는 육신의 정을 모두 불태워버렸다. 그리고 요석과 아들 설총에 대한 미련을 모두 떨쳐낼 수 있게 된 후에야 비로소 자유를 느꼈다. 떠나기 며칠 전, 원효는 아들 설총을 아비틴에게 맡기고 가르침을 부탁하였다.

"왕자님께서 더 큰 세상의 지혜를 설총에게 가르쳐 주시기 부탁드립니다."

아비틴은 고개를 가로저으며 말했다.

"천하의 도를 터득하신 대스님께서 어찌 미천한 저에게 자식을 맡기시옵니까? 오히려 제가 스님께 가르침을 부탁하고자 하옵니다."

"왕자님. 저는 이제 곧 떠날 사람이옵니다. 제가 없더라도 제 아들에게 더 넓은 세상의 지혜를 가르치고 싶사옵니다. 파사국의 높은 문화와 철학을 설총에게 가르쳐주시옵소서."

아비틴은 원효의 청을 더 이상 거절할 수가 없었다. 그날 이후 설총은 아비틴에게 페르시아의 글자와 서사시를 배웠고 실크로드의 초원을 누비는 영웅들의 이야기에 몰입하였다. 아비틴은 원효가 떠난 후에 원효를 대신하여 설총에게 자식처럼 애정을 쏟아부었다.

원효가 요석궁을 떠난 후 요석궁에는 다시 요석공주와 설총만 남게 되었지만, 아비틴과 프라랑은 남의 이목을 피해 요석궁에서 서로의 정을 나누었다. 요석공주는 프라랑과 아비틴의 든든한 버팀목이 되어주었다. 아비틴은 설총에게 페르시아와 로마의 넓은 세상의 지식을 가르쳐주었다. 설총은 해가 갈수록 총명함이 주위가 혀를 내두를 정도였다. 그중에서 특히 설총은 소리 나는 대로 발음되는 페르시아 문자에 관심이 많았다. 하루는 설총이 아비틴에게 물었다.

"스승님, 파사국의 글은 소리 나는 대로 적혀서 편리한데 왜 우리나라는 말과 글이 다른 것입니까?"

어린 설총이 그런 생각을 한다는 것이 아비틴은 대견스러웠다. 아비틴은 설총에게 설명했다.

"신라의 글은 당나라의 한자를 사용하는데 말은 한자와는 완전히 달라서 나도 불편하구나."

어린 설총은 당돌하게 말했다.

"그러면 우리나라에도 우리의 소리를 표현하는 글자를 만들면 되지 않겠습니까? 제가 페르시아 글자를 이용해서 페르시아처럼 소리 나게 적는 방법을 찾아내고 싶습니다."

"아주 좋은 생각이다. 신라 백성들에게 소리 나는 대로 적을 수 있는 글이 있었으면 좋겠구나. 그러나 페르시아 글자는 신라사람들에게 너무 생소하고 어려우니까 당나라 한자를 이용해서 소리 나는 글자로 만드는 것은 어떠하냐? 신라사람들이 한자를 이미 사용하고 있으니 그 한자를 우리 페르시아 글자처럼 소리 나게 해서 신라의 말과 글이 일치할 수 있는 방법을 찾는 것이 더 도움이 될 것 같다."

평소에 우리의 소리를 그대로 옮겨 적을 수 없는 것을 안타까워하는 설총은 어린 나이에 소리 나는 대로 적을 수 있는 페르시아 문자를 좋아했다. 설총은 한자를 배우면서 한자의 뜻은 이해가 되었지만 왜 페르시아 글자처럼 말과 뜻이 하나가 되는 문자가 없는지 궁금했다. 아비틴의 가르침을 받은 설총은 열세 살이 되자, 한자를 이두식 표현으로 소리 나는 대로 표현할 수 있는 문자를 개발하였다. 그것이 설총이 만든 이두문자였다. 신라사람들은 설총으로 인하여 한자의 뜻과 신라의 소리를 합하여 한자를 신라식으로 발음할 수 있었다. 신라 서민들이 좋아하는 향가도 이두문자의 개발로 마침내 기록될 수 있었다. 설총은 어려서부터 똑똑하여 페르시아의 모든 것을 아비틴에게 배웠다. 그는 머릿속으로 그 먼 나라를 여행하며 그의 학문을 넓혀나갔다. 설총이 한편으로는 왕실에서 정식 교육을 받고 한편으로는 아비틴에게서 넓은 세상을 배우면서 그의 지식의 폭은 아무도 따를 자가 없었다. 사람들은 그의 천재성을 보고 아버지를 닮았다고 소곤거리기 시작했다.

요석공주와 프라랑의 이별

시간이 흐를수록 설총은 자신의 아버지가 원효대사라는 사실을 알고는 아버지를 만나고 싶어 했다. 설총이 열네 살이 되자, 어머니에게 말했다.

"소자가 아버님을 뵙고 싶습니다. 이제 배움을 완성한 후에 아버님의 모습을 멀리서나마 지켜보고 싶습니다. 저를 아버님이 계신 곳으로 데려가 주십시오."

요석은 더 이상 부자의 인연을 속일 수가 없었다. 요석공주는 원효가 만나주지 않더라도 원효의 곁에서 설총을 키우고 싶었다. 그녀는 결심이 서자 조카 프라랑을 불렀다. 요석은 프라랑에게 말했다.

"이 요석궁을 너에게 맡기고 나는 떠나려고 한다."

프라랑은 요석이 떠난다는 소리에 하늘이 무너지는 것 같았다.

"고모, 고모가 떠나시면 저는 누구를 의지하며 살아야 합니까? 저를 이해하시는 분은 고모 한 분밖에 없는데 고모마저 떠나신다면 소녀는 누구를 의지하며 살라는 말씀입니까?"

"프랑아, 너는 강해져야 한다. 사랑을 위해 모든 것을 포기할 각오가 되어있어야 그 사랑을 얻을 수가 있다. 모든 것을 가지려다가 모든 것을 잃을 수가 있다."

"저는 고모와 닮았습니다. 고모 같은 불같은 사랑을 하고 싶습니다."

"사랑에는 책임이 따른다. 불 같은 사랑은 없다. 불은 꺼지면 잿더미만 남는다. 불 같은 사랑은 마음에 까만 재만 남는다. 불 같은 사랑이 아니라 영원한 사랑을 얻어라. 나는 비록 원효대사와 짧은 기간 동안 사랑을 나누었지만 내 마음속에는 그 사랑이 영원히 남아있다."

"저도 아비틴 왕자님을 영원히 사랑할 자신이 있습니다. 고모처럼 모든 사람이 반대해도 사랑을 만들어낼 용기가 있습니다."

요석은 프라랑의 머리를 쓰다듬었다. 프라랑은 엄마의 사랑을 받지 못했고, 왕실의 법도라는 엄격한 새장에 갇힌 신세였다. 요석은 그 마음을 누구보다도 잘 알고 있었다. 요석은 프라랑에게 고모이기 이전에 어머니 같은 존재였다. 그 요석공주가 떠난다기에 프라랑 공주의 충격은 더 컸다.

요석공주는 요석궁을 떠나기 전날, 작별인사를 위해 반월성을 찾았다. 문무왕은 여동생 요석공주를 반갑게 맞이하였다. 그는 그것이 동생과의 마지막이란 사실을 모르고 있었다.

"오랜만이로구나. 설총은 잘 자라고 있겠지?"

요석공주는 고개를 숙이고 대답했다.

"대왕 폐하의 은덕으로 잘 지내고 있습니다."

"우리 둘이 있을 때는 그냥 오라버니라고 불러라."

"아니옵니다. 폐하."

"너까지 왜 이러느냐? 대왕의 자리는 너무나 외롭고 고독하다. 우리는 피를 나눈 남매가 아니냐? 누이동생마저 나를 이렇게 대하면 나는 누구를 의지하라는 말이냐?"

문무왕의 표정에는 고독의 그림자가 가득 차 있었다. 이때까지 전쟁으로 노심초사하면서 매일 바늘방석에 앉은 것처럼 불안하고 외로운 나날들을 보냈다. 이제 삼한의 통일을 이루었지만, 문무왕의 마음은 편하지 않았다. 싸우지도 않았던 귀족 진골들의 상벌 논쟁에 이제는 대왕의 자리가 버겁게 느껴졌다. 그리고 당나라가 삼한을 집어삼키려는 야욕을 드러내 보이고 있어, 문무왕은 내우외환에 시달리고 있었다. 대왕의 마음을 알고는 요석공주는 문무왕에게 말했다.

"오라버니, 제왕의 자리는 가족의 정마저 허락하지 않습니다. 저는 항상 오라버니를 위해서 부처님께 기도하고 있습니다."

"너의 마음을 다 알고 있다. 원효대사가 요석궁을 또 떠났다고 들었다. 나는 오라비로서 네가 평범한 남자와 행복하게 살기를 바랐지만, 운명이 그렇게 허락하지를 않는구나."

"오라버니의 마음은 저도 잘 알고 있습니다. 저는 원효대사를 자유롭게 해주고 싶었습니다. 제 운명을 받아들이고 거부하지 않으려 합니다."

문무왕은 물끄러미 요석을 쳐다보며 말했다.

"나는 너를 보면 프랑과 너무 닮았다는 생각이 들어. 프랑이 너의 성격을 그대로 닮은 것 같아. 그런데 프랑은 평범한 남자를 만나서 행복하게 살기를 바란다. 네가 프랑을 잘 가르쳐줘서 고맙다."

"프랑은 똑똑한 아이입니다. 걱정하지 마십시오."

요석공주는 프라랑 공주가 아비틴을 좋아한다는 사실을 문무왕에게 얘기할 수가 없었다. 문무왕은 요석에게 말했다.

"프랑이 너의 집에 드나들더니 많이 어른이 되었더구나."

문무왕은 아직 프라랑 공주가 아비틴을 사랑하는지 모르고 있었다. 요석공주는 그것이 걱정되면서 그래도 두 사람의 사랑을 지켜주고 싶었다. 요석은 문무왕에게 슬쩍 물었다.

"오라버니는 아비틴 왕자를 어떻게 생각하세요?"

"아비틴 왕자는 파사국의 왕자로 우리나라의 손님이다. 나는 그이가 자신의 나라를 반드시 되찾도록 도와줄 것이야."

요석은 다른 의미로 물었는데 문무왕의 대답은 달랐다. 요석은 더 이상 문무왕에게 아비틴에 대한 이야기를 하지 않았다. 요석은 무겁게 다시 입을 열었다.

"폐하, 저는 요석궁을 떠날까 하옵니다."

요석공주의 갑작스러운 떠난다는 말에 문무왕은 긴장하며 말했다.

"원효대사를 따라가겠다는 말이야?"

"네 폐하, 아들 설총이 아비를 찾고 있사옵니다. 부자지간의 정은 인륜으로 뗄 수 없어 원효대사가 계신 자재암으로 찾아갈까 하옵니다."

"자재암은 여기 서라벌에서 천 리 길이 넘는데 어찌 그 깊은 산길을 갈 수 있다는 말이냐? 그리고 네가 찾아가더라도 원효는 너를 만나주지 않을 것이다. 네가 저번에 오어사에 찾아갔을 때도 원효가 너를 만나주지 않고 일부러 서라벌에서 먼 자재암으로 들어간 것 아니냐?"

"저는 원효대사가 만나주지 않더라도 곁에서 지켜볼 것입니다."

문무왕은 동생 요석의 고집을 꺾을 수가 없다는 것을 알기에 더 말릴 수가 없었다.

"네가 가는 길이 위험하니까 군사를 붙여주겠다. 그리고 지방 수령에게 이야기해서 너의 편의를 보살피라고 하마."

"아니옵니다. 조용히 가고 싶사옵니다."

문무왕은 요석이 떠나면 영원히 보지 못할 것이라는 것을 알았다. 문무왕은 어좌에서 내려와 동생의 손을 꼭 잡았다.

"아바마마께서 너를 얼마나 예뻐했는지 짐은 알고 있다. 나는 아바마마만큼은 못하지만, 아바마마를 생각하면서 너에게 모든 것을 해주고 싶었다. 네가 이렇게 떠나면 나는 어떻게 아바마마의 영정에 얼굴을 뵐 면목이 있겠느냐?"

요석은 아버지 태종무열왕의 이야기가 나오자 눈물이 쏟아졌다. 한참을 운 후에 요석은 입을 열었다.

"오라버니의 마음을 누구보다도 잘 알고 있사옵니다. 이 동생, 마지막 청이 하나 있사옵니다."

"무엇이든지 말하라. 내 모든 것을 다 들어주리라."

요석은 호흡을 가다듬고 말했다.

"오라버니께서 프랑을 아버님이 저를 사랑한 것처럼 사랑하시는 것을 알고 있사옵니다. 프랑은 똑똑한 아이입니다. 프랑이 결정하는 것을 오라버니가 좋아하지 않더라도 반대하지 말아 주시옵소서."

"그것이 무슨 말이냐? 우리 프랑이 이때까지 한 번도 아비가 싫어하는 일을 한 적이 없는 아이이다."

요석은 아비틴의 이야기를 이 자리에서 하고 싶었지만, 참았다. 그것은 프라랑이 아버지에게 직접 하는 것이 좋을 것 같았다. 그러나 다짐은 받아놓고 싶었다.

"오라버니께서 저에게 약조하셨습니다. 저의 청은 무엇이든지 들어주시겠다고."

문무왕은 웃으며 마랬다.

"그래 약조하마. 프랑이 무슨 말을 하더라도 내가 반대하지 않으마. 이제 안심이 되느냐?"

요석공주는 문무왕의 다짐을 받고 문무왕에게 작별인사를 하고 반월성을 나섰다. 문무왕과 헤어진 후, 요석공주는 프라랑이 기다리는 요석궁으로 가지 않고 원효를 찾아 서라벌을 떠났다. 자신이 태어나고 자랐던 서라벌을 떠나는 요석공주의 심정은 비장하였다. 험준한 백두대간을 넘어 천 리 길을 요석공주는 설총과 함께 한 달을 걸은 끝에 소요산에 도착했다. 문무왕의 분부로 군사들은 요석공주가 눈치채지 않게 멀리서 뒤따르고 있었다. 자재암(自在庵)을 지나기 전에 원효가 만들어 놓은 속리교(俗離橋)의 다리를 보는 순간 요석공주는 이미 원효를 만날 수 없다는 것을 직감하고 있었다. 원효는 이 속리교의 다리를 건너면서 세상과의 인연을 끊을 것을 스스로 다짐했던 것이다.

요석공주와 설총은 멀리서나마 원효를 바라볼 수 있으면 하는 심정으로 소요산 중턱에 집터를 마련했다. 요석은 자신이 여기까지 왔다는 것을 알리면 원효가 더 멀리 갈 것을 알았기에 옆에서 지켜보기만 했다. 요석공주는 하루도 빠짐없이 지금의 일주문 근처로 설총을 데려와 아버지인 원효대사가 수도하는 곳을 향해 세 번씩 절을 시키고 학업에 정진토록 했다. 원효를 원망하지 않고 인고의 삶을 사는 광경은 지켜보는 사람들의 마음을 울렸다. 나중에 소요산 근처 동네 사람들이 요석공주가 산 집에 요석별궁이라는 이름을 붙인 것이 후세에 전한다.

원효와 요석공주의 흔적을 찾아서

만남 사이의 만남이라고 할까. 원효와 아비틴의 만남을 추적하다 발견한 원효대사와 요석공주의 사랑 이야기에, 희석의 가슴이 아렸다. 사랑이 권력과 부, 심지어 깨달음보다도 소중하다는 사실을 원효와 요석공주가 자신들의 삶으로 보여주었으니까. 사랑의 무게가 너무나 가벼워진 지금 시대에는 볼 수 없는 숭고함이 신라 시대의 사랑에 있었다. 희석은 현철에게 물었다.

"선배, 아비틴이 원효와 만났다는 기록이 존재합니까?"

"원효와 아비틴이 만났다는 기록은 없지만, 쿠쉬나메에서 기록한 아비틴이 신라에 도착한 무렵, 즉 나당전쟁의 시기와 원효대사의 활동 시기와 겹치니까 두 사람이 만났을 가능성은 충분히 있지."

"그러면 원효와 요석공주의 사랑 이야기는 사실인가요?"

"그건 삼국유사의 기록에 정확하게 나와 있어. 그리고 요석공주는 태종무열왕의 딸이니까 아비틴이 신라에 도착할 무렵의 왕은 문무왕이었고, 아비틴과 결혼한 프라랑 공주는 문무왕의 딸이겠지. 그러니까 요석공주와 아비틴의 부인인 프라랑 공주는 고모와 조카 사이지. 쿠쉬나메에 프라랑이라는 공주의 이름이 나오는걸 보면, 우리나라 역사기록에 프라랑 공주의 이름은 없지만, 프라랑 공주는 아비틴이 사랑한 신라공주가 틀림없어."

"그러면 아비틴과 프라랑 공주를 연결한 사람이 바로 원효대사겠네요."

"처음에는 원효대사 때문에 만났지만, 둘의 사랑을 보호해준 사람은 요석공주일 거야."

현철은 전국의 절을 돌면서 그 절의 이력과 그 절과 인연이 있는 고승에 대해 글을 쓰고 있었다. 그는 희석에게 말했다.

"원효 철학의 성격을 가장 잘 말해주는 연구저작으로는《대승기신론소》를 들지 않으면, 안 될 것이야. 원효는 관념적인 사상이나 철학 속에만 머물러 있던 인물이 아니었어. 삼국의 통일을 전후하여 소용돌이치는 한 시대를 살았던 그에게는 왕실, 귀족 불교만 인도해야 할 대상이 아니라, 서민 대중과 고통받는 하층민 그리고 정복지역의 유민들도 다 같이 뜨겁게 안아야 할 이 땅의 가엾은 중생들이었지. 당시의 승려들 대부분이 왕실과 귀족들의 존경을 받으면서 귀족 같은 생활을 하던 것과는 대조적으로 원효는 전국 방방곡곡을 누비고 다녔어."

"선배가 전국의 사찰을 다니는 것도 원효대사의 길을 따르시는 것인가요?"

"나는 여행 삼아 다니지만, 원효대사는 깊은 깨달음을 찾아서 떠나신 거야. 어떻게 나와 원효대사를 비교하겠냐?"

희석은 웃으며 말했다.

"제 눈에는 선배가 원효대사처럼 보여요."

희석의 농담에 진지하던 현철도 웃음을 터뜨렸다. 희석은 다시 진지하게 물었다.

"요석공주가 원효대사를 진짜 유혹했을까요?"

"누가 먼저 유혹한 것이 아니라 서로의 마음이 움직인 것이라고 나는 보고 싶다. 나도 그런 사랑을 해보고 싶다."

"선배, 형수님이 아시면 큰일 날 소리를 하시네."

"원효대사는 말씀하셨지. 염정불이 진속일여(染淨不二 眞俗一如). 더럽고 깨끗함이 둘이 아니고 진리의 길과 세속의 길이 본래 같다."

"그것은 자기합리화 아닐까요?"

"우리 같은 속인의 입장에서는 그렇게 생각할 수도 있겠지. 그러나 원효대사는 우리와 같은 범인은 아니었어. '진리의 근원은 마음의 통찰에서부터 나온다'라고 원효는 깨달았어. 그런 원효대사에게 진리와 세속의 구별은 무의미했겠지. 그는 세속 속에서 진리를 찾아야 한다고 했어. 그래서 세속에 뛰어든 거고 그렇게 함으로써 원효는 더욱 역동적이고 자유로운 큰 삶을 보여준 거야."

"그래도 인간적인 고뇌가 원효를 괴롭혔을 것 같아요."

"원효는 자신의 모습에서 발정난 수컷의 모습을 발견하고는 스스로를 파계승이라고 부르면서 요석공주를 떠나서 깊은 산속으로 들어간 거야. 삼국유사에는 그때 원효의 심정을 이렇게 기록하고 있어.

'원효는 이미 계(戒)를 잃어 설총(薛聰)을 낳은 후로는 속인(俗人)의 옷으로 바꾸어 입고 스스로 소성거사(小姓居士)라고 이름했다. 《화엄경(華嚴經)》에서 말하는, '일체의 무애인은 한결같이 죽고 사는 것을 벗어난다'는 문구를 따서 이름을 무애(無㝵)라 하고 아무런 거리낌이 없이 살고 싶은 그의 심정을 노래하며 세상을 다녔다.'[30]"

열여덟 살에 남편을 잃고 혼자 있는 요석공주와의 짧은 인연으로 아들 설총을 낳은 원효가 스스로 승복을 벗어 던진 채 소성거사(小姓居士)라 자처한 일은 분명 놀라운 파격이었다. 그러나 이를 겉에 드러난 액면대로 파계나 타락으로 볼 수 있을까? 그 파계의 소생이 한국 유교의 문묘에 배향된 십팔유현 중에서도 첫 번째로 모시고 있는 설총이었다. 《삼국유사》 원효불기조에 의하면, 설총은 이렇게 기록되고 있었다.

"설총은 태어나면서부터 총명하고 민첩하였으며 경서와 역사서에 두루 통달했다. 그는 신라 십현 중의 한 사람이다. 우리말로써 중국과 변방 지역의 각 풍속과 사물 또는 이름 등에 통달하고 한자를 우리말로 읽는 이두문자를 개발하였다. 지금까지 경학을 공부하는

---

30 "曉既失戒生聰(효기실계생총) 已後易俗服(이후역속복) 自號小姓居士(자호소성거사) 以華嚴經一切無㝵人(이화엄경일절무애인) 一道出生死(일도출생사) 命名曰無㝵(명명왈무애) 仍作歌流于世(잉작가류우세)" (《삼국유사》 권 4 원효불기)

이들이 전수하여 끊이지 않는다."[31]

희석은 역사의 아이러니를 느끼면서 씁쓸한 미소를 지었다.

희석은 현철과 헤어진 후, 다음날 자동차를 타고 요석공주와 원효의 가슴 아픈 사랑의 흔적을 찾아 나섰다. 희석은 원효가 마지막에 머물던 소요산의 자재암(自在庵)[32]으로 향했다. 요석공주는 소요산에 초막을 짓고 수행하던 원효대사를 찾아와 수행처 근처에 별궁을 짓고 설총과 함께 기거하며 아침저녁으로 원효가 있는 곳을 향해 절을 올렸다고 하는데, 경기도 동두천시 상봉암동의 소요산(逍遙山) 관리사무소 팻말에 그 사연이 적혀있었다. 희석은 자재암으로 올라가는 길에 다리를 지나는데, 그 다리의 이름이 속리교(俗離橋)였다. 속리교는 속세와 이별해서 인연을 끊는다는 의미의 다리였다. 희석은 속리교를 지나면서 세상과 인연을 끊겠다는 원효의 의지를 느낄 수 있었다. 그리고 원효가 동굴 속에서 수행했던 동굴 속의 암자가 있었고 그 암자 옆의 폭포 이름이 원효폭포였다. 그리고 소요산 정상의 봉우리 이름이 공주봉이었다. 이렇게 소요산은 곳곳이 원효와 요석공주

---

31 "公主果有娠(공주과유신) 生薛聰(생설총) 聰生而睿敏(총생이예민) 博通經史(박통경사) 新羅十賢中一也(신나십현중일야) 以方音通會華夷方俗物名(이방음통회화이방속물명) 訓解六經文學(훈해륙경문학) 至今海東業明經者(지금해동업명경자) 傳受不絶(전수부절)" (《삼국유사》 권4 원효불기)

32 자재암(自在庵)은 소요산에 위치한 원효대사가 창건한 유서 깊은 고찰로 원효대사와 요석공주가 기거했다는 전설 때문인지 무수한 승려들이 수도차 거쳐 가는 곳으로도 유명하다. 1986년 4월 28일 동두천시의 향토문화재 제8호로 지정되었다.

의 아스라한 사랑 이야기로 가득했다. 희석은 이곳 문화해설사에게 자재암에 얽힌 원효와 요석공주의 이야기를 부탁했다. 문화해설사는 교사로 정년퇴직하신 분이신데 희석의 부탁을 받고는 감정부터 잡고 이야기를 풀어나갔다.

"그 옛날 서라벌에서 이곳까지 천리(千里)가 넘는 길을 오려면 얼마나 힘이 들었겠습니까? 저는 그 생각만 하면 요석공주(瑤石公主)의 그 애절(哀絕)한 사랑에 가슴이 아픕니다. 사랑하는 사람을 만날 수 없다는 사실이 마음 한편으로는 이해가 가지만 인간적인 원망 또한 없지 않았을 것입니다."

문화해설사는 자신이 원효가 되고 요석공주가 된 것처럼 감정에 사로잡혀서 설명을 하고 있었다.

"졸지에 남편이 속세를 떠남으로 인해 또다시 과부 아닌 과부가 된 요석공주는 원효대사와 사이에 낳은 설총을 데리고 이곳 소요산으로 들어와 공주봉 기슭에 살았다고 합니다. 아무리 흘러간 시대의 여인이지만 지아비에 대한 그리움이 어떠했으며, 홀어미로 자식을 키워야 하는 한탄이 어찌 없을 수 있겠습니까."

희석과 문화해설사는 속리교를 건너서 공주봉으로 올라가는 오른쪽 작은 계곡에 이르렀다. 문화해설사는 계곡의 바위를 보며 말했다.

"소요산 자재암 계곡에 흐르는 물에 잠겨있던 바위가 붉은색을 띠는 것은 요석공주의 피눈물이며, 요석공주의 원효에 대한 한탄이 피멍으로 남은 흔적이라고 이야기가 내려옵니다."

희석은 과학적으로 바위가 철광석이거나 점토질 바위라 붉게 보일 수도 있겠지만, 보는 관점에 따라 해석을 달리할 수 있다고 생각했다. 그리고 계곡 바위의 붉은색을 보면서 요석공주의 한이 얼마나 깊었는지 느낄 수 있었다. 요석공주가 생활하던 공주봉에서 흘러내리는 물이라 생각하니 희석도 느낌이 달랐다. 가파른 계단을 올라서 뒤돌아보니 설총이 아버지 원효에게 절을 올렸다는 일주문이 한눈에 들어왔다. 요석공주의 한이 서린 계곡 건너 쪽으로 부도와 탑비가 석축으로 단을 높인 작은 텃밭에 좌선이라도 하듯 나란히 자리하고 있었다. 위에서 바라보는 물속 바위는 더욱 붉게 보여 희석의 마음을 짠하게 만들었다. 그 모습을 지켜본 해설사가 말했다.

"계곡의 바위가 붉은색으로 보이는 건 지아비를 그리워하며 흘린 요석공주의 피눈물로 보이는 마음이 보는 사람들의 애간장을 녹였기 때문일 것입니다."

희석은 자재암으로 들어갔다. 절은 크지 않아도 오랜 세월을 견뎌낸 흔적이 보였다. 원효는 서라벌과 멀리 떨어진 이곳에 초막을 짓고 수행을 하였던 곳이다. 자재암의 석굴에는 부처님이 모셔져 있었다. 원효대사는 이 석굴에서 수도했다고 한다. 그 동굴에서 나오는 샘물을 원효샘물이라고 한다. 희석은 원효샘물을 마셨다. 차가운 샘물이 희석의 위를 타고 흐르면서 원효의 체취를 느낄 수가 있었다. 해설사가 희석에게 말했다.

"자재암으로 이름을 붙인 이유는 흐르는 물은 낮은 곳으로 흐르니 자재(自在)하고, 밝혀진 촛불은 수명 다해 꺼지니 자재(自在)하라는 의미로 원효대사께서 지으셨다고 합니다. 삼라만상의 자연은 모두가 자유자재이거늘 별 것 아닌 인간들만이 사소한 것만으로도 마음의 덫에 갇혀 괴로워하는 것을 보고 안타까운 마음에 지으신 것이지요."

희석은 중얼거리듯이 말했다.

"자재암의 의미가 가슴에 와 닿습니다."

원효의 말 한마디 한마디가 현재를 살고 있는 희석의 가슴에 화살처럼 꽂혔다. 공주봉으로 올라가는 길에 요석공주별궁지(瑤石公主別宮址)라고 이름 지어진 자리에 흩어진 주춧돌 자국들이 천삼백 년 전의 사랑을 희석에게 전해달라고 손짓하고 있는 것 같았다. 희석은 공주의 아픈 상처를 치료하듯이 그 주춧돌을 어루만졌다. 요석공주의 그 강한 사랑이 아름답게 느껴졌다. 요석공주는 원효대사가 수행하던 소요산 근처에 별궁을 짓고 아들 설총과 함께 기거하며, 매일 원효가 있는 곳을 향해 절을 올렸다고 한다. 그러나 현재 '요석공주별궁지'라고 쓰인 작은 표지석이 세워진 곳이 정확한 별궁지인지는 알 수 없었다. 요석공주별궁지 터에서 희석은 문화해설사에게 물었다.

"이곳이 요석공주가 살았던 곳이라는 역사적인 기록은 있습니까?"

해설사는 자신 있게 대답했다.

"《조선지지(朝鮮地誌)》에 따르면 '바위골짜기 평평한 터에 두 군데의 옛 궁터가 있다. 예로부터 전해오기를 요석공주의 궁터라 한다'라는 기록이 있고, 미수 허목(許穆, 1595~1682)이 쓴 《소요산기》에는 요석공주 궁지는 '원효폭포에서 서북쪽 80장에 있다'라고 되어있습니다. 그밖에도 향토사학자들의 연구에서 이곳이 요석공주가 살았던 곳이라는 기록을 많이 발견했습니다."

희석은 서라벌에서 천 리 길을 걸어서 원효를 찾아 나선 요석공주의 사랑을 요즘의 젊은이들이 이해할 수 있을까 하고 스스로 물어보았다. 그리고 공주봉에 올라 소요산을 둘러보았다. 원효의 깨달음이 메아리 되어 소리치고 있었다. 희석은 하산하면서 땀을 식힐 겸 원효폭포에 들러서 발을 담갔다. 원효폭포에서 쏟아지는 폭포수가 이렇게 외치는 것 같았다.

"태어나지 말게나. 죽기가 괴로우리. 죽지 말게나. 태어나기 괴로우리. 하늘이 저렇게 광활한데, 왜, 갈대 대롱으로 하늘을 보며 그것이 진리라고 하느뇨."

발을 타고 흐르는 차가운 기운이 희석의 몸을 감싸 안았다. 희석은 원효폭포에 앉아서 원효를 생각하고 요석공주를 생각하고 아비틴과 프라랑 공주를 생각했다.

원효의 말대로 이것 또한 부질없는 일일까? 희석은 원효와 요석공주의 자취를 뒤로하고 소요산을 떠났다.

아비틴의 나당전쟁

671년, 아비틴이 신라에 도착한 지 6개월 후 서서히 당나라와의 전쟁의 먹구름이 서라벌에 몰려들고 있었다. 신라가 당나라의 힘을 빌려 삼국을 통일했지만, 당나라의 횡포는 하늘을 찌르고 있었다. 그들은 옛 백제의 땅에 웅진도독부를, 고구려의 땅에 안동도호부를 설치하여 직접 통치하면서 이제는 신라까지 겁박하는 상황이었다. 문무왕은 당나라의 겁박에 굴하지 않고 옛 백제의 땅과 고구려 땅을 점령하였다. 이에 당나라는 신라를 협박하며 철수하라고 통보했다. 문무왕은 당나라에 사신을 보내서 당나라 황제에게 많은 선물과 함께 편지를 보냈다. 문무왕은 이렇게 썼다.

"폐하, 저의 신라는 신의를 저버리지 않는 나라이옵니다. 어찌 대국인 당은 신의를 저버리려고 합니까? 삼한 통일을 도와주신 은혜는 잊지 않겠사옵니다. 부디 신의를 지켜주시옵소서. 저희는 목숨을 걸고 이 땅을 지킬 것이옵니다."

문무왕은 당나라에 회유하는 한편, 전쟁도 불사하겠다는 의지를 표명하였다. 그러나 당나라는 측천무후(測天武后)가 정권을 잡은 후,

검은 속내를 드러내 보이며 신라 침공 계획을 서두르고 있었다. 전쟁의 의지를 포착한 의상대사가 급히 귀국하여서 이 사실을 문무왕에게 알렸지만, 당나라는 쉽게 움직이지 않았다. 문무왕은 싸우지 않고 이기는 것이 최고의 승리라는 것을 알고 당나라와의 전쟁을 피하기 위해 할 수 있는 방법은 모두 동원하였다. 그렇게 6개월이 흘러갔다. 그러나 당나라의 겁박은 갈수록 심해졌고, 전쟁을 피할 수 없다는 것을 깨달은 문무왕은 화백회의를 소집했다. 화백회의에서 화랑들은 싸우자는 강경파와 화친하자는 온건파로 팽팽히 맞붙었다. 진골 귀족들이 중심인 화친론자는 발했다.

"어찌 소국이 대국을 향해 전쟁을 하오리까? 달걀로 바위 치기이옵니다. 나라의 사직을 위해서 당나라와 빨리 화친을 맺어야 하옵니다."

"그러면 이 삼한의 땅덩어리를 송두리째 당나라에 내어주자는 이야기입니까?"

문무왕은 말했다.

"화친을 맺고 삼한을 돌려준다면 짐이 당나라 황제에게 무릎이라도 꿇겠소. 삼한 통일을 위해서 그 모든 수모를 견디고 이루신 태종무열왕을 생각하면 아버님을 위해서 이 자식이 못 할 일이 뭐가 있겠소?"

화랑의 우두머리 죽지랑이 말했다.

"폐하, 저희들은 목숨걸고 싸울 준비가 되어있습니다. 제아무리 숫자가 많은 당나라군이라도 우리나라 산악지대의 지형을 이용하고 백제 고구려 백성들을 우리 백성으로 인정해서 함께 싸우면 승산이 있사옵니다. 명령만 내려주시면 저희들이 선제공격으로 당나라의 허술한 경계를 무너뜨리고 적들이 우리 삼한을 넘볼 수 없도록 만들겠사옵니다."

화친론자들은 비웃으며 말했다.

"장군은 어찌 감히 이길 수 없는 싸움을 하자는 거요?"

"길고 짧은 것은 대어 보아야 안다고 하지 않았습니까? 싸워보지도 않고 어찌 쉽게 패한다고 하십니까?"

"이미 뻔한 것 아니요? 저들이 백만 대군으로 쳐들어오면 우리의 십만으로 어찌 감당할 수 있겠소? 빨리 당나라에 용서를 구하고 비는 것이 최선이라고 생각하오."

문무왕은 그 귀족에게 화를 내며 말했다.

"그대는 비겁하게 자신이 살 궁리만 찾으면서 당나라에 용서를 구하자는 모습이 부끄럽지도 않소? 당장 물러나시오."

귀족은 아무 소리도 못 하고 물러났다. 문무왕은 무의미한 화백회의를 끝내고 모두 물러가게 했다. 서라벌 반월성의 밤은 참혹하게 깊어갔다. 문무왕은 아버지 김춘추와 외삼촌 김유신을 생각하였다. 그분들이 목숨을 걸고 만든 이 나라를 당나라에 뺏길 수는 없었다. 그는 아버지의 영정 앞에서 결심했다. 비겁하게 굴복하는 것보다 끝까지 싸워서 신라를 우습게 보지 않도록 만들겠다는 결심이었다. 문무왕은 다음 날 문무백관을 불러 놓고 당나라와의 전쟁을 선포하면서 이렇게 말했다.

"우리가 당나라에 굴복하는 것은 역사의 수치요. 우리가 여기서 굴복한다면 우리 후손은 우리를 뭐라고 하겠소? 당나라를 끌어들여서 우리 민족을 당나라에 갖다 바친 매국노라고 욕할 것이오. 우리는 삼한의 통일을 위해 목숨 걸고 싸웠소. 이제 당나라가 우리 삼한을 집어삼키려고 하고 있소. 죽기를 각오하고 싸우면 이길 수 있소. 당나라가 아무리 강해도 우리가 똘똘 뭉치면 이길 수 있습니다."

문무왕의 강한 결의에 화랑의 사기는 하늘을 찔렀다. 서라벌은 전시체제로 전환되고 모든 백성은 이 전쟁의 의미가 무엇인지 알고 있었다.

문무왕은 설오유(薛烏儒)의 부대를 요동(遼東)으로 전격 파견했다. 신라의 설오유와 고구려 부흥군의 고연무(高延武)가 각각 1만 명씩 거느리고 압록강을 건너 오골성(烏骨城)[33]을 선제공격했다. 설오유 부대의 요동 공격은 신라의 치밀한 계획 아래 진행되었다. 요동을 선제공격한 신라는 671년 7월 당나라가 점령하고 있던 웅진도독부에 대한 전면 공격을 감행하고 백제 옛 땅 대부분을 점령하였다. 이에 당은 웅진도독부에 구원군을 파견하였다. 이 웅진도독부 구원군은

33 현재의 중국 요령성 단동시

석성(石城) 전투에서 신라군에게 패배를 당하였다. 결국, 7월에는 신라가 백제 옛 땅에 소부리주(所夫里州)를 설치하고 도독(都督)을 임명하게 되었다. 신라의 선제공격에 분개한 당나라는 671년 8월 신라에 전면전을 선포하고 이근행(李謹行)이 삼십만의 대군을 이끌고 신라를 본격적으로 공격하기 시작했다. 당나라는 671년 8월 안시성(安市城)에서 고구려 부흥세력을 진압하고 평양으로 남하해 왔다. 672년부터 황해도에서 나당 간의 본격적인 전투가 발생했다. 특히 672년 8월 석문(石門)[34] 전투에서 신라는 당나라 삼십만의 대군 앞에서 참패를 당하였다. 이에 죽지랑 장군이 이끄는 신라군은 전략을 공세에서 방어로 전환하게 되었다. 황해도에서 공방전을 거치면서 신라의 방어선은 대동강 선에서 남하하여 673년 무렵에는 임진강 선까지 밀리게 되었다. 선제 기습공격의 성공으로 고무되어있던 신라의 서라벌에 북쪽의 변방에서부터 흙바람을 일으키며 전령이 급하게 다가오고 있었다. 그는 문무왕에게 급보를 알렸다.

"폐하, 당나라의 삼십만 대군이 기습으로 밀어닥쳐 우리 국경 수비대가 무너지고 수많은 사상자를 내고 후퇴하여 최후의 성을 지키고 있사옵니다. 지원군이 필요하다는 장군의 전달이옵니다."

지금 신라의 상황으로는 지원군을 보낼 수 없는 상황이었다. 당나라군이 북쪽의 육로와 서쪽의 해로를 통해서 기습한다는 정보가 있어

34 현재의 황해도 서흥군 서흥면

서 병력을 두 군데로 분산 배치시키고 있었다. 그런 상황에 서쪽의 군사를 빼서 북쪽의 지원군으로 보낸다면 황해를 건너오는 당나라 군사들이 곧바로 서라벌로 쳐들어올 수가 있기 때문이었다. 문무왕은 결론을 내리지 못하고 어떻게 할지 지루한 화백회의만 이어지고 있었다.

전세가 급박하게 돌아가자 신라의 화친론자들은 다시 고개를 들었다.

"폐하, 하루빨리 당나라에 사죄단을 보내어서 용서를 구하여야 하옵니다."

비겁한 귀족들이 모여들고 있었다.

이 소식을 듣고 아비틴은 문무왕을 찾아갔다.

"폐하, 저를 전쟁터에 보내주십시오. 폐하의 은혜를 갚고자 하옵니다."

화백회의에 갑자기 불청객이 찾아와서 자신이 싸우겠다고 하니 몸을 사리던 귀족들은 멀뚱히 아비틴을 쳐다보고만 있었다. 문무왕은 침묵을 깨고 말했다.

"남의 나라 전쟁에 목숨을 잃을 이유가 없잖은가? 왕자는 그대 나라를 되찾아야 할 사명이 있지 않은가?"

아비틴의 목소리는 당당하게 울려 퍼졌다.

"폐하, 위기를 맞은 신라가 제 나라처럼 사라지는 것을 두고 볼 수 없습니다. 나라 잃은 설움이 어떠한지를 저는 알기 때문입니다."

아비틴은 순간 프라랑 공주를 생각했다. 적들이 신라를 점령하면

공주를 가만히 두지 않을 것을 알기 때문이었다.

"저를 당나라 전쟁의 최전선에 보내주십시오. 저와 죽지랑이 힘을 합치면 당나라를 무찌를 수가 있습니다. 저와 함께 온 페르시아 정예병 백 명이 목숨을 걸고 신라를 지키겠습니다."

화백회의 귀족들은 아비틴을 비아냥거렸다.

"그대가 데리고 온 파사국 백여 명의 장수로 무엇을 할 수 있다는 말이오? 잘난 체하지 말고 그냥 잠자코 있으시오."

문무왕은 화친을 주장하는 귀족들만 있는 화백회의에서 아비틴의 이야기를 계속 올려놓는 것은 의미가 없다고 판단하고 화백회의를 마무리 짓고 한밤중에 몰래 아비틴을 불렀다. 문무왕은 계속해서 들려오는 패전 소식에 풍전등화의 위기에 놓인 신라를 구하기 위해 잠을 이룰 수가 없었다. 문무왕은 아비틴에게 속마음을 이야기하였다. 지금 문무왕이 속마음을 이야기할 수 있는 사람은 아비틴밖에 없었다. 나머지는 모두 전쟁터에 나가서 목숨 걸고 싸우고 있기 때문이었다. 지금 서라벌에 남은 진골 귀족들은 모두 자기 살 궁리만 하고 있는 사람들이었다.

"지금 우리나라는 바람 앞의 등불 같소. 당나라의 삼십만 대군을 감당하기가 힘드오. 왕자는 전쟁을 많이 겪어보았기에 내가 답답해서 묻는 것이오. 어찌하면 좋겠소?"

아비틴은 침착하게 말했다.

"지금의 전황이 어떤지 자세히 알고 싶사옵니다."

"지금 당나라의 대군이 요동을 거쳐 파죽지세로 3개월 만에 임진강까지 쳐들어왔다고 하오. 지금은 매소성에서 두 달째 우리 죽지랑 장군이 버티고 있다고 하오. 매소성이 무너지면 그들은 서라벌로 쳐들어올 것이오."

"당나라의 삼십만 명의 군사가 육로를 거쳐, 지금 거의 육 개월을 전쟁 중이라는 말씀이십니까?"

"무슨 방책이라도 있으시오?"

아비틴은 곰곰이 생각했다. 그리고 조용히 입을 열었다.

"저를 죽지랑 장군이 지키는 매소성으로 보내주십시오."

"그대는 그대의 나라를 찾아야 할 사람이지 않소?

"폐하께서 저희를 거두어 주셔서 지금까지 목숨을 부지하고 있사옵니다. 페르시아에서는 은혜를 모르는 사람은 짐승보다도 못하다는 소리를 듣습니다. 폐하의 은혜를 갚을 수 있게, 저희 페르시아군이 중국과의 전쟁에 선봉에 서게 해주시옵소서. 저희는 이미 나라를 잃어버린 슬픔이 어찌한지를 몸소 뼈저리게 느끼고 있습니다. 이 아름다운 나라를 저놈들에게 내어줄 수는 없사옵니다. 저희들이 선봉에 서서 적들의 기를 꺾어놓고야 말겠습니다."[35]

"왕자, 고맙소. 그대가 진정한 신라사람이오. 우리 힘을 합하여 저

35 "소인은 왕좌를 잃고 나라를 잃어 부끄럽습니다. 전하께서는 소인을 정성스레 대해 주셨으며, 전하의 가족이나 친지보다도 소인을 더 존중해주셨사옵니다. 또한 소인이 이 세상 어디에도 피할 곳이 없을 때 소인을 보호해주시고 후원해 주셨나이다." (《쿠쉬나메》, 173페이지)

들을 쳐부수고 우리나라를 지켜냅시다."

신라의 대왕은 아비틴의 손을 꼭 잡았다.

"내 그대에게 서라벌을 지키는 군사 천 명을 줄 테니까 신라를 지켜주오."

"폐하, 감사하옵니다."

"지금 당나라는 협공으로 우리를 위협하고 있소. 서쪽의 군사를 뺄 수 없으니 그대가 죽지랑과 함께 끝까지 그 성을 사수해 주기 바라오. 그 성이 무너지면 적들은 걷잡을 수 없이 남쪽으로 내려올 것이오."

"폐하, 목숨 걸고 성을 지키고 적들을 쫓아내겠습니다."

문무왕은 교지를 내려 아비틴의 뜻대로 해주었다.

전쟁터로 떠나는 아비틴

문무왕을 만난 후 아비틴은 잠을 이룰 수가 없었다. 중국에 머물렀던 경험으로 아비틴은 당이 얼마나 강력한 제국인지 알았다. 압도적인 당나라의 군사력 앞에서 자신은 살아 돌아오지 못할 것 같았다. 그는 마지막으로 프라랑 공주가 보고 싶었다. 한편 프라랑 공주는 아비틴이 전쟁에 참여한다는 소식을 듣고 걱정이 되어 잠을 이룰 수가 없었다. 이때까지 공주는 누구를 그리워하는 마음이 든 적이 한 번도 없었다. 사랑의 아스라함이 그녀의 마음에 파고들었다. 그녀는 혼자 중얼거렸다.

'보고 싶으면, 사랑일까? 내가 그 사람을 좋아하는 것일까?'

그리고 아비틴이 전장으로 떠나기 전에 자신을 찾아와주기를 부처님께 기도했다. 그 기도가 통했는지, 서로의 마음이 통했는지 아비틴으로부터 만나자는 연락이 온 것이다. 공주는 거울 앞에서 예쁘게 단장한 후에 월정교(月精橋)에서 만나자는 답장을 보냈다. 월정교의 누각은 요석공주와 원효의 사연이 깃든 다리이기도 했다.

아비틴이 월정교에 도착하니 공주가 먼저 와서 기다리고 있었다. 아비틴은 공주의 얼굴을 더 이상 못 볼지도 모른다는 생각에 가슴이 아려왔다. 그러나 그는 감정을 숨기고 차분하게 말했다. 월지(月池)에 비친 달이 오늘따라 외롭고 슬펐다.

"공주님, 저는 오늘 전쟁터로 떠납니다. 마지막 인사를 드리려는 생각에 무례를 범하고 이 밤에 찾았나이다."

프라랑 공주는 아비틴의 그윽한 눈을 쳐다보았다. 아비틴의 호수 같은 눈에 하늘의 달이 그대로 잠겨 있었다. 아비틴이 전쟁터에서 죽으면 다시 만날 수 없다고 생각하니 공주의 마음은 착잡했다. 이국만리에서 남의 나라 전쟁에 끼어들어 목숨을 잃을 수도 있는 전투에 참여하는 아비틴이 한편으로는 안타깝고 한편으로는 고마웠다. 공주는 조용히 입을 열었다.

"왕자님은 부모님의 원수를 갚고 나라를 되찾는 의무가 있지 않습니까? 그런데 남의 나라 전쟁에서 목숨을 잃으려고 하십니까?"

"저는 공주님을 위해서 이 전쟁에 나가려는 것입니다. 나라 잃은 슬픔을 누구보다도 제가 잘 알고 있기 때문입니다."

공주는 가슴이 미어졌다. 한 번도 아비틴에게 감정을 드러낸 적이 없는 공주는 호흡이 가빠졌다. 공주의 눈가가 흐려지기 시작했다.

"저에게 약조해 주세요. 살아서 돌아오시겠다고."

공주는 처음으로 아비틴에게 마음을 열었다. 마음속으로는 좋아하는 감정을 가지고 있었지만, 신라의 공주로서 외국 사람과 사랑에 빠질 수는 없었다. 그래서 공주는 스스로 채찍질하며 자신의 감정을 억제하고 있었다. 그러나 자신을 위해 목숨을 걸고 전쟁에 나가겠다는 아비틴 앞에서 공주는 스스로 무너져 내려갔다. 공주의 눈에는 눈물이 글썽거렸다. 공주는 다짐하듯 말했다.

"꼭 살아서 돌아오셔야 합니다."

아비틴은 눈물을 흘리는 공주의 손을 꼭 잡았다.

"공주님의 명령을 따르겠습니다. 꼭 살아서 돌아오겠습니다."

아비틴은 품속에서 물건을 꺼내서 공주에게 주며 말했다.

"이것은 우리 페르시아 제국의 국새이옵니다. 공주님이 지켜주시기 바랍니다."

아비틴은 자신이 전쟁에서 죽으면 페르시아 제국의 마지막 국새를 사랑하는 사람에게 맡기고 싶은 심정이었다. 공주는 페르시아 국새를 받아들였다.

"이 국새는 제가 왕자님을 위해 잠시 보관하는 것입니다. 살아서 돌아오셔서 이 국새를 가지고 나라를 되찾으셔야 합니다. 돌아오시지 않으면 국새도 없고 소녀도 없을 것이옵니다."

공주는 이렇게 말하는 그녀 자신이 놀라웠다. 어디에서 그런 용기가 생겼는지 공주는 아비틴을 자기 목숨보다 사랑한다는 말을 이렇게 표현했다. 아비틴도 공주의 말을 듣고 자신이 목숨보다 공주를 사랑하는 마음이 서로 다르지 않다는 것을 알고는 그의 눈에서 갑자기 눈물이 핑 돌았다. 이것이 사랑이었다. 월지에 비친 달빛이 눈물에 반사되어 빛이 났다. 누가 먼저랄 것도 없이 둘은 꼭 껴안았다. 그리고 아비틴은 마음속으로 수천 번 외치던 말을 공주의 귓가에 대고 속삭였다.

"공주님 사랑하옵니다."

공주도 아비틴에게 몸을 맡긴 채 눈물만 흘리며 목소리가 나오지 않았다. 그러나 공주도 더 이상 자신의 감정을 속일 수가 없었다.

"저도 사랑합니다. 왕자님. 제 목숨보다 왕자님을 사랑하옵니다."

아비틴은 공주를 꼭 껴안았다. 그냥 이 순간이 영원이 되었으면 하고 기도했다. 월지의 호수도 멈췄고, 월정교에 부는 바람도 멈추었다. 모든 세상이 정지된 채 아비틴과 프라랑을 지켜보고 있었다. 둘은 움직이지 않고 석상이 되어 그대로 굳어있었다. 월정교에 비친 달이 그들을 애처롭게 쳐다보고 있었다.

죽지랑의 죽음

674년 당나라 장군 유인궤(劉仁軌)는 이십만의 군을 이끌고 공세를 개시, 칠중성(七重城)[36] 전투에서 승리를 거두었다. 유인궤는 칠중성에서 패배한 신라가 항복할 것이라 생각하고 당나라로 돌아갔으나, 신라는 끝까지 전쟁을 포기하지 않았다. 이듬해 당나라는 신라를 완전히 제압하기 위하여 이근행이 지휘하는 삼십만 명의 대군으로 쳐들어왔다. 그들은 파죽지세로 옛 고구려 땅을 휩쓸며 신라가 점령한 매소성까지 밀고 내려왔다. 그곳을 지키는 신라의 장수가 죽지랑이었다.

죽지랑은 최후의 방어기지였던 매소성을 여름이 다 가도록 지켜냈다. 당나라 군대는 겨울이 오면서 장기전에 대비해야만 했다. 서쪽 황해의 신라 수군과 북쪽 죽지랑의 분투로 전선은 교착상태로 접어들었다. 당군의 보급문제는 점차 심각해지고 있었다.

---

36 경기도 파주시 적성면

이즈음 매소성에 반가운 손님이 찾아왔다. 매소성을 지키는 죽지랑에게 옛 친구 아비틴이 페르시아군 백 명과 신라 정예병 천 명, 그리고 문무왕의 교지를 가지고 도착한 것이다. 죽지랑은 아비틴을 보자 천군만마를 얻은 것처럼 기뻤다. 죽지랑은 아비틴의 손을 잡으며 말했다.

"왕자님이 이렇게 오시니 소장은 면목이 없으면서도 힘이 백배 솟는 것 같습니다."

성안에는 부상병들과 전쟁에 지친 병사들이 여기저기 널브러져 있었다. 하지만 이 성이 무너지면 신라의 운명도 끝나는 것이었다. 죽지랑은 지친 병사들을 격려하면서 피곤한 기색을 드러내지 않았다. 그는 아비틴에게 솔직하게 말했다.

"이제 적들이 마지막으로 이 성을 함락시키기 위해 쳐들어올 것입니다."

죽지랑의 말 속에는 성과 함께 죽겠다는 결의가 묻어나왔다. 아비틴은 죽지랑에게 차분하게 말했다.

"적들이 삼십만의 군사로 연이어 승리했는데 왜 여기 매소성을 계속 공격하지 않습니까?"

"우리 십만의 신라군도 전열을 재정비하여 지리적으로 우세한 지역에서 목숨을 걸고 싸우기 때문입니다. 또 비가 너무 많이 와서 적들의 식량 보급이 늦어지고 있다며 정찰을 나간 군사가 일러 주었습니다."

삼십만 명 이상 투입된 당나라의 원정군은 육지에서 이동 거리가 길었기 때문에 보급이 항상 말썽이었다. 아비틴은 좋은 기회라고 생각하고 말했다.

"장군. 여기서 적을 기다리지 말고 기습공격을 하는 것은 어떻겠소?"

"무모합니다. 적의 숫자가 우리의 세 배가 넘습니다. 이 성은 견고해서 적들이 쉽게 함락시키지 못할 것입니다. 지연 작전으로 적이 지칠 때까지 기다리는 것이 유리하다고 판단합니다."

"적들은 어떻게 공세를 이어갈지만을 고민하고 있을 것입니다. 적이 숫자에 방심한 틈을 타서 적의 후방을 기습해서 적들의 보급로를 차단하는 것은 어떠하겠습니까?"

죽지랑은 아비틴의 과감한 선제공격에 한편으로는 놀라면서 걱정이 되었다. 아비틴은 죽지랑의 표정을 읽고는 계속 말했다.

"제가 뒤로 돌아서 적들의 보급로를 공격한다면 저들은 굶주림에 지쳐서 싸우지 못할 것입니다."

"이 성의 북쪽은 이미 적들의 손에 넘어갔습니다. 적들의 경비가 만만치 않습니다."

"저에게 이곳 북쪽의 지리에 밝은 병사를 붙여주십시오. 제가 적들의 보급로를 기습해서 반드시 보급물자를 불태우고 오겠습니다."

죽지랑은 아비틴의 의지를 꺾을 수가 없었다. 하루를 쉬고 깊은 밤에 아비틴은 길잡이와 함께 페르시아 정예병 백 명만 이끌고 매소성 밖으로 빠져나갔다.

사흘 후에 아비틴은 죽지랑에게 돌아왔다. 이근행이 초조하게 매소성을 공격하는 틈을 타, 적의 물자를 불태우는 데 성공해서 돌아온 것이다. 보급이 끊겼다는 소식에 당나라군의 분열과 이탈이 시작되었다. 아비틴이 죽지랑에게 말했다.

"이제 보급로가 끊긴 당나라 군사는 어찌할 줄을 몰라서 당황하고 있습니다. 이때를 기해 주위의 신라군을 모두 모아서 총공격해야 합니다."

죽지랑은 매소성 주위를 지키는 모든 성주에게 총공격 명령을 내렸다. 보급로가 끊긴 채 굶주림에 지쳐있던 당나라 군사들은 싸울 힘이 없었다. 당나라 장수 이근행은 철수 명령을 내렸다. 북쪽 대륙으로의 길이 막힌 것을 안 이근행은 뱃길로 철수하기로 했다. 그는 서해를 통해서 철수하기 위해서 남은 군사들을 기벌포로 집결시켰다. 죽지랑은 퇴각하는 당나라 군사들을 한 사람도 살려두지 않겠다는 심정으로 그들을 쫓았다. 그것이 676년 11월 나당전쟁의 마지막 전장이 되었던 기벌포(伎伐浦)[37] 전투이다. 기벌포 전투에서 죽지랑과 아비틴은 고양이가 쥐를 쫓듯이 당나라군을 몰아붙였다. 죽지랑은 기벌포에서 당나라 장수의 수급을 수천이나 베었다. 아비틴은 죽지랑에게 말했다.

---

37 현재의 충청남도 서천시 장항읍

"퇴각하는 당나라에게 이제 매운맛을 보여줬으니까 이제 그만하셔도 될 것 같습니다."

"아닙니다. 왕자님, 우리가 저놈들에게 겪은 수모를 오늘 갚아야 합니다. 저들 손에 죽은 우리 화랑들의 혼을 달래기 위해서라도 저는 마지막 한 놈까지 살려두지 않을 것입니다. 그래야 저들이 다시는 우리 신라 땅을 넘보지 않을 것입니다."

기벌포 전투에서 패한 당나라 군사들은 살기 위해서 항구에 정박 중인 배에 뛰어들었다. 죽지랑은 도망치는 당나라 장수 이근행의 목을 치기 위해 적진 깊숙이 들어갔다. 아비틴이 그 뒤를 따랐다. 죽지랑이 탄 말이 바다 갯벌에 빠지면서 죽지랑이 말에서 떨어졌다. 죽지랑이 말에서 떨어진 것을 보고 이근행과 호위병들은 죽지랑을 에워쌌다. 죽지랑은 혼자서 이십 명을 상대하면서 적을 하나하나씩 쓰러트렸다. 그 사이 이근행의 화살이 죽지랑을 겨냥하고 있었다. 아비틴은 화살을 뽑아 이근행을 향해 당겼지만, 이근행의 화살이 먼저 시위를 떠나 죽지랑의 가슴을 뚫었다. 죽지랑을 구하기 위해 뛰어든 아비틴이 피를 흘리는 죽지랑을 말에 태우고 빠져나오려 했지만, 적들이 아비틴을 가로막았다. 죽지랑의 호흡은 가빠졌다.

"왕자님은 반드시 살아서 파사국으로 돌아가셔야 하옵니다. 저를 버리고 빨리 이곳을 빠져나가십시오."

"아니 됩니다. 장군. 우리가 승리하였습니다. 서라벌에서 축하의 잔을 함께 나누어야죠. 저는 장군을 그냥 두고 갈 수 없습니다."

아비틴은 가로막는 적들을 칼로 물리치며 달렸다. 달아나는 아비틴의 말을 향해서 당나라 군사들의 화살이 쏟아졌다. 죽지랑은 마지막 힘을 다하여 아비틴의 등 뒤에서 아비틴을 끌어안으며 모든 화살을 받아내었다. 죽지랑은 마지막 호흡을 가다듬으며 등 뒤에서 아비틴의 귓가에 힘들게 말을 했다.

"왕자님, 저기 사마르칸트가 보입니다. 저 넓은 대륙을 왕자님과 가로지르는 꿈을 꾸었습니다. 왕자님이 사마르칸트에 돌아가시면 저의 아름다운 추억도 그곳에 묻어주십시오."

아비틴은 뒤돌아보며 말했다.

"장군, 승리를 만들고 이렇게 허무하게 돌아가시면 아니 되옵니다. 제가 장군을 지키겠습니다.

등 뒤에서 아비틴을 꼭 잡았던 죽지랑의 손이 풀리면서 죽지랑은 말에서 떨어졌다. 그 순간 아비틴의 등에도 화살이 박혔다. 아비틴은 죽지랑의 몸 위에 떨어졌다. 죽지랑의 따스한 체온이 아비틴을 감싸 안았다. 아비틴도 사마르칸트가 보이면서 정신이 희미해졌다. 아비틴의 희미한 기억 속에 한 사람의 얼굴이 자꾸만 어른거렸다. 프라랑 공주가 손짓하고 있었다. 프라랑의 손을 잡으려 애썼지만 아비틴의 기억은 거기에서 멈춰버렸다.

모죽지랑가

프라랑 공주는 아비틴이 생사를 헤매고 있을 때 아버지 문무왕에게 부탁했다. 아비틴을 요석궁으로 데려와서 어의에게 치료받게 해달라는 것이었다. 문무왕도 아비틴을 살리기 위해서 할 수 있는 모든 것을 하고 싶었다. 아비틴이 사경을 헤매고 있는 동안 죽지랑의 장례식이 온 백성의 애도 속에 거행되었다. 문무왕은 죽지랑의 장례식을 치르면서 눈물을 흘렸다. 죽지랑을 김유신 다음의 대장군으로 임명해서 그를 기리도록 했다. 그사이 전쟁에서 돌아온 군사들의 입에서 죽지랑과 아비틴의 목숨을 건 우정 이야기가 퍼져나갔다. 아비틴이 죽지랑을 구하기 위해 사지에 뛰어든 것과 마지막에 아비틴의 등 뒤에서 아비틴을 보호하기 위해 온몸으로 화살을 막은 죽지랑의 이야기는 신라의 영웅담으로 길이길이 남게 되었다.

아비틴이 죽음의 문턱에서 눈을 뜬 것은 열흘 후였다. 프라랑 공주가 지극 정성으로 아비틴을 간호했다. 아비틴은 프라랑 공주가 희미한 죽음의 기억 속에 손짓하던 모습이 떠올랐다. 아비틴은 눈을 뜨자마자 공주에게 물었다.

"죽지랑 장군은 어떻게 되었습니까?"

공주는 머뭇거리며 대답했다.

"돌아가셨습니다."

아비틴은 죽지랑이 죽었다는 이야기에 울컥했다. 자신만 살아있다는 죄책감과 친구를 잃었다는 마음의 상처가 그의 폐부를 깊숙이 찔렀다. 아비틴은 눈물이 쏟아졌다. 프라랑 공주는 아비틴의 울음이 그칠 때까지 아무 말도 하지 않고 기다렸다. 아비틴이 울음을 그치고 쉰 목소리로 말했다.

"죽지랑은 저를 위해 죽었습니다. 목숨을 함께 나누는 소중한 친구를 잃었습니다."

말을 마치고 아비틴은 혼자 말처럼 중얼거렸다.

"저는 항상 죽음을 생각하고 살았기에 죽음이 두렵지 않았습니다."

아비틴의 이 말을 듣고 프라랑은 목소리를 낮추며 말했다.

"이제는 삶을 생각하십시오."

아비틴은 고개를 들고 프라랑을 쳐다보았다. 프라랑은 다시 한번 힘주어 말했다.

"이제는 저를 위해서 죽음이 아니라 삶만 생각하십시오."

공주는 아비틴의 품속에 얼굴을 묻고 울었다. 아비틴은 공주를 안으며 함께 울었다. 둘의 눈물이 합쳐져서 회한과 사랑의 강물을 이루었다. 둘은 그렇게 한참을 울었다. 눈물은 가슴의 상처에 가장 좋은 치료약이 되었다. 그렇게 한참을 울고는 아비틴이 공주를 꼭 껴안았다. 공주는 품속에서 아비틴이 맡겼던 옥새를 건네며 말했다.

"이 옥새의 뜻을 잊지 마옵소서. 왕자님은 잃었던 나라를 되찾아야 할 운명이십니다. 여기 신라에서 힘을 기르신 후에 반드시 나라를 되찾으시기 바랍니다. 그것이 죽지랑 장군의 소원이었고, 소녀의 소원이옵니다."

요석궁에 별들이 쏟아져 내렸다. 앞마당의 풀벌레들이 소리 내어 울고 있었다.

두 달 후에 아비틴은 프라랑 공주의 지극 정성으로 몸이 회복되었다. 조금 더 쉬어야 한다는 프라랑 공주의 청을 뿌리치고 아비틴은 제일 먼저 죽지랑의 무덤을 찾았다. 아비틴은 죽지랑의 무덤 앞에서 삶과 죽음이 종이 한 장 차이라는 것을 느꼈다. 어쩌면 저 무덤 속에 자신이 있고 죽지랑이 여기에 서 있을 수도 있었다. 아비틴은 죽지랑의 무덤 앞에서 삶이 과연 무엇인지 혼란스러웠다. 바람이 불어와서 아비틴의 머리카락을 날리고 무덤가의 꽃들을 춤추게 했다. 그 순간 아비틴은 원효의 말이 스쳐 지나갔다.

'삶이란 바람과 같도다. 잡으려면 사라지지만 만물을 움직이게 한다. 바람이 어디에서 와서 어디로 가는지 아무도 모르지만 다른 사물을 움직이게 하는 것이 바람이다. 산다는 것은 바람처럼 남을 움직이게 하는 것이다. 그 움직임 속에서 삶의 의미를 찾아라.'

아비틴은 깨달았다. 다른 사람의 마음을 움직이게 하고 나의 마음을 움직이게 하는 것이 삶이다. 나를 새롭게 움직이자. 그때 죽지랑의 무덤 옆에 노란 다북쑥 꽃이 살랑살랑 움직이면서 아비틴에게 말하는 것 같았다. 그 꽃이 죽지랑의 마음을 전달하는 것 같았다. 아비틴은 그 다북쑥 꽃을 보며 죽지랑의 무덤가에서 죽지랑을 위한 페르시아의 서사시를 지었다. 아비틴의 노래가 주위에 있던 화랑들의 눈시울을 적시게 만들었으며 그 노래는 소리 나는 대로 향찰로 만들어졌다. 이것이 향가로 전래되어 신라에는 향가가 국민적인 노래로 자리 잡기 시작했다. 후대의 화랑 득오가 이 노래를 향찰식으로 붙여서 이름을 모죽지랑가(慕竹旨郎歌)라고 지었다.

모죽지랑가는 입에서 입으로 전해지며 천 년을 이어지고 있다.

지나간 봄 돌아오지 못하니

살아 계시지 못해 울어 마를 이 슬픔

전각(殿閣) 밝히신

모습이 해가 갈수록 헐어가는구나

눈의 돌음 없이 저를

만나보기 어찌 이루리

화랑(郎)이여 그리는 마음의 모습이 가는 길

다복 굴헝(다북쑥이 우거진 무덤)에 잘 밤 있으리[38]

---

38 〈모죽지랑가(慕竹旨郎歌)〉, 김완진 역. 《삼국유사》의 원문은 다음과 같다. "去隱春皆理米, 毛冬居叱沙哭屋尸以憂音, 阿冬音乃叱好支賜烏隱, 皃史年數就音墮支行齊 目煙迴於尸七史伊衣, 逢烏支惡知乎下是, 郎也慕理尸心未行乎尸道尸, 蓬次叱巷中宿尸夜音有叱下是."

신라는 나당전쟁의 승리자였다

희석은 현철과 맥줏집에 들렀다. 안주는 역사 이야기였다. 희석은 어릴 때부터 역사에 적힌 기록이 과연 사실일까에 관심이 많았다. 국사 시간에 선생님에게 엉뚱한 질문을 해서 교실 밖으로 쫓겨나 복도에서 손을 들고 수업을 들은 적도 있었다. 중학생이던 희석은 신라가 당나라의 힘을 빌려 고구려를 멸망시킨 것이 계속 못마땅해서 질문한 것이었다. 그때 선생님은 꿀밤을 때리며 이렇게 말씀하셨다.

"무조건 외워. 인마, 그런 것 시험에 안 나와."

그때의 역사 공부는 무조건 외우는 것이었다. 그때를 생각하면서 희석은 맥주를 한잔 벌컥 들이키면서 말했다.

"저는 학교에 다닐 때 신라를 원망했습니다. 신라는 당나라를 끌어들여 같은 민족인 백제와 고구려를 멸망시켰습니다. 그래서 우리는 한반도에 갇혀버리고 광활한 북쪽의 땅을 잃어버렸다고 생각했습니다. 외세를 이용해 통일한 신라가 미웠고, 차라리 고구려가 통일했으면 지금 우리나라는 어땠을까 하고 국사 시간에 혼자 상상하곤 했습니다. 신라 진덕여왕이 당나라 황제에게 올리는 편지였던 태평송

(太平頌)을 보고는 수치심마저 들었습니다. 그러나 신라가 삼국통일을 한 이후에 거대한 당나라와의 목숨을 건 전쟁을 역사 시간에는 자세히 다루지 않았습니다. 신라가 목숨을 걸고 당나라와 싸워서 이겼기 때문에 지금의 우리나라가 있는 것입니다. 당시 세계 최고의 강대국과 맞서 싸울 수 있는 용기가 있었기에 오늘의 신라는 존경받을 수가 있는 것입니다."

현철은 희석의 말을 듣고 치킨을 이빨로 뜯으며 말했다.

"당시 신라가 세계 최대 제국 당나라와 싸운다는 것은 용기 있는 결정이었어. 나라의 운명을 걸고 싸운 거야. 만약에 신라가 당나라의 협박에 굴복하여 고구려와 백제의 땅을 당나라에 내어줬더라면 오늘의 우리나라는 없었을 거야."

"그랬다면 신라는 후세에 내내 비난을 면치 못했겠죠. 저만 해도 신라를 절대로 용서하지 않았을 겁니다. 그러나 신라는 강했습니다. 당시 세계 최강의 당나라를 물리쳤다는 것은 세계사적 사건입니다. 그러나 일제 식민지 사학과 동북공정에 물든 우리의 역사학계는 신라와 당나라 전쟁의 의미를 애써 축소시켜 왔습니다."

현철은 희석의 말을 듣고 맥주를 다시 한잔 마시며 말했다.

"야, 너 대단한 애국자다."

"역사를 사랑하면 애국자가 됩니다."

현철은 역사라는 안주가 술맛을 돋우는지 연거푸 잔을 비우며 이야기했다.

"사대주의자 김부식은 신라가 어버이 나라인 중국과 맞서 싸웠다는 자체를 그리 인정하고 싶지 않았고, 그 후에 조선의 성리학자들은 한술 더 떠 중국이란 대국과의 전쟁을 인륜에 반하는 불경으로 치부할 정도로 사대주의에 물들어 있었어."

"근대 역사가들은 왜 그것을 바로잡지 않았습니까?"

"가장 문제가 일본 식민지 사학자들이야. 그들은 의도적으로 신라를 약하고 의존적인 나라로 묘사해서, 조선인은 남의 나라 지배를 받을 수밖에 없는 유전자를 가지고 있다고 주장했어. 그리고 이 이론이 조선 민족 식민지화를 합리화하는 기초가 되었지. 조작된 역사를 통해서 식민지 조선인들을 세뇌시키고 있었던 것이야."

현철의 말을 듣고 희석은 가슴 한구석이 뚫리는 느낌을 받았다. 나당전쟁은 신라에게 백제와 고구려와의 전쟁과는 성격이 달랐다. 그것은 국가의 존망을 다투는, 그것도 외부의 지원 없이 치룬 최강대국과의 전면전이었다. 신라는 당과의 전쟁에 앞서, 군사 요충지인 비열홀[39]을 장악하고, 요동으로 선제공격을 감행하여 전쟁 초기의 주도권을 확보하였다. 이후 당은 대규모 원정군을 투입하였음에도 신라를 정벌하지 못하였다. 결국, 신라는 7년에 걸친 당과의 장기전을 치르면서 한반도를 지켜냈다.

---

39 비열홀은 지금의 함경남도 안변 일대로 본래 고구려의 군(郡)이 이곳에 설치되었는데, 신라가 진흥왕 때 이곳을 장악하면서 주를 설치하게 된 것이다.

이러한 나당전쟁의 승리는 국제정세의 영향을 전혀 배제할 수는 없지만, 기본적으로 신라의 역량과 주도하에서 이루어진 것이라 할 수 있다. 신라는 나당전쟁의 승리로 삼국을 통일하고, 내부 정비를 거쳐 통일 신라 시기를 열 수 있었다. 역사에 만약은 없지만, 만약에 신라가 나당전쟁에서 패하거나 당나라의 요구에 굴복했다면 오늘의 대한민국은 역사에서 사라졌을 것이다. 신라는 비겁하지 않았다. 희석은 신라가 자랑스러웠다.

페르시아왕자와 신라공주의 결혼

당나라와의 전쟁에서 이긴 문무왕은 겸손하였다. 그러나 당의 입장에서는 치욕적인 결과였다. 신라와의 전쟁에서 패한 이후 당나라는 더 이상 신라에 내정간섭을 하지 못했다. 당은 국내적으로 나당전쟁의 후유증을 무마하기 위해 개원(改元)과 대사면(大赦免)를 실시하고, 반 군부 세력인 이경현(李敬玄)을 중서령(中書令)으로 삼았다. 나아가 대규모 순무사(巡撫使)를 나당전쟁과 관련된 지역으로 파견하여 민심 수습에 주력하였다. 중국 동부 지역이 나당전쟁에서 병력과 물자를 충원하던 지역임을 감안해 보면, 당은 나당전쟁의 결과 상당한 타격을 입었던 것으로 추정된다. 신라사람들은 나당전쟁 이후 신라의 황금기를 개척하였다. 화랑들의 불굴의 의지가 없었다면 불가능했을 것이다. 아비틴이 완전히 회복되었다는 소식을 듣고 문무왕은 아비틴을 반월성에 불렀다. 문무왕은 아비틴을 친형제처럼 끌어안았다.

"그대가 진정 영웅이오."

아비틴은 문무왕의 기뻐하는 모습에서 프라랑의 얼굴이 겹쳐졌다. 프라랑을 위해서라면 무엇이든지 할 수 있을 것 같았다. 문무왕이 아비틴에게 술을 건네며 물었다.

"짐이 그대의 소원을 하나 들어주고 싶소. 그대의 소원을 하나 말해 보시오. 무엇이든지 들어주겠소."

문무왕은 아비틴이 아랍인들로부터 페르시아를 되찾을 군사와 물자를 부탁하면 들어줄 생각으로, 짐짓 먼저 소원을 물어본 것이었다. 그러나 아비틴의 대답은 문무왕의 예상을 완전히 어긋나게 만들었다.

"폐하, 폐하의 따님이신 어린 공주님과 결혼하고 싶사옵니다."

아비틴의 대답을 듣고는 문무왕은 깜짝 놀랐다. 프라랑이 아비틴을 치료해준 사실은 알고 있지만, 외국인이고 또 매소성과 기벌포의 영웅이니 동정심에서 그리했으리라고 문무왕은 생각했다. 설마 두 사람이 서로를 마음에 품고 있을 거라곤 전혀 생각지 못했던 것이다. 문무왕은 놀란 표정을 숨기려는 듯 짐짓 허둥거리며 아비틴에게 물었다.

"공주 중에 어느 공주를 말하는 것이오?"

"프라랑 공주이옵니다."

문무왕은 가슴이 뜨끔했다. 문무왕은 나당전쟁의 승리자인 진골화랑 중 한 명에게 프라랑을 시집보내려고 계획하고 있었다. 아비틴이 아무리 영웅이라 할지라도, 가장 아끼고 사랑하는 딸을 외국인에게 시집보낸다는 것은 무엇보다도 가슴이 아픈 일이었다.[40] 문무왕은 다시 한번 태연하게 물었다.

"그대는 프라랑 공주를 사랑하오?"

아비틴은 목소리에 힘을 주며 말했다.

"제 목숨보다 더 사랑하옵니다."

문무왕은 더 이상 말이 없었다. 어색한 침묵이 한동안 둘 사이에 흘렀다. 그사이에 문무왕은 오만 생각이 스쳐 지나갔고 아비틴은 목이 바싹바싹 말라 갔다. 대왕의 약속은 그 어느 것보다도 무거워 저울의 다른 편에 무엇을 달아도 반드시 약속 쪽으로 기운다. 왕은 한참 고민한 후에 간신히 이렇게 말했다.

"결혼은 당사자의 의견을 들어보지 않고서는 결정할 수 없소. 내 딸에게 물어보리다."

아비틴이 말하였다.

"폐하, 저도 공주님이 싫어하시는 결혼은 하고 싶지 않사옵니다. 공주님의 의견을 물으신 후에 결정을 내려주십시오. 공주님이 반대하면 저의 소원은 그것으로 끝내겠습니다."

문무왕은 그날 저녁 프라랑을 불렀다. 프라랑은 왜 자기가 불려왔

---

40 "태후르왕은 그 누구도 들이지 않았고, 너무나 힘들고 괴로워했다. 태후르왕은 프라랑 공주에 대한 사랑으로 그녀가 떠나가 다시는 돌아오지 않을까 걱정하였다."(《쿠쉬나메》, 186페이지)

는지 눈치채고는 아버지 앞에서 고개를 숙이고 말을 하지 못하였다. 문무왕이 무겁게 입을 열었다.

"파사국 왕자가 너에게 청혼을 했다."

프라랑은 아무 대답을 하지 않았다. 문무왕이 다시 말했다.

"외국인과의 결혼이 얼마나 험난한 길인지는 알고 있느냐?"

프라랑은 아버지와 눈을 맞추지 못한 채 고개만 끄덕였다. 문무왕은 다시 물었다.

"너는 아비틴 왕자를 사랑하느냐?"

프라랑은 부끄러운 듯 얼굴을 들지 못했다. 문무왕은 다시 말했다.

"나는 내 딸이 평범한 사람을 만나 행복하게 살게 하고 싶다. 파사국 왕자는 나라를 잃고 우리나라에 의지하고 있다. 언젠가는 그는 나라를 되찾기 위해 그 먼 길을 갈 것이다. 각오가 되어있느냐?"

프라랑은 다시 고개를 끄덕였다. 문무왕이 다가오자, 프라랑 공주는 얼굴을 들었다. 프라랑 공주의 얼굴에는 눈물이 빗물처럼 흘러내렸다. 그 눈물을 보며 문무왕의 가슴은 찢어졌다. 공주가 드디어 아버지의 놀란 얼굴을 보고 입을 열었다.

"아바마마, 소녀를 용서해 주시옵소서. 언제부터인지 모르지만, 소녀의 가슴에 아비틴 왕자님이 자리 잡기 시작했습니다. 처음에는 파사국이라는 먼 나라의 환상에 젖었지만, 그 환상이 현실로 다가오기 시작했습니다. 소녀는 그 현실을 거부할 수 없었사옵니다. 아바마마, 아바마마의 마음을 아프게 하는 소녀는 불효자이옵니다. 그러나 사랑하는 마음은 소녀도 어쩔 수가 없사옵니다."

문무왕은 그 순간 요석공주의 말이 떠올랐다. 프라랑 공주가 하고 싶은 것을 막지 말라는 요석의 말이 문무왕의 가슴을 찔렀다. 문무왕은 생각했다.

'요석은 이미 프라랑이 아비틴을 좋아한다는 것을 알고 있었구나.'

문무왕은 공주의 마음을 되돌릴 수가 없다는 것을 알고는 더욱 마음이 아팠다. 사랑하는 딸이 행복하게 사는 것이 아버지로서의 당연한 마음이지만, 딸의 사랑을 막을 수는 없었다.

"어떠한 어려움이 있더라도 이겨낼 자신이 있느냐?"

프라랑은 대답했다.

"아바마마, 저도 이제 어린아이가 아니옵니다. 이겨낼 자신이 없으면 이렇게 말씀드리지 않았을 것입니다. 소녀의 마음 깊은 곳에서 우러나오는 목소리를 들어주시옵소서."

문무왕은 더 이상 말릴 수가 없었다. 딸의 성격을 너무나 잘 알기에 이를 강하게 말리면 딸은 극단적인 선택도 할 수 있다는 것을 직감적으로 알 수 있었다. 딸의 선택을 거부할 수 없었던 문무왕은 공주에게 말했다.

"이 아비는 너를 믿는다. 너의 선택을 따르기로 하마. 나는 다른 바람이 없다. 네가 행복하다면 무엇이든지 해주고 싶다."

공주는 왕의 그 말에 다시 눈물이 쏟아졌다.

"아바마마의 마음을 소녀는 다 아옵니다. 어떠한 어려움이 있더라도 행복하게 잘 살겠사옵니다. 아바마마를 위해서라도 소녀는 행복하게 살 것이옵니다."

문무왕은 공주의 손을 꼭 잡았다.

"아직도 나의 눈에는 너는 어린아이와 같다. 이 아비가 왕이 아니라 평범한 사람이었으면 너와 자주 더 많은 시간을 가졌을 텐데 그것이 아쉽구나."

"저는 세상 누구보다도 아바마마를 존경하고 사랑하옵니다. 아비틴 왕자는 아바마마를 꼭 닮았습니다."

문무왕은 딸을 다시 한번 가슴에 품었다. 그리고 말없이 한참을 그대로 있었다. 아버지와 딸은 그렇게 질기고 아름다운 인연의 고리를 가슴에 전달하고 있었다.

다음날 문무왕은 만조백관 앞에서 아비틴과 프라랑 공주의 혼인을 알렸다.[41]

---

41 "위대한 왕 태후르는 고관백작들을 불렀다. 태후르와 아비틴은 예법에 따라 결혼을 공표하였다. 태후르는 아비틴의 손을 잡고 프라랑의 처소로 데려갔다."(《쿠쉬나메》, 189페이지.)

성대한 결혼식

반월성에서 성대한 결혼식이 열렸다. 문무왕은 아비틴을 페르시아 제국 황제의 아들로 예우하여 프라랑의 혼인식을 성대하게 치루었다. 아비틴은 페르시아 제국의 유리로 장식된 구슬과 비취색 목걸이를 프라랑에게 혼인 선물로 준비하였다. 그리고 혼인식에서 페르시아 제국의 옥새를 공주에게 건네주며 말했다.

"이 옥새는 이천 년 이어온 파사국의 옥새입니다. 오늘 저는 이 옥새를 공주님께 바침으로써 신라와 파사국이 하나라는 것을 선포합니다."

프라랑은 옥새를 들고 아비틴에게 말했다.

"제가 잠시 이 옥새를 보관하겠습니다. 왕자님께서 파사국 나라를 되찾으실 때 이 옥새를 돌려드리겠습니다."

이를 지켜보는 신라사람들은 파사국이 어떤 나라인지는 모르지만 아비틴으로 인해 형제의 나라처럼 느껴졌다. 혼인식 축제는 일주일간 이어졌다. 문무왕은 신라의 모든 백성에게 고기와 쌀을 나누어 줬으며, 신라 백성들은 일주일 동안 춤추고 노래하며 아비틴과 프라랑의 혼인을 축하했다. 아비틴과 함께 온 페르시아 유민들도 가무를 즐기며 처음으로 편안히 하루하루를 만끽했다. 아비틴은 혼인식이 끝난 후에 사랑에 빠져서 헤어나지를 못했다. 한 달 동안 아비틴과 공주는 둘만 있었다. 공주와 둘만 있는 것이 꿈같이 느껴졌다. 아비틴과 프라랑은 문무왕이 마련해준 파사마을 근처의 궁궐 같은 집에 살았다. 아비틴은 공주가 너무 좋아서 한시라도 곁을 떠나고 싶지 않았다. 프라랑도 이것이 꿈이 아닌지 하고 간혹 빰을 꼬집을 정도로 행복에 빠져있었다. 그렇게 한 달이 어떻게 지났는지 모르게 흘러버렸다. 꿈에서 깬 것처럼 어느 날 공주가 아비틴에게 말했다

"대왕께 문안 인사를 가셔야 하옵니다. 그것이 동방의 예의이옵니다."

아비틴은 어린애처럼 공주에게 매달리며 말했다.

"공주와 한시라도 떨어져 있고 싶지 않습니다. 내 사랑을 두고 가면 사랑을 잃을까 봐 두렵습니다."

프라랑 공주는 아비틴의 상처를 이해했다. 부모님과 사랑하는 형제를 모두 잃은 그 아픔을 어루만져주고 싶었다. 공주는 아버지가 이해해주시리라 믿고 그렇게 한 달이 지났다. 그러나 문무왕은 사랑하는 딸을 뺏긴 것 같은 느낌이었다. 결혼한 지 한 달이 지나도록 문안 인사를 오지 않는 사위가 미웠고 얼굴도 보여주지 않는 딸에게도 서

운했다.[42] 혼인하면 다른 남자의 아내가 되어야 하는 것이 인지상정인데 문무왕은 자신의 딸만큼은 예외라고 생각했다. 프라랑은 아버지 문무왕의 심사를 전해 듣고 아비틴과 함께 반월성을 찾았다.

문무왕은 딸과 사위의 첫 문안 인사를 한 달 만에 받고는 아무렇지도 않은 것처럼 프라랑을 쳐다보았다. 그런데 프라랑의 얼굴이 이제는 어린 딸의 모습이 아니라 성숙한 여자의 모습으로 변해있었다. 한 달 사이에 무엇이 이토록 프라랑을 변하게 했다는 것인가 하고 문무왕은 생각했다. 자신의 서운한 감정을 표현하기 이전에 딸의 모습은 행복에 가득한 한 남자의 여자로서 보였기 때문이었다. 프라랑이 큰절을 끝낸 후에 문무왕에게 말했다.

"아바마마, 문안 인사가 늦어서 죄송하옵니다. 왕자님이 신라의 사정을 잘 모르고 있었습니다. 제가 지아비에게 예법을 가르쳐야 마땅한 일이오나, 저 또한 아바마마의 사랑을 독차지한 철부지라 바깥의 일을 신경 쓸 수가 없었사옵니다."

문무왕은 한편으로는 섭섭하지만, 딸의 행복한 모습을 보니 그 서운한 감정이 가셨다.

"바깥의 일을 신경 쓸 시간도 없이 둘만 있으니까 행복하더냐?"

공주는 얼굴이 붉어지면서 고개를 들지 못하였다. 문무왕은 웃으

---

42 "아비틴은 프라랑의 얼굴 외에는 아무것도 보지 않았다. 프라랑과 행복한 나머지 태후르왕에게 문안인사조차 가지 않았다. 바실라의 왕은 화가 나서 파라를 불렀다." (《쿠쉬나메》, 192페이지)

면서 말했다.

"농담이다. 이 애비는 네가 행복하다면 그것으로 되었다."

문무왕은 아비틴을 보고 말했다.

"왕자도 이제 나의 사위가 되었으니 나의 아들과 마찬가지다. 앞으로 신라의 예절을 익히고 부마로서 예법에 어긋나는 일은 없도록 하라."

아비틴도 문무왕 앞에서 부끄러웠다. 그러나 잃었던 아버지를 얻었다는 생각에 문무왕에게 절하며 말했다.

"폐하, 저도 이제 잃었던 가족을 되찾고, 아버님도 새로 생겼습니다. 폐하의 은혜에 보답하겠나이다."

"나에게 보답하지 말고 프라랑 공주에게 보답하도록 하라. 공주에게 잘하는 것이 짐에게 잘하는 것이야. 내 말 알겠는가?"

아비틴은 문무왕의 마음을 알 것 같았다. 반월성에서 물러 나온 후에 누구의 간섭도 없이 꿈 같은 세월이 흘렀다. 그 행복 속에서도 프라랑은 가끔 불안을 느꼈다. 이 행복이 언제까지 이어질 수 있을까 하는 불안감이 프라랑을 파고들었다. 프라랑은 가끔 고모인 요석공주를 생각하였다. 그렇게 원효대사를 사랑했지만, 그를 잡지 않았다. 사랑은 소유가 아니란 것을 몸으로 실천한 분이 요석공주였다. 프라랑도 언젠가는 아비틴을 놓아주어야 한다는 사실을 알고 있었지만, 그 생각조차 하기가 싫었다.

쿠쉬나메의 기록

희석은 페르시아왕자와 신라공주의 사랑 이야기가 담긴 페르시아의 대서사시, 쿠쉬나메를 읽고 밤새 잠을 이룰 수가 없었다. 저 머나먼 페르시아에서 신라를 형제의 나라처럼 여기며 신라에게 도움을 받은 기록을 남겼다는 사실이 너무나도 충격적이었다. 비록 쿠쉬나메가 역사적인 기록물이 아니라, 민간에 전하던 이야기를 서사시로 엮은 것이라서 역사학계에서는 인정받지 못하고 있지만, 페르시아와 신라의 연관성을 밝히는 데는 아주 귀중한 자료라고 생각됐다. 이제까지 학자들은 경주에 있는 페르시아 관련 유물과 유적만으로 신라와 페르시아의 관계를 유추할 따름이었지만, 쿠쉬나메의 기록은 그 유물들의 역사적 사실을 뒷받침하는 것이 아닌가. 희석은 쿠쉬나메의 책을 들고 박현철 선배를 찾았다. 희석은 현철을 만나자마자 다짜고짜 질문하였다.

"선배, 쿠쉬나메에 나오는 아비틴과 프라랑 공주의 혼인은 어느 정도 믿을 수 있는 이야기인가요?"

"야, 너는 만나자마자 선배에게 인사도 안 하고 질문 공세를 퍼붓냐?”

현철은 희석의 급한 마음을 알고 놀리려는 듯이 말했다. 희석은 미안한 듯 머리를 긁적이며 말했다.

“선배, 미안합니다. 선배님이 추천한 책을 읽고 혼란스러워 인사도 잊었습니다.”

“인사만 잊은 것이 아니라 너는 술도 잊었다. 술은 안 가져왔어?”

현철은 희석을 놀리려는 듯이 말을 빙글빙글 돌렸다. 희석이 현철에게 말했다.

“선배, 오늘 이야기 끝나고 제가 삼겹살에 소주 한잔 근사한 곳에서 모시겠습니다.”

“야, 근사한 삼겹살집도 있냐?”

“선배, 그만 놀리시고 쿠쉬나메에 대해 빨리 말씀해 주세요.”

그제서야 현철은 농담을 멈추고 차분한 목소리로 말했다.

“쿠쉬나메는 구전으로 전해지던 이란의 대서사시야. 서사시는 어느 정도 각색이 되고 덧붙여지면서 약간의 픽션이 가미될 수는 있어. 그러나 페르시아가 아랍 이슬람에게 멸망한 후에 페르시아왕자가 나라를 되살리기 위해서 동쪽으로 피난 간 것은 역사적 사실이야. 그래서 내 생각에는 쿠쉬나메는 우리나라의 삼국유사처럼 역사와 신화와 민간의 이야기가 혼재한 이야기가 아닐까 생각한다.”

“그런데 저는 쿠쉬나메에서 실크로드 동쪽 끝나라 바실라가 나온다는 것이 신기하기만 합니다.”

"쿠쉬나메에서 신라를 바실라로 불렀고, 섬나라로 표시되어있어. 그리고 이미 페르시아에서는 바실라가 금의 나라로 꿈의 나라 혹은 상상 속의 나라로 민간에 알려져 있었지."

"그러면 쿠쉬나메에서 기록하고 있는 것들이 역사적 기록물들과 일치합니까?"

"일치하는 것도 있고 시기적으로 다른 부분도 있어. 하지만 부분만 보고 쿠쉬나메를 역사에서 배제시키는 것은 옳지 않다고 본다. 비록 역사적 오류가 있을지라도 전체적인 맥락에서 쿠쉬나메를 연구할 필요가 있는 것이야."

"쿠쉬나메의 기록이 시기적으로는 언제부터 언제까지의 기록인가요?

"651년 페르시아가 멸망한 이후의 기록이니까 대체적으로 그 시기의 역사적 사건들과 연관된 이야기들이 많아. 나당전쟁과 그 후 페르시아 독립전쟁 그리고 당나라의 분열 등이 역사적 사건과 일치되고 있어. 그러나 쿠쉬나메에서 아비틴의 아들 페리둔이 영웅으로 나라를 되찾는 것으로 나오는데 역사적으로는 페르시아가 그때 다시 부활하지는 않았어. 그것은 영웅을 갈구하던 페르시아 유민들의 마음이 쿠쉬나메에서 반영된 것이라고 볼 수 있지."

"그러면 페르시아왕자와 신라공주가 결혼한 것은 사실일 확률이 높겠네요."

"내 생각에는 높다고 본다. 그것까지 일부러 만들어 넣을 필요가 없지 않겠냐? 페르시아왕자가 실크로드 동쪽 끝의 나라 신라왕의 도움을 받아서 페르시아 부활 운동을 일으킨 것은 역사적인 사실이라고 볼 수 있어."

"쿠쉬나메는 누가 쓴 것인가요?"

"쿠쉬나메는 입에서 입으로 전해지던 것을 어떤 사람이 모은 이야기야. 나라를 잃은 페르시아 사람들은 영웅을 간절히 원하고 있었고, 실제로 이슬람에 대항해서 독립전쟁을 벌이던 사람들도 있었지. 그런 역사적 감각들을 영웅 서사시로 표현한 것이 쿠쉬나메겠지. 영웅의 이야기를 풀어내다 보면 과장되거나 부풀려질 수는 있지만, 기본적으로 그 아비틴이나 페리둔 같은 영웅의 존재와 그들을 있게 한 역사적 배경은 사실이라고 볼 수 있어."

"그 영웅들의 이야기에 신라가 그려졌다는 것이 저는 신기하기만 합니다."

"이미 페르시아 제국이 번성할 때 그들은 서쪽으로는 동로마제국과 동쪽 끝으로는 신라에 이어지는 실크로드의 교역을 독점하면서 막대한 부를 축적할 수 있었고, 동서양의 문화교류의 가교 역할까지 했어. 그들은 그 당시 동쪽 끝의 나라 신라를 황금의 나라로 묘사하면서 가고 싶은 나라로 그렸지. 페르시아와 신라는 멀지만 가까운 나라였던 거지. 기록으로는 많이 남아있지 않지만, 많은 유물과 유적들이 그것을 뒷받침하고 있어. 기록은 쓰는 사람이 조작할 수 있지만, 유물이나 유적은 조작할 수가 없거든."

희석은 현철의 역사관에 다시 한번 존경의 마음이 들었다. 희석은 다시 작은 의문이 들어서 현철에게 물었다.

"그 당시 신라에서 대왕의 딸이 외국인과 결혼하는 것이 가능했을까요?"

"천사백 년 전의 신라 상인들이 배를 타고 인도와 페르시아로 다녔다는 기록이 있어. 유물에서 발견되는 페르시아의 수많은 흔적을 보더라도 신라는 어쩌면 지금 우리보다도 개방적이었지. 신라는 페르시아나 아랍 상인들에 대해서 관대했고 그들에게 거주지도 제공했어. 그러나 왕실의 공주가 외국인과 결혼한다는 것은 쉬운 일은 아니었을 거야. 신라 왕실의 혼인은 정략적이고 정치적인 일이었을 것이다. 그러니 귀족세력들의 반대가 만만찮았을 거야. 신라공주가 망국의 외국인 왕자와 결혼하는 것은 결코 쉬운 일은 아니었을 테지."

"그 당시 신라로서는 대단한 결정을 한 것이네요. 다문화 가정이 훨씬 이전부터 우리나라에 뿌리내린 것이네요. 하지만 가락국 김수로왕이 인도의 허황후와 결혼한 것을 보면 그렇게까지 신기한 것만은 아닌 것 같습니다."

"이야기가 참 신기하게 거기까지 가는구나. 그래, 아비틴과 프라랑, 그리고 김수로왕과 허황후 그리고 다문화 가정. 네 말이 맞아. 우리나라는 다문화 사회였어. 그러니 단일민족의 틀 속에 스스로 고립시킬 필요가 없어."

그렇게 두 사람은 밤이 새도록 술을 마셨다. 희석은 혼자 중얼거렸다.

"저는 페르시아가 좋아졌어요. 그러나 페르시아는 저 하늘의 별처럼 멀리 있어요. 지리적인 거리보다 심리적 거리가 더 먼 나라, 이란에 다시 가고 싶어요."

그때 삼겹살집의 TV에서 뉴스가 흐르고 있었는데, 새로운 이란의 대통령이 탄생했다는 소식이 나왔다. 희석과 현철은 무의식중에 고개를 돌려 TV로 향했다. 뉴스 앵커는 이렇게 말했다.

> "이란의 보수 강경파 에브라힘 라이시가 이란의 새로운 대통령으로 당선되었습니다. 그는 이란의 이슬람 최고지도자 하메네이의 후계자로 차기 최고지도자입니다. 앞으로 이란의 이슬람 독재는 더욱 이란을 고립화시킬 것 같습니다.[43]"

뉴스를 듣고 현철은 말했다.

"종교와 정치가 결합했을 때 가장 무서운 독재가 탄생하는 거야. 세계의 역사가 말해 준다. 유럽에서 기독교가 권력을 잡았을 때, 종교를 앞세운 마녀사냥식 통제가 사람들의 생각을 억압했고 역사를 후퇴시키고 말았지. 지금 이란의 상황이 그때와 비슷하게 느껴지네.

---

43 "이란 대통령 선거에서 강경보수 후보인 세예드 에브라힘 라이시가 압도적인 표 차로 사실상 당선됐다." (연합뉴스 이승민 특파원, 테헤란, 2021년 06월 19일)

한때 세계 문화의 찬란한 중심이었던 페르시아의 후손들이 종교의 굴레에 매여 있다니. 히잡으로 여성들을 가둬놓고. 이란의 모습을 보면 나는 가슴이 답답해."

희석은 현철의 이야기를 듣고 답답한 가슴을 채우려고 술만 들이켰다. 어릴 때 친절하고 상냥했던 이란의 친구들이 떠올랐고 아름답고 세련된 테헤란의 거리가 떠올랐기 때문이었다.

3부

페리둔의 탄생

691년, 아비틴과 프라랑 공주의 아들이 태어났다. 결혼한 지 몇 년이 흘렀지만, 아기가 생기지 않아서 매년 프라랑 공주는 부처님께 백일기도를 드렸다. 칠 년 후에 기도에 감읍했는지 아들이 태어났다. 아들이 태어나자 부부는 세상을 다 얻은 것 같았다. 왕성으로부터도 축하와 함께 선물이 이어졌다.

당시는 문무왕의 아들이자 프라랑의 오빠가 아버지의 뒤를 이어 왕위에 오른 상태였다. 이 왕이 신라 31대 왕인 신문왕으로, 선대의 업적을 이어받아 통일된 신라를 반석 위에 올려놓은 성군이었다. 신문왕은 유지에 따라 아비틴을 형제의 예로 대했으며 여동생 역시 각별히 챙겼다. 왕은 조카가 태어났다는 소식에 아비틴을 반월성에 초대했다.

"왕자님, 진심으로 축하드립니다."

아비틴은 처남인 신문왕의 인사에 깍듯이 예의를 표했다.

"폐하의 은덕이옵니다."

"아이의 이름은 지었습니까?"

“페르시아 식으로 이름을 페리둔이라고 지었습니다. 페르시아 제국 왕실을 이어가기 위함이옵니다.”[44]

신문왕은 아비틴이 페르시아 제국의 이야기를 하자, 아버님의 유언이 생각났다.

‘페르시아의 왕자는 나라의 큰 손님으로 자신의 목숨을 걸고 신라를 구해주었다. 아비틴 왕자는 내 사위이기 이전에 내 아들과 같았다. 너는 네 형제의 나라를 되찾을 수 있도록 지원을 아끼지 말거라.’

신문왕은 아비틴에게 말했다.

“그동안 국내의 정치가 안정되지 않아 왕자님의 배려에 소홀함이 있었습니다.”

“아니옵니다. 폐하의 배려 덕분에 차분히 준비하고 있사옵니다.”

“준비가 어느 정도 되어있습니까?”

“일단 서라벌을 드나드는 서역 상인들을 통해서 파사국 유민들의 상황이 어떠한지 정보를 모으고 있사옵니다.”

“이제는 왕권도 안정되었고 짐은 여력이 있습니다. 짐이 도와줄 것이 있으면 언제든지 말씀하십시오. 왕자님의 나라를 되찾을 수 있도록 짐이 힘껏 도울 것입니다.”

“폐하, 감사하옵니다.”

---

44 “아비틴은 아들의 이름을 페리둔(Feridun)이라 지었고, 모든 이들이 페리둔을 만나 행복해하였다.” (《쿠쉬나메》, 208페이지)

"동생에게도 안부를 꼭 전해주십시오. 그리고 조카의 돌을 맞으면 여기 반월성에서 성대하게 잔치를 열어 주겠습니다."

아비틴은 마침 페르시아 제국의 부활에 본격적으로 나서야겠다고 마음먹은 참이었다. 아비틴은 고국을 되찾아야 한다는 사명을 한시도 잊은 적이 없었다. 그는 매일 군사들의 훈련을 게을리하지 않았으며, 페르시아 유민들로 하여금 서방의 정세도 살피게 하고 있었다. 예로부터 신라에는 서역 상인들이 많이들 드나들었는데, 아랍 정복 이후 아랍인들이 많아졌으나 페르시아인들도 여전히 틈에 끼어있었다. 아라비아인들은 근본이 장사꾼이어서 돈이 되는 것만 노릴 뿐, 대개는 정치에 별 관심이 없었다.

아비틴과 프라랑의 아들 페리둔은 페르시아인들의 행복이자 희망이었다. 아비틴은 페리둔이 페르시아의 말과 글을 잊지 않도록 페르시아어를 가르쳤다. 프라랑은 페리둔에게 젖을 물리면서 아들에게 자신의 모든 것이 빨려 들어감을 느꼈다. 아들은 엄마를 먹고 자랐다. 페리둔이 열 살이 되자, 키가 크고 힘이 세어서 씨름을 하면 자신보다 세 살이나 많은 아이들도 쉽게 이겼다. 페리둔은 나이가 들면서 자신의 뿌리에 대해서 알게 되고 페르시아 제국의 부활이라는 자신의 운명에 자신도 모르는 사이에 스며들게 되었다. 프라랑 공주는 그런 아들이 한편으로는 자랑스러웠지만, 다른 한편으로는 자기 품을 떠날까 봐 불안하였다.

아비틴은 아라비아 상인들까지 집에 초대해 대접하며 페르시아의 정세를 살폈다. 그런데 어느 날, 그 아라비아 상인 중에 소그드인 출신이 한 사람이 있었는데, 아비틴의 소식을 듣고 아비틴을 찾아왔다. 그는 페르시아 외곽지역인 사마르칸트가 고향이었는데 아비틴을 보자마자 왕자의 예로 아비틴에게 큰절을 하였다.

"왕자님께서 중국의 어느 곳에 계신 줄 알고 있었습니다. 왕자님께서 살아계시다니 길 잃었던 양들이 목자를 찾은 것 같사옵니다."

아비틴은 소그드 상인의 말을 듣고 그의 손을 꼭 잡고 말했다.

"그곳의 상황은 어떻습니까?"

"나라가 멸망하고 아랍 이슬람이 페르시아를 점령한 후에 강단 있는 페르시아인들은 소그드와 천산산맥 외곽으로 흩어졌습니다. 아직도 뜻 있는 사람들이 그곳에서 외적에 굴복하지 않고 저항을 하고 있습니다."

페르시아 유민들이 변방에서 아직도 저항하고 있다는 이야기를 듣자, 아비틴은 부끄러웠다.

"그대는 페르시아 저항 세력 중에 아는 사람이 있습니까?"

"저는 장사꾼이라 주워들은 이야기밖에 없습니다."

"그러면 내가 사람을 보내면 그대를 통해서 그 지도자를 만나게 할 수 있겠습니까?"

"제가 연결해 드릴 수는 있습니다. 그러나 조심하셔야 합니다. 여기 서역 상인들 상당수가 이슬람을 믿는 아랍인들입니다. 저도 페르시아 사람인 것을 속이고 장사하고 있는 실정입니다."

"고맙소. 그러면 내 부하 중에 한 사람을 그대에게 붙여줄 테니까 그를 상인으로 위장해서 페르시아 저항 세력에게 연결해 주기 바라오. 내가 그대의 은혜는 잊지 않으리다."

"왕자님, 제가 지금은 이렇게 장사꾼으로 연명하고 있지만, 저도 엄연한 페르시아 사람입니다. 제가 할 수 있는 것은 당연히 하겠습니다. 걱정하지 마시고 저에게 한 사람을 붙여주십시오."

아비틴은 부하 장군 쿠산을 불렀다.

"장군이 이 서역 상인을 따라서 소그드 지역으로 가서 그곳의 정세를 살피고 내가 살아있다는 것을 그들에게 알리시오. 그대가 돌아오면 나는 여기 모든 군사를 이끌고 그곳으로 갈 것이오. 장군의 임무가 막중하니 차질 없이 수행하도록 하시오."

쿠산 장군은 드디어 뜻을 이룰 기회가 왔다는 생각으로 엎드려 말했다.

"왕자마마, 소장 목숨을 걸고 임무를 완수하겠나이다. 페르시아 부활을 꿈꾸는 유민들을 반드시 규합해서 왕자님이 도착하시자마자 모시도록 하겠나이다."

일주일 후 쿠산 장군은 서역 상인처럼 옷을 차려입은 후에 소그드인과 함께 신라를 떠났다.

이별 그리고 새로운 약속

쿠산 장군이 떠난 후에 아비틴은 만반의 준비를 했다. 전쟁 물자를 조달하고 군사 훈련도 게을리하지 않았다. 프라랑은 아비틴의 그 모습을 보며 헤어져야 할 시간이 가까워졌다는 것을 직감할 수 있었다. 그러나 공주는 절대 아들 페리둔을 혼자 보내지는 않을 것이라고 스스로 다짐했다. 아무리 험하고 힘든 길이라도 그녀는 남편과 아들을 따라갈 것이라고 결심하고 있었다. 그러나 그녀의 몸이 허락하지 않았다. 곱게 자란 그녀가 아들을 키우는 동안 그녀의 몸은 약해지고 있었다. 아들을 위해 모든 것을 희생하는 어머니의 마음은 몸을 그냥 두지 않았다. 6개월 후, 서역 상인을 따라 페르시아에 간 쿠산 장군이 돌아왔다. 쿠산 장군은 엎드려 아비틴에게 보고하였다.

"왕자님, 아랍 이슬람에 대항하는 페르시아 유민들의 숫자가 셀 수 없을 정도입니다. 제가 그들을 만나고 왔사옵니다. 그들은 사마르칸트 외곽에서 아직도 아랍에 대항하며 싸우고 있습니다. 하지만 그들은 산악지대에서 뿔뿔이 흩어져서 외롭게 싸우고 있습니다. 제가 페르시아인들에게 왕자님이 살아 계시다는 이야기를 하자, 그들은 구세주를 만난 듯이 기뻐했습니다."

쿠산 장군의 말을 듣자 아비틴의 눈에서는 뜨거운 눈물이 흘러 내렸다. 왕실은 도망쳐도 백성은 끝까지 싸우고 있다니, 아비틴은 하루빨리 페르시아로 돌아가야겠다고 마음먹었다. 아비틴은 그날 저녁 프라랑 공주를 찾았다.

"오늘 결정을 내렸소. 나는 아들 페리둔을 데리고 우리 조상의 원수를 갚고 페르시아 대제국을 다시 일으키기 위해서 출발하려고 하오."

공주는 이런 날이 오리라고 생각을 하면서도 애써 마음에 담지 않으려 했다. 그런데 막상 그날이 다가오니 말문이 막혀버렸다. 지금 떠나면 다시는 만날 수 없으리라는 것을 생각하니 대답 대신에 눈물이 나왔다. 아비틴은 공주의 눈물을 보고 손을 잡으며 말했다.

"내 반드시 돌아오리라. 당신을 위해서라도 돌아오리라. 그리고 당신의 아들 페리둔을 페르시아 황제의 자리에 올린 후에 당신을 찾아와서 당신을 페르시아의 어머니로 불리게 하리다."

공주는 아들 페리둔 걱정밖에 없었다.

"페리둔은 몸은 크지만 아직 어린애 같아요. 꼭 페리둔을 데려가야 하나요?"

불가능한 줄 알면서 공주는 눈물에 젖은 눈을 아래로 깔고 말했다.

"내가 페리둔을 보호할 테니 걱정하지 마시오. 페리둔이 제국을 되찾은 후에 어머니를 꼭 찾으러 올 것이오."

"그러면 저도 데려가 주십시오. 저도 지아비와 아들을 위해서 목숨을 바칠 각오가 되어있습니다."

"아니 되오. 공주는 몸이 약해서 절대로 견뎌낼 수 없을 것이오. 그리고 공주가 같이 가서 아프기라도 하면 공주에게도 우리에게도 아무런 도움이 되지 않소. 그 대신 공주는 여기 신라에 남아서 할 일이 있으니, 나와 페리둔을 위해서 공주는 여기에 남아야 하오. 페르시아를 되찾은 후에 꼭 공주를 데리러 오겠소."

공주는 몸이 약한 자신이 따라가면 남편의 짐만 된다는 사실을 알고 있었다. 그녀는 아무 말 없이 눈물만 흘렸다.

아비틴은 먼저 신문왕에게 자신의 뜻을 이야기했고 신문왕은 아비틴을 위해 배와 무기를 충분히 준비해줬다. 신문왕은 아버지 문무왕의 유언대로 당나라와의 전쟁에서 신라를 지켜준 아비틴에게 보답하고 싶었다. 아비틴과 함께 나당전쟁에 참가한 죽지랑의 친구, 영지가 소식을 듣고 신문왕을 찾아왔다.

"아비틴 왕자님은 당나라와의 전쟁에서 제 목숨을 구해준 생명의 은인이옵니다. 제가 그 은혜에 보답할 수 있도록 허락하여주옵소서. 우리 화랑은 한번 신세를 지면 그 신세를 갚지 않으면 그 빚을 평생 죽을 때까지 가지고 산다고 하옵니다. 제가 아비틴 왕자를 따라가서 페르시아 제국 부활에 조그만 힘이 된다면 우리 신라나 폐하께도 무궁한 영광이 아니겠습니까? 부디 소장을 아비틴 왕자님과 함께 보내주시기 바랍니다."

신문왕은 고개를 끄덕였다.

아비틴과 프라랑의 마지막 이별

프라랑 공주는 페리둔을 위해 옷을 한 벌 지었다. 열 살짜리 페리둔이 입을 수 있는 화랑의 옷을 한 땀 한 땀 밤새워 손수 바느질을 하며 정성스럽게 옷을 만들었다. 페리둔에게 옷을 입히고는 공주는 아들 앞에서 눈물을 보이지 않으려고 마음속으로 울었다. 새 옷을 입고 좋아하는 페리둔은 아직 어린이의 모습이었다. 페리둔은 새 옷을 입고 깡충깡충 뛰며 말했다.

"어머님, 이 옷을 입고 반드시 페르시아를 되찾겠습니다."

페리둔은 아이들이 전쟁놀이를 하러 가는 것처럼 천진난만하게 웃었다. 페리둔은 새로운 세상에 대한 기대와 어릴 때부터 아비틴에게 들은 페르시아의 이야기로 머리가 가득 찬 듯했다. 공주는 그런 페리둔이 가여워서 그의 등을 두드리며 말했다.

"너는 아직 어리니까 아버지 말씀을 잘 듣고. 엄마가 없더라도 스스로 혼자서 잘해야 한다."

"어머니 걱정하지 마세요. 저도 이제는 어린아이가 아닙니다."

열 살의 페리둔은 자신이 어른이 된 것처럼 말했다. 페리둔의 그런 모습을 보고 공주는 가슴이 아려왔다.

"내일이면 떠나니 오늘 밤은 너하고 같이 자고 싶구나."

"네, 저도 어머니와 같이 자고 싶습니다."

그렇게 둘은 꼭 껴안고 잠이 들었다. 공주는 페리둔의 잠자는 모습을 지켜보면서 한잠도 자지 못했다. 새벽 어스름한 달빛이 공주의 얼굴에 어른거렸다. 공주는 페리둔을 꼭 껴안았다. 그렇게 마지막 날 밤이 아무렇지도 않은 듯 흘렀다.

다음 날 아침, 아비틴은 아들 페리둔을 데리고 배가 있는 바닷가로 향했다. 아비틴과 함께 페르시아로 떠나는 군사는 오백 명에 이르렀다. 무기와 식량을 가득 실은 배는 개운포 항에서 그들을 기다렸다. 아비틴과 군사들은 출발하기 전에 가족들과 작별인사를 하고 있었다. 프라랑 공주는 아들과 남편과의 이별이 마지막이 될 것 같은 생각에 눈물이 마르지 않았다. 어린 페리둔이 어머니를 안심시키려고 말했다.

"어머니, 울지 마세요. 소자가 반드시 어머니를 모시러 오겠습니다."

페리둔이 하는 말을 듣고 공주는 가슴이 찢어졌다. 자식을 사지에 몰아넣는 잔인한 어미 모친이라는 생각도 들었다. 공주는 페리둔을 가슴에 꼭 껴안았다. 작은 심장의 고동이 그녀의 가슴에는 천둥소리처럼 가슴을 찢는 것 같았다. 공주는 페리둔에게 말했다.

"반드시 살아서 돌아와야 한다. 이 어미는 네가 돌아올 때까지 죽지 않고 기다릴 것이다. 네가 돌아오는 것이 어머니에게 효도하는 길이다."

"어머님 말씀 명심하겠습니다."

옆에서 두 사람의 이야기를 지켜보는 아비틴의 마음은 더욱 고통스러웠다. 그냥 평범한 사람으로 태어났으면 이러한 고통은 없었을 것인데, 하고 그는 찢어지는 듯한 가슴을 쓸어내렸다. 아비틴이 공주에게 말했다.

"내가 공주의 심정을 모르는 바가 아니오. 그 먼 길에 어린 아들을 데려가는 이 마음도 이해해주기 바라오. 페르시아의 유민들은 우리 페르시아 황실의 본보기를 요구하고 있소. 그래서 왕실의 상징으로 페르시아 부활의 구심점이 될 황태자가 필요한 것이오. 페리둔은 절대 전쟁터로 내보내지 않을 것이오. 걱정 마시오…. 페르시아를 되찾으면, 반드시 페리둔을 먼저 신라에 보낼 것이오."

공주는 눈물을 닦으며 말했다.

"저는 왕자님을 원망하지 않습니다. 왕자님과 혼인을 결심했을 때 이런 상황을 이미 각오하고 있었기 때문입니다. 그러나 막상 이렇게 닥치고 보니까 모든 것이 허물어지고 있습니다. 높은 이상과 고결한 꿈도 어미와 자식 간의 사랑을 끊을 수 없었습니다. 어미로서 자식과 헤어져야 하는 것이 창자를 끊는 것처럼 아프지만, 왕자님을 원망하지는 않겠습니다."

"나는 못 돌아올 수 있겠지만, 페리둔은 꼭 당신 품으로 돌려주겠소. 내가 하늘을 걸고 약속하겠소."

"왕자님도 같이 돌아오셔야 합니다. 저는 왕자님이 꿈을 이루시고 페리둔과 함께 저를 찾아올 수 있도록 매일 부처님께 기도드리겠습니다."

작별인사를 하고 공주의 품을 떠나는 페리둔의 눈에서 눈물이 터져 나왔다. 그러나 그는 어머니에게 눈물을 보이지 않으려고 뒤도 돌아보지 않고 뛰어서 배에 올랐다. 그 모습을 쳐다보는 프라랑 공주의 가슴은 무너져 내렸다. 페리둔이 배로 들어가고 나서 공주는 그 자리에서 쓰러졌다. 그리고 배는 서서히 움직이기 시작했다. 배가 멀어지면서 페리둔은 갑판으로 나와서 어머니의 마지막 모습을 지켜보았다. 그리고 큰 소리로 외쳤다.

"어머니 사랑합니다. 꼭 돌아오겠습니다."

열 살 소년의 외침은 바다도 울렸고 바람도 울렸고 구름도 울렸다. 비가 쏟아지면서 배는 안개 속으로 사라졌다. 공주는 배가 보이지 않을 때까지 그 자리에 앉아서 멍하게 빈 바다를 쳐다보았다. 페리둔의 눈물이 빗물이 되어 공주의 눈물을 닦아주었다.

701년 아비틴은 아들 페리둔을 데리고 그렇게 갈망했던 꿈을 이루기 위해 신라를 떠났다. 그는 바다에서 멀어지는 신라를 바라보면서 가슴에 맺혀오는 감정을 진정할 길이 없었다. 사랑하는 프라랑 공주가 점이 되어 보이지 않을 때까지 손을 흔드는 모습이 그의 가슴을 억누르고 있었다. 그는 그렇게 사랑하는 사람을 뒤로하고 사마르칸트를 향해 떠났다. 배가 신라의 땅에서 멀어질수록 프라랑 공주와 함께했던 순간들이 더욱 가슴속에 저며 들어왔다. 영원히 볼 수 없을 수도 있다는 생각에 공주에 대한 미안함과 애틋함이 더욱 가슴에 파고들었다. 그의 마음을 아는지 파도는 더욱 세게 갑판을 때렸다. 아비틴과 페리둔이 떠난 서라벌은 프라랑에게는 텅 빈 섬처럼 느껴졌다. 며칠을 밥도 먹지 못하고 꿈속에서 페리둔이 자신의 품속으로 기어들어 오는 것을 느꼈다. 그녀는 허전한 가슴을 달래기 위해 황룡사에서 백일기도를 드렸다. 백일이 지나고 공주는 천일기도를 드리려고 준비를 하였다. 공주의 수척해진 모습을 보고 황룡사 주지 스님이 공주에게 말했다.

"공주마마, 백일기도 후에 바로 천일기도를 드리지 마시고 몸을 조금 추스르신 다음에 올리시는 것이 좋을 것 같습니다."

"스님, 저는 괜찮습니다. 내일부터 천일기도 준비를 해 주시기 바랍니다."

"공주마마, 천일기도는 부처님의 응답이 있어야 할 수 있사옵니다. 부처님께서도 몸과 마음이 건강해야 기도를 올릴 수 있다고 하셨습니다. 내일부터 집으로 돌아가셔서 건강을 회복하신 후에 천일기도를 준비하시는 것이 좋을 것 같습니다. 그동안은 소승이 이 황룡사에서 매일 빠지지 않고 아비틴 왕자님과 페리둔을 위해서 기도드리겠습니다."

프라랑은 황룡사 주지 스님의 간곡한 부탁으로 백일기도를 마친 후에 집으로 돌아왔다. 그날 밤 멍하게 하늘의 달을 쳐다보며 파사국에도 저 달이 떴을 거라는 생각에 눈물이 뺨을 타고 흘렀다. 그런데 달빛에 반짝이는 것이 공주의 눈물을 뚫고 들어왔다. 그것은 아비틴이 심은 석류나무였다. 프라랑 공주는 석류나무 곁으로 다가갔다. 석류꽃의 향기가 그녀의 몸속으로 파고들었다. 석류 향기가 아비틴의 향기가 되고 페리둔의 향기가 되어 프라랑에게 다가왔다. 석류는 파사국에만 나는 식물이라고 아비틴이 말했다. 아비틴이 저 석류나무를 보면서 고향을 생각했듯이 프라랑은 그 석류나무를 보면서 아비틴과 페리둔을 생각했다. 프라랑은 석류나무를 만지면서 석류꽃에 입을 갖다 대었다. 그 속에서 파사에 있는 남편과 아들의 얼굴이 그려졌다. 그날 이후 프라랑은 석류나무를 가꾸면서 힘을 찾았다. 하찮은 하나의 식물이 그녀에게 위안이 되고 희망을 준 것이다. 그녀는 매일 석류나무에 물을 주면서 석류나무 밑에서 남편과 아들을 위한 기도를 드렸다. 석류나무는 무럭무럭 자라서 프라랑 공주의 집을 뒤덮었으며 사람들은 프라랑을 석류공주라고도 부르기 시작했다. 석류나무가 페르시아와 신라를 이어주는 꿈의 다리가 된 것이다.

사마르칸트에 도착한 아비틴

신라를 떠난 아비틴 일행은 아라비아 상인으로 가장하여 인도의 서북쪽에 위치한 카라치 항구로 접어들었다. 원래 페르시아로 가려면 호르무즈 해협을 통과해서 가야 하지만, 아랍 이슬람이 장악하고 있는 그곳을 피해서 인도양을 지나 서인도의 북쪽 카라치[45] 항에 정박했다. 거기에서부터 아비틴 일행은 육로를 통해서 페르시아 부흥세력이 싸우고 있는 소그드의 사마르칸트로 향했다. 힌두쿠시산맥을 따라서 파미르 고원을 지나는 여정에는 한 달이 걸렸다. 페르시아의 왕자가 돌아왔다는 소식에 소그드의 페르시아인들은 눈물을 흘리며 아비틴을 환영하였다. 이슬람으로 개종을 거부하고 떠돌이 생활을 하는 이들이었다.

페르시아왕자가 돌아왔다는 소식은 전체 유민들에게 삽시간에

45 카라치(Karachi)는 고대 인더스 문명의 중심지로 기능했으며 서기 3세기까지 국제 해상무역의 중심지였다. 고대 로마에서는 카라치를 바르바리쿰이라고 불렀으며 인도의 물산이 로마제국으로 수출되는 주요 거점 항구로 번영을 누렸다. 영국에서 독립한 직후에는 파키스탄의 수도였다.

퍼졌고 그들은 아비틴에게 모여들기 시작했다.[46] 그들 앞에 선 아비틴은 자신의 민족이 처한 눈물겨운 모습에 울분을 삼켰다. 그들은 먼 외곽 산악지역으로 뿔뿔이 흩어져서 나라 잃은 설움을 톡톡히 겪고 있었다. 그들은 아랍 이슬람에 대항하고 싶었지만 저항은 산발적이었으며 근근히 연명하는 것도 버거운 상황이었다. 허름한 옷을 입은 초췌한 모습으로 페르시아인들은 모두들 아비틴에게 절실한 눈길을 보내고 있었다. 그중에 노인 한 분이 아비틴에게 말했다.

"왕자님이 돌아오실 것이라고 저희들은 굳게 믿고 있었습니다. 적들은 우리 페르시아를 말살시키기 위해 남자들을 죽이고 여자들은 저들의 노리개로 뺏어갔습니다. 그리고 세금이라는 굴욕적인 수단으로 그들의 이슬람 종교를 믿게 하려고 합니다. 우리는 아후라 마즈다님이 우리를 구원하실 것이라고 믿고 있었습니다. 이제 왕자님이 저희들의 아후라 마즈다님이 되셨습니다. 저희들을 이끌어 주시옵소서."

그리고 다 떨어진 갑옷을 입은 늙은 장군이 앞으로 나섰다.

"왕자마마, 저는 페르시아 왕실을 지키던 근위병이었습니다. 왕자님을 어릴 때부터 지켜보았습니다. 저희들은 항복하지 않고 끝까지 싸울 것입니다. 왕자님이 선봉에 서시면 우리는 마지막 힘을 모아 목

---

46 "아비틴이 콤단까지 진군하는 동안 그의 입성 소식을 들은 백성들이 이란에서 온 사람들과 함께 계속해서 이란군에 합류하였다. 그 인원만 오천 가까이 되었고, 아비틴은 어떤 저항에도 부딪히지 않았다." (《쿠쉬나메》, 129페이지)

숨 걸고 싸우겠습니다."

아비틴은 늙은 장수의 손을 잡고 말했다.

"고맙습니다. 어르신, 제가 반드시 선봉에 서서 적을 무찌르겠습니다."

아비틴은 군중을 향해 소리쳤다.

"여러분이 페르시아입니다. 여러분들이 계시는 한 페르시아는 죽지 않습니다. 여러분과 제가 힘을 합하여 반드시 페르시아 제국을 부활시키겠습니다."

페르시아 유민들은 눈물을 흘리면서도 사기는 하늘을 찔렀다. 아비틴은 먼저 신라에서 가져온 금을 팔아서 그들에게 잔치를 베풀었다. 굶주렸던 그들을 실컷 먹인 후에 왕자는 말했다.

"여러분에게 면목이 없습니다. 페르시아 왕실이 없어도 이렇게 민초들이 뭉쳐서 페르시아를 지키는 모습을 보니 저는 이곳에 뼈를 묻을 각오가 생깁니다. 저는 이제 여러분과 함께 죽을 각오로 반드시 잃었던 나라를 되찾을 것입니다. 이제 흩어졌던 군사들을 하나로 모아서 적들을 쳐부술 것입니다."

페리둔은 아버지의 모습을 옆에서 지켜보고 있었다. 아비틴의 출현으로 무너졌던 국가의 페르시아인들이 다시 힘을 얻고 일어났다. 왕자의 존재만으로 이런 변화가 가능하다는 사실이 놀라웠다. 모여드는 페르시아인들의 기세에 압도된 사마르칸트의 아랍인 태수는 황급히 서쪽으로 도망쳤다.

페르시아를 점령한 아랍 이슬람은 사마르칸트 상인들에게 이슬람으로 개종하면 세금을 없애준다는 명목으로 개종시켰다. 사마르칸트 상인들은 세금 때문에 억지로 이슬람으로 개종하였지만 마음속으로는 조로아스터교를 신봉하고 있었다. 그 외에도 겉으로는 아랍인들에게 복종한 듯하지만, 내심 페르시아 부활을 기다리는 세력들이 소그드에는 아직 숨죽인 채 많이 남아있었던 것이다. 아비틴은 사마르칸트와 부하라를 거점으로 삼기로 했다.

아비틴의 복수

아비틴이 소그드를 중심으로 페르시아인들을 규합한 지 3년이 지나, 페르시아 재건 세력은 막강해졌다. 아비틴의 군사는 산악지대의 지형지물을 이용하여 아랍 이슬람군을 여러 차례 격파하였다. 아비틴은 수세에서 공세로 전환해서 이제 이슬람이 점령하고 있는 지역들을 공격하기 시작했다. 아비틴은 사마르칸트에서 부하라를 점령하고 아무다리아강을 건너 서쪽의 후라산이 있는 헤라트와 메르브를 공략했다.

아랍인 이슬람교도들은 기독교 세계로의 원정으로 인해 소그드 지역을 크게 신경 쓰지 않았지만, 아비틴의 세력이 점점 커지자 중앙 군대를 출동시키기 시작했다. 그러나 아비틴의 군대는 부하라에 밀려드는 아랍 이슬람 군대를 격파하고 크게 승리하였다. 이에 고무된 아비틴은 아랍 이슬람 군대의 핵심을 노리기 시작했다. 아비틴은 마음이 급했다. 빨리 아랍 이슬람을 페르시아의 땅에서 몰아내고 조상들이 만든 제국을 다시 살리고 싶었다. 그리고 제국을 되찾은 후에 당당하게 신라의 프라랑 공주를 데려 오고 싶었다. 어느덧 아비틴의 머리에도 흰머리가 덮히기 시작했다. 아비틴은 시간이 없다는 것을 몸으로 느끼고 있었다. 페르시아의 심장부를 공격하기 위해 준비하고 있는 아비틴에게 부하 장수가 아뢰었다.

"왕자마마. 지금 우리의 군사로 아랍군과 정면 승부하기에는 아직 힘이 부족합니다. 조금 더 시간을 갖고 외곽에서 힘을 기른 후에 전면전으로 붙는 것이 나을 것 같습니다."

아비틴의 반응은 예민했다.

"언제까지 기다려야 한다는 말씀이오. 신은 우리 편이고 우리의 사기는 하늘을 찌르고 있소. 이 승리의 여세를 몰아야 제국을 되찾을 수가 있소."

부하 장수는 지지 않고 말했다.

"왕자마마. 계속된 전쟁에 우리의 군사는 지쳐있습니다. 그리고 아랍군의 본진은 우리 군의 숫자보다 열 배가 넘습니다. 게다가 그들은 정예병들입니다. 아직 우리의 명분과 사기는 하늘을 찌르지만 이제까지 승리한 것은 지형적인 이점 속에서 치고 빠지는 전법을 사용했기 때문이옵니다. 적은 숫자로 전면전을 하기에는 무리라고 생각되옵니다."

아비틴은 그 부하의 말에 일리가 있다고 생각했다. 그러나 그의 나이가 오십을 넘어가면서 그는 초조해지기 시작했다. 무작정 더 기다릴 수가 없었다. 아비틴은 부하에게 말했다.

"그러면 전면전을 하지 말고 적을 유인해서 싸우면 되지 않겠소? 더 기다리다가는 우리 백성들도 지치고 이런 산악지대에서 더 이상

버티기가 힘들다고 생각하오. 좋은 전략을 만들어주기 바라오."

페리둔은 열다섯 살이 되자 기골이 장대해서 일반 장수보다 키가 크고 우람했다. 그러나 아비틴은 페리둔을 전쟁에 참여시키지 않았다. 프라랑 공주와의 약속을 지키기 위해서였다. 페리둔의 젊은 피는 끓고 있었다. 그는 전쟁터에 나가서 아버지에게 보여주고 싶었다. 페리둔이 아비틴에게 말했다.

"아버님, 이제 저도 어린이가 아닙니다. 저도 전쟁에 참여할 수 있게 허락하여 주시옵소서."

아비틴은 페리둔의 손을 잡고 말했다.

"전쟁에서 싸움보다 중요한 것이 전략과 작전이다. 너는 전략가들 밑에서 철저히 배우고 실전에 임하도록 하라. 너와 내가 없으면 페르시아도 없다. 내 말 알아듣겠느냐? 혹시 내가 전쟁에서 죽거나 다치면 그때는 네가 나서야 할 것이다. 너는 마지막 페르시아 제국의 희망이다. 우리 둘 다 전쟁에서 목숨을 잃는다면 나는 조상에게 죄를 짓는 것이고 너의 어머니에게 죄를 짓는 것이다."

페리둔은 아버지의 말씀을 듣고 고개가 숙여졌다.

"아버님의 말씀, 명심하겠습니다."

아버지의 막사를 나온 후, 페리둔은 동쪽 하늘을 쳐다보았다. 둥근 달이 페리둔을 향해서 웃고 있었다. 페리둔은 달을 보며 서라벌의 월정교를 생각했고, 어머니와 거닐던 월지 호수가 떠올랐다. 페리둔은 달을 보며 생각했다.

'서라벌에 계신 어머니도 저 달을 보며 나를 생각하고 계시겠지. 저 달이 웃고 있는 것은 어머니가 저 달을 보고 계시다는 증표야.'

페리둔은 달을 보면서 온갖 생각이 다 떠올랐다. 유독 달을 좋아하시던 어머니가 달 속에서 페리둔을 쳐다보고 있었다.

712년 아랍 이슬람의 사마르칸트 정복

아랍 이슬람의 선봉에는 쿠쉬가 있었다. 쿠쉬는 아랍의 왕자로서, 페르시아인들을 닥치는 대로 죽이는 악마와 같았다. 그는 아비틴의 부모를 죽인 원수의 아들이기도 했다. 쿠쉬는 아비틴이 이끄는 페르시아 부흥세력을 완전히 말살시키기 위해 혈안이 되어있었다. 아랍 이슬람 왕자 쿠쉬가 이십만 대군을 이끌고 쳐들어온다는 소식을 들은 아비틴은 복수에 눈이 멀었다. 아비틴은 선봉에 서서 쿠쉬와 맞붙었다. 철천지원수, 쿠쉬를 죽여서 부모님의 원수를 갚고 싶었다. 쿠쉬가 이끄는 아랍 이슬람 군대는 아비틴을 기습했고, 방어 준비가 되어있지 않았던 아비틴은 쿠쉬의 공격에 큰 타격을 입었다.

아비틴은 산악의 유리한 지형에서 적을 기다리고 있었다. 쿠쉬는 엄청난 숫자의 병력을 이용하여 산악지형을 포위하기 시작했다. 아비틴은 일단 피신하자는 부하의 말을 듣는 대신, 도망가는 척하면서 쿠쉬를 유인하여 죽이고 싶은 욕망으로 불탔다. 아비틴은 페리둔에게 후방으로 피하라고 명령했다. 페리둔은 아버지와 함께 끝까지 싸우겠다고 했지만, 아버지의 고집을 꺾을 수는 없었다.

아비틴의 선봉대는 후퇴하는 척하며 말을 달렸다. 쿠쉬는 아비틴을 잡기 위해 계곡을 거슬러 추격했다. 아비틴은 좁은 계곡에 이르르자, 말머리를 돌려 쿠쉬의 군대를 공격하기 시작했다. 좁은 계곡에서 숫자가 많은 쿠쉬의 군사는 엉키기 시작하면서 서로 부딪히고 우왕좌왕했다. 기회를 노려 아비틴은 쿠쉬의 군사를 치기 시작했다. 구석에 몰린 쿠쉬의 기병들은 추풍낙엽처럼 나가떨어졌다. 아비틴은 쿠쉬를 향해 말을 내달리기 시작했다. 쿠쉬의 아버지가 자신의 아버지를 무참하게 죽이던 장면이 떠오르는 것 같았다. 아비틴의 심장이 끓어올랐다. 아비틴의 칼에 쿠쉬의 호위병들이 쓰러졌다. 마침내 쿠쉬와 마주친 아비틴의 눈에는 핏발이 서 있었다. 아비틴이 외쳤다

"하늘의 천사들이 나를 도우고 있다. 드디어 원수를 갚을 길이 나에게 왔도다. 내 칼을 받아라."

쿠쉬는 지지 않고 말했다.

"발버둥 쳐봐야 이미 끝난 전쟁이다. 칼을 버리면 목숨만은 살려주겠다."

아비틴은 눈에 핏발이 선 채로 말했다.

"내 부모님의 원수를 갚지 않고는 나는 저승에 갈 수가 없다. 오늘 너의 목은 내 손에 달려서 피를 토할 것이다."

"이제 전쟁은 끝났다. 네가 항복하면 너와 네 아들의 목숨만은 살려주겠다. 이미 네 아들이 도피한다는 정보를 입수하고 정예 병사들로 뒤를 쫓게 했다. 빨리 항복하라."

아비틴의 눈은 뒤집혔다. 페리둔이 위험하다는 소리를 듣자 이성을 잃고 칼을 휘둘렀다. 아비틴의 순간적인 파괴력은 바위를 뚫을 수 있는 초인적인 힘이었다. 아비틴과 쿠쉬는 물러설 수 없는 한판의 싸움을 끌고 갔다. 아비틴의 복수심을 쿠쉬가 당할 수는 없었다. 아비틴의 칼이 쿠쉬의 가슴을 관통할 때 쿠쉬의 피가 아비틴의 얼굴에 폭포처럼 쏟아졌다. 쿠쉬의 피가 아비틴의 마음을 정화시켰다. 복수의 피가 아비틴을 꿈 같은 환상에 몰아넣었다. 피범벅이 되어 정신을 차리자 아비틴은 페리둔이 걱정되었다. 아비틴은 군사를 이끌고 페리둔이 간 길을 쫓았다. 마침내 아들을 발견했지만, 짙푸른 물결이 넘나드는 호수가 아비틴을 가로막고 있었다. 건너에선 이미 전투가 벌어졌다. 페리둔의 호위병들이 쿠쉬의 군사들에게 포위되어 힘들게 싸우고 있었다. 일당백으로 상대를 베어넘기고 있었지만, 중과부적이었다. 호위병들이 한둘씩 쓰러지고 마침내 페리둔만 남았다. 페리둔은 아랍군을 한 놈이라도 더 없애고 자신도 죽겠다는 각오로 마지막까지 싸우고 있었다. 호수를 돌아서 질주해도 이미 늦다는 것을 안 아비틴은 말을 탄 채 호수에 뛰어들었다. 그를 뒤따르던 군사들도 왕자를 따라 무작정 호수로 말을 몰았다. 물을 무서워하는 말이 호수에서 허우적거리자. 아비틴은 죽지랑이 한 이야기가 생각났다.

'물을 무서워하는 말의 눈을 가려주면 말은 물을 무서워 하지 않는다.'

아비틴은 말의 눈을 두 손으로 가렸다. 말은 호수를 수영하듯이 건너고 있었다. 아비틴의 부하들도 모두 말의 눈을 가렸다. 죽은 죽지랑이 아비틴을 구한 것이다. 호수를 건넌 아비틴과 부하들은 적군에게 돌진하면서 페리둔에게 뛰어들었다. 페리둔이 마지막이라고 생각했던 순간이었다. 아비틴이 곁에 있던 화랑 영지에게 큰소리로 외쳤다.

"빨리 페리둔을 데리고 호수로 들어가시오. 뒤는 내가 맡을 테니까 페리둔을 탈출시키시오."

영지가 페리둔을 데리고 호수를 건너려 했지만, 페리둔은 아버지를 두고 갈 수 없었다. 페리둔이 소리쳤다.

"나는 괜찮으니 아버지를 보호해 주오."

적들은 아비틴 주위에 모여들었다. 아비틴이 페리둔을 쫓아서 호수에 뛰어드는 쿠쉬의 군사들을 물리치며 페리둔의 뒤를 따라 호수에 뛰어들었다. 적들도 아비틴과 페리둔의 뒤를 쫓아 호수로 뛰어들었지만, 호수의 깊은 물에 겁이 난 말들이 몸부림치자 적들은 말에서 떨어졌다. 호수를 건너지 못한 적들은 아비틴과 페리둔을 향해서 화살을 겨냥하기 시작했다. 쏟아지는 화살 속에서 아비틴은 아들을 보호하기 위해서 페리둔의 등 뒤에 바짝 붙었다. 아비틴은 페리둔의 등 뒤에서 날아오는 화살을 온몸으로 막으며 큰 기둥이 되었다. 호수를 건넌 페리둔이 아버지를 돌아보는 순간, 아비틴이 말 위에서 쓰러졌다. 아비틴의 등 뒤에는 수십 발의 화살이 꽂혀있었다. 마지막 숨을 몰아쉬면서 아비틴은 페리둔에게 말했다.

"나는 항상 잠이 들 때마다 죽음을 생각했다. 죽음은 영원히 잠드는 것이라고 했다. 그렇게 나는 항상 죽음을 생각하면서 살았다. 나라를 되찾아야 한다는 그 책임감이 너무 컸기 때문이었다. 그런데 그 무거운 책임을 너에게 넘겨주고 떠나야 하는 것이 죽음을 앞두고 가장 가슴이 아프다. 나는 죽음이 두렵지 않았다. 두렵지 않기 때문에 죽음 이후도 두렵지가 않다. 죽음은 그냥 잠드는 것이다. 다시 깨어날 수 없다는 것만 다를 뿐이다. 그러나 너는 꼭 살아야 한다. 너의 어머니가 기다리고 있기 때문이다. 혹시라도 나라를 되찾지 못하면 너는 어머니에게로 돌아가야 한다."

"아버님을 안전한 곳으로 모셔서 의원을 부르겠습니다. 조금만 참으세요."

페리둔은 아버지가 돌아가신다는 생각을 해본 적이 없었다. 그는 옷을 찢어서 아비틴의 상처를 감쌌다. 그러나 흘러나오는 피를 멈출 수는 없었다. 아비틴은 가녀린 목소리로 말했다.

"적들이 오기 전에 빨리 이곳을 벗어나라. 나 때문에 지체하면 너마저도 위험하다."

"아버님, 절대로 그럴 수는 없습니다. 제가 아버님을 꼭 살리겠습니다."

"나라를 되찾는 것은 하늘의 뜻이다. 그러나 네가 최선을 다해서 싸워도 희망이 보이지 않으면 어머니가 있는 신라로 돌아가거라. 너는 목숨을 쉽게 버리면 안 된다. 내 말을 알겠느냐. 이 아비가 너에게 많은 것을 맡기고 떠나는 것이 못내 아쉬울 뿐이다. 어서 이곳을 빠져 나가거라."

페리둔은 아비틴을 들어서 말 위에 올리려고 애썼지만 아비틴의 호흡이 가빠졌다. 페리둔이 자신을 두고 갈 수 없다는 것을 알고는 아비틴은 단도를 뽑아 자신의 머리카락을 잘랐다. 그것을 아들에게 쥐어 주고, 마지막 힘을 모아서 칼로 자신의 심장을 찔렀다. 뜨거운 피가 솟구쳤다. 아비틴은 페리둔을 향해 웃으면서 눈을 감았다. 멍해서 주저앉은 페리둔을 부하가 와서 억지로 말에 태웠다. 페리둔은 아비틴의 시신을 뒤로한 채, 아버지의 머리카락을 부여잡고 울부짖으며 말을 달렸다.

페리둔의 어머니에 대한 그리움

715년, 아버지 아비틴이 죽은 후, 페리둔은 한동안 아무것도 할 수 없었다. 어머니가 계신 동쪽의 하늘을 멍하게 쳐다보며 눈물만 흘렸다. 아버지의 죽음을 어머니께 알려야겠다고 생각했을 때, 아버지의 유지를 자신이 이어야 한다는 각오가 되살아났다. 페리둔은 먼저 신라에 있는 어머니에게 편지를 보내기로 했다. 신라까지 빨라야 6개월, 신라에 도착할지조차 불확실하지만, 마음이 더 약해지기 전에 맹세의 결의를 전해야 할 것 같았다. 페리둔은 아버지가 쥐어 준 머리카락을 반 나누어 편지와 봉한 후, 아버지를 따라온 신라 화랑, 영지를 불렀다.

“이 편지를 어머니께 꼭 전달해 주십시오. 험하고 힘든 길이지만 꼭 부탁드립니다.”

아비틴을 따라온 영지는 아비틴이 죽은 후에 상실감과 고향에 대한 그리움으로 병을 앓고 있었다. 그는 페리둔에게 말했다.

“내가 끝까지 아비틴 왕자님을 지켜야 했는데 그것이 너무 안타깝소. 그러나 나는 자네 아버님과 약속했소. 반드시 페르시아 제국을 되찾는 날까지 함께 하겠다고, 우리 화랑은 한번 한 약속은 목숨을 걸고 지키오."

영지는 페리둔을 아들처럼 생각했다. 페리둔은 공손하게 말했다.

"장군님의 마음은 제가 잘 알고 있습니다. 저도 장군님을 아버지처럼 존경하고 있습니다. 그러나 제가 드리는 부탁은 페르시아 제국의 부활에 가장 중요한 일입니다. 아버지를 대신해서 제가 싸우려면 먼저 어머님께 이 편지를 전해드리는 것이 중요하다고 생각합니다. 힘든 길이지만 제가 이렇게 부탁드리는 것입니다."

화랑 영지는 페리둔이 이제 더 이상 어린이가 아니고 훌륭한 장수가 되었다는 생각에 한편으로는 기뻤다. 그리고 마지막에 고향 신라에 묻히고 싶은 속마음도 있었다. 그 사실을 페리둔도 알고 있지만, 입 밖에 내지는 않았다. 영지는 결국 페리둔의 편지를 들고 신라로 향했다. 그는 아라비아 상인으로 변장해서 아라비아 적들을 속이고, 뱃삯 대신에 노예처럼 노를 젓기도 해가면서 6개월의 긴 항해 끝에 병든 몸으로 신라에 도착했다. 죽을 고비도 몇 번 넘겼지만, 페리둔의 편지를 프라랑 공주에게 전해야겠다는 생각에 죽음의 그림자가 드리워도 그 집념이 죽음을 용인하지 않았다. 그가 신라에 도착했을 때는 이미 해골처럼 앙상한 뼈만 남았지만, 그의 눈빛은 살아있었다. 그렇게 아비틴과 함께 떠났던 신라의 화랑은 십여 년 만에 아라비아 상인들과 함께 신라에 도착한 것이다.

그는 아픈 몸을 이끌고 프라랑 공주의 집을 찾았다. 공주를 본 순간 화랑은 봄 향기에 눈이 녹듯이 정신이 희미해졌다. 약속을 지켰다는 안도감에 공주에게 편지를 전하고 다리가 풀려 그 자리에서 쓰러졌다. 그리고 그는 일어나지 못했다. 남편과 함께 떠난 화랑이 초췌한 모습으로 돌아와서 편지만 남기고 죽는 모습을 보고 공주는 마음을 다잡을 수가 없었다. 남편의 소식과 아들의 안부를 물어보고 싶었지만, 죽음이 드리운 불길한 기운을 지울 수가 없었다. 공주는 먼저 영지의 장례식을 성대하게 치르고 죽지랑의 묘 옆에 안장했다. 그리고 화랑이 죽음을 무릅쓰고 전해준 편지를 받아들었지만, 손이 떨려서 열어볼 용기가 나지 않았다. 공주는 밤에 촛불을 켜고 혼자 앉아서 편지를 꺼냈다. 그리고 서쪽의 별들을 쳐다보며 남편과 아들을 생각하며 편지를 얼굴에 갖다 대었다. 그 편지에 남편과 아들의 체취가 묻어나는 것 같았다. 공주는 떨리는 손으로 편지를 열었다. 편지는 이렇게 시작되었다.

사랑하는 어머니, 수백 번 수만 번 외쳐봅니다. 불효자 페리둔이 어머니를 그리며 제 마음으로 이 글을 올립니다. 이곳의 하늘은 눈이 부시도록 아름답습니다. 같은 하늘 아래에서 어머니를 뵙지 못하는 불효자는 오늘도 저 하늘을 쳐다보며 어머니의 따뜻한 품을 그려봅니다. 열 살 때 어머니를 떠나 이제 스무 살의 청년이 되었습니다. 어머니의 품을 제일 그리워할 때 어머니 품을 떠난 저는 저 하늘 속에서 어머니의 품을 찾았습니다. 어머니도 가끔씩 저 하늘을 쳐다보며 저를 생각하시겠지 하면서 오늘도 푸른 하늘을 쳐다봅니다. 밤하늘의 별은 반짝이지만 어두운 밤의 별과 달은 눈물을 만들기에 저는 밤하늘은 보지 않습니다. 밤하늘의 달을 보면 저 달을 보고 기도하고 계신 어머니의 고통이 전해지기 때문입니다. 그래서 저는 눈이 부신 파란 하늘을 보며 어머니의 밝은 모습을 떠올립니다. 저는 가끔 생각합니다. 어머니와 제가 그저 평범한 집안에 태어났으면 작은 행복 속에서 살 수 있지 않을까 하고 헛된 생각도 해봅니다. 그러나 저에게는 꼭 해야 할 일이 있기에 모든 것을 뒤로 미루고 있습니다. 어머니. 얼마 전에 푸르른 하늘로 아버님을 보내드렸습니다. 어머님의 고통이 이곳에 전해지는 것 같습니다. 그러나 아버님을 위해서 기도를 부탁드리고자 이렇게 어머니의 아픈 마음을 알면서도 알려드립니다. 아버님은 마지막까지 어머님을 생각하셨고 저에게 어머님을 부탁하셨습니다.

프라랑 공주는 더 편지를 읽지 못하고 흐르는 눈물을 주체할 수가 없었다. 그렇게 사랑하던 남편이 저 이역만리에서 세상을 떠나다니. 그 옆을 지키지 못한 죄책감에 울음이 통곡으로 변하였다. 한참을 통곡한 후에 공주는 편지를 다시 펴들었다. 편지에는 아들의 절절한 마음이 드러나고 있었다.

어머니, 저는 이제 아버님의 몫까지 해야 하옵니다. 아버지와 제가 반드시 해야 할 일이 있사옵니다. 우리 조상들이 만드신 페르시아 제국을 되찾는 것입니다. 지금 페르시아 유민들은 저만 바라보고 있습니다. 제가 그들을 실망시킬 수가 없사옵니다. 하루에도 열두 번 어머니께로 돌아가고 싶은 마음이 계속 일어납니다. 그러나 저는 아버님의 뜻을 이룬 후에 어머니를 찾아가겠습니다. 어머님, 불효자를 용서해 주십시오. 제가 어머님을 찾아뵙는 날까지 건강을 지키시기 바랍니다. 어머님. 보고 싶습니다. 사랑합니다.

페리둔의 편지를 읽고 프라랑 공주는 몸을 가눌 수가 없었다. 아비틴과의 행복했던 순간들이 떠오르고 페리둔에게 젖을 먹이면서 자신의 모든 것이 빨려 들어가는 듯하던 행복이 한갓 꿈처럼 느껴졌다. 프라랑은 페리둔의 편지를 얼굴에 비비면서 아들의 체취가 편지에 묻어있을 것이라는 환상 속에서 정신이 혼미해졌다. 그리고 남편의 머리카락에 얼굴을 파묻고 혼절했다.

한 달이나 지나서야 정신을 차린 프라랑 공주는 개운포 근처 바다가 보이는 곳에 자리를 잡고 그곳에 아비틴의 머리카락과 유품을 묻은 후, 그곳에 작은 암자를 짓고 떠나지 않았다. 개운포는 남편 아비틴이 처음 바다를 통해서 들어왔던 곳이고 아들 페리둔이 바다를 통해 떠났던 곳이었다. 공주는 항상 그곳에 서서 바다를 바라보았다. 나중에 헌강왕 때 공주의 마음을 기리기 위해서 그곳에 절을 짓고 망해사(望海寺)[47]라고 이름 지었다. 망해사는 바다를 바라보며 기도한다는 의미다.

47 울주군 청량면 영축산(靈鷲山)에 있는 통일 신라 당시 창건한 사찰. 《삼국유사》에 의하면, 헌강왕이 개운포(開雲浦: 지금의 울산)에 놀러 갔다가 돌아오는 길에 물가에서 쉬었더니 홀연히 구름과 안개가 캄캄하게 덮여 길을 잃게 되었다. 용은 왕의 덕을 칭송하며 노래와 춤을 추었고 아들 하나를 서울로 보내어 국정을 돕도록 하였는데, 그 이름이 처용(處容)이었다. 그 뒤 왕이 환궁하여 영축산 동쪽의 좋은 땅을 가려 절을 짓고 망해사라 하였다.

혜초와 프라랑 공주의 만남

혜초[48]는 어릴 때부터 모험심이 강한 아이였다. 영민하면서도 무서움을 몰랐던 혜초는 처음에는 화랑의 길을 걸으려고 했지만, 친구의 죽음을 보고 삶과 죽음에 대해 번민하다 불문에 들어갔다. 하지만 여전히 그는 새처럼 비행하며 더 넓은 세상을 눈에 담고 싶었다. 그는 불가에 입문하기 전에 전국의 사찰 순례를 마치고 서라벌로 돌아왔다. 열일곱에 불가에 입문해서 황룡사 큰스님 밑에서 공부를 했다. 황룡사 서고에는 당나라에서 온 온갖 책들이 가득 차 있었고, 혜초는 예불시간 이외에는 서고에 파묻혀 살았다. 어느 날 그의 눈을 사로잡은 책이 있었다. 그것은 현장법사가 천축국과 서역을 다녀온 기록인

48 신라인인 혜초는 일찍 당으로 건너가 광저우에서 남인도 출신의 승려 금강지로부터 밀교를 배우고, 그의 권유로 722년경 바닷길을 타고 인도로 건너갔다. 인도의 여러 곳을 둘러본 후 중앙아시아를 거쳐 727년에 당으로 돌아왔다. 그가 저술한《왕오천축국전》은 1908년 프랑스의 폴 펠리오가 둔황 막고굴에서 발견한 둔황 문서 속에 들어있었다. 책의 앞뒤가 떨어져 나가 누구의 저술인지 알지 못하였으나, 펠리오의 연구로 혜초의 저술임이 밝혀졌다. 당시 인도의 풍습이나 불교와 관련된 상황이 생생하게 기록되어 역사적인 가치가 매우 높은 책이다. 마르코 폴로의《동방견문록》, 이븐바투타의《여행기》등과 더불어 세계 4대 여행기로 꼽힌다.

대당서역기(大唐西域記)[49]였다. 그 책을 본 순간 그의 가슴은 뛰었다. 처음에는 머릿속으로 그리면서 읽다가 나중에는 그 책을 필사하기 시작했다. 한 글자 한 글자가 가는 곳에 혜초의 몸도 따라갔다. 그 당시 스님들 사이에서 당나라 유학은 흔한 일이었지만, 천축국과 서역 여행은 누구도 시도하지 않은 일이었다. 하루는 큰스님이 혜초를 불렀다.

"너는 주위 사람들에게 현장법사의 길을 가겠다며 얘기하고 다니는 것이냐."

혜초는 엎드려서 큰스님에게 말했다.

"저는 현장 스님의 수행길을 따라가고 싶습니다. 그리고 현장 스님이 가시지 못한 그 너머의 땅에도 가고 싶사옵니다."

"너는 아직 수련이 덜 되었구나. 깨달음을 얻고 나서 여행을 떠나야 그 깨달음을 실천할 수 있는 것이다. 먼저 학문에 열중해라."

혜초는 잠시 그의 꿈을 접고 불경에 집중했으나 그의 곁에는 그가 필사한 현장의 대당서역기를 항상 머리맡에 두고 잠이 들었다. 황룡사의 모든 스님과 신도는 젊은 스님, 혜초의 열정을 알고 있었지만 무모한 일이라고 관심을 두지 않았다. 그러나 황룡사에서 백일기도를 하던 프라랑 공주는 그 소리를 흘려듣지 않았다. 프라랑 공주는 오

---

49 《대당서역기(大唐西域記)》는 삼장법사 현장의 17년간(629년~645년)의 구법 행적을 정리한 것이다. 현장법사는 스승과 경전을 찾아 중앙아시아 지역과 인도 등을 여행했다. 현장이 구술한 내용을 제자 변기가 정리한 것으로 646년 7월에 완성되었다.

늘도 서역에 있는 아들을 위해서 기도드리면서 잠을 이루지 못하고 있었다. 프라랑 공주도 현장법사의 대당서역기를 남편과 아들을 생각하며 읽고 있었다. 그리고 그 책을 읽으면서 머릿속으로 아들이 있는 곳을 그려보기도 했다. 그런 프라랑에게 아들이 있는 서역을 여행하고 싶다는 혜초의 이야기를 듣자, 프라랑은 큰스님을 만났다.

"혜초라는 젊은 스님을 만나고 싶습니다."

큰스님은 의아한 듯이 공주에게 물었다.

"공주마마, 그 젊은 중은 어쩐 일로 만나고 싶어 하십니까?"

"그 젊은 스님이 부처님의 발자취를 쫓아서 서역으로 여행하고 싶어 한다고 들었습니다. 제가 그 젊은 스님의 모든 여행경비를 마련해주고 싶습니다."

큰스님은 공주의 이야기를 듣자 집히는 것이 있었다. 아들을 찾기 위함을 알았던 것이다.

"공주마마의 뜻은 알겠사옵니다만, 혜초는 아직 어리고 수양이 덜 되어있습니다. 그냥 무모하게 덤비는 치기가 넘치는 애송이 땡중이옵니다."

프라랑은 큰스님에게 지지 않고 말했다.

"제가 한번 그 스님을 만날 수 없겠습니까? 제가 만나고 믿음이 가면 큰스님께서 허락해주시기 바랍니다."

큰스님은 공주의 청을 거절할 수가 없었다. 황룡사는 신라 왕실의 도움 없이는 유지할 수가 없었기 때문이었다.

"그러시면 공주님께서 먼저 만나보고 판단해 주시기 바랍니다. 소승은 공주님의 결정을 따르겠사옵니다."

"대사님 감사하옵니다."

그리고 큰스님은 혜초를 불렀다. 공주는 가슴이 뛰었다. 몇 년 전 아들의 편지 이후로 프라랑은 백방으로 수소문했지만, 아들 페리둔의 행방을 찾을 수가 없었다. 프라랑의 마음은 타들어 가고 있었다. 그녀는 아들에게 소식만 전할 수 있다면 무엇이든지 하고 싶었다. 공주는 그녀 자신이 서역을 가고 싶었다. 그러나 아녀자의 몸으로는 불가능한 것이었다. 혜초가 큰스님 방으로 들어왔다. 그리고 거기에 앉아있는 공주를 보자 혜초는 공주에게 합장하며 인사를 했다. 공주는 혜초를 뚫어지게 쳐다보았다. 혜초는 공주와 눈을 마주치지 못하고 구석에 고개를 숙인 채 서 있었다. 공주는 혜초를 보자 그가 범상한 젊은이가 아님을 한눈에 알 수 있었다. 큰스님은 혜초가 들어오자 자리를 비켜주면서 말했다.

"공주마마 편하게 말씀 나누시기 바랍니다. 소승은 손님이 계셔서 잠깐 자리를 비키겠습니다."

공주는 큰스님에게 감사의 목례를 하고 혜초를 다시 빤히 쳐다보았다. 큰스님 방에 공주와 단둘이 있게 되자 혜초는 시선을 어디에다 둬야 할지 모른 채 어리둥절한 표정을 지었다. 공주가 한참 후에 입을 열었다.

"현장법사를 흠모한다고 들었습니다."

혜초는 공주의 입에서 갑자기 현장 법사의 이야기가 나오자 긴장이 풀리는 듯 편안해지는 것 같았다.

“저는 매일 불경과 함께 현장 스님의 대당서역기를 빠지지 않고 읽고 있습니다.”

“저도 대당서역기를 매일 읽고 있습니다. 제가 아녀자가 아니라면 그 길을 따라서 가고 싶습니다. 그곳에는 아들이 있기 때문입니다.”

혜초는 그 순간 깨달았다. 공주님의 아들, 페리둔 왕자가 서역에 있다는 사실은 혜초도 들어 알고 있었다. 혜초는 모험심에서 현장의 길을 가고 싶었지만, 공주님은 자신보다 그 길을 가야 할 더 절실한 이유가 있었다. 공주의 마음을 헤아리자 혜초는 왠지 부끄러워졌다.

“서역 이야기에 사람들이 무모하다는 반응을 보일 때면 저는 늘 그들이 겁이 많고 어리석다고 생각했습니다. 하지만 공주님의 말씀을 들으니 저의 치기가 더 어리석게 느껴집니다.”

공주는 혜초를 빤히 쳐다보며 말했다.

“여행은 위험한 일입니다. 현장 스님도 그 책에서 말씀하셨듯 죽을 고비를 몇 번이나 넘기셨더군요.”

“저도 그 정도의 각오는 되어있습니다.”

혜초는 단호하게 대답했다.

“모험이 따르지 않으면 소풍이나 다를 것이 없습니다. 소승은 다시 우리나라에 돌아오지 못하고 길에서 죽더라도 서역의 먼 곳에 여행하며 부처님의 발자취를 느끼고 싶습니다.”

"여행의 준비는 되어있습니까?"

"현장 스님의 서역기 행로를 책을 매일 읽다 보니 외울 지경이 되었고, 꿈에서도 제가 그 속에 들어가서 여행을 다닐 지경입니다. 여행로는 제 머릿속에 각인되어 있습니다. 당나라 말은 완벽하게 공부했고 천축국 말과 파사국 말도 배우고 있습니다."

혜초의 입에서 파사국이라는 말이 나오자 프라랑 공주는 가슴이 뛰기 시작했다.

"파사국까지 가시겠습니까?"

"저는 현장 스님이 가보지 못한 곳 그 너머의 파사국과 대식국까지 가보고 싶습니다."

혜초가 파사국까지 가겠다는 말에 공주는 이미 마음을 굳히고 있었다. 혜초가 페리둔에게 연결할 고리가 될 수 있다고 판단한 것이다.

"저도 파사국 말을 남편에게서 조금 배웠습니다. 필요하시면 제가 조금 가르쳐드리겠습니다."

"공주마마, 감사하옵니다. 소승이 목숨을 걸고 파사국에 가서 공주님의 뜻을 전달하겠나이다."

프라랑 공주는 이 혜초라는 젊은 스님이 아들과 이어줄 인연의 끈이라는 것을 알았다. 그녀의 불심이 부처님을 감동시킨 것이었다.

"제가 스님의 서역 여행경비를 모두 책임지겠습니다. 스님께서는 준비만 완벽하게 하시기 바랍니다. 큰스님과는 이야기가 잘 되었습니다."

혜초는 뒤통수를 한 대 맞은 듯 머리가 띵하였다. 그렇게 갈망하던 꿈이 이루어지는 순간이었다. 혜초는 상상 속으로만 끝날 줄 알았던 여행이 현실로 다가오자 스스로도 믿을 수가 없다는 듯이 벌떡 일어나서 공주에게 큰절을 하였다.

"공주마마 감사하옵니다. 공주님의 은혜는 잊지 않겠사옵니다."

"오히려 제가 감사하옵니다. 여행준비가 모두 끝나면 요석궁에 저를 찾아오십시오."

혜초는 프라랑 공주의 인연을 부처님께 감사드리며 공주님을 위해서라도 서역행에 완벽을 기해야겠다고 생각했다.

719년 혜초가 중국으로 떠나기 전에 프라랑 공주를 찾아왔다. 이제 백발의 할머니가 된 공주는 지금 이 순간이 아들 페리둔에게 보내는 마지막 편지가 될 것이라고 생각하니, 혜초를 만나자마자 눈물부터 쏟아졌다. 혜초는 공주의 마음을 아는지 미동도 하지 않고 공주의 울음이 그칠 때까지 기다렸다. 울음을 그친 공주는 입을 열었다.

"천축국은 파사국 바로 옆에 있다고 들었습니다. 스님께서 천축국 여행을 마치고 파사의 속특을 꼭 찾아주시기 바랍니다."

"속특이라면 어디를 말씀하시는지요?"

"파사국의 변방인 속특에 제 아들이 있습니다. 파사 말로 속특을 사마르칸트라고 부른다고 합니다. 속특에서 제 아들이 파사국 유민들을 모아서 파사국 독립운동을 하고 있다고 들었습니다. 너무나 먼 곳이라 연락할 엄두를 못 내고 있었습니다. 스님께서 힘드시겠지만, 천축국을 두루 다니신 다음에 꼭 속특에 들러서 제 아들 페리둔을 만나주시기 바랍니다."

"소승이 다섯 천축국을 밟은 후에 반드시 북천축으로 가서 속특에 있는 공주님의 아드님을 찾겠습니다."

공주는 장롱 속에서 금붙이와 편지를 꺼냈다.

"이 금붙이는 스님의 노잣돈으로 사용하시고, 이 편지를 제 아들에게 꼭 전해주기 바랍니다."

"노잣돈은 괜찮습니다. 황룡사 주지 스님께서 돈을 충분히 주셨습니다."

"이것은 어머니의 마음입니다. 받아주십시오."

그리고 공주는 품속에서 목걸이 반쪽을 꺼냈다.

"이 목걸이 반쪽을 아들에게 전해주시기 바랍니다. 이 목걸이 반쪽은 혹시 제가 죽은 후에도 신라 대왕에게 보여주면 내 아들이라는 증표가 될 것입니다."

어머니의 간절한 마음이 절절히 전해졌다. 혜초는 그것들을 가슴에 품고 떠났다. 혜초의 뒷모습을 바라보며, 이것이 아들과의 마지막이라고 생각하니 다리가 후들거려 공주는 서 있을 수가 없었다.

혜초와 페리둔의 만남

719년 신라를 출발한 혜초는 당나라에 머무른 후, 723년 배를 타고 광주에서 인도로 향했다. 혜초는 수마트라섬과 그 서북부의 파로를 거쳐 동천축(東天竺)에 상륙했다. 그 뒤 약 4년 동안 부처님의 발자취를 따라서 인도의 여러 지방을 여행하고, 오천축의 여행을 마쳤다.

혜초가 오천축국의 여행을 마칠 무렵, 페리둔은 아비틴이 죽은 후, 게릴라전으로 아랍 이슬람과의 전쟁에서 많은 승리를 거두면서 페르시아 사람들에게는 페르시아 제국을 부활시킬 영웅으로 칭송받고 있었다.[50] 혜초는 천축국 여행을 마치고 북천축의 끝에서 힌두쿠시산맥을 지나 카쉬가르로 향하고 있었다. 혜초는 서역의 땅으로 접어들면서 페르시아 유민들에게 페리둔의 소식을 들을 수가 있었다. 혜초는 프라랑 공주와의 약속을 지키기 위하여 페리둔을 만나야겠다는 일념으로 험준한 파미르 고원을 넘었다. 혜초는 파미르 고원을 넘으면서

---

50 "새로운 왕 페리둔이 승리를 쟁취했도다." (《쿠쉬나메》, 257페이지)

그곳의 정경을 이렇게 표현했다.

> 차디찬 눈이 얼어서 얼음으로 변하고
> 찬바람은 땅이 갈라져라 매섭게 부는구나.
> 드넓은 호수는 얼어붙어 융단을 깔아놓은 듯하고
> 강물은 제멋대로 벼랑을 갉아먹는구나.[51]

혜초는 페르시아 유민들의 이야기를 듣고, 파미르 고원을 지나서 페리둔이 있는 사마르칸트에 도착했지만, 그곳에는 페리둔이 없었다. 페리둔의 세력이 커지자 아랍 이슬람이 다시 대규모 토벌군을 조직하여 사마르칸트로 쳐들어왔던 것이다. 페리둔은 사마르칸트 산악지역의 게릴라전에서 수많은 승리를 거두었지만, 이슬람제국을 무너뜨리기에는 아랍인들의 세력이 너무나 막강했다. 페리둔은 눈물을 머금고 사마르칸트를 버리고 서돌궐 땅으로 들어갔다. 페리둔과 페르시아 유민들은 서돌궐의 쿠차에서 재기의 기회를 노리고 있었다. 운명의 신은 두 사람을 쉽게 만나게 하지 않았다. 몇 번의 엇갈림 속에서 혜초는 페리둔이 투르크의 땅 쿠차에 있다는 소식을 들었다. 727년 11월 상순에 드디어 혜초는 페리둔이 있는 쿠차(구자, 龜玆)에 도착했다. 혜초가 그 이역만리를 지나서 신라에서 자신을 찾아왔다는 소식을 듣고 페

---

51 《왕오천축국전》, 혜초 지음, 정수일 옮김, 학고재, 2004년

리둔은 혜초의 손을 꼭 잡고 말했다.

“스님, 어떻게 이 먼 곳에 저를 찾으러 오셨습니까? 스님을 뵈니 고향 생각에 눈물이 쏟아집니다. 저의 어머니 공주님은 잘 계신지요?”

스님은 페리둔의 눈물을 보며 말했다.

“제가 이곳에 온 이유는 공주님이 저를 보내셨기 때문입니다.”

“어머니가 저를 찾기 위해 이 먼 곳에 스님을 보내셨다구요? 저를 어떻게 찾으셨습니까?”

“불가에서는 인연이 있으면 반드시 만나게 되어있습니다. 공주님께서는 소그드인이 있는 사마르칸트에 가면 반드시 아드님의 소식을 들을 수 있을 거라고 하셨습니다. 제가 사마르칸트에 가서 파사 사람들을 만나서 페리둔 왕자님의 이야기를 하니까 이곳 쿠차를 가르쳐 주었습니다. 저는 공주님의 부탁으로 부처님이 계신 천축국의 여행을 마치고 왕자님을 만나러 이렇게 먼 길을 쉬지 않고 달려왔습니다.”

페리둔은 어머니 생각에 눈물이 홍수를 이루었다.

“어머니는 어떻게 지내시고 있습니까?”

“공주님께서는 아드님이 반드시 돌아오실 것이라고 믿고 매일 바닷가에 나가셔서 하루 종일 바다를 보고 기도하고 계십니다.”

페리둔은 어머니의 이야기를 듣자 온 가슴 속이 멍이 들 정도로 아파 왔다. 그도 매일 동쪽의 밤하늘을 쳐다보면서 힘들 때마다 어머니를 생각했지만, 어머니도 바다를 보며 매일 자신을 기다렸던 것이다. 혜초는 바랑에서 비단으로 감싼 보자기를 꺼내며 말했다.

"공주님은 연세가 많으셔서 건강이 좋지 않습니다. 공주님께서 저에게 이것을 아드님께 전달해 달라고 부탁하셨습니다."

그 속에는 편지 한 통과 목걸이 반쪽이 있었다. 페리둔은 그것을 받아들고 얼굴에 갖다 대었다. 어머니의 향기가 들려왔다. 페리둔은 어린애처럼 꺼억꺼억 울기 시작했다. 그 광경을 보고 울지 않는 사람이 하나도 없었다. 그리고 한참을 지난 후에 페리둔이 말했다.

"이 목걸이 반쪽은 무엇입니까?"

"그것은 공주님께서 남기시는 증표라고 하옵니다. 혹시라도 공주님이 돌아가시고 아드님이나 손자가 신라에 도착했을 때 이 증표를 신라의 대왕에게 보여주시면 신라 대왕께서는 가족으로 맞이하실 것이라고 하셨습니다. 공주님께서는 신라 대왕께 약속을 받으셨다고 합니다."

페리둔은 어머니가 마지막까지 자신을 위해서 살고 계신 것을 알고는 더욱 가슴이 무너졌다.

"저는 불효자입니다. 어머니 가슴에 큰 못을 박은 천하의 불효자입니다."

"공주님께서는 항상 아드님을 자랑스러워하셨습니다. 공주님은 아드님 때문에 행복하다고 저에게 말씀하셨습니다. 이승에서 못하신 효를 저승에서라도 꼭 갚으시기 바랍니다."

"스님께서는 다시 신라로 돌아가실 계획이십니까?"

"저의 여정은 저도 모르옵니다. 이 험한 길에서 살아서 돌아갈지도 의문입니다. 그러나 저는 제힘이 닿는 곳까지 부처님의 길을 따라서 걸을 것입니다. 공주님과의 약속을 지켰으니 홀가분한 마음으로 내일 길을 떠날까 하옵니다."

"며칠 더 묵다가 가세요. 제가 어머니께 편지를 쓰겠습니다. 그 편지를 꼭 전달해 주시기 바랍니다."

"소승이 할 수 있으면 하겠습니다."

혜초는 그 편지가 공주님께 전달 될 수 없으리란 것을 잘 알고 있었다. 공주님은 병세가 깊어서 곧 돌아가실 것 같다는 것을 페리둔에게 이야기할 수가 없었다. 그날 저녁 페리둔은 혜초를 위해 조촐한 연회를 열었다. 혜초는 연회가 끝나자마자 바람처럼 사라졌다. 페리둔은 어머니의 편지를 열어보기가 겁이 났다. 그날 밤 혼자 있을 때. 페리둔은 떨리는 손으로 어머니의 편지를 열었다. 프라랑 공주가 한 자한 자 정성스럽게 쓴 글씨를 보자마자 눈물부터 쏟아졌다. 아무리 강한 그이지만 어머니 앞에서는 어린이가 되는 느낌이었다. 편지는 이렇게 시작되었다.

'너를 생각만 해도 가슴이 먹먹하구나. 아직도 너는 열 살의 어린이로 나의 가슴에 박혀있다. 시간이 흘러도 내 머릿속에 남아있는 너는 열 살의 귀여운 모습이구나. 네가 떠날 때 모습 그대로 내 가슴에 박혀있구나. 세월이 우리의 사랑을 갈라놓지 못하는 것 같구나. 보고 싶구나. 아들아. 나는 너의 아버지를 만나서 행복했다. 한번 사는 인생에 내가 진심으로 사랑한 것에 나는 후회를 하지 않는다. 너의 아버지를 사랑했고, 네가 아무리 멀리 있어도 네가 있다는 생각에 나는 삶을 지탱할 수가 있었다. 이제 나도 얼마 살지 못할 것 같다. 너에게 이 편지가 전달되지 못할 수도 있다는 것을 안다. 그러나 나는 네가 이 편지를 읽지 않아도 이 엄마의 마음을 알 것이라고 생각한다. 한번 사는 인생에 미련을 남길 일은 하지 말거라. 이 에미는 이제 아무 미련이 없다. 네가 언젠가는 신라에 돌아오리라고 이 에미는 믿고 있다. 네가 최선을 다했다면 결과에는 연연하지 마라. 결과는 하늘의 뜻이다. 최선을 다한 후에 너의 뜻을 이루든 못 이루든 신라에 돌아와서 네가 할 일이 있다. 신라에 돌아올 때 만약에 내가 없을 때를 대비해 목걸이 반쪽을 증표로 너에게 보낸다. 이 목걸이 반쪽이 나의 아들이라는 것을 증명할 것이다. 이 어머니는 네가 돌아오기를 매일 부처님께 기도드린다. 사랑한다, 아들아. 오늘도 석류꽃이 예쁘게 피었구나. 석류꽃이 웃으면 나도 웃고 석류꽃이 울면 나도 운다. 우리가 멀리 떨어져 있어도 나는 매일 너의 숨소리를 느낀다. 내가 이 세상에 없더라도 무덤 속에서 너의 숨소리를 느낄 것이다. 나는 네가 있어서 행복했고 이 세상이 아름다웠다. 사랑한다. 아들아.'

프라랑의 편지는 구구절절 페리둔의 가슴을 파고들었다. 그날 페리둔은 아기처럼 어머니가 보내주신 목걸이 반쪽과 편지를 가슴에 안고 잠이 들었다.

혜초의 흔적을 찾아서

희석이 그냥 역사 시간에 무의미하게 외었던 왕오천축국전(往五天竺國傳)이 새롭게 다가왔다. 왕오천축국전이란 다섯 천축국을 다녀온 기록이라는 뜻. 동천축이라고 표기한 콜카타 지방, 중천축이라 한 룸비니 일대, 남천축이라 한 데칸 고원, 서천축이라 한 봄베이 일대, 북천축이라 한 차란타라의 다섯 지방을 오(五)천축이라 했다. 그 다섯 천축국 여행을 마친 후에 사마르칸트를 방문한 내용까지 있었다. 혜초는 왜 굳이 부처님의 발자취가 아닌 페르시아 지방이었던 사마르칸트까지 갔을까 하고 희석은 의문을 품었는데, 오늘 그 의문이 풀렸다. 그것은 페리둔을 만나기 위해, 일부러 그 먼 곳을 간 것이었다. 그리고 혜초(慧超)가 다녀간 그 시기와 아비틴의 아들 페리둔이 사마르칸트에서 페르시아 제국 부활을 위해 활동하던 시기와 겹쳐져 있었다. 희석은 그것을 아는 순간 머리가 뾰족 서는 느낌이 들었다. 희석은 왕오천축국전의 원본을 연구한 현철에게 물었다.

"왕오천축국전에는 혜초 스님의 여행 기록이 자세히 나오나요?"

"혜초는 자신의 여행 기록을 양피지에 꼼꼼히 기록했어. 왕오천축국전(往五天竺國傳)의 기록에 의하면, 혜초는 인도 동북 해안에 상륙한 뒤, 폐사리국 부근을 거쳐, 한 달 만에 중천국의 쿠시나국(Kushinā gara)에 도착했다. 이어 중천축국의 룸비니를 방문하고 서천축국과 북천축국을 거쳐 지금의 파키스탄 남부와 카슈미르 지방 등을 답사했다. 그 뒤 혜초는 실크로드를 따라서 동·서양 교통의 중심지였던 토화라(吐火羅, Tokhara: 오늘날의 아프가니스탄에 있음)에 이르렀다. 그는 토화라의 서쪽에 파사국(波斯國: 페르시아)과 대식국(大食國: 아랍 이슬람)이 있다는 사실까지 꼼꼼히 기록했어."

희석은 다시 현철에게 물었다.

"혜초가 페르시아까지 갔다는 기록은 있습니까?"

"파사국 사마르칸트까지 간 기록은 있어. 어떤 학자들은 아라비아의 대식국까지 갔다고도 주장하는 사람도 있어. 혜초는 파미르고원을 넘어 727년 11월 상순에 쿠차에 도착했고, 구차의 동쪽에 있는 언기국(焉耆國, Kharashar: 카라샤르)에 이르러 왕오천축국전의 기록은 매듭을 짓고 있다."

희석은 입이 다물어지지 않았다. 천삼백 년 전에 맨발로 그 먼 곳을 다니며 기록을 남겼다는 것이 기적처럼 느껴졌다. 여행을 좋아하는 희석에게는 혜초가 영웅처럼 다가왔다. 현철은 정리하듯이 말했다.

"다시 한번 정리하자면, 혜초는 불법을 구하러 당나라에 갔다가 723년 광저우에서 배를 타고 인도로 가서, 또 걸어서 동천축에 상륙한 뒤 불교 성지들을 둘러보고 남천축, 서천축을 거쳐 북천축에 이르렀다. 당시 서역 요충지인 토화라에서 파사까지 갔다가 발길을 돌려 당나라로 돌아가는 귀로에 올랐다는 것이다."

희석은 다시 궁금해서 물었다.

"혜초와 페르시아 부활을 이끄는 페리둔이 만났을 가능성은 있습니까?"

"외국어대학교 중동연구소 유흥태 박사님은 '당시 사산조 페르시아가 망해 저항운동이 일어나고 있었던 만큼 혜초가 파사라고 일컬은 지역은 페르시아 잔존 세력이 있던 곳으로 추정된다.'라고 말씀하셨어. 내 생각에도 충분히 가능성이 있는 이야기라고 생각해."

희석은 우리의 역사를 세계사적 연결 속에서 생각해야 한다고 느꼈다. 그것을 한반도 안에만 가두는 우리의 식민지 사학이 원망스러웠다.

"선배, 세계사적 관점에서 우리의 역사를 다시 한번 연구해야 하겠습니다."

희석의 말을 듣고 현철은 화가 난 듯이 말을 덧붙였다.

"중국과 아프가니스탄 그리고 타지키스탄 국경 부근에 법현과 현장 그리고 혜초의 비석이 세워져 있어. 세 스님이 지나간 자리를 기념하기 위해 세운 비석인 경행처비(經行處碑)가 나란히 서 있지. 그 비석은 중국이 세웠는데, 그 비석에 혜초를 당나라 승려로 표기하고 있어. 혜초의 비석에는 '대당화상혜초경행처(大唐和尙慧超經行處)'라고 새겨져 있다. '당나라 스님 혜초가 지나간 곳'이라는 뜻이야. 동북공정에 이어 김치와 한복까지 자기들 것이라고 우기는 중국이야. 혜초까지 빼앗겨서는 안 돼. 우리가 정신을 바짝 차려야 해."

희석은 중국의 역사 왜곡에 분노를 느꼈다.

"우리는 마르코 폴로의 동방견문록은 학교에서 상세히 배우지만, 그보다 훨씬 이전에 서역을 방문한 혜초의 왕오천축국전은 내용도 모르고 시험을 위해서 외우기만 했어. 정작 왕오천축국전의 뜻을 물으면 모르는 학생이 대다수야. 왕오천축국전은 동양과 서양을 아우르는 세계 최고의 여행 기록이야. 두 발로 인도를 돌아 북쪽의 아무다리야(Amu Darya)강을 건너 부하라를 지나서 사마르칸트와 쿠차를 지나 실크로드를 서쪽 끝에서 동쪽 끝까지 이동한 사람은 혜초밖에 없을 거야. 혜초의 '왕오천축국전'은 8세기 인도와 중앙아시아에 대한 유일무이한 기록이라고 유럽의 역사학자들도 인정하고 있어."

희석은 현철의 이야기를 들으면서 그 먼 길을 죽음도 무릅쓰고 페르시아까지 간 혜초의 심정이 이해가 되었다. 그리고 혜초의 발걸음 발걸음에 담긴 프라랑 공주의 영혼이 그와 함께했을 것이라는 생각이 들었다. 혜초의 꿈이 프라랑 공주의 꿈이었고, 페리둔의 꿈이었다.

혜초의 글들이 둔황 석굴에서 발견되지 않았더라면 혜초는 역사에서 묻히고 말았을 것이다. 역사란 그런 것이다. 우리 모두의 삶이 역사가 되지만 기록이 없으면 그 삶은 흔적도 없이 사라진다. 우리의 삶을 기억하는 사람들이 사라지면 우리의 아름다운 삶도 사라진다. 거창한 역사적 기록이 아니더라도 혜초처럼 여행의 기록에 자신의 삶을 남기면 후세에 그것이 역사가 될 수 있을 것이다. 삶은 짧지만, 기록은 영원한 것이다. 우리가 죽더라도 기록은 영원하다. 수없이 많은 사람이 살다가 갔지만 아름다운 기록을 남기는 사람은 많지 않다. 삶은 기록이다. 기록은 역사다. 혜초는 그렇게 우리의 역사가 되었다.

4부

페리둔, 고선지를 만나다

페리둔은 페르시아 제국의 부활을 위하여 아랍 세력과 곳곳에서 싸워서 이겼다. 페르시아 유민들이 그를 영웅으로 떠받들면서 그의 명성은 자자해졌다. 그러나 페르시아 제국을 점령하고 있는 아랍 세력을 몰아내기에는 역부족이었다. 페리둔은 사마르칸트에서 쫓겨난 후에 서돌궐의 쿠차에서 아랍 이슬람 세력을 괴롭혔다. 페리둔은 한곳에 정착하지 않고 군사를 이동시키면서 적의 공격을 피하고 있었다. 그러는 사이에 서돌궐의 지배에 있던 쿠차가 당나라의 지배에 들어가고 당나라가 서역 진출을 위해 실크로드를 장악하려는 가운데 아랍 이슬람의 분열이 일어났다. 750년, 드디어 페리둔에게 기회가 왔다. 아랍 이슬람이 마호메트의 후계자를 누구로 할 것인지의 문제로 분열되기 시작한 것이다. 능력 위주로 계승하자는 수니파와 혈통 위주로 계승하자는 시아파의 갈등이 계속되고 있었다. 아랍 제국을 다스리던 우마이야왕조[52]는 수니파가 장악했으며 그들은 피정복

---

52 우마이야왕조(Umayya dynasty)는 661년 시리아 총독 무아위야(Muawiyah)가 다마스쿠스

민에게 세금을 무겁게 매겨 불만을 쌓고 있었다. 마호메트의 삼촌, 아바스의 후손은 이 기회를 놓치지 않았다. 그는 이슬람으로 개종한 호라산 지역의 페르시아인과 협력하여 우마이야왕조에 반란을 일으켰다. 페리둔은 이것이 하늘이 내린 기회라고 생각했다. 페리둔은 호라산 지역의 페르시아인과 협력하여 제국의 부활을 꿈꾸었다. 페리둔은 용맹하게 호라산 일대의 우마이야 군대를 무찔렀다. 페리둔의 페르시아 부활 세력들은 하늘을 찌를 정도로 사기가 충만하였다. 우마이야왕조를 멸망시킨 후에 페리둔은 영웅이 되었다. 그러나 이슬람으로 개종한 호라산의 페르시아인은 이미 변해있었다. 영광도 잠시뿐, 이슬람으로 개종한 페르시아인들이 아바스 왕조[53]에 협력함으로 페르시아 제국의 부활은 좌절되었다. 페리둔은 다시 서돌궐, 즉 서투르키스탄의 영토인 쿠차로 피신하기에 이르렀다.

750년 당나라가 돌궐의 지역인 쿠차를 점령하고 그곳에 안서도호부를 설치하면서 페리둔과 페르시아 유민들은 당나라에 협조하게 되었다. 쿠차를 당나라에 빼앗긴 서투르키스탄은 아랍의 새 왕조 아바스 왕조에게 도움을 청하며 실크로드를 놓고 전쟁의 기운이 싹

를 수도로 하여 세운 이슬람 왕조. 중앙아시아로부터 에스파냐까지 지배하고 서유럽에 이슬람 문화를 전하기도 하였으나 750년 아바스 왕조에 멸망하였다.

53 아바스 왕조(Abbasid dynasty)는 750년에 우마이야왕조의 칼리프를 폐위시키고, 1258년 몽골족의 침략으로 멸망할 때까지 칼리프로서 이슬람제국을 다스렸다. 아바스라는 이름은 예언자 마호메트의 숙부인 알 아바스의 이름에서 유래했다.

트고 있었다. 페리둔은 당나라의 편에 붙어서 배신당한 아랍의 아바스 왕조에게 복수하려고 했다. 자신의 숙적 아랍 이슬람이 당나라와의 전쟁이 임박했다는 소식에 페리둔은 이것이 하늘이 내려 준 마지막 기회라고 생각했다. 페리둔은 당나라와 힘을 합하면 자신의 원수를 갚을 수 있다는 생각에 잠을 이룰 수가 없었다. 아랍 이슬람과 당나라의 군사들이 탈라스대평원에 집결하고 있었다. 탈라스는 페리둔의 본거지와 그렇게 멀지 않은 거리였다. 산악지형의 게릴라 전투로 아랍을 괴롭혔던 페리둔은 군사를 모아놓고 이렇게 말했다.

"우리 조상께서 도와주셔서 하늘이 이런 기회를 주셨다. 이제 우리는 전 군사를 모아서 탈라스에서 아랍 세력을 한 놈도 남기지 않고 죽여야 한다. 나는 중국 당나라와 힘을 합칠 것이다. 이것은 하늘이 내린 마지막 기회니 모두 목숨을 바쳐서 싸우자."[54]

751년 탈라스 평원에서 당나라와 아랍과의 전면전의 기운이 보이기 시작하자, 페리둔을 돕던 신라 화랑이 페리둔에게 말했다.

"당나라의 장수는 고선지[55]라는 장군인데 본래 고구려사람이라

---

54 "페리둔은 아몰에 주둔하고 있는 그의 군대가 나스투흐와 함께 할 것을 명하였다. 사흘 밤낮을 군대를 소집하여 나흘째 새벽에 정해진 지점을 통과하였다.. 나스투흐는 트란속시아나에 도착할 때까지 신속하게 이동하였다." (《쿠쉬나메》, 273페이지)

55 고구려 유민 출신의 당나라 장수. 당의 서역 원정에 큰 공을 세웠으나 751년 탈라스 전투에서 이슬람 연합군에 패했다. 755년 안녹산의 난에서 토벌군을 이끌고 수도인 장안을 지켰다. 그러나 전투 중 모함을 받아 진중에서 참형되었다. 고선지의 서역 원정은 이슬람을 거쳐 서구 세계에 제지 기술과 나침반 등을 전하는 계기가 되어 동서 문화교류에 큰 영향을 미쳤다.

고 합니다. 제가 고선지 장군을 찾아뵐까 합니다."

페리둔은 화랑의 손을 잡고 말했다.

"장군이 꼭 고선지를 만나서 우리가 아랍 공격의 선봉에 서겠다고 말씀하시기 바랍니다."

"아닙니다. 제가 고선지 장군을 만나서 왕자님과 직접 만날 수 있도록 하겠습니다. 왕자님이 직접 담판을 하시는 것이 좋을 것 같습니다."

페리둔은 가슴이 떨렸다. 멀리 신라에 있는 어머니의 기도가 하늘을 감동시킨 것 같았다.

고선지를 만난 신라 화랑이 돌아왔다.

"고선지 장군이 왕자님을 뵙고자 합니다."

페리둔은 군사 오천을 이끌고 당나라의 진영으로 향하였다. 고선지의 막사에 도착한 페리둔은 고선지에게 예를 표하며 인사했다.

"장군, 저는 페리둔이라고 합니다. 저의 아버지는 페르시아의 왕자이고 저의 어머니는 신라의 공주입니다."

고선지는 동이의 말을 하는 페리둔을 보고 깜짝 놀랐으나 침착한 척하였다. 고선지는 주위를 의식한 듯 페리둔에게 말했다.

"이곳은 대당나라 천자의 땅이오. 당나라 말로 하시오."

페리둔은 분위기를 깨닫고 바로 사죄했다.

"장군, 죄송하옵니다. 저의 불찰을 용서하시옵소서."

"무슨 일로 나를 찾아오셨소?"

"장군. 저는 페르시아를 되찾아야 합니다. 잃어버린 나라를 되찾을 수 있도록 도와주십시오."

"저는 잃어버린 나라에 관심이 없습니다. 나라가 저한테 해준 것이 아무것도 없습니다. 저는 이곳 이역만리에서 저 혼자 살아남기 위해서 몸부림쳤습니다. 나라가 나를 지켜주지 않았고 내가 나를 지켜야 한다는 진리를 몸으로 터득했습니다."

"그래도 나라 잃은 설움이 어떤 것인지는 아시지 않습니까?"

"저에게 나라는 당나라밖에 없습니다. 저는 살아남기 위해서 여기까지 왔습니다. 나라를 되찾으시려는 욕심 때문에 절 찾아왔다면 돌아가십시오. 그러나 살아남기 위해서라면 제가 도와 드리겠습니다."

"장군께서도 고구려 왕손이라는 것을 들었습니다. 어찌 왕손께서 나라를 걱정하지 않으십니까?"

고선지는 페리둔에게 엄숙하게 말했다.

"마지막 경고입니다. 한번 망한 나라는 다시 살아나지 않습니다. 나라를 찾으려거든 다른 사람을 찾아보시지요."

페리둔은 고선지가 말하는 가운데 자신의 감정을 억누르고 있는 모습을 발견할 수 있었다.

"제가 잘못했습니다. 나라 잃은 왕손이 살아남을 수 있는 방법을 가르쳐 주십시오."

"과거는 잊어버리십시오. 현재에 집착하셔야 살아남습니다. 온갖 설움과 차별에도 이겨내셔야 합니다. 믿을 곳은 오직 본인뿐이라는 사실을 명심하십시오. 저도 믿지 마세요."

고선지는 단호했다. 고구려 유민으로 안서대도호부의 자리에 오르기까지 그의 처절한 투쟁이 눈앞에 그려졌다. 페리둔이 고선지에게 말했다.

"장군. 저의 군사들을 거두어 주시기 청하옵니다. 장군의 부대에 합류하여 아랍 이슬람 세력과 싸울 수 있게만 해주시기 바랍니다. 앞으로 제국의 부활이라는 말은 사용하지 않겠습니다. 살아남기 위해 싸우겠습니다."

그제서야 고선지는 웃으면서 말했다.

"왕자님이 살아남아야 나라를 구할 수 있습니다. 소장이 어떻게 이 자리에 올라왔는가를 기억해 주십시오."

페리둔은 고선지의 마지막 말이 가슴에 박혔다. 고구려 왕손으로 당나라에서 살아남기 위해서 그의 삶이 얼마나 처절했는지를 느낄 수가 있었다.

이렇게 고선지와 페리둔의 만남은 시작되었다. 서로의 눈빛으로 서로를 알 수 있었다. 그다음 날 고선지는 여러 장수를 불러 모으면서 페리둔을 소개하면서 말했다.

"파사국의 왕자님이 우리를 도와주겠다고 이렇게 군사를 이끌고 직접 찾아오셨다. 하늘이 우리 편이라는 것을 보여주셨다."

군사들의 환호가 이어졌다. 고선지는 당나라 군사들의 사기를 올리기 위해서 페리둔을 치켜세웠다. 고선지는 주위의 장군들이 들으라는 듯이 큰 소리로 말했다.

"우리는 오직 당나라 황제를 위하여 목숨을 바칠 것이다. 황제의 땅을 침범한 대식국을 쳐부수고 황제의 은덕에 보답하는 것이 우리의 의무이다."

고선지는 침착했고, 당나라 한족들의 시기와 질투 속에서 고구려 사람으로 살아남기 위해서 얼마나 노력했는지를 페리둔은 짐작할 수 있었다. 페리둔은 고선지에게 말했다.

"이곳 지리에 밝은 우리 페르시아 군사가 장군에게 조금이나마 힘이 되어드리고 싶습니다."

"감사하옵니다."

페리둔은 고선지가 믿을 만했다. 이 전투에서 승리하면 그 여세를 몰아서 아랍에게 빼앗긴 페르시아의 수도를 공격해서 아랍 이슬람을 페르시아에서 몰아낼 계획을 하고 있었다. 탈라스 평원의 별들이 페리둔에게 축하 인사를 하듯이 반짝이고 있었다. 그날 저녁 고선지로부터 은밀하게 두 사람만 만나자는 전갈이 왔다. 페리둔이 늦은 밤에 고선지의 막사를 찾았다. 주위에는 아무도 없고 단출한 술상만 준비되어 있었다.

고선지는 완전히 다른 사람처럼 변해있었다. 그도 고구려가 멸망하고 당나라에서 살아남기 위해 열 배의 노력을 기울였지만, 항상 외국인이라는 의심의 눈초리를 피할 수는 없었다. 그런데 자신과 같은 처지에서 끝까지 잃었던 나라를 되찾기 위해 고생하는 페리둔을 보며 동병상련의 정을 느꼈다. 그러나 당나라 장수들이 보고 있는 가운데 절대로 내색을 할 수도 없었다. 고선지는 살아남기 위해서 아무도 믿지 않았다. 처음에 페리둔이 찾아왔을 때도 혹시 아랍의 첩자가 아닌지 의심하였다. 그러나 페리둔의 진심을 알고 나서는 고선지도 서서히 페리둔에게 마음의 문을 열었다. 그래서 고선지는 모든 사람을 물리치고 속마음을 이야기하고 싶었다.

"지난번 제 말에 상처를 받으셨다면 이 자리에서 사과하고 싶소."

고선지는 페리둔에게 술을 권했다. 페리둔이 술을 한잔 들이킨 후에 말했다.

"장군의 속마음을 저는 이해합니다. 저도 나라 잃은 아픔을 누구보다도 잘 알고 있습니다. 장군께서 아랍을 물리치고 페르시아 제국을 되찾아 주신다면 저는 장군께 무엇이라도 해드리고 싶습니다."

"제가 비록 당나라의 장수로 싸우고 있사오나 저도 역시 고구려의 왕손입니다. 제가 왕자님의 나라를 반드시 찾아드리겠습니다."

페리둔은 그 말에 눈물이 쏟아졌다.

"전쟁의 장수가 눈물을 보여서 미안합니다. 나는 목숨을 바쳐서 이 전쟁을 승리로 이끌겠습니다. 이곳의 지리는 우리 군사들이 더 잘 알고 있으니 우리 군사들이 선봉에 서서 적을 무찌르게 도와주십시오."

"왕자님은 파사의 제국을 일으키셔야 할 귀한 몸이십니다. 저희들이 적들을 쳐부술 수가 있습니다."

두 사람은 깊은 대화를 나누었다. 고선지는 취기가 오르자 속에 있는 말을 했다.

"소장도 전쟁이 끝나면 고향으로 돌아갈 것입니다. 본래 고구려 백제 신라는 한 나라였습니다. 당나라가 우리 땅을 먹으려고 할 때 우리 고구려사람들이 제일 열심히 싸웠습니다. 제가 비록 당나라의 군복을 입고 있지만, 저의 꿈은 다른 곳에 있사옵니다. 저에게는 초원을 누비던 조상들의 피가 살아서 멀리 세상 구경을 하고 싶었습니다. 여우도 죽으면 고향을 보고 눕는다는 말이 있지 않습니까. 소장도 이번 전쟁에서 승리하면 고향으로 내려가서 금의환향하고 싶습니다. 그리고 우리의 뿌리를 만방에 알릴 것입니다."

페리둔은 주위를 살폈다. 혹시 당나라 사람이 들으면 큰일 날 소리였다.

"장군, 소리를 낮추시기 바랍니다. 낮말은 새가 듣고 잠 말은 쥐가 듣는다고 하였습니다. 말씀을 조심하시기 바랍니다."

고선지도 말을 알아들었는지 화제를 바꾸며 말했다

"왕자님의 나라를 뺏은 대식국 놈들을 한 놈도 살려두지 않고 모조리 없애버리겠습니다."

"저들을 쉽게 보면 안 됩니다. 코끼리로 무장한 그들의 세력이 막강하니 전략을 잘 짜야만 할 것입니다."

"왕자님 걱정하지 마십시오. 이 고선지가 전쟁에서 한 번도 진 적이 없습니다. 제가 고구려사람으로 어떻게 당나라의 대장군이 되었겠습니까? 전쟁이라면 자신이 있습니다. 왕자님은 이곳 지리에 훤한 길잡이 몇 명만 소개해 주시기 바랍니다. 제가 왕자님의 원수를 반드시 갚아드리겠습니다."

고선지는 너무 자신만만했다. 그 점이 오히려 페리둔을 불안하게 했다. 페리둔은 고선지의 자신감이 든든하기도 하지만 한편으로는 걱정이 되었다.

"아랍군의 대장은 누구라고 합니까?"

"대식국의 대장군은 지야드 이븐 살리흐라고 하고 그 뒤에 아랍 제국의 왕자까지 왔다고 들었습니다."

페리둔은 아랍 제국의 왕자라는 말에 귀가 번쩍 뛰었다.

"반드시 원수를 내 손으로 갚을 수 있도록 도와주시오."

술취한 고선지는 웃으며 말했다.

"제가 아랍 왕자의 머리를 왕자님께 선물로 드리겠습니다."

초원의 밤은 깊어만 갔다. 페리둔은 약간 술이 취해서 막사를 나왔다.

다음날 페리둔은 자기 진영으로 돌아와서 군사를 모으고 큰 소리로 말했다.

"우리는 당나라 군사와 힘을 합쳐서 우리의 원수를 쳐부수기로 했다. 이것은 하늘이 준 기회이니 모두 목숨을 바쳐서 나라를 찾아야 한다. 이때까지 우리는 수적으로 불리해서, 전면전을 하지 못하고, 이동하며 소규모 전쟁에서 적에게 많은 타격을 입혔다. 이제 드디어 당나라 군사들과 힘을 합하여 전면전을 하기에 이르렀다. 우리가 오매불망 기다려왔던 순간이 이제야 다가온 것 같다. 모두가 목숨 걸고 싸우면 승리는 우리의 것이다."

함성이 온 산을 울리고 온 강을 울렸다. 나라 잃은 설움의 한이 한꺼번에 뿜어져 나왔다.

탈라스 전투

751년 고선지가 이끄는 당나라와 지야드 이븐 살리흐가 이끄는 아랍군이 탈라스 하반의 아틀라흐에서 전쟁을 벌였다. 이것이 세계 최초로 동서양이 맞붙은 탈라스 전투[56]이다. 마호메트의 후계자 문제로 분열된 이슬람을 통일한 아바스 이슬람 왕조의 왕자는 대규모 군사를 이끌고 아랍을 떠났다. 중간에 페리둔의 군사가 당나라에 합류했다는 소식을 듣고 그는 회심의 미소를 지었다.

'도둑이 저절로 수중에 들어왔구나. 일거양득이로다. 당나라 군대를 물리치고 페르시아 잔존 세력을 한꺼번에 소탕한다니 이보다 더 좋은 전쟁이 어디 있겠는가?'

그동안 아랍의 왕자는 게릴라 전법으로 산악에서 치고 빠지는 페리둔을 잡기 위해 온 전력을 기울였지만 잡을 수가 없었다. 그런데 그

---

56 탈라스 전투는, 751년 현재의 키르기스스탄에 있는 탈라스 평원에서 당시 세계의 두 강대국이던 이슬람의 아바스 제국과 중국의 당나라가 맞붙은 고대 최대 규모의 세계대전이다. 7일 밤낮으로 계속된 평원 전투에서, 기습과 매복 전략에 익숙한 이슬람 군대가 뛰어난 무기를 앞세워 대승을 거두었다. 고구려 유민 출신의 고선지 장군이 이끈 당나라 군대는 2만 명이 포로로 잡히는 수모를 당하면서 크게 패했다.

런 페리둔이 당나라 고선지와 합류해서 전면에서 싸우겠다고 하니 그는 전의에 불탔다. 한편 페리둔은 아랍의 군사들이 탈라스 평원으로 몰려온다는 소식을 듣고 고선지의 막사를 찾았다. 고선지의 막사에서 장수들이 탈라스 평원에서 적과 부딪치기로 결정을 하고 있었다. 페리둔은 평원에서의 아랍군과 맞부딪칠 경우, 당나라가 불리하다고 고선지에게 몇 번이나 말했지만, 고선지는 그 말을 듣지 않았다.

"장군, 탈라스 평원은 주위에 아무런 장애물이 없는 평지입니다. 탈라스 평원에서 싸우지 말고 적을 계곡으로 유인해서 유리한 고지에서 전쟁을 하는 것이 좋을 것 같습니다."

아직 전쟁에서 한 번도 패해 본 적이 없는 고선지는 얼굴을 붉히며 말했다.

"하늘은 우리의 편입니다. 적이 무서워 우리가 피한다면 이는 세계 최강 당나라의 수치입니다. 우리는 당당하게 탈라스 평원에서 적을 무찌를 것입니다."

고선지는 당나라의 장수들 앞에만 서면 일부러 더 큰소리를 쳤다. 이 모습을 보고 페리둔은 한편으로는 그의 심정을 이해할 수 있을 것 같았다. 그러나 페리둔은 물러서지 않고 말했다.

"저는 계속 저들과 삼십 년간을 싸워왔습니다. 저들의 속사정을 제가 너무나 잘 알고 있기에 드리는 말씀입니다."

"우리는 파사국의 군대와는 다르오. 당나라 황제의 군대요. 이때까지 한 번도 패배를 모르는 군사들이오. 왕자님은 무서우시면 후방을 맡으시오."

"장군, 무서워서라면 저는 이 자리에서 배를 가르고 싶은 심정입니다. 적의 코끼리 부대를 우습게 보시면 안 됩니다. 코끼리는 평지에서는 거칠 것이 없어서 그 힘을 앞세워 파죽지세로 몰려올 것입니다."

고선지는 코끼리 부대와 싸워 본 적이 없었다. 그는 자신만만하게 말했다.

"코끼리는 덩치가 커서 화살의 표적이 되기가 쉽지 않겠소? 우리의 화살 부대에 코끼리도 쓰러질 것이오. 걱정하지 마시오. 그리고 왕자님의 파사국 군사들은 측면에서 우리를 도와주시오."

"장군, 제가 적들을 제일 잘 알고 있습니다. 저의 페르시아 부대를 선봉에 서게 해 주십시오."

"그건 아니 되오. 이건 당나라와 아랍 제국의 전쟁이오. 그 전쟁에 선봉을 다른 나라에게 맡길 수는 없소."

고선지는 주위의 당나라 장군들 앞에서 자신만만했다. 드디어 751년 탈라스 평원에서 세계 최대의 두 제국이 맞붙게 되었다. 처음에는 고선지의 이십만 대군이 기선을 제압하는 듯했으나, 코끼리 부대에 뚫리면서 당나라 군대는 후퇴하기 시작했다. 고선지는 착각했던 것이다. 코끼리가 화살을 퍼부으면 쓰러질 줄 알았는데 코끼리는 화살을 맞고도 앞으로 돌진하였다. 그리고 창으로 찔러도 코끼리는 물러서지 않았다. 코끼리의 위력에 놀란 고선지는 후퇴하면서 페리둔을 찾았다.

"왕자님의 말을 들어야 하는데 제가 너무 자신했습니다. 앞으로 어떡하면 좋은지 전략을 말씀해주시기 바랍니다."

페리둔은 기가 꺾인 고선지를 보자 측은한 생각이 들었다. 한 번도 패배를 모르는 장군의 패배는 몇천 배의 수모를 그에게 안겨준 것이다.

"장군, 군사를 모두 물리셔서 천산산맥(天山山脈)의 계곡으로 피신하십시오. 적을 그쪽으로 유인하셔야 합니다."

고선지는 눈물을 머금고 전 군의 퇴각 명령을 내렸다. 그러나 이미 측면에서 공격당하는 당나라 군사 이만 명이 포로로 잡히고 치욕적인 참패의 수모를 겪으면서 천산산맥 지역으로 고선지는 후퇴하였다. 그러나 아랍 제국의 왕자는 고선지의 작전에 말려들지 않았다. 아랍군사들은 더 이상 추격을 멈추고 탈라스 평원을 차지한 채 움직이지 않았다. 그러는 사이에 당나라 황실에는 고선지의 패배 소식이 전해지고 화의론자들이 아랍 이슬람과 수모를 겪으면서 패배를 인정하는 치욕적인 조약을 맺기에 이르렀다. 이로써 당나라는 실크로드의 지배권을 이슬람에게 넘겨줄 수밖에 없었다. 탈라스 전투는 동양과 서양 사이에 벌어진 최초의 대전이며 이 전쟁 이후에 이슬람 세력의 중앙아시아 진출은 가속화되었다. 당나라 군인 2만 명은 포로나 노예가 되어 사마르칸트와 바그다드를 비롯한 아바스 제국의 여러 도시에 흩어져 수용되었다. 그들 가운데는 제지 기술자가 상당수 있었다. 당시 중국의 선진 기술이 필요했던 아랍 이슬람의 아바스 제국은 제지 기술자들을 우대하면서 종이 생산에 전념했다. 당나라 포로들에 의해 사마르칸트의 제지 산업은 날로 번창하여 주요 수출품이 되었다. 이후 아랍 각지로 보급되어 새로운 지식 혁명의 실마리를 제공하게 되었다. 탈라스 전투 이후 페리둔과 함께 당나라에 협조했던 사마르칸트의 페르시아 유민들에 대한 강력한 숙청이 시작되었다. 아랍 이슬람은 어린애와 여자까지 모조리 죽였다. 무자비한 아랍군은 저항의 씨를 말리기 위해 페리둔 군사의 가족들에게까지 피비린내 나는 탄압을 가한 것이다. 페리둔은 근거지인 쿠차를 잃고 당나라의 서역 땅에 정착할 수밖에 없었다. 이때 페리둔을 따라온 사마르칸트의 페르시아 유민들의 피난 행렬이 끝없이 이어졌다.

752년 12월, 탈라스 전투에서 패하고 당으로 돌아온 고선지는 안서도호부 절도사의 자리에서 물러났다. 고선지를 시기하는 무리들이 처형시켜야 한다고 목소리를 높였지만, 당나라 현종은 고선지를 따르는 장군들의 요청으로 그를 직위도 없는 한직으로 옮겨서 근신하게 하였다. 고선지의 치욕은 이루 말할 수가 없었다. 752년 12월에 고선지의 부하 봉상청(封常清)[57]이 새롭게 안서도호부의 절도사로

---

57 고선지와 봉상청이 인연을 맺은 사연은《자치통감》에 자세히 나와 있다. 봉상청은 한족(漢族) 출신이었으나 외조부가 죄를 지어 안서로 유배되는 바람에, 그곳에서 태어나 어린 시절을 어렵게 지냈다. 거지나 다름없는 행색으로 봉상청은 고선지가 매일 드나드는 관청의 문 근처에 지키고 섰다가 심부름꾼이 되게 해달라고 졸랐다. 봉상청은 고선지가 달해부 반군 토벌에 나설 때도 따라가기를 간청하여 원정군에 참여시켰다. 752년 고선지가 탈라스 전투에서 패배한

임명되었다. 그러나 탈라스 전투 패배 이후 안서도호부는 쪼그라질 대로 쪼그라지고, 강력한 카리스마의 고선지가 사라진 이후의 혼란의 파도 앞에서 봉상청의 고민은 깊어졌다. 당나라가 서역에서 힘이 약해진 틈을 타서 중앙아시아의 여러 부족이 공격을 해오고 있었다. 그 가운데 페리둔의 페르시아 유민들은 돌궐인들과 함께 안서도호부의 자리에 터를 잡게 되었다. 어느 날 한직으로 물러난 고선지를 페리둔이 찾아왔다.

"장군, 한 번의 실패는 병가지상사라고 했습니다. 아직도 장군을 따르는 안서도호부의 장수들이 많이 있습니다. 힘을 내시기 바랍니다."

고선지는 술을 한잔 들이키며 말했다.

"왕자님을 뵐 면목이 없습니다. 제가 왕자님의 말씀을 들었어야 했는데, 승리에 집착한 나머지 실수를 한 것 같습니다. 수많은 전쟁에서 한 번도 패배를 맛보지 못하였기에 마음의 상처가 더 큽니다."

페리둔은 고선지를 위로하며 말했다.

"만약에 장군께서 고구려사람이 아니라 당나라 출신의 장수였다면, 이렇게 하였을까요? 백전백승의 훌륭한 장수가 한 번 졌다고 이렇게 내팽개치는 것은 있을 수 없는 일입니다."

"그 이야기는 하지 않으시는 것이 좋겠습니다. 저는 이미 그 모든

이후 봉상청은 고선지의 뒤를 이어 안서절도사가 된다.

것을 어릴 때부터 몸으로 겪었기에 살아남기 위해 처절하게 몸부림친 것입니다. 그런데 절도사의 자리에 오르고 나서 살아남아야겠다는 생각보다는 자만심이 가득 찬 것 같습니다. 그것이 패배의 원인이라 생각합니다."

고선지의 이야기를 듣고 페리둔은 이제 마지막으로 고선지에게 자신의 속마음을 이야기해도 되겠다고 생각했다.

"장군, 저의 페르시아 유민들은 옛날 세계를 주름잡던 높은 문화와 기술을 가지고 있습니다. 그리고 비단길을 통해서 수입도 올려서 막대한 재산도 가지고 있습니다. 당나라에는 우리 페르시아 유민들을 소그드인이라 지칭하며 탈라스 전투에서 당나라 편을 들어서 전쟁에 참여했다는 이유로 우리에게 호의적입니다. 저는 소그드인들을 모아서 이곳에서 소그드인들의 나라를 만들어볼까 합니다. 당나라의 변방에서 힘을 기른 후에 마지막으로 페르시아 제국을 되찾으려고 합니다. 장군께서 도와주시면 이 은혜는 잊지 않겠사옵니다."

고선지는 페리둔의 이야기를 듣고 대답은 하지 않고 하늘만 쳐다보았다. 그의 얼굴에 복잡한 그의 심정이 그려졌다. 페리둔은 고선지에게 대답을 더 이상 요구하지 않았다. 둘은 한동안 말없이 술만 마셨다. 이렇게 고선지와 페리둔은 자주 만나서 우정을 쌓아가고 있었다.

페르시아 유민, 안녹산

탈라스 전투에서 고선지와 함께 싸운 페리둔의 페르시아 유민들은 끝까지 싸우자고 했으나, 당이 패배를 인정하고 실크로드의 주도권을 상실함으로 전쟁은 종결되었다. 당나라 군사들은 잿밥에만 관심이 있어서 서역상인들의 재물을 약탈하기에 바빴다. 페리둔은 화가 난 페르시아 유민들의 힘을 결집시키며, 안서도호부 외곽지역에서 절치부심하여 군사를 다시 모으고 있었다. 그런데 페르시아 유민 가운데 실크로드를 장악해서 무역하던 페르시아 제국의 소그드 지방 사람들은 군사 훈련보다는 다른 방법으로 살길을 모색하고 있었다. 이들은 페르시아 제국 시대에 실크로드의 중계무역으로 엄청난 부를 축적하였으며 페르시아 멸망 후에 신장과 내몽골 사이에 6호주를 설치해서 당나라에서 합법적인 거주를 허락받았다.

그 소그드인 가운데 특별한 인물이 있었는데 그 인물의 이름은 안녹산[58]이었다. 중국인들은 그 당시 페르시아를 안식국(安息國)이

58 아버지는 페르시아 이란계(系) 소그드인(人)의 무장이었던 안연언(安延偃)이고, 어머니는 터

라고 불렀으며 그들을 안식인이라고 했다. 그래서 중국에 사는 페르시아 사람들은 안식국의 안(安) 자를 성으로 사용해서 중국식 이름을 짓기 시작한 것이다. 안녹산도 페르시아 멸망 후에 탈출한 유민의 후손이었다. 안녹산의 아버지는 이재에 밝아서 페리둔의 군대에 합류하지 않고 실크로드의 무역을 통해서 막대한 부를 챙겼다. 안녹산은 페르시아 계통의 소그드인 아버지와 돌궐계 무희인 어머니 사이에서 태어났다. 그는 중국어와 페르시아어 그리고 돌궐, 투르크 말도 자유자재로 하는 똑똑한 젊은이였으며, 장사에 뛰어난 수완을 보여서 변방 이민족들과의 중계무역으로 많은 부를 쌓았다. 안녹산은 이렇게 이룬 큰 재산으로 당나라 중앙의 고위 관리들에게 많은 뇌물을 뿌리면서 황실 사람들에게 접근하는 데 성공했다. 몸집이 비대해서 아랫배가 허리 아래까지 처질 정도였던 그는 교활하고 재치가 넘쳤으며, 아첨하고 남의 비위를 맞추는 데 능숙했다. 당나라의 수도 장안은 실크로드 교역이 활발히 이루어진 국제도시였다. 욕심과 야망이 큰 안녹산은 부를 축적한 다음에 권력을 잡고 싶었다. 그는 당나라가 소수민족을 변방의 군사로 모집할 때 군에 들어갔으며, 30대에 유주 절도사 장수규를 뇌물로 유혹해 그에 의해 두각을 나타내게 되었다. 그는

키족 돌궐(突厥)의 무녀(巫女) 아사덕씨(阿史德氏)다. 안녹산은 6개 국어를 구사하여 영주(營州)에서 무역 중개인 역할을 하기도 하였다. 그는 변경 방비를 잘 맡았으며 파견된 사자에게 뇌물을 주는 등으로 급속히 현종(玄宗)의 신임을 얻었다. 30대에 유주절도사(幽州節度使) 장수규(張守珪)를 섬겨 무관으로서 두각을 나타내었고 742년 영주에 본거를 두는 평로절도사(平盧節度使)가 되었다.

자신이 소수 민족 출신으로 변방의 지리에 밝고, 여러 언어에 능통한 것을 적극 활용해 토벌 작전에서 많은 공을 세웠다. 탈라스 전투 이후 어수선한 틈을 이용하여 안녹산은 변방의 군권을 장악하게 되었다. 안녹산이 이렇게 빠르게 승진할 수 있던 이유는 그의 교활한 능력과 뇌물을 이용한 것에 더불어 양귀비의 전적인 신임을 받았기 때문이다.

안녹산은 현종이 양귀비의 치마폭에 놀아난다는 것을 알고 먼저 양귀비를 포섭하기로 결정했다. 안녹산은 현종이 총애하는 양귀비에게 목숨마저 내어줄 정도로 그녀의 마음을 녹였다. 그는 양귀비보다 무려 10여 살이나 위였음에도 그녀의 양아들이 되기를 자처했다. 안녹산은 때를 가리지 않고 궁궐을 드나들며 양귀비의 환심을 샀고 마침내 양귀비는 안녹산의 꾀에 빠져들었다. 드디어 양귀비를 통해서 당나라 황제를 만날 수 있는 기회를 잡은 안녹산은 그 기회를 놓치지 않고 현종을 녹이기 시작했다. 안녹산이 처음 현종을 배알했을 때, 그는 현종에게만 큰절을 하고, 옆에 있는 태자에게는 절을 하지 않았다. 이에 주위에서 절을 종용하자 그는 말했다.

"저는 오랑캐라 예를 잘 알지 못하옵니다. 태자란 무엇을 의미하는지요?"

안녹산은 알면서도 모르는 체하면서 말하자, 현종이 웃으면서 말했다.

"태자는 짐의 뒤를 이어 황제가 될 사람이야."

안녹산은 엎드려 현종에게 말했다.

“세상에 황제는 오직 한 분만 있는 줄 알았사옵니다. 소인의 무례를 용서하시옵소서.”

현종은 세상에 황제가 자신밖에 없다는 안녹산의 말에 기분이 좋아서 웃었다. 현종은 농담 삼아서 안녹산의 뚱뚱한 배를 보고 말했다.

“그대의 거대한 뱃속에는 도대체 무엇이 들었는가?”

안녹산은 망설임 없이 대답했다.

“오직 폐하에 대한 충심(忠心)만이 가득합니다.”

현종은 숨이 넘어갈 정도로 웃었다. 안녹산은 현종뿐만 아니라 조정 대신들에게도 아첨하며 뇌물을 주었다.

이처럼 안녹산은 큰 공을 세운 것이 없음에도, 뇌물과 세 치 혀만으로 현종의 총애를 받았으며, 심지어 열 살 많은 안녹산이 양귀비를 홀려서 그녀의 양아들이 되었을 정도였다. 이방인에 대한 차별과 멸시가 만연한 당나라에서, 비열하고 기회주의적인 처신을 통해 권력을 잡은 후, 멸시에 대한 보상심리 탓인지 그는 점점 괴물로 변해갔다. 양귀비를 등에 업고 권력을 휘두르던 안녹산은 양귀비의 사촌 양국충과 권력을 놓고 한판 싸움을 벌이게 되었다. 양국충은 안녹산의 저의를 알고 사촌 동생인 양귀비에게 안녹산을 멀리하라고 충고하였다. 피는 물보다 진하다고 했듯이 양귀비는 사촌 오빠 양국충의 편을 들면서 안녹산은 권력의 싸움에서 밀려나게 되었다. 양국충과의 권력 다툼에서 밀려난 안녹산은 결국 반란을 일으켜 양국충을 몰아내기로 결정했다. 755년에 반란을 일으키기 직전에 안녹산은 무려 3개 지역의 절도사를 겸임하게 되었다. 이때 그가 통솔했던 군대만 해도 당 전체의 절도사들이 지휘했던 총병력의 30% 이상을 차지하는 엄청난 숫자였다고 하니, 이러한 비상식적인 권력 집중은 현종의 40년의 넘는 오랜 치세 속에서 많은 모순과 폐해가 쌓이고 있었음을 보여주는 것이었다.

안녹산은 만반의 준비를 하고 안서도호부 외곽에 있는 페르시아 유민들이 모여 있는 소그드 마을을 찾아왔다. 페리둔은 탈라스 전투 패배 이후 소그드인들을 모아서 당나라에서 강력한 세력으로 자리잡기 시작할 무렵이었다. 안녹산은 페리둔을 왕자의 예로서 표시하였다.

"왕자님 소식을 듣고 제가 왕자님을 찾아뵈었습니다. 저도 페르시아의 피를 가지고 있는 소그드인입니다."

페리둔은 안녹산에 대해 좋지 않은 소문은 들어서 알고 있었지만, 그가 같은 핏줄을 가진 페르시아인이라는 데서 경계심이 풀어졌다.

"장군의 이야기는 이미 많이 들었소이다. 우리 페르시아인이 이곳 당나라에서 그렇게 큰일을 하시니 우리 페르시아의 영광이오."

"과찬의 말씀이시옵니다."

페리둔은 당나라 장안의 실세가 변방의 자신을 찾아온 것이 궁금했다.

"바쁘신 분이 어찌해서 이곳 변방의 나를 찾아오셨소. 나도 당나라 황제의 은덕으로 잘 지내고 있소만,"

안녹산은 페리둔의 말을 끊고 조심스럽게 말했다.

"왕자님의 뜻을 저는 잘 알고 있사옵니다."

"제 뜻은 항상 잃어버린 페르시아 제국을 되찾는 것이오."

"왕자님, 저도 페르시아 후손입니다. 제가 왕자님을 도와서 페르시아를 되찾는데 선봉이 되겠습니다."

"장군이 도와주신다면 저는 천군만마를 얻은 것이나 다름없습니다."

"왕자님 그전에 저를 하나 도와주셔야 할 일이 있습니다."

"페르시아를 되찾는 일이라면 무엇이든지 돕겠소."

"지금 당나라 조정에서는 제가 이방인이라고 시기하는 무리가 많습니다. 먼저 그들을 제거해야 합니다. 그래서 제가 전권을 잡으면 그때 탈라스 전투 패배의 복수를 명분으로 삼겠습니다. 당나라의 막강한 군사력을 이용한다면 우리의 원수 아랍 이슬람을 멸망시킬 수가 있습니다. 지금 아랍 이슬람의 세력이 만만찮아 왕자님 혼자의 힘으로는 어렵다고 생각됩니다."

페리둔은 안녹산의 말에 일리가 있다고 생각했다. 그가 안녹산의 꼬임수에 빠지는 것도 모르고, 페르시아 제국을 되찾을 수 있다는 말에 그는 모든 것의 판단이 흐려졌다. 그는 안녹산의 손을 잡고 말했다.

"장군, 고맙소. 그대가 진정 페르시아인이오. 내가 장군을 위해 할 수 있는 일은 무엇이든지 하겠소."

안녹산은 회심의 미소를 짓고 말했다.

"왕자님, 지금 당나라 조정에서 황제의 판단을 흐리게 하는, 불충한 양국충의 무리를 쫓아내야 합니다. 제가 군사를 이끌고 장안으로 들어가서 불충한 세력들을 뿌리 뽑겠습니다."

페리둔은 깜짝 놀라서 말했다.

"장군, 반역을 하자는 것입니까?"

"왕자님, 반역이라뇨? 절대 아닙니다. 당나라 황제를 위해서 군사를 일으키는 것입니다. 지금 황제 폐하는 불충한 간신배들에게 가로막혀서 아무것도 하실 수가 없습니다. 이 사악한 무리를 처단해야 황제를 바르게 보필할 수 있습니다. 저는 그 사악한 무리를 없앤 후에 당나라 황제의 명으로 우리 소그드인과 함께 아랍 이슬람을 공격해서 페르시아를 되찾으려고 합니다. 소장의 뜻을 헤아려 주십시오."

페리둔은 약간은 미심쩍지만, 안녹산의 말에도 일리가 있다고 보고 대답했다.

"승산은 있습니까?"

"저는 이날을 대비해서 이십만의 군대를 변방에서 훈련시켜 왔습니다."

"이십만의 군대면 충분할 것 같은데 일만의 페르시아 유민들의 도움이 필요할까요?"

"저번에 탈라스 전투에서도 보셨지만, 당나라 군사들은 코끼리 부대를 무서워합니다. 우리 페르시아의 코끼리 부대로 왕자님이 도와주시면 저들은 겁을 먹고 싸우지를 못할 것입니다. 그리고 다시 한번 말씀드리자면, 저도 페르시아인입니다. 저의 나라를 꼭 되찾고 싶습니다."

페리둔은 안녹산에게 말했다.

"장군의 뜻이 하늘을 감동시켰소. 이날이 오리라고 나는 믿고 있었소. 아버님이 못하신 일을 제가 할 수 있어서 기쁘오. 모든 힘을 동원해서 장군을 돕겠소."

이렇게 해서 페리둔은 안녹산의 난에 참여하게 되었다. 그러나 그것이 고선지와의 악연이 될 줄은 꿈에도 그는 몰랐다.

안녹산의 난

755년, 당나라 절도사 안녹산(安祿山)이 반란을 일으켰다.[59] 그는 페리둔이 이끄는 페르시아 유민들과 변방의 차별받는 한족과 이민족 출신으로 구성된 군사 이십만 명을 이끌고 하남을 향해 진군했다. 그는 현종 주변의 부패를 척결하고 양귀비의 사촌인 재상 양국충(楊國忠)[60] 토벌을 명분으로 내세웠다. 안녹산의 반란 소식에 당 조정은 발칵 뒤집혔다. 현종은 장안에서 긴급회의를 소집했다. 현종은 안녹산의 반란 세력을 제압할 사람으로 고선지가 적합하다고 생각했다. 현종은 여러 신하들 앞에서 말했다.

"반란군을 막을 만한 장수를 추천해 보시오."

신하들이 우물쭈물거리는 사이에 현종이 먼저 말하였다.

---

59 이 반란이 '안록산의 난'으로, '안사의 난', '천보의 난(天寶之亂)'이라고도 한다. 안녹산은 스스로 황제라고 선포(稱帝)하고 나라의 이름을 연(燕)이라고 하였다. 안녹산의 정권은 안녹산의 아들, 부하인 사사명, 그 아들에 이르기까지 9년간 계속되었다.

60 양국충(楊國忠)은 양귀비의 사촌 오빠이다. 본명은 양소(楊釗). 외척으로 현종의 신임을 얻어 권력을 얻었으며, 고력사 등의 환관들과 결탁하였다. 한때 40여 개의 관직을 독점하고 전횡을 휘둘렀으나, 안록산의 난이 일어난 다음 처형되었다.

"짐의 생각에는 고선지 장군이 적합하다고 생각하오. 경들의 의견은 어떻소?"

황제의 입에서 고선지 이름이 나오자, 고선지를 시기하고 감옥에 몰아넣었던 대신들이 입을 모아서 말했다.

"고선지는 아니 되옵니다. 전투에 패한 장수를 이 위기에서 다시 임무를 맡기는 것은 위험하옵니다. 지금 반란의 위기가 이민족 중심으로 일어나고 있는데 또 다른 이민족인 고선지를 투입한다는 것은 불길에 기름을 붓는 격입니다."

현종은 신하들의 의견을 무시할 수가 없어 다시 말했다.

"그러면 경들이 적임자를 빨리 추천해 주시오. 한시가 급박하오."

나이 많은 신하가 엎드려 말하였다.

"지금 현재 안서도호부 절도사로 있는 봉상청 장군이 적합한 인물이라 생각되옵니다. 그는 이민족과의 전쟁에 잔뼈가 굵었고 한족으로 믿을 수 있는 장수이옵니다."

"그러면 안서도호부 절도사 봉상청을 반란군 진압의 대장군으로 임명하노라."

모든 관료들이 고선지가 가장 뛰어난 장군임을 알고 있었지만, 고선지가 고구려사람이라는 이유로 그를 반란군 진압의 장군으로 꺼리고 있는 것이었다. 봉상청은 고선지가 발탁한 장군으로 고선지를 존경하고 그의 은혜를 잊지 않고 있었다. 반란군 진압 대장으로 임명받은 봉상청은 지체없이 달려와 낙양 지역에서 대대적인 모병 활동을 하기 시작했다. 그러나 반란군이 몰려오고 있는 촉박한 상황에서 겁먹은 백성들을 상대로 지원군을 모은다는 건 쉬운 일이 아니었다. 열흘 동안 십만의 병사를 모으는 데는 성공했으나, 대부분은 급조한 병력으로서 대개 날품 파는 일용직 노동자나 옥에 갇혀있던 죄수들과 부랑자들이었다. 직업군인으로서 오랫동안 훈련받아온 안녹산 휘하의 정예군을 상대하기는 어려웠다. 봉상청은 낙양에서 배수진을 치고 결사 항전하며 안녹산이 보낸 선발부대들을 막아내는 데 성공했으나, 곧이어 쳐들어온 이십만 규모의 대규모 본대를 맞아서는 크게 패하고 도망칠 수밖에 없었다.

안녹산은 낙양을 점령한 뒤 그곳에서 대연(大燕)이라는 새로운 왕조를 세우고 스스로 황제로 즉위하였다. 페리둔은 안녹산이 황제의 자리에 오르자 그를 찾아갔다. 안녹산은 이미 권력에 중독된 것처럼 다른 사람으로 변해있었다. 페리둔은 모든 사람을 물리고 안녹산과 단둘이 있자 먼저 입을 열었다.

"장군, 저번에 하신 말씀과 다르지 않습니까? 황제께 불충한 양국충을 몰아내기 위해 군사를 일으키신 것이 아닙니까?"

안녹산은 웃으며 말했다.

"이미 물은 엎질러졌습니다. 저들이 저를 반역자라고 낙인찍고 저를 죽이려고 하는데 제가 가만히 당하기만 바라십니까? 왕자님은 아직 정치를 모르십니다. 정치란 먼저 제압하는 것입니다. 그러지 않으면 제가 죽습니다. 정치의 세계에는 공존이 없습니다. 그건 말장난일 뿐입니다."

"그래도 우리는 당나라 황제의 은혜를 입고 이곳에서 페르시아 제국의 부활을 도모할 수 있지 않았습니까?"

"왕자님, 좋은 말씀 하셨습니다. 왕자님의 꿈은 잃어버렸던 페르시아의 영광을 되찾는 것 아닙니까? 이제 왕자님과 제가 힘을 합하면 당나라까지 페르시아 제국의 영토로 만들 수가 있습니다. 당나라를 우리 페르시아 유민들이 점령한 후에 그 힘을 몰아서 탈라스 전투의 패배를 설욕한다는 명분으로 우리의 원수인 아랍 이슬람을 멸망시킬 수 있습니다. 그때 왕자님은 옛 페르시아 제국을 되찾으시고 저는 이곳 당나라를 다스리겠습니다."

"전쟁은 명분이 중요합니다. 의리를 저버린다면 민심이 따르지 않습니다."

"민심은 흔들리는 갈대와 같습니다. 바람에 따라서 흔들리는 것이 민심입니다. 민심의 바람은 힘입니다. 우리가 힘을 가지면 민심도 우리 편으로 만들 수 있습니다. 저는 당나라에 반기를 드는 이방인들의 지지를 받고 있습니다. 지금 당나라 조정은 썩을 대로 썩어있습니다. 지금이 기회입니다. 이 기회를 놓치면 영원히 페르시아를 되찾을 수가 없습니다."

페리둔은 안녹산의 속셈을 알면서도 그에게 끌려갈 수밖에 없었다. 안녹산은 페리둔에게 말했다.

"앞으로 왕자님도 저에게 장군이라고 하시지 말고 폐하라는 호칭을 사용하시기 바랍니다. 아랍 이슬람을 물리친 이후에 왕자님께도 페르시아 황제의 자리를 약속하겠습니다. 왕자님, 우리 페르시아인이 세계를 다스리는 것입니다."

페리둔은 안녹산과 헤어지면서 씁쓸한 감정을 지울 수가 없었다. 이때까지 페르시아왕자인 자신을 이용한 것이 아닌가 하고 생각했다. 그러나 이미 때는 늦었다. 페리둔이 안녹산의 반란에 너무 깊숙이 관련되었기 때문이었다. 안녹산은 페리둔이 페르시아 황제의 후손이라는 것을 내세워 페르시아 유민들이 반란에 참여하는 명분을 만들어낸 것이었다. 소그드인들은 페르시아 부활이라는 명분 속에서 그들의 온 재산을 털어서 전쟁 물자에 보탬을 주었다. 페리둔은 앞으로 어떻게 해야 할지 고민이 깊어졌다.

755년 11월, 봉상청의 패전과 안녹산의 반란군에게 낙양이 함락된 소식을 들은 당나라 조정은 혼란에 빠져들었다. 낙양을 점령한 안녹산의 반란군은 현종이 있는 장안으로 곧 밀고 들어올 기세였다. 현종은 체면이고 뭐고 내팽개치고 고선지를 불렀다. 고선지가 현종을 배알한 지는 5년 만의 일이었다. 현종은 미안함도 무릅쓰고 고선지에게 말했다.

"장군이 이 누란의 위기에서 나라를 구해주기 바라오. 마음의 상처를 모두 씻어버리고 나라를 구해주기 바라오. 그대를 믿는 표징으로 짐의 아들을 그대와 함께 전장으로 보내겠소."

현종은 6번째 아들, 이연을 불렀다. 이연은 고선지에게 말했다.

"장군, 풍전등화의 위기에서 이 나라를 구해주시오. 형식적으로는 내가 총사령관이지만, 장군에게 전권을 주겠소. 장군만 믿겠소."

고선지는 황제와 그의 아들 앞에서 맹세했다.

"소장을 믿어주시니 소장은 목숨을 걸고 이 나라를 지키겠나이다."

현종은 고선지와 아들에게 술을 따르며 말했다.

"장군만 믿겠소. 저 사악한 무리들을 처단해 주시오."

낙양에서 봉상청의 진압군이 안녹산의 반란군에게 패한 이후 장안에는 싸울 군사도 부족했고, 모두 환락에 빠져있었던지라 올바른 장수마저 부족했다. 고선지는 한 달이나 걸려서 겨우 각지에서 10만의 군대를 끌어 모았다. 고선지는 근정루에서 현종의 배웅을 받으며 반란군 진압을 위한 출정에 나섰다. 그러나 끝까지 고선지를 믿지 못하는 한족의 관리들이 고선지 옆에 환관 변령성(邊令誠)을 붙인 것이다.[61] 그리고 변령성에게 고선지의 모든 것을 하나도 빼지 않고 황제에게 매일 보고하도록 지시했다. 그런데 환관 변령성은 고선지를 시기한 관리들이 붙인 것이어서 고선지의 약점을 언제든지 캐서 몰아

61 "玄宗聞常清敗,削其官爵, 令白衣於仙芝軍效力. 仙芝令常清監巡左右廂諸軍, 常清衣皁衣以從事. 監軍邊令誠每事幹之" (《구당서》, 봉상청열전)

낼 생각만 하고 있었다.

안서도호부 시절의 고선지는 언제나 외딴 지역인 서역에서 자기의 판단과 통솔력으로 독립적으로 병사들을 지휘했기 때문에 남의 간섭을 받거나 감시를 받는 것에는 익숙하지 않았다. 그러나 지금의 상황은 완전히 달랐다. 환관 변령성이 고선지 옆에 붙어서 황제의 명을 빙자하면서 고선지를 시기하는 무리들의 명령이 하달되었으며 고선지의 일거수일투족이 그들에게 보고되었다. 현종도 한때 총애했던 이민족 출신 장수인 안녹산으로부터 당한 배신에 치를 떨고 있었지만, 이이제이(以夷制夷)의 형식으로 이민족 장군을 이용해서 이민족을 치는 전략이 나쁘지 않다고 생각하고 있었다. 이러한 당나라 조정의 정치적 동향과 권모술수에 고선지는 익숙하지 못했다. 고선지가 살아남기 위해 처절하게 몸부림쳤던 황량한 이역만리 서역에서의 성장배경은 당나라 조정의 올가미에 쉽게 걸려들 수 있는 위험을 안고 있었다.

고선지가 반란군 진압의 대장군으로 임명되어서 새롭게 전쟁을 준비한다는 소식을 듣고 안녹산은 긴장하지 않을 수가 없었다. 그도 고선지를 누구보다도 잘 알고 있었기 때문이었다. 고선지의 용맹함과 통솔력은 안녹산의 반란군에게 큰 위협이 되었다. 고선지가 반란군 진압의 선봉에 섰다는 이야기를 듣고 이탈하는 병사가 늘어났다. 고선지 장군을 따르는 병사들이 많았기 때문이었다. 안녹산은 계략을 꾸미기 시작했다. 당나라 황실에서는 아직도 고선지를 미워하는 사람이 많기 때문에 고선지가 다른 마음을 품고 있다는 의심을 주는 이간계(離間計)를 쓰면, 그들은 언제라도 고선지를 내칠 수 있다는 것을 안녹산은 알고 있었다. 안녹산은 페리둔이 고선지와 친하다는 것을 알고 페리둔을 불렀다.

"왕자님이 고선지 장군을 한번 만나보시는 것이 좋을 것 같습니다. 저는 고선지 장군을 우리 편으로 끌어들이면 이 전쟁은 바로 끝낼 수 있다고 생각합니다. 고선지 장군도 고구려사람으로서 당나라 한족들에게 많은 핍박을 받았습니다. 우리와 고선지 장군은 같은 이방인입니다. 왕자님께서 고선지 장군을 만나서 저의 뜻을 전해주시기 바랍니다."

페리둔은 안녹산의 말을 듣고 망설였다. 계략과 꾀에 강한 안녹산이 무슨 계책을 꾸밀지 모르기 때문이었다.

"제가 이 상황에서 고선지 장군을 만나면 오해만 불러일으킬 수가 있습니다."

"고선지 장군을 위해서라도 왕자님이 꼭 만나셔야 합니다. 왕자님이 고선지 장군의 마음을 돌리신다면 저는 장안을 함락한 후에 고선지 장군을 선봉으로 해서 우리의 원수 아랍 이슬람을 없애버리겠습니다. 그리고 고선지 장군에게도 탈라스 전투의 패배를 설욕할 수 있는 기회를 드리는 것입니다."

페리둔은 당나라와의 무모한 전쟁은 말리고 싶었다. 그리고 더 중요한 것은 고선지와 싸우고 싶지 않았다. 페리둔은 고선지의 인품에 빠져든 상태였다. 그는 다시 한번 마지막으로 안녹산에게 말했다.

"우리의 적은 당나라가 아닙니다. 우리는 조상의 원수를 갚아야 합니다. 우리의 적은 아랍입니다. 그것을 잊어서는 안 됩니다."

그러나 안녹산은 강한 어조로 왕자에게 말했다.

"왕자님, 우리의 힘으로는 페르시아 제국을 되찾을 수 없습니다. 우리가 먼저 당나라를 점령한 후에 그 힘을 바탕으로 아랍에게 복수를 할 수 있습니다. 탈라스 전투의 교훈을 잊으셨습니까? 당나라는 물질의 풍요에 뒤덮여서 싸움을 무서워합니다. 그들은 전쟁에 관심이 없습니다. 우리는 그들의 용병에 불과합니다. 우리의 힘으로 페르시아 제국을 되찾고 저도 사마르칸트로 금의환향하고 싶습니다."

"그런데 당나라를 지키는 장수는 우리와 함께 싸웠던 고선지 장군이오. 목숨을 함께 했던 고선지 장군과 어떻게 칼을 겨눈다는 말씀이요?"

"그러니까 고선지 장군을 우리 편으로 끌어들여야 한다고 말씀드리지 않았습니까? 우리 페르시아 제국의 부활을 위해서도 왕자님이 고선지 장군을 꼭 설득하셔야 합니다."

페리둔이 무거운 마음으로 고선지를 찾았다. 고선지는 페리둔이 안녹산의 난에 가담한 줄 모르고 있었다. 그는 페리둔을 반갑게 맞이했다.

"왕자님, 어서 오십시오. 탈라스 전투 이후 제가 사정이 좋지 않아서 왕자님을 찾아뵙지 못하였습니다."

"알고 있습니다. 새롭게 큰 중책을 맡으셨다고 들었습니다."

"반란군 토벌의 막중한 임무를 맡게 되었습니다."

고선지의 막사에서 둘의 이야기를 귀를 세우고 듣고 있는 사람이 있었다. 환관 변령성이었다. 페리둔이 고선지에게 말했다.

"장군님과 단둘이 이야기하고 싶습니다."

고선지는 환관 변령성에게 말했다.

"오랜만에 친구가 와서 단둘이 술 한잔 하고 싶은데 잠시 자리를 비켜주시겠습니까?"

변령성은 고선지에게 차갑게 말했다.

"저는 황제 폐하의 명령으로 대장군을 지키라는 엄명을 받고 왔습니다. 자리를 뜰 수 없다는 것을 이해해주시기 바랍니다."

얼굴이 붉어지는 고선지를 보고 페리둔이 말했다.

"괜찮습니다. 괜히 오해를 불러일으킬 생각은 없습니다. 술이나 한잔하실까요?"

변령성은 표정도 변하지 않고 말했다.

"두 분께서 말씀을 계속하시죠. 저는 하던 일이 남아있어서 계속해야 합니다."

변령성이 구석에서 황제에게 올리는 글을 쓰면서 귀는 이쪽을 향해 열려 있었다. 고선지가 감시를 받고 있다는 느낌을 받은 페리둔은 고선지를 위험에 빠트릴 수가 없다고 판단했다. 고선지는 페리둔이 안녹산의 반란군에 가담하고 있는지를 모르고 오랜 친구를 만난 것처럼 이야기만 주고받았다 변령성은 계속 두 사람을 의심의 눈초리로 노려보고 있었다. 페리둔은 고선지의 눈빛에서 그를 설득할 수 없다는 것을 느끼고 쓸쓸하게 돌아섰다.

고선지는 안녹산의 이십만 대군이 점차 몰려오고 있는 상황에서 수도 장안을 방비할 계책을 세우기 시작했다. 낙양에서 당나라 황제의 진압군을 이겼다는 자신감으로 안녹산이 이끄는 반란군의 전력과 사기는 하늘을 찌르고 있었다. 고선지의 부하이자 고선지 후임으로 안서도호부 절도사로 있던 봉상청이 낙양에서 안녹산에게 패배한 후, 고선지를 돕기 위해 동관으로 찾아왔다. 봉상청은 고선지에게 머리 숙이며 말했다.

“장군, 저를 꾸짖어 주십시오. 장군의 은덕을 배반하고 공명심에 불타서 반역자들에게 패하는 수모를 겪었습니다. 제가 마지막으로 장군을 도와서 설욕할 수 있도록 기회를 주십시오.”

고선지는 봉상청의 용맹함을 좋아했다. 같은 무장으로서 인정하는 바였고, 비록 그가 한인이지만 이방인들에게 잘 해주는 모습을 보고 항상 그를 감싸 안았다. 고선지는 봉상청의 손을 잡고 말했다.

“장군이 이렇게 도와주니 천군만마를 얻은 것 같습니다. 우리 힘을 합하여 저 반란군을 하루빨리 몰아냅시다.”

둘은 막사에서 오랜만에 술을 한잔하였다. 이번에도 옆에서 지켜보는 날카로운 눈이 있었다. 그는 모든 대화를 상상력을 동원하여 기록하고 있었다. 그다음 날 장안 수비의 외곽을 책임지고 있는 섬주의 장군이 고선지를 찾아와서 말했다.

"지금 섬주는 포기해야 할 것 같습니다. 병력을 분산하는 것보다는 한 곳에 집중시키는 것이 적의 대규모 공세에 대항하기 유리합니다. 섬주의 병력을 이동하여 동관(潼關)을 단단히 지키는 게 최선의 방법이라고 사료됩니다. 만약에 반란군들이 동관을 함락시키면 황제가 계신 장안이 위태롭습니다."

이에 고선지는 중대 결정을 내렸다. 동관을 최후의 방어기지로 선정하고, 모든 병력을 동관에 결집시켰다. 그는 군사들에게 외쳤다.

"이 동관이 무너지면 우리는 갈 길이 없다. 이 동관을 베개 삼아 우리는 죽을 각오로 싸워야 한다. 내가 직접 선봉에 서서 싸울 것이다. 두려우면 지는 것이고 지는 것은 곧 죽음이다. 우리는 살기 위해서 이 동관을 사수해야 한다."

군사들은 고선지를 믿었고 고선지와 함께 죽을 각오가 되어있었다. 이래서 지도자가 중요한 것이다. 지도자가 목숨을 걸고 싸우면 그 부하 중에서 비겁한 사람이 나올 수 없다. 고선지는 동관으로 이동하자마자 무기를 손질하고 방어진지를 구축하였다. 며칠 후 안녹산이 보낸 기병대가 동관에 들이닥쳤으나 성안에서 만반의 준비를 하고 있던 고선지의 방어군에게 격퇴당하여 물러나고 말았다. 처음으로 반란군에게 패배를 안겨준 전쟁이었다. 고선지는 유리한 고지를 선점하여 반란군의 장안 공격을 차단하는 데 일단 성공했으나, 이것이 고선지의 불행의 시작이었다. 당나라 조정에서는 처음으로 반란군과의 전쟁에서 승리한 고선지에게 상을 내리기는커녕 그를 음해하기 위한 공작이 시작되었다. 변령성의 귀에 안녹산의 반란군에 페르시아 유민들이 가담하고 있다는 소식이 들어왔다. 페르시아 유민의 중심에는 페리둔이 있었다. 페르시아 유민들이 안녹산의 난에 가담하고 있다는 소식이 황제에게 보고되었다. 황제는 노발대발하면서 말했다.

"은혜를 원수로 갚는구나. 이 땅에서 파사국의 씨를 말릴 것이다."

고선지의 죽음

페리둔이 고선지를 찾은 후에 고선지와 반란군 페리둔과 내통한다는 소문이 돌아서 이것이 현종의 귀에도 들어가게 되었다. 현종과 당의 관리들이 고선지를 의심하고 있는 가운데 변령성의 편지가 도착했다.

"고선지가 의심이 간다는 전갈은 이미 드렸습니다. 그 확실한 증거가 있기 전까지는 다시 보고서를 올리지 않으려고 했지만, 확실한 증거가 발견되었기에 여기 보고드립니다. 고선지가 페르시아왕자라고 불리는 소그드인 페리둔을 만난 이후에, 저와 상의도 하지 않고 섬주를 싸우지도 않고 반란군에게 내어주었습니다. 이는 적에게 이로운 행동으로, 적과 내통한 첫 번째 증거입니다. 두 번째 증거는 고선지의 부하 장수 봉상청이 고선지와 작당하여 낙양에 적병을 들임으로써 우리 군사들의 사기를 떨어뜨린 것입니다. 세 번째는 고선지가 동관 인근의 군사요충지를 불태워 반란군의 침입에 유리하게 한 것입니다. 이 반역자들을 가만두어선 안 됩니다."

이러한 보고를 받은 현종은 이성을 잃을 정도로 크게 화를 냈다.

반란 진압의 명령을 받은 대장군이 적과 내통하고 있다는 것이 불에 기름을 부은 격이었다. 현종은 고양이에게 생선을 맡겼다는 후회가 들었다. 현종은 한숨을 쉬며 말했다.

"한족이 아닌 이방인 고선지를 믿은 것이 짐의 불찰이었다."

이성을 잃은 현종은 변령성의 일방적인 보고에 대해서 고선지의 항변을 들어볼 생각도 않은 채 아래와 같이 명령했다.

"당장 진중으로 가서 봉상청의 목을 베고 고선지를 압송하라."

이러한 사실도 모른 채 고선지는 동관에서 승리한 후 이제는 수세에서 공세로 전환할 계획을 가지고 동관 밖으로 시찰을 나간 상황이었다. 갑자기 흙바람을 일으키며 황제의 친위대가 그에게 달려오고 있었다. 친위대는 다짜고짜 고선지를 포박하고 말했다.

"반역자 고선지는 황제의 명을 받들어라."

고선지는 영문도 무르고 동관의 성안으로 끌려갔다. 그의 눈에 처음 들어온 것은 가마니에 덮혀 있는 시신 한 구였다. 고선지를 보자 변령성은 묘한 웃음을 지으며 가마니를 열었다. 그곳에는 목이 잘려나간 봉상청의 시체가 고통스럽게 널브러져 있었다. 일부러 낡은 거적 위에 벌려 놓았던 것이다. 충격에 휩싸인 고선지에게 변령성이 다시 묘한 웃음을 지으며 다가와 말했다.

"고선지 장군은 황제께서 은혜를 베풀어 여기서 목을 치지 않고 감옥에 유치하라는 황명이 떨어졌소. 황제의 은덕인지 아쇼."

변령성은 비아냥거리듯이 말했다. 그러나 고선지에게는 변령성의 말이 귀에 들어오지 않았다. 봉상청의 목이 잘려나간 얼굴을 보자 피가 끓어올랐다. 하지만 고선지는 분노를 참고 변령성에게 말했다.

"내가 섬주에서 후퇴한 것이 죄라면 죄다. 그 때문에 죽는다면 무슨 할 말이 있겠는가. 그러나 나보고 반란군과 내통했다고 하는 것은 모함이다. 위로 하늘이 있고, 아래로 땅이 있으며, 당시 함께했던 군대도 모두 여기 함께 있지 않은가. 그대는 어찌하여 그것을 알지 못하는가. 죽는 것은 두렵지 않으나 진실은 밝혀주기 바란다."[62]

고선지의 말을 조용히 듣고 있던 병사들이 하나둘씩 나서서 외치기 시작했다.

"고선지 대장군은 억울하다!"

분노한 병사들을 향해서 변령성은 크게 외쳤다.

"황제의 명령이시다. 여기에 불복하는 자는 모두 반역죄로 체포하겠다."

고선지는 성난 병사들을 달래며 말했다.

"진실은 밝혀질 것이다. 내가 황제 폐하를 알현하고 모든 것을 말하겠다. 반란군이 언제 쳐들어올지 모르니 모든 병사들은 나라를 지키는 일에 최선을 다해주기 바란다."

그러나 끝내 고선지는 현종을 만나지 못하였다.

---

62 "仙芝遽下, 曰: 我退, 罪也, 死不敢辭. 然以我為盜頡資糧, 誣也." (《구당서舊唐書》, 고선지열전)

고선지의 처형 소식이 전해지자 페리둔은 안녹산을 찾아갔다. 어떤 짓을 해서라도 고선지를 구하고 싶었다. 페리둔은 안녹산에게 황제에게 하는 예를 표했다.

"폐하, 고선지 장군의 소식을 들으셨습니까?"

안녹산은 페리둔이 자신에게 폐하라는 호칭을 하는 것을 보고 얼굴에 웃음이 만연했다.

"고선지 장군이 곧 처형된다는 소식을 들었습니다."

"고선지 장군은 저 때문에 모함을 받아서 죽게 되었습니다. 고선지 장군을 구하셔야 하옵니다."

"왕자님께서 고선지 장군을 우리 편으로 끌어들일 수만 있다면 나는 지금 장안을 습격하여 고선지 장군을 구하겠습니다. 고선지가 저의 장군이 되어준다면 온 세상을 정복하지 않겠습니까?"

페리둔은 마음이 급해졌다.

"제가 고선지 장군을 설득하겠습니다."

"그 증표를 저에게 보여주셔야 합니다. 고선지는 호랑이 새끼와 같습니다. 우리 편이 되지 않으면 죽이는 것이 좋습니다."

"제가 오늘 안으로 설득하겠습니다."

페리둔은 낙양을 떠나서 장안으로 향했다. 장안에 있는 소그드 상인을 통해서 뇌물로 고선지를 만나려고 했다. 그 당시 장안에서 뇌물이면 안 되는 것이 없을 정도로 관리들은 부패했고 썩어있었다. 그날 밤 감옥의 간수를 돈으로 녹여서 페리둔은 고선지를 면회했다. 고선지는 페리둔을 보고 처음에는 놀라는 듯했지만, 웃으면서 말했다.

"죽음을 앞두고 고향 사람을 보고 죽습니다."

고선지가 페리둔에게 고향 사람이라는 말을 건네자, 페리둔은 가슴이 벅차올랐다.

"장군, 저 때문에 억울한 누명을 썼다고 들었습니다."

"저들은 처음부터 저를 믿지 않았습니다. 저는 고구려가 멸망하고 아버지와 함께 어릴 때 당나라 인질로 잡혀 왔습니다. 당나라는 고구려사람이 모여서 반역을 할까 봐 겁이 나서 고구려사람들을 고향에서 멀리 떨어진 곳에 뿔뿔이 흩어놓았습니다. 아버님은 서역의 사막에서 살아남아야겠다는 생각으로 가족을 지키기 위해 목숨 걸고 싸우셨습니다. 저는 지금도 아버님이 마지막으로 하신 말씀을 잊지 않고 있습니다. '언젠가는 고향으로 돌아가고 싶다.'"

페리둔이 말했다.

"신라가 원망스러우시겠습니다."

"처음에는 원망했지만, 이제는 원망도 사라졌습니다. 신라는 고구려와 같은 동이족으로 같은 민족이었습니다. 진시황이 중국을 통일했듯이 언젠가 삼한이 통일될 것이라고 생각했습니다. 저는 어릴 때부터 당나라에서 고구려사람이라고 차별을 많이 받고 자랐습니다. 그래서 일부러 당나라 사람처럼 행세했습니다. 그럴수록 더 출세해야겠다는 욕심이 앞섰습니다. 안서대도호의 자리에 올랐을 때 저는 아버님 영전 앞에서 많이 울었습니다. 그러나 이제 죽음을 앞두고 모든 것이 한순간의 꿈처럼 느껴집니다."

고선지는 마지막 말이라도 하는 듯이 자신의 속마음을 페리둔에게 털어놓았다.

"저는 왕자님을 처음 보는 순간 제 자신이 미워졌습니다. 왕자님은 저렇게 목숨 걸고 조상의 나라를 찾으려고 노력하는데 저는 이 원수의 나라에서 출세를 위해서 자신을 합리화하는 데에만 열중했습니다. 당나라 사람들에게 차별받지 않기 위해서 그들보다 열 배는 열심히 살았습니다. 그러나 끝내 저들은 저를 믿어주지 않았습니다. 하늘에 계신 고주몽 할아버지가 저를 어떻게 보시겠습니까? 왕자님과 저는 같은 처지인데도 행동은 달랐습니다. 저도 고구려 황실의 후손, 고주몽의 자손입니다. 그러나 저는 나라를 되찾을 생각은 하지 못했습니다. 왕자님은 저의 어리석음을 깨우쳐주셨습니다. 이제 죽음을 앞두고 후회해도 소용이 없습니다."

"저는 장군을 살리고 싶습니다. 안녹산이 약속했습니다. 장군께서 우리 편에 가담하시면 오늘 밤이라도 군사를 풀어서 장안을 공격하겠다고 합니다. 한 번만 뜻을 굽히시어 목숨을 보존하십시오. 제가 이렇게 부탁드립니다."

고선지는 페리둔의 부탁에 멍하게 허공을 쳐다보고는 말했다.

"왕자님의 뜻은 고맙습니다만 저는 반역자가 될 수 없습니다. 제가 반역자가 되면 당나라에 끌려와 있는 우리 고구려 백성들이 모두 죽게 됩니다. 저는 저 혼자 살기 위해서 고구려 유민을 버릴 수 없습니다. 고구려에 속죄하는 의미로 저는 기쁘게 죽음을 선택하겠습니다."

페리둔은 고선지의 뜻에 가슴이 뭉클했다.

"장군의 고구려 기상에 저는 고개가 숙여집니다."

"부디 왕자님은 뜻을 이루시어 페르시아 제국을 부활하시고, 그리고 초원을 주름잡던 우리 삼한의 뜻을 페르시아와 이어주십시오. 왕자님은 페르시아와 신라의 피를 이어받았으니 이는 하늘의 뜻이라고 할 수 있습니다."

페리둔은 고선지를 꼭 껴안았다. 이것이 이승에서의 마지막이라고 생각하니 사나이의 깊은 곳에서 눈물이 흘러내렸다. 그리고 둘은 한동안 아무 말이 없었다. 별빛에 반짝이는 달님도 눈물에 가려져서 흐렸다.

고선지는 페리둔의 도움을 받아 도망쳤다면 살 수 있었겠지만, 그 다음 날, 황제가 내린 죽음을 의연하게 받아들였다. 페리둔의 뜻을 따라서 고선지가 안녹산의 휘하로 들어가 인생의 마지막 불꽃을 태울 수 있었을지도 모른다. 그러나 그는 군인으로서 자기 평생의 경력에 그런 오점을 남기고 싶지는 않았다. 고선지는 마지막으로 명예로운 죽음을 원했다. 고선지는 고구려를 향해서 속죄하는 의미로 동쪽을 향해 세 번 절을 올렸다. 스스로 배를 가르기 위해 칼을 들어 올렸을 때 그는 마지막으로 푸른 하늘을 쳐다보았다. 수많은 회한이 짧은 순간에 스쳐 지나갔다.

'말도 잘 통하지 않는 이역만리에서 살아남기 위해 처절하게 몸부림쳤던 날들이 구름처럼 지나갔다. 내가 무엇 때문에 이렇게 아등바등 사람을 죽이면서 살아왔는가? 페리둔처럼 잃어버린 조국을 되찾기 위해 몸 바쳤던 것도 아니고 단지 조국을 삼킨 원수의 나라에서 오직 살아남기 위해, 출세를 위해 살아왔던 자신이 후회스럽다. 그러면 나는 무엇을 위해서 싸웠단 말인가?'

고선지는 마지막 푸른 하늘을 바라보며 회한의 눈물이 쏟아졌다. 그의 머릿속에는 아버지 고사계의 얼굴이 스쳐 지나갔고, 사랑했던 사람들의 얼굴이 하늘에 하나씩 펼쳐졌다. 불심이 그렇게 깊지 않았던 고선지는 마지막으로 부처님께 마음속으로 기도했다.

'부처님, 저를 용서하시고 저 때문에 목숨을 잃은 불쌍한 사람들에게 용서를 구합니다. 전쟁의 영웅이라는 미명 아래 저는 수많은 사람을 죽였습니다. 저의 죄를 용서하여 주시고 다음 생애에 다시 태어나면 저 초원을 누비는 야생마로 태어나게 해주십시오. 푸른 초원을 마음껏 뛰며 자유롭게 살고 싶습니다.'

고선지는 부처님께 기도하니 마음이 편해졌다. 그는 적들의 목을 수없이 벤 자신의 칼로 그 사람들에게 속죄하는 마음으로 자신의 배를 갈랐다. 피가 솟구치며 그의 얼굴을 덮었다. 그는 신음소리 하나 내지 않고 마지막으로 칼을 위로 올려서 심장을 찔렀다. 영웅 고선지는 그렇게 생을 마감했다. 고선지가 죽은 지 얼마 지나지 않아 동관은 안녹산의 군대에게 함락되고 말았다. 고선지가 지키는 동관은 난공불락이었지만, 고선지가 없는 동관은 모래성이었다. 동관을 점령한 안녹산의 반란군은 수도 장안마저 함락시켰다.

장안을 정복한 안녹산은 페리둔의 요청으로 고선지의 시신을 수습하여 성대한 장례식을 거행했다. 고선지는 마지막으로 죽으면서 승자가 된 것이다. 안녹산은 고선지의 억울한 죽음을 민심 회복용으로 이용하려 했다. 그러나 페리둔은 진심으로 고선지의 죽음을 애도하면서 고선지의 억울함을 만천하에 공표하였다. 고선지가 끝까지 반란에 가담하기를 거부한 것을 페리둔이 밝히면서 안녹산과 페리둔의 틈은 벌어지기 시작하였다. 고선지의 죽음을 자신에게 유리하게 이용하려는 안녹산에게 페리둔이 처음으로 제재를 가한 것이었다.

페리둔은 고선지를 절개를 지킨 영웅으로 추앙하면서 그의 뜻을 기렸다. 페리둔은 고선지의 묘비에 이렇게 새겨 넣었다.

'고구려 황제의 후손, 고선지 장군. 고구려의 뜻을 이곳까지 펼치다.'

고선지를 죽음으로 이끈 환관 세력들 그리고 양귀비와 양국충, 그리고 안녹산의 말로는 비참했다. 역사는 냉정하다. 현재의 쾌락을 죽이는 것이 역사의 영웅이 된다는 사실을 고선지는 몸으로 가르쳐주었다. 당나라 최고의 시인 두보는 고선지를 기리며 시를 한 수 지었다. 두보의 시가 아직도 우리의 귓가를 맴돌고 있다. 다음 생애에 태어나면 초원을 자유롭게 누비는 야생마가 되고 싶었던 고선지의 마지막 심정을 표현한 것 같아 더욱 마음을 울린다.

高都護驄馬行(고도호총마행)

安西都護胡青驄(안서도호호청총)
聲價忽然來向東(성가홀연래향동)
此馬臨陣久無敵(차마임진구무적)
與人一心成大功(여인일심성대공)
功成惠養隨所致(공성혜양수소치)
飄飄遠自流沙至(표표원자류사지)
雄姿未受伏櫪恩(웅자미수복력은)
猛氣猶思戰場利(맹기유사전장리)
腕促蹄高如踣鐵(완촉제고여부철)
交河幾蹴層氷裂(교하기축층빙렬)
五花散作雲滿身(오화작산운만신)
萬里方看汗流血(만리방간한류혈)
長安壯兒不敢騎(장안장아불감기)
走過掣電傾城知(주과철전경성지)
青絲絡頭爲君老(청사락두위군로)
何由却出橫門道(하유각출횡문도)

안서도호의 서역산 푸른 준마

명성을 떨치며 홀연히 동쪽으로 왔네

이 말은 전장에서 오래도록 무적이었고

주인과 한마음으로 큰 공을 세웠네

공을 이루니 은혜롭게 보살펴져 가는 곳마다 따라다니니

표표히 먼 사막으로부터 이르렀다네

씩씩한 자태는 말구유에 엎드려 은혜 입는 것을 받아들이지 않으니

사나운 기상은 아직도 전장의 승리를 생각하네

발목 짧고 발굽은 높아 쇠를 딛고 서 있는 것 같으니

교하에서 몇 번이나 겹친 얼음을 발로 차서 깨트렸던가?

오색 꽃무늬가 온몸에 구름처럼 흩어져 있어

만 리를 달리면 바야흐로 피땀 흘리는 것을 보겠네

장안의 장사들도 감히 올라탈 엄두를 못내니

번개보다 빨리 달려감을 온 성에서 다 알고 있기 때문이라

푸른 실로 갈기 땋고 주인을 위해 늙어가니

어찌하면 다시 전쟁터로 길을 나설 수 있을까?

페리둔의 탈출

안녹산의 반란군에 의해 수도 장안이 함락당하자, 현종과 양귀비를 비롯한 조정 관료들은 허둥지둥 장안을 빠져나가 멀리 양귀비의 고향인 촉주(蜀州)[63]까지 도망갔다. 피란 행렬이 장안에서 약 백 리 가량 떨어진 마외역에 이르렀을 때, 금위군 사이에서는 사태의 원인을 제공한 양국충에 대한 불만이 쇄도하기 시작했다. 그리하여 금위군은 쿠데타를 일으켜 양국충의 목을 베고, 급기야 현종의 거처를 포위한 채 양귀비를 죽일 것을 요구했다. 이에 현종은 양귀비에게 자결을 명했다. 결국, 양귀비는 그 피난길을 호송하던 성난 군사들의 강요에 의해 목을 매달아 자살하고 만다. 한편 고선지와 봉상청을 모함해 죽음에 이르게 한 변령성은 어이없게도 동관이 함락되는 과정에서 안녹산의 군대에게 항복해버렸다. 그 후 안녹산이 죽은 후, 반란이 진압되면서 변령성은 반역자로 끔찍한 죽음을 맞이하고 말았다. 양귀

---

63 촉주(蜀州)는 원래 사천성의 숭주를 말하는 것으로 당나라의 촉주는 토번과 대치하던 군사핵심지다.

비가 죽은 10여 일 후 장안은 반란군에게 함락되었다. 그러나 여전히 난을 진정시킬 방도를 찾지 못한 현종은 결국 태자 이형에게 황위를 물려주고 태상황이 되었다.

장안을 점령한 뒤, 황제의 자리에서 권력의 마약에 취한 안녹산은 폭군으로 변해서 누구의 말도 듣지 않았다. 파멸의 길을 자초하는 안녹산에게 민심은 돌아섰고 페리둔이 이끄는 소그드인들도 이미 안녹산에게 등을 돌리고 있었다. 이에 예전부터 안녹산에게 반감을 품은 엄장(嚴莊)이 안녹산의 아들 안경서(安慶緖)를 부추겨 안녹산 암살을 모의했다. 태자 안경서는 안녹산이 애첩 소생의 아들을 사랑해 황제 자리가 자신에게 돌아오지 않을지도 모른다는 위기의식을 가지고 있었다. 757년, 안녹산은 아들 안경서에 의해 자던 중 살해당했다. 반란군은 안녹산의 사망 후에도 피에 피를 칠하는 권력 투쟁으로 자멸해 갔다. 안녹산을 암살한 아들 안경서는 안녹산의 부장 사사명(史思明)에게 암살당하고, 사사명 또한 자신의 아들, 사조의(史朝義)에게 죽임을 당했다. 763년 안녹산이 죽고 난 후, 반란군이 분열된 틈을 타서 현종의 아들 숙종은 군사를 모아 반격을 개시했다. 피가 피를 부르는 권력 투쟁 속에서 사조의의 반란군은 당나라 군대에 몰려 위기에 처했고, 궁지에 몰린 사조의는 자살로 생을 마감했다. 이로써 9년간에 걸친 안사의 난은 막을 내렸다.

안녹산의 난을 진압한 숙종은 반란군에 대한 복수를 시작했다. 안녹산의 난에 가담한 이방인들의 팔족을 멸하였으며, 특히 반란군의 선봉에 섰던 페르시아 소그드인들에 대한 대대적인 숙청이 시작되었다. 페르시아 유민들의 실크로드 상권은 완전히 박탈되었다. 게다가 반란군에게 목숨을 잃은 한족의 가족들은 소그드인을 보기만 하면 죽이는 끔찍한 상황이었다. 이때부터 페리둔의 페르시아 유민들은 뿔뿔이 흩어져 당나라 국경 밖으로 살기 위해 도망쳤다. 안녹산에서 안경서, 사사명, 사조의까지 이어진 '안사의 난'은 당나라가 번영에서 쇠퇴의 길로 접어드는 전환점이었으며, 더 나아가 중국 사회를 변화시키는 계기가 되었다

페리둔은 다행히 고선지의 죽음으로 시작된 안녹산과의 불화로 인해 반란군의 중심에서 비켜있었다. 그는 안녹산을 따라 장안으로 가지 않고 낙양에 머물렀다. 반란군을 진압한 후에 당나라는 장안의 주모자들을 모두 처형하고, 낙양으로 밀고 들어왔다. 낙양을 지키던 페리둔의 군사는 전멸하고 마지막 전투에서 부상을 입은 페리둔은 야밤에 탈출하였다. 모든 것을 버리고 페리둔도 자결하고 싶었지만, 자신이 죽으면 페르시아 제국의 대가 끊긴다는 죄책감에 쉽게 죽을 수도 없었다. 마지막으로 어머니의 나라, 신라로 가서 마지막 희망의 불씨를 살리고 싶었다. 페리둔은 아라비아 상인 행세를 하면서 신라로 돌아갈 준비를 하였다. 페리둔은 아버지 아비틴이 남긴 유언이 생각났다. 페리둔은 아버지 생각에 눈물만 흘렸다. 페리둔은 남겨두었던 아버지의 머리카락을 만지면서 아버지에게 약속했다.

"아버님의 소원은 소자가 꼭 풀어드리겠습니다."

페리둔은 꼭꼭 숨겨두었던 보자기를 가슴에 품었다. 그 보자기 속에는 편지가 한 장 있었다. 그것은 신라공주 프라랑이 아들 페리둔에게 보낸 편지였다. 그 편지와 함께 비단으로 감싼 것이 반쪽의 목걸이였다. 페리둔은 어릴 때 어머니와 헤어져서 어머니의 얼굴이 자세히 떠오르지 않았다. 머리가 희끗해진 페리둔은 갑자기 어머니가 보고 싶어졌다.

"어머니가 보고 싶다. 고향이 보고 싶다."

페리둔은 어떻게 해서든 살아남아서 신라에 도착해야 했다. 그러기 위해서 그는 이슬람 복장으로 변신을 하고 남쪽 바닷가로 향했다. 당나라에는 소그드인들이 발붙일 곳이 없었다. 페르시아 소그드인들은 당나라 정부에서 반란 세력으로 무조건 죽이기 때문에 원수 같은 아랍 이슬람 복장을 하지 않을 수가 없었다. 도망 다니면서 며칠을 굶은 데다 전쟁에서 다친 부상이 심해져서 그는 길바닥에 의식을 잃고 쓰러졌다. 마침 지나가던 아랍 이슬람 상인이 그를 아랍 이슬람 의사에게 데려다주었다. 의사는 칠십이 가까운 온화한 사람이었다. 그는 페리둔을 치료하면서 지켜보고 있었다. 치료를 받으면서 페리둔은 무의식중에 페르시아 말이 튀어나왔다. 늙은 의사는 페리둔이 의식이 돌아온 후에 말했다.

"페르시아 분이시네요. 저도 페르시아 사람입니다. 안녹산의 난 이후로 모든 페르시아 사람이 이렇게 숨어서 우리의 적인 아랍인 행세를 하고 있습니다."

페리둔은 의사의 손을 잡았다. 그의 손은 떨리고 있었다. 안녹산의 난 이후에 처음으로 페르시아 사람과 페르시아 말을 주고받고 있었다.

"저의 아버님은 페르시아의 마지막 왕자 아비틴 왕자님입니다."

의사는 깜짝 놀라서 의자에서 일어나 큰절을 했다.

"왕자님이 살아계신가요?"

"아버님은 돌아가시고 저만 혼자 남았습니다."

"페르시아의 영웅이 돌아가시다니 하늘이 무너지는 느낌입니다. 그래도 아드님이 이렇게 살아계시니 페르시아 제국은 죽지 않았습니다."

"선생님께 처음으로 말씀드리는 것입니다."

"앞으로도 조심하십시오. 절대로 신분을 밝히시면 안 됩니다. 여기 아랍 사람들은 단결심이 강해서 페르시아왕자님을 절대로 가만두지 않을 것입니다."

"저를 신라에 가게 할 방법이 없습니까? 신라는 저의 어머니의 나라입니다. 꼭 돌아가야 합니다. 저를 도와주십시오."

그는 주위를 살핀 후에 페리둔에게 조심스럽게 말했다.

"왕자님. 저의 조상은 대대로 페르시아에서 의사 집안이었습니다. 그래서 제가 그 명맥을 잇고 있는 것입니다. 밖의 사람들은 제가 아랍의 의사인 줄 알고 있습니다. 마침 저의 환자 중에 신라에 출입하는 아라비아 상인이 있습니다. 제가 그 상인에게 왕자님을 부탁해 보겠습니다."

"감사합니다. 그 은혜는 잊지 않겠습니다."

"페르시아 황실에 입은 은혜를 이렇게나마 보답할 수 있어서 저는 영광입니다."

페리둔은 어머니의 나라에 돌아갈 수 있다는 희망으로 눈시울이 뜨거워졌다.

탈라스 전투와 페르시아왕자

희석은 역사에서 배운 탈라스 전투가 페르시아왕자 페리둔과 연결되어 있다는 것에 큰 충격을 받았다. 고선지 장군의 탈라스 전투는 들어보았지만, 페리둔이 그 탈라스 전투에 참여했을 수도 있다는 사실에 전율을 느꼈다. 희석은 역사적 사실을 파헤치고 싶었다. 쿠쉬나메에서 나오는 아비틴의 아들 페리둔의 기록과 탈라스 전투와의 시기도 같았고, 탈라스 전투에 페르시아 유민들이 합세했다는 기록도 있었다. 희석은 현철에게 물었다.

"탈라스 전투에 페르시아왕자의 이야기가 나옵니까?"

"페르시아왕자의 이야기는 나오지 않지만, 고선지 장군이 아랍의 이슬람과 탈라스 평원에서 전투할 때 페르시아의 소그드인들이 고선지 장군 편에 가담했다는 이야기는 나와 있어."

"그러면 페리둔의 이야기가 가능성이 있는 이야기이겠네요."

"페르시아 사람들이 페리둔을 페르시아를 부활시킨 영웅이라고 묘사한 것을 보면 설득력이 있는 이야기라고 볼 수 있어."

희석은 그동안 점점 역사의 미스터리, 미궁 속으로 빠져들어 가는 느낌이었지만, 그 끝없던 동굴 속에서 마침내 작은 불빛을 찾은 것 같은 흥분에 휩싸였다. 현철도 흥분하면서 이야기했다.

"탈라스 전투에서 고선지가 패함으로써 중앙아시아 실크로드의 판도가 바뀌게 되었어. 이슬람세력이 실크로드의 서쪽을 차지하고 티베트가 동쪽을 차지하고 투르크인이 북쪽을 차지하면서 당나라는 실크로드의 주도권을 완전히 상실하게 되었고 이슬람이 그 자리를 차지하게 되었어. 탈라스 전투의 승리로 중앙아시아가 이슬람화되는 시발점이 되었으며 제지 기술자가 이슬람에 제지술을 전파시켜 이슬람의 세계화에 기여하게 된거야."

"카자흐스탄, 우즈베키스탄, 키르키스탄, 투르키스탄 등의 중앙아시아 국가들이 탈라스 전투 이후에 이슬람화가 되었군요. 탈라스 전투가 지금까지 영향을 미치고 있는 것을 보면, 역사는 살아서 움직이는 것 같아요."

"역사는 그 옛날의 이야기가 아니고 지금 우리의 이야기야."

희석은 현철의 말에 고개를 끄덕였다. 희석은 또한 안녹산의 난도 그냥 중국의 역사인 줄 알았는데 페리둔이 연결되어 있다는 것이 놀랍기만 했다. 희석은 현철에게 물었다.

"안녹산의 난과 고선지 그리고 페리둔은 역사적 사실입니까?"

"안녹산의 난을 진압하기 위해 고선지 장군이 임명되고 고선지가 안녹산과의 전쟁에서 승리한 후에 모함을 받아 사형을 당한 것은 역사적인 사실이야. 그러나 구당서에 페르시아 유민, 소그드인들이 안녹산의 난에 가담했다는 기록만 있지 페리둔의 기록은 없어."

희석은 페르시아 유민을 이끌고 있는 페리둔이 안녹산의 난에 가담할 가능성은 충분히 있다고 생각하며 현철에게 질문했다.

"당시의 상황으로 봐서 페르시아 유민인 소그드인들이 안녹산의 난에 가담하고 안녹산이 소그드인이었다면 페리둔이 안녹산의 난에 참여할 가능성은 충분히 있는 거죠?"

"가능성은 충분히 있지만, 기록이 없기 때문에 역사학자로서 단정할 수는 없구나. 하지만 가능성은 열어두자."

"저는 역사학자가 아니니까 가능성을 가지고 합리적 상상력을 덧붙여도 괜찮겠네요."

희석이 웃으면서 말했는데 현철은 정색을 하고 대답했다.

"역사는 기록으로만 되는 것이 아니야. 기록보다 중요한 것이 진실 아니겠어? 기록이 없는 부분을 사실에 맞게 합리적 상상력으로 채우는 것이 너의 몫이라고 생각한다."

"선배, 감사합니다."

희석은 현철의 뜻을 이해했다. 역사학자들이 할 수 없는 일을 부탁한다는 의미로 들렸기 때문이다. 희석은 서서히 역사의 안개가 걷히는 느낌을 받았다. 역사는 끊어져 있는 것이 아니라 연결되어 있었다. 희석은 탈라스 전투 이후, 페르시아의 역사에 대해서 궁금해졌다.

"선배, 그러면 탈라스 전투 이후 페르시아는 계속 아랍 이슬람의 지배를 받았습니까?"

“아니야, 탈라스 전투 이후 중앙아시아 북쪽의 돌궐이 당나라가 약해진 틈을 타서 세력을 키우고 있었어. 돌궐은 서진을 계속했고 마침내 1040년 후라산 지역에서 아랍 이슬람과 돌궐의 전쟁이 시작된 것이야. 이 전쟁에서 돌궐이 승리함으로써 페르시아의 영토는 돌궐, 즉 투르크의 지배로 넘어가게 된 것이야. 그것이 셀주크 투르크[64]다. 투르크의 지배를 받은 페르시아는 그들의 제국 경험을 투르크에게 제공했지. 셀주크 투르크는 페르시아인을 높은 자리에 등용시키면서 페르시아 문화를 적극 받아들였다. 동로마제국과의 전쟁에서 승리하면서 셀주크 제국의 영토는 방대해졌어. 투르크 민족은 1071년 동로마 군대를 격파하면서 현재의 터키 땅으로 이주했고, 오스만투르크를 거쳐 오늘의 터키가 된 거야. 돌궐이 투르크가 되고 투르크가 터키로 된 거지. 현재 투르키스탄도 돌궐의 후손들이야. 돌궐은 고구려와 형제의 나라로 우리와 외모가 같았으나 서방으로 이동해 오면서 이슬람으로 개종하고 페르시아인들과 피가 섞이면서 오늘날의 외모를 가지게 되었어.”

“셀주크 투르크의 지배를 받은 다음에 페르시아는 어떻게 되었습니까?”

“페르시아는 셀주크 투르크의 지배를 받은 후에 칭기즈 칸이 세계를 정복하는 와중에 몽골의 지배를 받게 돼. 칭기즈 칸의 손자 훌라

---

64 셀주크 투르크는 1040년부터 1157년까지 중앙아시아, 이란, 이라크, 시리아를 지배한 제국이다.

구가 페르시아의 땅에 1256년 일한국을 세우는데, 일한국은 차가타이한국과 오고타이한국 그리고 킵차크한국과 함께 거대한 몽골제국의 일원으로 페르시아 재상을 등용하면서 세계를 통치했어. 몽골제국이 멸망하면서 일한국은 무너지기 시작했으며 그 자리에 티무르제국이 들어서게 된 것이야. 몽골의 후손 티무르는 수많은 페르시아인을 학살했지만, 그래도 페르시아는 살아남았어."

"그러면 아비틴이 꿈꾸던 페르시아 제국의 부활은 언제 이루어졌습니까?"

"사파비 페르시아 제국이라고 티무르가 멸망한 후에, 그러니까 페르시아가 아랍 이슬람에게 멸망한 지 800년 만에 아비틴과 페리둔이 그렇게 꿈꾸던 페르시아 제국이 부활했어. 그렇게 오랜 시간 동안 아랍 이슬람, 투르크, 몽골 등의 지배를 받으면서도 페르시아 언어와 문화를 유지한 것은 기적과도 같은 일이었어."

희석은 팔백 년 동안이나 나라를 잃은 민족이 다시 부활한다는 것은 기적과도 같은 일이라고 생각했다. 희석은 현철에게 말했다.

"그것은 아비틴의 꿈이 이루어지는 순간이었네요."

현철은 진지하게 말했다.

"아비틴과 페리둔의 꿈이 팔백년 만에 이루어진 셈이지. 그래서 꿈은 아름다운 거야."

희석은 800년 만에 페르시아 제국이 부활한 그날에 하늘에서 웃고 있는 아비틴과 페리둔 그리고 신라공주 프라랑의 모습이 떠올랐다. 수많은 민족이 페르시아를 점령했지만, 페르시아의 높은 문화에 감동되었다. 그들이 군사적으로는 점령자였지만, 문화적으로는 페르시아의 문화에 정복된 것이었다. 800년 만에 부활한 사파비 페르시아 제국은 시아파 이슬람을 국교로 지정하면서 페르시아만의 독특한 이슬람을 만들어낸 것이다. 오늘날까지 이슬람은 크게 수니파와 시아파로 분열되어 종교분쟁의 씨앗을 안고 있다. 현재 아랍 제국을 계승한 사우디아라비아가 수니파의 종주국이고, 페르시아를 잇는 이란이 시아파의 종주국이다.

사파비 페르시아 제국은 비록 종교는 이슬람으로 바뀌었지만, 그들은 페르시아 제국을 계승한다는 의미로 국호를 페르시아라고 정했다. 사파비 페르시아 이후 오늘날까지 이란은 페르시아 제국의 뿌리를 간직한 채 그 문화를 이어오고 있다. 아비틴과 페리둔이 하늘에서 이들을 지켜보고 흐뭇하게 웃고 있는 것 같았다.

귀환

758년, 아라비아 상인들의 배가 신라의 개운포 항에 접근했다. 그 속에는 아랍 이슬람 복장을 한 페리둔이 감개무량하게 신라의 땅을 쳐다보고 있었다. 열 살에 떠난 어머니의 나라를 육십의 나이가 되어 흰머리를 바닷바람에 날리며 바라보는 페리둔의 눈엔 어느새 눈물이 가득 고여 있었다. 열 살의 어린 나이에 어머니에게 눈물을 보이지 않으려고 뛰었던 부둣가가 페리둔의 눈에 들어왔다. 강산이 다섯 번이나 바뀔 만큼의 세월이 흘렀지만, 부둣가는 변함없이 바닷물을 받아주며 그대로 있었다. 개운포를 바라보는 망원사는 프라랑 공주의 한이 서려 있는 곳이었다. 구름이 망원사를 감싸고 페리둔을 감쌌다. 오십여 년 만에 밟는 신라 땅은 가슴이 울려서 쉽게 디딜 수가 없었다. 아라비아 상인들은 페리둔이 뱃멀미를 하는 줄 알고 비웃고 있었다.

신라에 도착한 후에 페리둔은 어머니를 먼저 찾았다. 어머니가 살아있기를 간절히 기도했지만, 구십이 가까운 어머니가 살아계시기에는 세월이 너무 흘러버렸다. 세월은 사람을 기다려주지 않았다. 옛날에 살던 집을 찾았지만, 어머니는 계시지 않고 잡초만 무성한 마당에 석류나무의 꽃들이 페리둔을 맞이하고 있었다. 페리둔이 살던 동네에는 아버지 아비틴을 따라온 페르시아 후손들이 살고 있었다. 파사마을의 촌장은 페리둔이 살아서 돌아온 것이 기적이라고 여기면서 구세주를 만난 듯이 기뻐하였다. 그 마을의 최고 연장자는 아버지 아비틴과 어머니 프라랑을 기억하고 있었다. 마을의 촌장은 아비틴 왕자의 아들 페리둔이 돌아왔다는 소식을 서라벌 관리에게 전했다.

페리둔이 돌아왔다는 소식이 반월성에 전해지고 신라의 대왕은 페리둔을 불렀다. 페리둔이 어릴 때 기억하던 외할아버지 문무왕은 돌아가시고 지금의 왕은 문무왕의 증손자인 경덕왕[65]이었다. 경덕왕은 페리둔의 신분을 확인하기 위해서 프라랑 공주가 남긴 목걸이 반쪽을 준비하고 있었다. 페리둔이 도착하자, 왕은 옆에 있던 신하에게 눈짓했다. 신하가 고이 접은 비단에 싸인 목걸이 반쪽을 가져왔다. 페리둔의 반쪽 목걸이를 마주하니 하나가 되었다. 두 개의 목걸이가 하나로 된 순간, 목걸이에서 빛이 났다. 그 빛은 프라랑 공주의 눈빛이라고 모두 말했다. 프라랑 공주와 아비틴의 사랑이 이 목걸이에 연결되어 페리둔에게 전하고 있었다. 페리둔이 프라랑 공주의 아들이라는 신분이 목걸이로 확인되자 경덕왕이 페리둔을 꼭 껴안으며 말했다.

---

65 신라 제35대 왕이자 성덕왕의 셋째 아들로 이름은 헌영. 효성왕이 자식이 없자 739년에 태자로 책봉되었다가 742년 왕위에 올라 강대해진 귀족세력을 견제하고 전제왕권을 강화시키기 위해 정치개혁을 시도했으며, 불교중흥에 힘쓰는 등 신라문화의 절정기를 맞게 했다. 765년 사망.

"망덕사의 탑이 흔들려서 당나라에 큰 변고가 일어나겠다 싶었습니다. 안녹산이 난을 일으켰다는 이야기를 들은 건 그 나중이었지요.[66] 큰 난을 피하여 잘 오셨습니다. 저의 할아버지 신문왕께서 항상 말씀하셨습니다. 할아버지의 누이이신 프라랑 공주님의 아드님이 오면 형제로서 맞이하라고 유언으로 남기셨습니다."

경덕왕은 문무왕의 증손자이며, 그의 할아버지는 신문왕이고, 그의 아버지는 성덕왕이었다. 경덕왕은 페리둔에게 말했다.

"프라랑 공주님은 제가 신라의 대왕이 되었을 때도 저의 손을 잡고 말씀하셨습니다."

"내 아들이 반드시 돌아올 것이니 내가 죽더라도 내 아들을 폐하께서 잘 챙겨주기 바라오."

페리둔은 어머니의 이야기를 듣자 눈물이 앞을 가렸다.

"폐하께서 저의 어머님을 보신 적이 있사옵니까?"

"제가 어릴 때부터 고모할머니가 저를 얼마나 좋아하셨는지, 돌아가셨을 때 제가 많이 울었습니다. 고모할머니께서는 돌아가시기 직전까지 아드님 걱정밖에 하시지 않았습니다."

---

66 "망덕사 탑이 흔들렸다. 당나라 영호징의 《신라국기》에 '신라가 당나라를 위하여 이 절을 세운 까닭에 이름을 이렇게 지었다. 두 탑은 마주 보고 있으며, 높이는 13층이다. 두 탑이 갑자기 흔들리면서 떨어졌다 붙었다 하며 곧 넘어질 듯하였다. 이러한 일이 며칠 동안 계속되었다. 이 해에 안록산의 난이 일어났는데 아마도 그 감응이 아닌가 한다'라고 기록되어 있다. 〈望德寺〉塔動. 〈唐〉〈令狐澄〉『新羅國記』曰: 其國, 爲〈唐〉立此寺, 故以爲名. 兩塔相對高十三層, 忽震動開合, 如欲傾倒者數日. 其年〈祿山〉亂, 疑其應也." (《삼국사기》 경덕왕편)

페리둔은 어머니의 이야기를 듣자 가슴이 찢어졌다. 경덕왕은 페리둔이 마음껏 울게 그냥 지켜만 보았다.

한 달 후에 대왕이 페리둔을 반월성에 불렀다.

"짐이 그대에게 소개해 주고 싶은 사람이 하나 있소. 그대에게는 조카뻘이 되오. 프라랑 공주님은 돌아가시기 전까지 여동생과 가깝게 지냈는데, 그 손자를 아주 예뻐했다고 하오. 그의 이름이 김경신[67]이라고 하는데, 지금 이찬의 자리에 있소. 그대에게 전할 물건이 있다고 하는구려. 이찬 김경신은 들어오라."

김경신은 비단 보자기를 들고 들어왔다. 그는 먼저 대왕에게 큰절하고 고개를 숙였다. 대왕이 김경신에게 말했다.

"경이 만나고 싶어 하던 페리둔 장군이 여기에 있소. 서로 인사하시오."

김경신은 페리둔에게 머리를 숙여서 인사를 하였다.

"저는 프라랑 공주님을 끝까지 모셨습니다. 프라랑 할머니는 저의 이모할머니로 저의 할머니 유랑 공주님과는 친자매지간이었습니다. 프라랑 공주님은 노년에 저의 할머니랑 같이 계셨습니다."

페리둔은 어머니를 끝까지 모셨다는 김경신의 손을 잡고 말했다.

"감사합니다. 불효자인 저 대신에 어머니를 모셔주셔서 진심으로

---

67 김경신(金敬信)은 신라 38대 왕인 원성왕의 이름이다.

감사드립니다."

"장군께서는 저에게 외가 쪽 오촌 어르신이 되십니다. 저는 어릴 때부터 페리둔 장군의 이야기를 귀가 아프도록 들어서 오늘 처음 뵙지만 낯설지가 않습니다."

페리둔은 오촌 조카를 꼭 껴안았다. 그에게서 어머니의 향기가 묻어나는 것 같았다. 김경신은 비단 보자기를 풀었다. 그 속에는 페르시아 제국의 옥새가 있었고, 그리고 낡은 옷 한 벌과 새 옷 한 벌이 곱게 개켜져 있었다. 김경신은 페리둔에게 먼저 옥새를 주면서 말했다.

"공주님께서 소중하게 간직하신 페르시아 제국의 옥새이옵니다. 아비틴 왕자님께서 나라를 다시 찾을 때까지 공주님이 맡으시라고 부탁하신 것이라고 하옵니다."

페리둔은 그 옥새를 잡고 손이 떨렸다. 아버지의 영혼이 그 속에서 살아 움직이는 것 같았다. 끝내 되찾지 못한 페르시아 제국의 땅. 이 옥새는 그 고통을 감내하며 이 먼 곳 신라에서 페리둔을 기다리고 있었다. 페리둔은 먼저 옥새를 받고 그 옥새 앞에서 큰 절을 세 번 했다. 첫 번째 절은 조상들에게 사죄하는 절이고, 두 번째 절은 아버지 아비틴을 위한 절이고, 세 번째 절은 어머니 프라랑 공주를 위한 절이었다. 페리둔이 세 번의 절을 마치자 김경신은 보자기에 싸인 옷을 주면서 말했다.

"이 낡은 옷은 아비틴 왕자님께서 입으시던 옷인데 공주님께서 고이 간직하신 것입니다. 그리고 이 새 옷은 공주님께서 돌아가시기 전에 밤을 새워 만드신 옷입니다. 공주님께서는 아비틴 왕자님의 옷 치수와 똑같이 만드셨습니다. 이 옷은 페리둔 장군님을 위하여 만드신 옷입니다. 공주님께서는 언젠가 아드님이 신라에 돌아오실 줄 알고 이 옷을 만드신 것입니다. 그리고 저에게 당부하셨습니다. 아드님이 돌아오면 꼭 이 옷을 전해달라고 하셨습니다."

페리둔은 그 옷을 받아들고 얼굴을 그 옷에 파묻었다. 그리고 소리 나지 않게 한참을 울었다. 신라의 대왕과 김경신은 한참을 지켜보고만 있었다. 마침내 대왕이 입을 열었다.

"어머니께서 지으신 옷이 맞는지 한번 입어보시오."

페리둔은 대왕의 명에 따라서 옷을 입었다. 아버지 아비틴의 치수로 만든 옷이 페리둔에게도 맞춤옷처럼 딱 맞았다. 대왕이 웃으며 말했다.

"우리 프라랑 공주 할머니의 눈이 대단하십니다. 하하하."

대왕과 김경신은 분위기를 풀려는 듯 크게 웃었다. 페리둔도 함께 웃었다. 페리둔의 웃음 가에 번진 눈물은 아버지가 입던 옷으로 떨어졌다. 김경신은 대왕에게 말하였다.

"폐하, 페리둔 장군께서 거처가 없어 객사에 머무신다고 들었사옵니다. 누추하지만 페리둔 장군을 저의 집으로 당분간 모실까 하옵니다."

"그러는 게 좋겠소. 페리둔 장군의 집을 수리하는 동안 이찬의 집에서 보살펴주면 고맙겠소."

“저의 집에서 프라랑 공주님이 마지막까지 계셨으니 페리둔 장군께서도 의미가 있을 것이옵니다.”

대왕은 웃으며 말했다.

“역시 피는 물보다 진하오.”

김경신도 따라 웃었다.

어머니가 마지막에 사시던 김경신의 집에도 석류나무가 온 마당을 뒤덮고 있었다. 석류가 입을 벌리고 환하게 웃으며 페리둔을 맞이하고 있었다. 페리둔은 석류나무 밑에서 한참 멍하게 앉아있었다. 어릴 때 어머니가 석류를 따다가 주신 생각이 났다. 페리둔은 잘 익은 석류를 따서 입에 넣었다. 시큼한 맛이 입에 퍼지면서 눈물이 입속을 타고 흘렀다. 석류의 시큼한 맛이 눈물에 젖어 달콤하게 페리둔의 목구멍을 타고 흘렀다. 그 모습을 지켜보던 김경신이 말했다.

“우리 집에 오시자마자 고모할머니는 석류나무를 옮겨 심었습니다. 석류나무가 파사국의 뿌리라고 하시면서 저 석류나무가 파사국 아비틴 왕자님이라고 말씀하셨습니다. 그리고 할머니는 하루도 빠지지 않고 저 석류나무 밑에서 페리둔 왕자님을 위해서 기도하셨습니다.”

페리둔은 석류나무를 쓰다듬으며 말했다.

“고맙습니다. 석류나무에서 어머니의 향기가 나는 것 같습니다.”

“우리 집뿐만 아니라, 서라벌의 온 동네에 공주 할머니의 뜻을 기리기 위해서 석류나무를 많이 심었습니다. 프라랑 공주 할머니는 배고프고 불쌍한 사람들을 아들처럼 따뜻하게 대해주었습니다. 당신의 아드님이 혹시 서역에서 굶고는 있지 않은지 걱정하면서 아들을 위해서 굶주린 사람에게 베풀었습니다. 그리고 그분들이 공주 할머니의 고마운 마음에 보답하기 위해서 석류나무를 많이 심게 된 것입니다."

페리둔은 어머니의 마음이 가슴에 전해졌다. 멀리 떨어져 있는 아들에게 보시한다는 생각으로 배고픈 사람에게 음식을 전달했을 어머니를 생각하니 그의 마음이 다시 뭉클해졌다. 페리둔은 어머니 프라랑 공주의 무덤 옆에 아버지 아비틴 왕자의 머리카락을 묻었다. 페리둔은 어머니의 무덤 앞에서 한없이 울었다. 그 울음은 자신을 향한 울음이었고 아버지를 향한 울음이었다. 어머니 무덤가에 예쁜 할미꽃이 피어있었다. 머리를 숙이고 피어있는 할미꽃은 아들을 기다리다가 지쳐서 고개를 숙인 어머니의 모습이었다. 신라 대왕의 사랑하는 딸로 태어나서 페르시아왕자를 사랑하고 아들을 한평생 기다린 어머니가 페리둔에게는 너무나 안쓰러웠다. 그 옆을 지켜보던 김경신이 말했다.

"공주님은 항상 행복해하셨습니다. 그 누구도 이룰 수 없는 고귀한 사랑을 이루셨고 목숨보다도 소중한 아들이 있었기 때문입니다."

페리둔의 기억에는 젊은 날의 예쁜 어머니의 모습만 간직되어 있었다. 열 살에 어머니를 떠나서 어느새 머리에는 하얗게 서리가 내렸지만, 어머니의 무덤 앞에 선 페리둔은 아직도 어머니에게 어리광부리고 싶은 열 살 어린아이의 마음이었다. 그 시절로 돌아갈 수 있다면 어머니와 그냥 평범하게 살고 싶었다. 그러나 되돌릴 수 없는 것이 인생이었다. 페리둔은 서라벌에서 열심히 석류나무를 가꾸었다. 어머니와 아버지를 모시는 심정으로 석류나무를 보살폈다. 그 석류나무가 서라벌을 뒤덮고 있었다.

원성왕이 된 김경신과 페리둔의 우정

765년 경덕왕이 갑자기 사망하자 그의 어린 아들이 여덟 살에 왕위에 올랐다. 그가 혜공왕이다.[68] 경덕왕은 어린 아들이 왕위에 오르는 것이 불안해서 편안히 죽을 수가 없었다. 김경신은 경덕왕이 가장 믿을 수 있는 진골 친척이자 신하였다. 그는 김경신과 페리둔을 함께 불렀다.

"여기 신라의 귀족들은 믿을 수가 없소. 짐은 그대 둘밖에 믿을 사람이 없소. 그대들이 나의 어린 아들을 잘 보필해 주기 바라오."

그리고 경덕왕은 마지막으로 두 사람에게 부탁했다.

"짐은 두 사람을 믿고 편히 눈을 감을 수가 있겠소."

김경신은 경덕왕이 가장 믿는 친척으로 용맹함과 의리가 남달랐다. 왕을 위해 언제든지 목숨을 바칠 각오가 되어있었다. 영웅이 영웅

---

68 "혜공왕이 왕위에 올랐다. 그의 이름은 건운이며, 경덕왕의 적자이다. 어머니는 김씨 만월부인이며 서불한 의충의 딸이다. 왕이 즉위했을 때 나이가 여덟 살이었으므로, 태후가 섭정하였다. 〈惠恭王〉立. 諱〈乾運〉, 〈景德王〉之嫡子. 母, 〈金〉氏〈滿月〉夫人, 舒弗邯〈義忠〉之女. 王即位時年八歲, 太后攝政." (《삼국사기》9권)

을 알아본다고 했다. 백전노장의 페리둔에게도 김경신은 믿음이 갔다. 김경신은 페리둔에게 말했다.

"페리둔 장군님, 저를 도와주십시오. 장군께서 도와주시면 아무도 어린 왕을 업신여기지 않도록 왕실의 권위를 지켜낼 수 있을 것 같습니다."

페리둔이 김경신에게 말했다.

"저는 이제 육십이 넘었습니다. 제가 무슨 도움이 되겠습니까?"

"김유신 장군께서는 칠십이 넘어 삼국통일을 이루셨습니다. 페리둔 장군께서 도와주시면 저는 선왕의 유지를 목숨으로 받들고자 합니다."

"이찬께서 저를 필요로 하시면 저는 은혜를 갚기 위해서라도 최선을 다하겠습니다."

김경신은 페리둔에게 절을 하며 말했다.

"저의 할머니와 장군님의 어머니, 프라랑 공주님은 자매지간입니다. 프라랑 공주님이 저의 집안에 베푸신 은혜에 비하면 보잘 것이 없습니다. 그리고 앞으로는 저에게 말씀을 낮추시기 바랍니다. 장군께서는 저의 외당숙이 되시고, 저는 장군님의 조카이옵니다."

페리둔은 김경신의 제안을 받아들여서 김경신을 조카처럼 대했다. 김경신은 페리둔에게 화랑의 지도자 풍월주(風月主)가 되기를 부탁하였다. 그는 신라의 젊은이들이 삼국통일 후 해이해진 정신을 부여잡고, 화랑의 기상을 부활시켰으면 하는 마음이었다. 페리둔은 그 자신의 세계적인 경험과 페르시아의 높은 기술을 신라의 젊은이들에게 전수해 줄 적임자였다. 김경신은 젊은 화랑들이 페리둔의 가르침 아래에서 우물 안 개구리같이 좁은 시야를 버리고, 세계 대륙을 호령할 수 있는 기회를 얻었으면 했다.

페리둔은 페르시아와 그 너머의 아랍 제국 그리고 로마제국에 대한 이야기를 화랑들에게 들려주었다. 그리고 그들이 사용하는 새로운 무기도 개발하였다. 페리둔이 생김새는 그들과 다르게 생겼지만, 신라는 개방적인 사회였기에 외국인에 대한 거부감이 없었다. 그리고 화랑들은 페리둔이 프라랑 공주의 아들인 것을 자랑스럽게 생각하고 있었다. 페리둔을 따르는 화랑의 무리는 늘어만 갔고 페리둔은 그들의 존경을 받았다.

김경신은 집안의 여자와 페리둔을 결혼시켰다. 페리둔이 처음에는 반대했지만, 후손을 이어야 한다는 김경신의 강한 주장에 굴복하여 혼례식을 올렸다. 환갑이 지난 나이에 혼인했지만, 그 이듬해 아들이 태어났다. 페리둔은 아들의 이름을 안아랑이라 이름 지었다. 페르시아 유민들의 중국식 성인 안씨를 사용하였고, 어머니 프라랑과 아버지 아비틴의 이름을 한 자씩 사용해서 아들의 이름을 지었다. 김경신은 어린 혜공왕을 대신하여 모든 것을 페리둔과 의논하였다. 그러는 사이에 김경신은 페리둔의 매력에 점점 빠져들고 있었다.

한편 김경신의 섭정에 진골 귀족들의 분노는 쌓이고 있었다. 각지에서 진골 귀족들의 횡포와 부패가 극에 달하고 있었는데, 김경신이 어린 왕을 대신하여 그 행패의 고리를 끊는 혁신안을 마련했기 때문이었다. 이에 불만을 품은 진골 귀족들이 어린 왕을 옹호한다는 명분으로 지방에서 군사를 움직이기 시작했다. 768년 7월 일길찬 대공이 그의 동생 아찬 대렴과 함께 반란을 일으켰다. 반란군은 파죽지세로 서라벌로 들어왔다. 김경신은 자신의 군사와 왕의 친위대를 지휘하여 반란군과 남산에서 맞붙었지만, 숫적으로 우세했던 귀족들의 군대에 밀려 반월성 안에 갇히고 말았다. 반란군은 반월성을 둘러싸고 33일간 맹공을 퍼부었다.[69] 이때 페리둔은 그를 따르는 화랑의 무리를 이끌고 반월성에 고립되어 있는 김경신과 어린 혜공왕을 구하기 위해 뛰어들었다. 반월성을 포위하고 있던 반란군은 뒤에서 공격하는 페리둔의 야간 기습에 허가 찔려 우왕좌왕했다. 이에 수세에 몰려 반월성을 지키던 김경신의 군사들이 성문 위에서 횃불을 밝히고 화살을 쏘기 시작하였다. 반란군이 앞과 뒤에서 공격받으며 혼란에 빠진 것을 목격한 김경신은 성문을 활짝 열고 돌격, 반란군을 반월성 앞의 해자에 처박아 넣었다.

그러자 반란군의 수장인 일길찬 대공은 김경신만 죽이면 반란이 성공할 수 있다고 판단하고 김경신을 향해 정예부대를 투입하였다.

---

69 "秋七月, 一吉〈大恭〉與弟阿〈大廉〉叛,集衆,圍王宮三十三日. 가을 7월, 일길찬 대공이 그의 아우인 아찬 대렴과 함께 반란을 일으키고, 반도를 모아 33일간 왕궁을 포위하였다." (《삼국사기》 혜공왕편)

사기가 오른 김경신의 군사들은 해자를 건너서 반란군의 본진을 향하고 있었다. 반란군은 김경신을 포위하고 집중공격하기 시작했다. 적진 너무 깊숙이 들어온 김경신은 퇴로가 막힌 것을 알고 후회했지만, 이미 때는 늦었다. 마지막까지 최선을 다해 싸우던 김경신의 호위무사들이 하나둘씩 쓰러지고 김경신은 혼자 남게 되었다. 화살이 김경신의 어깨에 꽂혔다. 말에서 떨어진 김경신이 이제 죽었다고 생각한 순간에 페리둔의 화랑들이 김경신을 구하기 위해 뛰어들었다. 페리둔의 칼 앞에 반란군은 추풍낙엽처럼 쓰러졌다. 페리둔이 훈련시킨 화랑들의 기백과 전술 그리고 용맹을 따를 자는 없었다. 그들은 먼저 빠져나갈 길을 확보한 다음, 반란군을 하나하나 베어 넘겼다. 페리둔이 말을 몰아 김경신에게 다가가자 화랑의 무리들은 페리둔을 엄호하기 시작했다. 페리둔은 피를 흘리면서 쓰러져 있는 김경신을 말에 태우고 쏜살같이 퇴로를 향해 질주했다. 눈 깜짝할 사이의 구출 작전이었다.

페리둔의 기습으로 군사 절반을 잃은 반란군은 서라벌 밖으로 도망쳤다. 반란군을 완전히 진압한 후에 김경신은 페리둔에게 말했다.

"저의 생명의 은인이자 위기에 빠진 신라를 구하셨습니다. 저는 당숙께 목숨의 빚도 지게 되었습니다. 제가 당숙께 무엇을 해드려야 할지 모르겠습니다."

"위기에 빠진 조카의 목숨을 구하는 것은 당연한 일이 아니겠소. 너무 마음 쓰지 말게. 어머니의 나라에서 내가 할 수 있다는 것만 해도 나는 행복해."

"이모할머니, 프라랑 공주님께서도 하늘에서 행복해하실 것입니다. 그래도 당숙 어른께 이 조카가 무엇을 해드리고 싶습니다."

페리둔은 웃으면서 김경신에게 말했다.

"이제 나는 노후를 편안하게 보내고 싶네. 삶의 험난한 여정에서 마지막으로 작은 휴식을 얻고 부모님께 돌아가고 싶네. 늦게 본 아들에게 내가 받지 못한 아버지로서의 사랑을 주고 싶네."

페리둔의 죽음

김경신의 페리둔에 대한 존경과 신뢰가 그의 가슴속 깊이 박혔다. 그는 페리둔의 아들을 자신의 아들처럼 예우했으며 페리둔을 부모처럼 섬겼다.

780년 어린 혜공왕은 성년이 되자 김경신의 말도 듣지 않고 음악과 여색에 빠져, 백성을 돌보지 않았다. 김경신은 선친의 부탁으로 눈물로 호소했지만, 혜공왕은 그를 내쫓았다. 김경신이 반월성에서 쫓겨난 것을 안 반란의 무리들이 다시 고개를 들기 시작하였다. 이찬 지정이 반란을 일으키고 반란 세력을 모아 대궐을 포위하여 침범하였다.[70] 혜공왕은 과오를 깨닫고 김경신에게 도와달라고 요청했다. 김경신이 혜공왕을 구하기 위해 군사를 이끌고 반월성으로 들어갔지만

---

70 "王幼少卽位, 及壯, 淫于聲色, 巡遊不度, 綱紀紊亂, 災異屢見, 人心反側, 社稷杌隉 伊飡〈志貞〉叛, 聚衆, 圍犯宮闕. 夏四月, 上大等〈金良相〉與伊飡〈敬信〉, 擧兵誅〈志貞〉等, 王與后妃爲亂兵所害. 왕이 어렸을 때 왕위에 올랐으나, 나이가 들자 음악과 여색에 빠져, 아무 때나 법도를 잃고 놀러 다니며, 기강이 문란하여 재난과 이변이 자주 발생하였으므로, 인심이 이반되고 사직이 위태로웠다. 이찬 지정이 반란을 일으키고 반도를 모아 대궐을 포위하여 침범하였다. 여름 4월, 상대등 김양상이 이찬 김경신과 함께 군사를 동원하여 지정 등을 죽였다. 왕과 왕비는 이 난리 중에 군사들에게 살해되었다." (《삼국사기》 혜공왕편)

이미 반역 세력은 왕과 왕비를 죽인 후였다. 김경신은 분풀이하듯 반란군을 모두 죽였지만, 경덕왕과의 약속을 지키지 못한 죄책감으로 모두가 요구하는 대왕의 자리에 오르지 않고 상대등 김양상(金良相)에게 왕위를 양보했다. 혜공왕이 죽고 김경신에 의해 왕위에 오른 김양상이 선덕왕이다. 선덕왕은 몇 번이나 대왕의 자리를 양위하려고 했지만, 김경신은 사양했다. 그러자 병에 걸린 선덕왕이 아들 없이 6년 만에 죽자, 김경신이 화백회의의 만장일치 추천으로 왕위에 오르게 된다. 그가 신라 38대 원성왕이다.[71] 그는 통일 신라 이후의 혼란기를 안정시키고 찬란한 문화의 꽃을 피운 왕이다.

원성왕은 왕위에 오른 후에도 페리둔에 대한 마음의 빚을 갚을 길이 없어서 페리둔과 그의 가족을 융숭하게 대접했으며 생명의 은인 페리둔에게 좋은 것은 모두 다 해주었다. 그러나 세월을 이기는 장수는 없었다. 페리둔이 팔십이 넘어가면서 위독하다는 소식이 반월성으로 날아들었다. 원성왕은 모든 것을 내팽개치고 페리둔을 찾았다.

페리둔이 죽음을 앞두고 숨을 헐떡일 때마다 살아온 날이 화폭의 그림처럼 펼쳐졌다. 어릴 때 엄마 품을 떠나 아버지의 뜻을 이루기 위해 최선을 다했고. 아버지가 돌아가신 후에도 아버지의 짐을 조금이라도 덜어드리기 위해 목숨 바쳐서 싸웠다. 파미르 고원을 넘고 고비

---

71 "〈元聖王〉立. 諱〈敬信〉, 〈奈勿王〉十二世孫. 원성왕이 왕위에 올랐다. 그의 이름은 김경신이며, 내물왕의 12대손이다." (《삼국사기》 원성왕편)

사막을 넘으며 온 세상의 끝까지 페르시아 제국을 되찾기 위해서 다녔다. 죽음을 앞두고 그가 뒤를 돌아보니 후회가 없었다. 비록 페르시아 제국을 되찾지는 못했지만, 최선을 다했기에 후회가 없었다. 그는 죽음이 끝이 아니란 것을 마지막으로 죽어가면서 느꼈다. 그의 육신은 사라지지만 그의 영혼은 살아서 후손들에게 전해질 것이다. 페리둔 자신의 지나온 인생이 마지막으로 화선지 위의 아름다운 수묵화처럼 피어올랐다. 그 모든 순간들이 이름다웠다. 죽음을 앞두고 괴로웠던 순간마저도 아름답게 느껴졌다. 원성왕, 김경신은 페리둔이 마지막 숨을 헐떡이는 것을 보자, 눈물부터 쏟아졌다. 원성왕은 페리둔의 야윈 손을 잡고 말했다.

"당숙 어른, 저를 알아보시겠습니까?"

페리둔은 약하게 고개를 끄덕였다. 원성왕은 눈물부터 쏟아졌다. 핏줄로는 오촌 당숙이어도 외모가 달라서 처음에는 낯설게 느껴졌지만, 시간이 지날수록 페리둔에게 빠져들고 있는 자신을 발견할 수 있었다. 페리둔은 죽음을 앞두고 말은 못 하지만 원성왕이 하는 말은 모두 알아들었다.

"당숙 어른이 계시지 않았다면 저는 왕위에 오르지도 못했고, 벌써 저세상 사람이 되었을 것입니다. 당숙 어른은 우리 신라의 구세주이시자 저의 구세주이십니다. 당숙 어른의 모습을 그대로 돌로 새겨서 길이길이 보존하고 싶습니다. 당숙 어른의 석상이 저를 보호하고 신라를 보호하는 수호신이 될 것입니다."

페리둔의 눈에도 눈물이 흘러내렸다. 그의 눈에는 아버지 아비틴이 보였고 어머니 프라랑 공주가 보였다. 그는 죽어서도 신라의 수호신이 되는 것이었다. 그는 마지막 숨을 헐떡이면서 어머니의 품속에서 아버지의 행복한 모습을 지켜보는 어린 자신의 모습이 떠올랐다. 아버지 어머니가 그에게 손짓하고 있었다. 페리둔은 그렇게 아버지 어머니에게 어린아이처럼 달려갔다. 그리고 어머니의 품에 안긴 페리둔은 어린이처럼 편안하게 눈을 감았다. 페리둔이 죽은 후에 원성왕은 성대한 장례식을 치른 후에, 신라의 수호신으로 페리둔의 석상을 제작하게 했다. 페리둔의 석상은 신라를 지키는 수호신으로 자리잡게 되었다.

799년 원성왕이 세상을 떠났다. 원성왕은 태자에게 다음과 같이 유언을 남겼다.

"내가 죽거든 나의 무덤의 수호신으로 페리둔 장군의 석상을 옮겨주기 바란다. 그분은 살아생전에 나의 목숨을 구해준 은인이시다. 내가 죽은 후에도 그분은 나를 지켜주실 것이다. 페리둔의 석상이 신라를 보호하고 나를 보호할 것이다. 페리둔 장군은 영원히 신라를 지키는 수호신이 될 것이다. 나는 죽어서도 페리둔 장군과 함께 그의 꿈을 실현시킬 것이다."

799년 12월 29일 왕이 죽어 원성이라는 시호를 붙였다. 유언에

따라 봉덕사 남쪽에 안치하고 서역인 석상을 세웠다.[72]

72 "冬十二月二十九日, 王薨. 諡曰〈元聖〉, 以遺命擧柩燒於〈奉德寺〉南. 겨울 12월 29일, 왕이 별세하였다. 시호를 원성이라 하고, 유언에 따라 관을 봉덕사 남쪽에 옮겨 화장하였다." (《삼국사기》 원성왕편)

원성왕의 무덤을 지키는 페리둔

희석은 현철과 함께 원성왕의 무덤을 찾았다. 경주시 외동읍 괘릉리에 위치한 원성왕릉은 낮은 구릉의 남쪽 소나무 숲에 둘러싸여 있었다. 신라 38대 원성왕의 무덤은 호수 위에 걸쳐 있었다고 해서 '괘릉(掛陵)'[73]이라는 이름이 붙었다. 괘릉 입구에는 보물 제1427호로 지정되어 있다는 팻말이 있었고, 그 속에는 석상과 석주들의 조각 기법이 매우 우수하다는 평가가 적혀있었다. 그런데 괘릉 묘역을 지키는 그 석상들 중에 희석의 눈길을 사로잡은 특이한 석상 하나가 있었다. 바로 서역인의 모습을 한 무인(武人)상이었다. 눈이 깊고 코가 높은 얼굴 형태, 가지런히 다듬은 턱수염 등의 모습을 보고 많은 전문가가 이 석상의 주인공을 페르시아인으로 지목했다. 신라인들이 조각한 무인상의 섬세한 묘사로 미뤄 볼 때 페르시아인의 특징을 섬세하게 살렸다고 전문가들은 평가하고 있었다. 삼국유사의 기록에 따르

73 원성왕릉(元聖王陵)은 경주시 외동읍 괘릉리에 있는 능으로, 왕릉을 조성할 때 유해를 원래 이곳에 있던 연못의 수면 위에 걸어 안장하였다고 하여 괘릉(掛陵)이라는 이름이 붙여졌다.

면 원성왕릉은 토함산 동곡사(洞鵠寺)에 있는데, 동곡사는 당시의 숭복사(崇福寺)라 하고 그 안에는 최치원(崔致遠)이 비문을 쓴 비석이 있었다. 지금 괘릉에 비석은 남아있지 않으나 인근에 숭복사 터가 있어 괘릉이 원성왕의 능이라는 견해를 뒷받침하고 있다. 희석은 괘릉 주위를 거닐면서 여러 가지 생각이 들었다.

'원성왕은 왜 서역인에게 큰 벼슬을 주고 따뜻하게 맞이했을까? 아라비아 상인이면 장사를 위해서라도 가족이 있는 아라비아로 돌아갔을 것이다. 그들은 아라비아 상인이 아니라 신라에 살기 위해 온 페르시아 사람이었다. 원성왕이 그들을 보자마자 극진히 대접한 까닭은 무슨 이유가 있었을 것이다.'

희석은 그 비밀의 열쇠가 프라랑 공주의 약속이지 않을까 하고 생각을 해보았다. 괘릉의 서역인 무인상 앞에 서서 희석은 그 무인상에 손을 갖다 대었다. 천년의 울림이 그에게 전해지는 것 같았다. 무인상의 눈빛 속에는 그 옛날 아비틴 왕자의 결의가 어른거렸다. 그의 아들 페리둔의 모습이 그 무인상에 겹쳐졌다.

희석은 무인상을 쳐다보고 있는 현철에게 물었다.

"선배도 이 괘릉의 서역 무인상이 페리둔이라고 생각하세요?"

"기록이 없어서 단정은 할 수 없지만, 원성왕의 무덤에 이 서역인의 동상이 있다는 것은 분명히 어떤 이유가 있을 것이야. 이 서역인과 원성왕이 아무 관련이 없으면 원성왕의 무덤에 생김새도 이상한 서역인을 세웠을 이유가 없지 않았을까? 이 서역인 동상과 원성왕과의 관계를 밝히려고 중국과 한국의 모든 고서를 뒤졌지만 나오지 않았어. 그런데 쿠쉬나메의 기록이 발견되면서 이 서역인 동상의 비밀의 실마리가 잡히는 느낌이야."

희석은 현철의 이야기에 공감하지만, 미심쩍은 부분을 물었다.

"선배님, 그렇지만 쿠쉬나메는 역사적 기록물이 아니라 서사시 형식의 내용이지 않습니까? 서사시를 역사적 사실로 인정할 수 있습니까?"

"쿠쉬나메가 정통 역사서는 아니라고 하더라도, 머나먼 페르시아에서 신라라는 나라를 인지하고 그에 관한 이야기가 남아있다는 것은 꽤나 흥미롭고 중요한 일임이 분명하다고 나는 생각한다. 쿠쉬나메는 전형적인 영웅 서사시라는 점에서 어느 정도까지가 사실인지는 알 수 없어. 하지만 먼 나라 페르시아에서 신라의 왕과 공주에 관한 내용을 묘사한다는 것은 상상력만으로는 불가능한 일이야. 그래서 이걸 바탕으로 신라는 페르시아와 교류를 이어갔고 그중 누군가는 원성왕릉 앞의 무인으로, 아비틴으로, 페리둔으로, 또 누군가는 처용으로 불리며 신라에 살았다고 본다. 따라서 페르시아 역시 이와 같은 과정에서 신라에 대한 내용을 서사시로 표현했고, 신라에서도 기록은 사라졌지만, 유물과 흔적이 남아서 그것을 증명하고 있는 것이라고 나는 생각해."

"그 후라도 기록으로 전하는 신라와 페르시아의 이야기가 있습니까?"

"페르시아인들이 이슬람의 우마이야왕조(661~750년)의 박해를 피해 한반도로 망명했다는 기록이 있어. 이슬람 역사학자 샴수딘 디마쉬끼는 페르시아 시아파의 한 종파인 알라위파 신자들이 박해를 피해 7~8세기경 신라로 망명했다는 기록을 남기기도 했거든. 그리고 846년 페르시아의 지리학자였던 이븐 쿠르다드비(Ibn Khurdhadbih)는 《왕국과 도로총람(The Book of Roads and Kingdoms)》이라는 책에서 신라에 거주하는 서역인에 대해 최초로 기록을 남겼어. 그는 신라를 '금이 풍부하고 자연환경이 쾌적해 무슬림들이 한번 도착하면 떠날 생각을 않는 곳'이라고 묘사했어. 신라의 존재를 처음으로 언급한 이븐 쿠르다드비를 비롯해 그 후 페르시아의 이븐 루스타 역시 903년 저서 《진귀품 목록》에서 '금이 풍부한 신라라는 나라가 있으며, 그곳에 정착한 무슬림들은 그곳을 떠나려 하지 않는다.'라고 썼어. 또 중세 아랍 역사학자 알 마수디(Al Masudi)는 947년 《황금초원과 보석광(The Meadows of Gold and Mines of Gems)》이란 책에서 신라가 중국 동쪽 바닷가나 육지 동쪽 끝에 위치하고 있다고 했어."

현철은 신이 들린 듯이, 답답함을 토로하듯이 쉬지 않고 말했다. 희석은 현철의 말을 듣고 더욱 확신하게 되었다. 원성왕 무덤의 서역인은 페리둔일 가능성이 더욱 높아졌다. 쿠쉬나메의 기록에 나오는 아비틴의 아들 페리둔과 원성왕의 시기가 겹쳐지며 두 사람은 우정을 다졌을 수도 있었을 것이다. 희석은 감정이 벅차서 현철을 껴안았다.

"선배님 고맙습니다. 이제 잃어버렸던 연결고리를 찾은 것 같습니다. 오늘 선배에게 크게 술 한잔 대접하고 싶습니다."

현철은 웃으면서 대답했다.

"오늘 경주에서 우리 둘이 실컷 술이나 마시자. 아비틴과 프라랑 공주 그리고 페리둔을 위해서 우리가 그분들의 몫까지 마시자."

희석과 현철은 괘릉 근처의 막걸릿집으로 가서 모든 것을 풀어놓고 술을 마셨다. 경주의 달빛이 환하게 그들을 비추고 괘릉의 서역인 무인상을 비추고 있었다.

다음날 오전에 해장국으로 위를 달랜 후에 두 사람은 경주국립박물관을 찾았다. 그곳에는 페르시아의 유물이 많이 전시되어 있었다. 실제로 한반도에서 나온 몇몇 사산계 페르시아 유물이 페르시아와의 교류상을 증명하고 있었다. 대표적인 것으로 경북 칠곡군 송림사 5층 전탑 내부의 금동제 사리함 속에서 발견된 사리병 유리그릇을 들 수 있다. 7세기 초로 추정되는 이 쪽빛 유리그릇에 사산계 페르시아 무늬의 특징인 고리 무늬가 확인됐다. 이밖에도 국립경주박물관에 있는 황룡사 목탑터 사리 구멍에서 나온 은제 그릇은 꽃나무를 사이에 두고 짐승이 마주 보는 무늬의 은제 그릇인데, 학자들의 연구 결과에 따르면 이 은제 그릇은 사산계 페르시아 특유의 무늬를 지닌 것으로 밝혀졌다. 또한, 오래전에 경주 외곽에서 발견되어 지금은 국립경주박물관에 소장되어 있는 '입수쌍조문석조유물'은 나무를 한가운데 두고 두 마리 새가 마주하고 있는 석조유물이라고 하여 이름이 붙여졌다. 이 또한 사산계 페르시아의 특유한 무늬라는 것이 학계의 공통된 설명이다. 페르시아에서 온 석류와 유리 제품, 무늬 유입은 당시 신라와 페르시아 교류가 빈번했음을 보여주고 있다. 국립경주박물관에 있는 수많은 페르시아의 유물을 보고 현철은 희석에게 말했다.

"선배님, 이렇게 많은 페르시아 유물이 신라에서 발견되었는데도 왜 우리나라의 학자들은 신라와 페르시아의 관계를 인정하지 않는 것인가요? 신라를 한반도 안에 가두고 외세 의존적인 나라로 만든 것이 일제 식민지 사학입니까? 선배도 역사학자로서 책임이 있는 거 아닙니까?"

희석은 괜히 죄 없는 현철에게 분풀이하고 있었다. 현철은 희석의 분풀이를 다 받아주면서 말했다.

"네 말이 맞아. 신라는 조선시대 소중화 사상에 물든 성리학자들에 의해 짓눌렸고, 근대에는 일제의 식민사학에 의해 왜곡된 것이야. 우리는 신라의 본 모습을 찾아야 해. 신라는 당나라와의 전쟁에서도 이겼고, 북방 초원의 실크로드를 제패한 대제국이었어. 신라 대왕들은 자신들의 뿌리가 실크로드의 초원을 호령하던 훈 제국의 후손으로 조상의 땅을 찾고 싶었던 것이야."

"문무왕의 비석에 새겨진 훈 제국의 왕자 투후 김일제를 말씀하시는 거죠? 문무왕이 자신의 비석에다가 자신의 조상을 훈 제국의 왕자 투후 김일제라고 새겼는데 왜 우리 역사학자들은 아직도 그것을 인정하지 않는 것입니까?"

"뿌리 깊은 소중화 사상 때문이지. 중국인들이 가장 무서워했던 흉노의 후예라는 것을 부끄러워했기 때문이야. 이제라도 진실을 밝혀야 하는데 아직도 답답하기만 하다."

"우리의 역사를 이 한반도 안에 가두려는 음모가 있는 것 같습니다."

"우리의 뿌리는 단군조선이야. 단군은 실크로드의 중심에서 나라를 세운 거야. 너는 우리말이 우랄 알타이어인 것은 알고 있지? 우리말이 우리의 뿌리를 말해주고 있는 거야. 우리의 뿌리가 우랄산맥과 알타이산맥이라는 얘기지. 그곳이 실크로드의 중심이고 북방유목민족의 중심이야. 세계의 역사를 바꾼 것은 실크로드를 누비던 북방유목민족이야. 단군조선과 훈 제국, 그리고 고구려와 돌궐, 몽골은 우리의 뿌리라고 할 수 있지. 우리의 역사를 한반도에 가두어 버린 사대주의 역사관과 일제 식민지 역사관이 원망스러울 뿐이다."

현철은 울분을 토하듯 말했다. 희석은 선배의 이야기를 들으면서 혼자서 역사의 음모론을 제기해 보았지만, 대답 없는 메아리로 들릴 뿐이었다. 현철은 페르시아의 유리잔을 멍하게 쳐다보면서 말했다.

"신라에서 실크로드를 따라 걸어서 약 9천 킬로미터를 횡단하면 6개월 정도 걸리는데 사막을 지나고 세계의 지붕이라는 파미르 고원을 지나는 목숨을 건 탐험의 정신이 있었기에 신라는 작은 나라가 아니었어."

희석은 자신의 뿌리에 관해서 궁금해졌다.

"제 성이 안씨인데요. 안씨들이 페르시아에서 왔다는 것이 믿을 만한 증거가 있습니까?"

현철은 희석의 물음에 잠시 생각을 정리한 다음 말했다.

"실크로드의 무역을 장악해서 막강한 부를 축적한 페르시아의 소그드인은 사마르칸트를 중심으로 일찍부터 당나라와의 교류가 많았다. 소그드인들이 중국과 교역하면서 한자 이름이 필요하게 되자 자신들의 출신 나라 이름인 안식국에서 안이라는 한자를 성으로 채택하였는데, 안식국의 사람이라는 의미였다. 중국에서 페르시아 사람들이 안씨 성을 사용하기 시작한 것은 그 후부터야."

"안식국이란 어떤 나라였나요?"

"고대 중국에서는 안식이란 지명은 《사기》 123권 〈대원별전〉과 《한서》 96권 〈서역전〉에 처음으로 등장하고 있어. 안식국은 한(漢)나라 때 지금의 이란에 있었던 '파르티아 제국'을 일컫던 이름이며 안식국을 계승한 국가는 파사(波斯) 즉 사산조 페르시아야. 이란의 파르티아 제국은 불교국가였어. 유명한 승려 달마대사와 법현, 법흠 등은 이 시기를 전후해서 중국으로 왔어. 그 후 중국 역사서에 안식이란 국명은 '파사'로 대체되어 사용되었지. 초기에 중국에 온 안식인과 후세들은 오랫동안 안(安)씨 성을 사용했는데, 진나라에서 수나라에 이르기까지 이름을 떨쳤던 고승 길장은 속성(俗姓)이 안씨이고 그의 조상이 바닷길을 통해 중국으로 온 안식인이었어. 달마대사도 안식국 출신이었다. 중국 당나라 때 반란을 일으킨 안녹산도 페르시아계라는 사실을 그의 성씨에서 쉽게 짐작할 수 있지. 수 세기에 걸쳐 중국에 온 사람들은 안식국 사람뿐만 아니라 그들의 후손까지도 포함되는데, 이처럼 중국 문화가 발전하는 데 페르시아인들은 매우 큰 공헌을 했다고 역사가들은 인정하고 있어. 안씨 성을 가진 페르시아인들이 중국을 거쳐 한국에까지 진출했다는 것도 충분히 가능성이 있는 이야기라고 생각한다."

"그러면 저에게도 페르시아의 피가 흐르고 있겠네요?"

현철은 희석의 얼굴을 뚫어지게 쳐다보고는 말했다.

"우리나라의 안씨 성을 가진 분들의 외모를 보면 대체적으로 키가 크고 눈썹이 짙고 눈과 코가 보통 사람보다도 크다. 너는 그것을 못 느꼈어?"

"저는 그렇게 특별하게 생겼다고 느끼지 못했는데 선배님 이야기를 듣고 보니 그런 것 같네요. 주위의 안씨 성을 가진 사람들의 이목구비가 보통 사람들보다 크고 잘생긴 것 같아요. 내가 그렇다는 이야기는 아니에요. 크크크."

희석은 웃으면서도 자신의 뿌리가 페르시아에서 왔다는 느낌을 처음으로 피부로 느끼고 있었다. 현철은 희석의 표정을 읽고는 말했다.

"너에게는 페르시아 황제와 신라공주의 피가 흐르고 있어, 네가 이렇게 목숨을 걸고 찾으려고 하는 것도 하늘에서 페르시아왕자님과 신라공주님이 지켜보고 계시기 때문이야."

희석은 이때까지 자신의 성에 대해서 심각하게 생각해 본 적이 없었다. 희석은 멋쩍은 듯이 웃으며 말했다.

"그러면 제가 다문화 가정의 원조겠네요."

"우리나라는 예부터 다문화가 발달해 있었어. 고구려는 북방 초원의 민족과 교류를 하고 백제와 신라는 바다를 통해 인도, 페르시아, 아라비아까지 문화의 폭을 확대했어. 그 문화가 고려에까지 이어져서 고려는 세계의 중심이라고 할 만큼 온갖 나라의 사람들로 넘쳐났어. 우리나라가 이 좁은 반도에 갇힌 것은 조선의 성리학 때문에 이민족에 대한 배척이 시작되었던 것이 커. 성리학이 좋은 점도 있지만, 혈연과 지연을 중심으로 하는 세력싸움 때문에 다문화를 포기하고 순수혈통만 중시하는 양반 사회로 바뀌어버린 것이야."

"우리나라도 단일민족이 아니라 다문화 국가라고 할 수 있겠네요."

"문화의 발전은 다른 문화를 수용하고 포용하는 데 있어. 우리나라는 지금 너무나 외국인을 배척하고 단일민족을 강조하는데 그것은 사실을 왜곡시키고 있는 것이야. 우리나라는 일찍부터 다문화를 받아들이고 세계화를 이룩해낸 민족이야. 우리나라의 성씨 가운데 중국과 외국에서 들어온 성씨가 반을 넘어가고 있어. 우리나라의 대표적인 성인 김씨도 세계 대륙을 호령하던 훈족 황제의 후손이고 허씨도 인도에서 온 허황후의 후손이고 주씨와 공씨 반씨 등 수없이 많아.

그렇게 따지면 우리나라 인구의 반이 다문화 가정이야. 그렇게 여러 문화가 엮여서 용광로처럼 녹아서 융화되어 오늘의 우리나라가 탄생한 것이야. 우리는 우리의 문화를 지키면서 다른 나라의 문화를 포용할 준비가 되지 않으면 발전할 수가 없다고 생각한다. 지금 우리나라에 와 있는 외국인 노동자와 외국인 며느리를 우리가 품어야 할 이유가 여기에 있는 것이야."

"선배님 말이 백번 옳습니다. 선배님 정치하셔야겠는데요."

"정치하는 사람들이 표를 얻으려고 분열과 대립을 부추고 있어. 이제 정치도 변해야 해. 우리 이웃 국가와도 함께 가야 한다고 생각해."

"일본은 반성을 하지 않고 중국은 아직도 저들이 종주국처럼 거들먹거리니까 함께 갈 수 없는 것 아닙니까?"

"그래도 우리가 중심을 잡으면 해결될 수 있어. 그 중심에 국수주의를 배격하고 다문화를 존중하는 자세가 중요하다는 것이야. 뿌리 깊은 나무는 흔들리지 않는 법이야. 우리의 뿌리에 대해서 정확하게 아는 것이 중요하단 이야기야."

희석은 자신의 뿌리에 대해서 다시 한번 생각했다. 페르시아왕자 아비틴과 페리둔이 떠올랐고 신라공주, 프라랑의 그 아스라한 사랑이 몸속에서 꿈틀거리는 것 같았다. 희석은 얼굴이 붉어지면서 말했다.

"제가 어릴 때 이란이 편하게 느껴지고 이란에 대해 친근한 느낌이 들었던 것도 무슨 인연이 있었기 때문인가 봅니다. 페르시아는 아직도 살아서 내 몸속에서 용솟음치는 것 같아요. 이제 다큐멘터리를 완성하면서 클로징 멘트를 무엇으로 할까 고민했는데 이제 해결된 것 같습니다."

불쑥 현철이 말했다.

"역시 안씨 성을 가진 사람은 잘생기고 머리도 좋은 것 같아. 희석이 네가 대표적이잖아."

"선배 왜 갑자기 비행기 띄우고 그러세요?"

희석은 웃으면서도 기분 나쁘지 않았다. 박물관 거울에 비친 자신의 모습에 깜짝 놀랐다. 페르시아왕자의 모습이 거울 속에서 웃고 있었다.

현철은 박물관에 진열된 신라의 향가집을 보고 희석에게 말했다.

"향가를 사뇌가라고 하는데 사뇌가도 페르시아 말이었다. 사뇌라는 말이 페르시아 말로 찬미라는 뜻이거든. 향가는 무엇을 찬미하는 노래인 거야.[74] 페르시아의 서사시 운율에 따라서 찬양가를 만든 것이 사뇌가였어. 그래서 향가는 사뇌가라고도 불렀는데, 처음에는 왜 향가를 사뇌가로 불렀는지 그 이유를 몰랐지만, 사뇌라는 말이 페르시아어인 것이 밝혀지면서 큰 충격을 주었지."

희석은 현철의 이야기를 듣자 깜짝 놀랐다. 우리의 고유 노래인 향

---

74 성호경, "사뇌가의 성격 및 기원에 관한 고찰", 진단학보 104호

가가 페르시아의 서사시 영향을 받았다는 것은 처음 듣는 이야기였다.

"그것을 뒷받침하는 기록이나 유물들이 있습니까?"

"너는 기록이 있어야 믿는 것이냐? 기록이 없다고 진실이 아니라는 것은 공기가 보이지 않는다고 공기가 없다고 하는 것이랑 똑같은 이야기야. 기록보다도 중요한 것은 진실이야."

희석은 현철의 이론에 대답하지 못하고 어물거리고 있었다. 학교에서 배운 모든 것이 날아가 버리는 것 같았다. 현철은 희석의 표정을 보고 말했다.

"한자를 우리나라 말로 소리 나는 대로 적은 신라의 이두문자에 대해서도 일부에서는 원효대사의 아들 설총이 개발했다고 하지만, 나는 이두문자는 표음문자인 페르시아 글자에 영향을 받았다고 생각해. 이건 내 개인적인 생각이지만 페르시아왕자 아비틴이 신라에 왔을 시기와 원효대사와 설총의 시기가 겹쳐지고 있어. 그러면 원효대사와 설총은 페르시아왕자 아비틴을 만났을 가능성이 큰 것이고 아비틴에게서 페르시아의 높은 수준의 문화와 문자를 전수받았을 것이라고 생각한다. 원효대사도 페르시아의 표음문자에 대해서도 관심이 많았고, 원효의 아들 설총이 페르시아의 표음문자를 이용하여 한자를 우리말처럼 소리 나게 읽을 수 있는 이두문자를 만들었을 것이라고 나는 생각한다."

"선배의 말이 그럴듯하게 들리지만, 학자들이 선배의 말을 들으면 이단아라고 비난할 것 같아요. 학계에서는 이론적 근거가 필요하지 않겠습니까?"

"이단아라고 소리 들어도 좋아. 그리고 네가 이론적 근거라고 이야기했지만, 그 근거를 댈 수 있는 것이 최치원의 향악잡영이라고 할 수 있어. 최치원이 향악잡영에서 노래한 속독(束毒)[75]은 소그드인 탈춤을 묘사한 것으로, 속독(束毒)은 소그드의 한자식 표기이다. 이것을 보면 8세기 신라 음악이 소그드인의 음악에 영향을 받았다고 볼 수 있다. 향악잡영(鄕樂雜詠)에 '수만 리를 걸어오느라고 먼지를 잔뜩 뒤집어썼구나.'라는 구절이 있는데, 북청사자 놀이와 같이 중앙아시아에서 들어온 연희를 보고 지은 시구라고 한다. 우리나라에는 사자가 없는데 어떻게 신라에서 사자춤이 탄생할 수 있었겠어?"

현철의 열변을 들으니 희석은 진공청소기에 빨려 들어가듯이 현철의 생각에 헤어 나오지 못하고 있었다. 현철은 마지막 쐐기를 박듯이 말했다.

"너도 경상도 사람인데 너는 어릴 때 비누를 사분이라고 하지 않았냐?"

희석은 기억을 더듬으니까 어릴 때 사분이라는 말을 할머니가 자

---

75 속독(束毒)은 신라오기(新羅五伎)의 하나이다. 최치원(崔致遠 : 857~?)의 절구시 〈향악잡영鄕樂雜詠〉 5수에 있는 속독에 대한 내용을 보면 다음과 같다. "쑥대머리 파란 얼굴 저것 좀 보소/짝 더불고 뜰에 와서 원앙춤 추네/장구소리 두둥둥둥 바람 살랑랑/사븐사븐 요리 뛰고 저리 뛰노나 蓬頭藍面異人間 押隊來庭學舞鸞 打鼓冬冬風瑟瑟 南奔北躍也無端." 속독은 중앙 아시아의 타슈켄트와 사마르칸트 일대의 소그드(속특, Sogd) 여러 나라에서 전래한 검무의 일종으로 여겨진다.

주 사용한 것이 떠올랐다.

"네 맞아요. 할머니가 비누를 사분이라고 하셨어요."

"경상도 사투리로 비누를 사분이라고 했는데 이 말이 어디에서 왔는지 궁금했어. 처음에는 일본말인 줄 알았는데 일본에는 사분이라는 말이 없었어. 그런데 뜻밖에 페르시아 말에 비누를 사분이라는 말을 사용하는 것을 알고 나는 깜짝 놀랐어. 내가 페르시아어를 공부하니까 자꾸만 이런 연관성이 떠오르는 거야."

신라와 페르시아는 멀지만 가까운 나라였다. 신라와 페르시아의 뿌리 깊은 연관성이 현철의 영혼 깊은 곳에서 우러나오는 것 같았다. 희석은 현철의 열정과 집중에 존경을 표하고 싶었다. 현철의 저 열정에 희석은 질문을 포기하고 불국사 근처의 술집으로 갔다. 희석은 연거푸 경주 막걸리를 들이키며 현철의 열정을 식혀주고 싶었다. 술집 마당에 피어있는 한그루의 석류나무가 석류를 머금은 채 활짝 웃고 있었다. 석류꽃에서 페르시아왕자 아비틴의 향기가 두 사람을 덮고 있었다.

그날 저녁, 경주의 한 무덤에서 페르시아 유물이 대거 발견된 후, 일반에 공개한다는 뉴스가 보도되었다.[76] 다음날 희석은 그 현장을

---

76 "오는 26일 경북 경주 쪽샘유적 발굴관에서 쪽샘 44호분 발굴 현장 및 주요 출토 유물을 일반인에게 공개하는 행사 '1500년 전, 신라 무덤 안으로 선을 넘다'가 열린다. 20일 국립경주문화재연구소에 따르면 쪽샘 44호분 내부에서는 금동관을 비롯한 금귀걸이, 금과 유리로 만든 가슴걸이, 은허리띠 장식, 금 · 은제 팔찌, 바둑돌 등 수많은 문화재가 출토됐다. 둘레돌 밖에서는

바로 찾았다. 무덤 속의 부장품이 모두 페르시아 유리와 장식품으로 가득 차 있었었다. 그 무덤의 주인공이 누구인지에 대한 관심이 뜨거웠다. 희석은 발굴된 부장품들을 카메라에 담았다. 엄청난 양의 페르시아 푸른색의 유리그릇과 페르시아 무늬가 새겨진 은색 잔들이 카메라를 채우고 있었다. 그런데 그 부장품 중에서 한 물건에 희석은 카메라를 고정시켰다. 희석의 머리가 오싹해졌다. 그것은 반쪽짜리의 목걸이였다. 그 반쪽의 목걸이가 애처롭게 희석을 쳐다보고 있었다.

기마행렬, 무용, 수렵장면을 묘사한 항아리 조각이 확인됐다." ("경주 쪽샘 44호분 발굴 현장, 유물 26일에 일반인에게 공개", 세계일보 2021년 6월 21일)

테헤란로를 걷는 신라공주

희석은 다큐멘터리를 마무리 짓고 아버지를 찾았다. 아버지에게 이 작품을 바치고 싶었다. 그렇게 정정하시던 아버지는 여든이 넘어서자 기력이 약해져서 멀리 다니시지 못하고 조용히 집에만 계셨다. 오랜만의 아들 방문에 아버지는 반갑게 희석을 맞이하였다. 희석은 아버지에게 다큐멘터리의 내용을 설명하고 어릴 때 아버지와 함께 있었던 이란의 추억에 관해 말씀드렸다. 희석의 이야기를 듣고 아버지는 이란 건설의 책임자 시절을 떠올리며 말했다.

"우리가 이란에 있었던 것이 어제 같은데 벌써 사십 년이 넘게 흘렀구나. 기억의 파편들이 퍼즐처럼 연결된 게 인생이 아닐까 싶어. 누가 나에게 인생의 가장 황금기가 언제냐고 묻는다면, 나는 이란에 가 있을 5년 동안이 가장 기억에 남는다고 답할 거야. 몸은 힘들었지만 내 나라와 가족을 위해서 돈을 벌 수 있다는 것이 행복했고, 그 당시 이란의 문화와 역사에 감동받기도 했다. 어딘지 모를 인연의 끈으로 우리의 조상이 나를 이란에 이끌었다는 생각에 아직도 기억이 생생하구나."

아버지는 추억에 잠기며 서쪽의 먼 하늘을 쳐다보았다. 희석은 아버지의 표정을 살피며 말했다.

"제가 아버님이고 아버님이 저라는 생각이 저도 나이가 들면서 생각이 들었습니다. 아버지께서 항상 무엇을 생각하시는지 알게 되면서 아버지를 위해서 이 작품을 어떻게 해서든 만들고 싶었습니다."

아버지는 입가에 엷은 미소를 지으며 말했다.

"네가 그렇게 느끼듯이 나도 똑같이 느꼈다. 돌아가신 너의 할아버지를 생각하면 내가 너의 할아버지와 똑같다는 생각이 든다. 이것을 요즘 세상은 DNA라고도 말하지만 나는 기억과 인연의 연속이라고 생각한다. 네 할아버지의 기억이 내 안에 전달되고 나의 기억이 그대로 너에게 전달되는 거야. 인간은 모두 죽지만 기억과 인연은 후세에 그대로 전해지고, 아무리 시간이 흘러도 그것들은 살아있는 것이다. 내가 이란으로 간 것도 그런 인연이라고 나는 항상 생각한다. 그리고 네가 이런 작품을 만든 것도 모두 이런 인연과 기억의 연결이 아닌가 싶다."

아버지의 말에 희석은 고개가 숙여졌다. 평소에 아버지와 대화가 많지 않았던 희석은 오늘 아버지가 평소에 가슴에 담았던 이야기를 이렇게 많이 하시는 것을 보고 왜 진작에 아버지와 더 많은 대화를 나누지 않았나 하고 후회했다.

"할아버지도 이란에 관심이 많았습니까? 할아버지의 이야기를 좀 해주세요."

희석은 어릴 때 할아버지의 사랑만 받고 자라서 그냥 할아버지가 좋았지만, 희석이 할아버지와 대화를 할 만큼 자랐을 때는 이미 할아버지는 이 세상에 계시지 않았다. 아버지는 한참을 생각하신 후에 기억을 더듬으며 지금까지 숨기고 있었던 비밀을 이야기해 주었다.

아버지가 처음으로 이란으로 발령이 나고 희석과 함께 이란으로 떠날 때 할아버지가 집안 대대로 내려오는 유물 한 점을 내어놓으시면서 말씀하셨다.

"이란으로 가면 혹시 이 물건을 이란의 정부 관계자에게 보여줘라. 옛날 페르시아에서 온 우리 조상님이 남기신 유물이다."

코끼리 상아로 된 페르시아 문자가 찍힌 도장이나 직인 같은 것이었다. 그 도장은 옛날 오래된 경주 집을 수리할 때 지붕 천정에서 발견된 것이었다. 처음에는 조선시대 조상들의 도장이려니 생각하고 묻어준 것이었다. 도장의 글씨가 한자를 흘려서 쓴 초서체라고 생각하고 그것이 페르시아와 연관이 있을 것이라고는 아무도 생각지 못하였다. 그런데 할아버지는 유독 그 도장에 관심이 많으셨고, 그 글자가 한자가 아닌 것을 밝혀내었다. 할아버지는 도장의 글자가 페르시아와 연관이 있을 것이라는 생각에 이란에 발령받은 아들에게 준 것이다. 아버지가 이란 건설 책임자로 가 있는 동안 바빠서 잊고 있다가 공사 준공식 파티에 참석한 이란의 문화부 장관에게 그 물건을 보여주었다. 그 장관은 그 물건을 보더니 깜짝 놀라서 말했다.

"이것을 어디에서 구했습니까?"

"우리 조상 대대로 내려오는 가보입니다. 페르시아 글자인 것 같아서 제가 이곳으로 발령이 나면서 가져왔습니다. 지금의 이란이 페르시아 아닙니까?"

"우리는 1935년까지 국호가 페르시아였습니다. 아랍의 세력에서 벗어나서 우리는 지금의 페르시아의 이름을 다시 찾았습니다. 지금 종교는 이슬람이지만 우리는 우리의 조상 페르시아를 자랑스럽게 생각합니다."

그것은 페르시아 황제의 옥새였다. 페르시아의 마지막 왕자가 페르시아 제국의 부활을 꿈꾸며 옥새를 가지고 사라졌는데, 천사백 년이 지나서 다시 나타난 것이다. 소식을 듣고 놀란 팔레비왕이 직접 아버지를 불러서 말했다.

"그대가 바실라로 떠난 왕자의 후손이라는 말씀입니까? 믿을 수가 없습니다. 우리는 구전으로 전하는 이야기에서 매일 듣는 이야기이지만 그냥 전설처럼 만들어낸 이야기인 줄 알았습니다. 페르시아 왕자와 바실라 공주의 사랑 이야기가 진실이었군요. 저도 깜짝 놀랐습니다. 그대는 나의 형제입니다."

이란의 왕이 희석의 아버지를 꼭 껴안았다.

"잃어버린 국새를 찾은 보답을 하고 싶습니다."

희석의 아버지는 그날 할아버지에게 국제전화를 했다. 할아버지는 조상의 뜻을 기리기 위해 아비틴이 새로운 길을 열었듯이 후손들이 그 길을 기억할 수 있도록 한국과 이란을 연결하는 길을 만들고 싶다고 했다. 할아버지와 통화한 후에 희석의 아버지는 이란의 왕에게 말했다.

"이란과 한국이 형제의 나라라는 표시로 한국에 도로를 하나 만들어 주십시오. 그 도로의 이름을 테헤란 로라고 해서 우리 조상이 테헤란에서 경주까지 거쳤던 그 여정을 기억하고 싶습니다."

이란의 왕은 말했다.

"그 돈이 얼마가 들더라도 저는 꼭 해드리겠습니다. 이 옥새의 가치는 돈의 가치를 뛰어넘기 때문입니다. 그리고 우리 이란에도 한국의 거리를 만들겠습니다. 페르시아왕자님이 이란과 한국의 다리를 연결해 주셨습니다."

팔레비왕은 희석의 아버지에게 옥새는 비밀로 해달라고 부탁했다. 팔레비왕은 그 옥새를 정치적으로 이용하려고 했기 때문이었다. 팔레비왕은 그 황제의 옥새로 자신이 페르시아 제국의 정통성을 계승하는 군주임을 확인하는 이벤트를 벌일 계획이었지만, 마침 일어난 이슬람 혁명으로 쫓겨났고 옥새는 다시 행방이 묘연해지고 말았다. 희석의 아버지는 그 비밀을 희석이 찾아올 때까지 지키고 있었다. 희석은 이란에서 살 당시에 이란 사람들이 왜 그렇게 한국에 우호적이었는지 이해가 되지 않았다. 그러나 옥새의 비밀을 알고 난 다음 희석의 모든 의문점은 풀렸다. 이란 국민의 뿌리 깊은 곳에 페르시아왕자를 도운 신라에 빚이 있다는 것을 알고, 신라공주가 페르시아왕자의 어머니가 되므로, 그들은 한국을 어머니의 나라라고 생각하게 된 것이었다. 이란과 우리는 종교도 다르고 생김새도 다르지만, 그 핏속에 전해지는 사랑의 인연은 지금도 이어지고 있었다.

한국에 테헤란로가 완성되어갈 무렵, 테헤란 시장이 한국을 방문했다. 그는 가장 먼저 경주를 찾았다. 페르시아 왕족 출신인 테헤란 시장은 원성왕 괘릉을 지키는 서역인 상 앞에 절하며 말했다.

"신라는 어머니의 나라였습니다. 이란과 한국의 관계는 하늘이 맺어준 관계입니다. 페르시아의 왕자님과 그 아들이 하늘에서 지켜보고 계십니다. 우리는 신라공주님의 은혜를 잊지 않고 있습니다."

그는 아비틴과 프라랑 공주 그리고 페리둔의 발자취를 따라서 조상의 흔적을 찾았다. 그는 경주에 석류나무가 많은 것을 보고는 그 석류나무 아래에서 한참을 서 있었다. 아비틴이 심은 석류나무들이 경주를 뒤덮듯이 아비틴의 향기가 경주를 감싸고 있었다.

테헤란로의 준공식에 참석한 희석과 아버지는 그때의 감정을 잊을 수가 없었다. 희석은 어린 나이이지만 그때의 벅찬 감정을 가슴에 간직하고 있었다. 그리고 그 가슴에 간직한 아비틴 할아버지와 프라랑 할머니의 가슴 아픈 사랑 이야기를 만들고 싶은 욕망은 그때부터 잉태하고 있었다. 테헤란로 준공 기념식에 참석한 테헤란 시장의 연설이 아직도 희석의 기억에 남아있었다.

"한국의 외할머니, 프라랑 공주님에게 페르시아에 있는 후손이 이제야 떳떳하게 우리의 성공을 이렇게 알립니다. 한국은 우리를 도운 형제의 나라입니다. 지금 저는 외갓집에 와 있는 느낌입니다. 외갓집에 갔을 때 늘 마음이 편안해지고 따뜻해지던 바로 그것입니다. 천사백 년 전의 약속을 오늘 이 후손이 지킨 것 같습니다. 오늘은 바실라의 대왕이신 외할아버지께 소식을 전하고자 했던 후손의 꿈이 실현되는 순간이기에 더욱 영광스럽습니다."

그는 감개가 무량한 듯 하늘을 한번 쳐다보고는 연설을 이어갔다.

"테헤란에 있는 어린아이들이 지금도 신라공주와 페르시아왕자의 사랑 이야기를 동요처럼 따라 부르고 있습니다. 이 테헤란로가 아비틴 왕자님의 뜻을 이루는 길이 되리라고 믿습니다. 하늘에서 지켜보고 계신 아비틴 왕자님이 프라랑 공주님께 지키는 약속의 정표가 바로 이 테헤란로가 될 것입니다."

테헤란로는 그렇게 시작되었다. 테헤란로의 테이프 커팅을 하는 순간 아비틴 왕자와 프라랑 공주가 제일 먼저 테헤란로를 거닐었다. 둘은 손을 꼭 잡은 채 테헤란로를 둘러보았다. 사랑의 힘은 이렇게 강한 것이었다. 테헤란로는 두 사람의 사랑을 간직한 사랑의 거리였다. 지금 젊은 남녀들이 재잘거리면서 테헤란로의 의미도 모르고 걷고 있지만 테헤란로는 그 비밀을 간직한 채 우리를 지켜보고 있었다.

강남에서 제일 비싼 땅덩어리에 수많은 자동차와 젊은이들이 테헤란로의 가슴 아픈 이야기를 아는지 모르는지 다니고 있었다. 깔깔 웃으며 지나가는 아가씨의 모습에서 신라공주의 슬픈 얼굴이 어른거렸다. 희석은 테헤란로를 걸으며 수많은 신라공주를 보았다. 호기심과 미래를 향하여 나아가는 우리의 젊은이들이 바로 신라공주들의 모습이다. 테헤란로가 신라와 페르시아를 이어주는 연결고리이자 과거와 현대를 만나게 하는 통로였다. 희석은 머리가 복잡할 때 테헤란로를 거니는 것을 좋아한다. 테헤란의 좋은 추억이 있었기에 희석은 어릴 때를 생각하면서 테헤란로를 거닐곤 했다. 강남역 1번 출구에서 조금 떨어진 곳에 테헤란로의 시작을 알리는 표지석은 잘 눈에 띄지 않지만, 테헤란로의 역사를 말해주고 있었다. 희석은 표지석 앞에 섰다. 표지석에는 이렇게 적혀있었다.

서울. 테헤란 두 도시와 시민의
영원한 우의를 다짐하면서
서울시에 테헤란로,
테헤란시에 서울로를 명명한다.

1977. 6. 서울시장 구자춘, 테헤란 시장 골람레자 니크파이

기념비의 의미를 아는지 모르는지 사람들은 무심코 테헤란로의 기념비를 바쁘게 스쳐 지나간다. 희석은 외롭게 서있는 테헤란로의 기념비를 쓰다듬으며 손이 떨렸다. 신라와 페르시아를 잇는 천사백

년의 약속은 테헤란로를 통해서 이어지고 있었다. 희석은 테헤란로 길가의 가로수를 석류나무로 심어서 아비틴 왕자의 뜻을 기리고 싶었다. 서울시청과 강남구청에 건의했지만 받아들여지지 않았다. 희석은 다큐멘터리의 마지막 장면을 CG로 처리해서 테헤란로 가로수를 석류꽃으로 덮었다. 석류꽃으로 가득 찬 테헤란로는 그제서야 웃는 것 같았다. 희석은 테헤란로의 구석진 곳에 석류나무 한그루를 심었다. 사람들이 신기한 듯이 그를 쳐다보았다. 테헤란로와 석류나무는 잘 어울렸다. 페르시아왕자 아비틴이 심은 석류가 요즘 한국 여성들에게 인기가 좋다고 한다. 피부 미용에 석류의 콜라겐이 좋다는 이유임을 떠올리고는, 희석은 쓴웃음을 지었다. 역사는 흘러가면서 그 본질이 잊혀지며 껍데기만 남는다. 석류나무도 그 껍데기의 하나인 것 같아 희석은 씁쓸한 느낌을 달래며 테헤란로를 계속 걸었다.

테헤란로에서 쏟아져 나오는 젊은이들의 활기찬 모습을 보면서, 희석은 아비틴이 보였고, 프라랑이 보였고, 페리둔이 보였다. 테헤란로에서 아비틴 왕자와 프라랑 공주가 나란히 걸으며 희석에게 미소를 보낸다. 희석의 긴 여정은 그 미소 속에 스며든다.